ブラックチェンバー

大沢在昌

角川文庫
18138

目次

第一章　闇からの救出者

1

六本木の交差点から百メートルの位置に、そのストリップバーはあった。キャバクラや居酒屋などの入った中規模の雑居ビルの二階である。

店に入るには、エレベータと外階段の両方が使えたが、もうひとつ、従業員にしか知られていない非常口がある。非常口はトイレの横の、カーテンにおおわれたスティールの扉で、そこを開けると隣接するビルの外階段の踊り場とつながっているのだった。

店内は、三分の一近くを大きなステージが占め、天井とステージをつなぐように三本のポールが立っている。午後六時半の開店時間から午前三時の閉店時間まで、そのステージからダンサーの姿が消えることはない。

ダンサーはすべてが白人で、多くはルーマニアやブルガリアの国籍をもつ女たちだ。中にわずかロシア国籍も混じっている。

店内をいきかうボーイは日本人だが、ウエイトレスは白人だ。そしてビルの外で、日本人には日本語で、外国人には英語で声をかける十人近い客引きのすべてが、アフリカのナイジェリア国籍だった。

店の表向きの経営者は日本人で、指定広域暴力団のフロントだ。フロントというのは、正規の組員として登録されていないが、資金その他の面で組のバックアップをうけ、見返りにアガリを組に納めている企業舎弟だ。いわば、カタギの皮をかぶったやくざである。

暴力団対策法の施行により、暴力団に所属する者は、警察による徹底的な封じこめにあうことになった。極端な場合は自分が暴力団員である、と名乗っただけで、検挙される。事業者となるのはほぼ不可能で、飲食店などの経営が発覚すれば、潰(つぶ)れるまで警察のマークにあう。

そのため、表向き合法の収益事業に関しては、すべてをフロントがおこなう形になり、暴力団による事業運営の実態の把握は、かつてより困難になった。

さらにこのストリップバーには、もうひとつ特徴があった。それは、届出上の経営者は、広域暴力団山上(やまがみ)連合のフロント、高木(たかぎ)だが、経営に関する実権の半分を、北海道の水産加工会社の社長であるロシア人が握っていることだ。

ロシア人の名はコワリョフ。ウラジオストクの水産会社の役員も兼ねているが、その水産会社そのものが、犯罪組織だった。コワリョフは、バーで踊るダンサーを日本に連れてくる旅行代理店も経営している。ダンサーは、東欧各地からモルドバ共和国に集められ、そこから日本に送り込まれる。モルドバは、ウクライナとルーマニアにはさまれた小国で、ヨーロッパにおける人身売買の拠点といわれている。

店が比較的すいていることもあって、今はステージの上にいるダンサーはひとりだけだ。

大音量のロックにあわせ、トップレスにバタフライとブーツだけを着け、ポールに体をこすりつけるようにして踊っている。

白い上半身に汗が光り、挑発的に腰をグラインドさせるが、ダンサーの目は虚ろで、ステージの下に陣どる客たちをまるで無視していた。

ステージに近いテーブルにすわっているのは、ほとんどが外国人の客だ。アメリカ人やカナダ人、一部にロシア人が混じっている。日本人の客は、少し離れたテーブルから遠巻きにステージを見つめていた。

その中のひとりが立ちあがった。色の浅黒い、ずんぐりとした男だった。グレイのスーツをノーネクタイで着け、瞼が垂れた眠たげな顔をしている。テーブルの上には、ラッパ呑みしていたウォッカカクテルの小壜があった。

男が店に入ってから一時間が過ぎていた。その間、男は同じテーブルで酒を飲みつづけていた。今、テーブルの上にある壜は四本目だ。

店ではチップを払うと、別室でプライベートダンスという、一対一のサービスを受けることができる。このサービスを好むのは、日本人客が多い。かぶりつきでダンスを見るのは照れるくせに、ふたりきりになりたがるのが日本人客の特徴だ。

しかしこの男はウエイトレスによるプライベートダンスの勧誘にも無言で首をふるだけだった。むっつりと酒を飲み、煙草を吸って、ステージに目を向けているだけだ。その目はだが、ダンサーと同じでひどく虚ろだった。

立ちあがった男は、ビールをラッパ呑みし歓声をあげている、兵隊らしい白人のグループをやりすごし、店のトイレに入った。

トイレの中は無人だった。小便器の前に立ち、用を足し始めるとすぐ、スーツを着た巨漢の黒人が、その隣に立った。

男は無言で黒人を見やった。黒人はまっすぐ前を向き、男を無視していた。

だが男が用を足し終わると同時に、上着の内側から拳銃を抜き、男のわき腹に押しつけた。

「あなた静かにする。じゃないとわたし撃つね」

抑揚のないしゃがれ声で黒人はいった。

男は一瞬、体を硬直させた。黒人はほとんど瞬きもせず、男を見つめていた。緊張しているようすはなく、紫檀のような額には汗ひとつ浮かんでいない。

「俺が誰だか、わかってやっているのか」

男は黒人を見返し、訊ねた。だが黒人は答えなかった。銃口をわずかに動かし、男に便器を離れるよううながした。

男は黒人の手もとに目を落とした。大きく分厚い掌に、オートマチックのマカロフ拳銃が握られている。その手つきは、明らかに銃を扱い慣れた人間のものだった。人さし指は、引き金を囲むトリガーガードに添えられ、何かあれば一瞬で発砲できる位置にある。

男は体の向きをかえた。トイレの出口に向かう。ここで発砲がおきても、店内は耳を聾するサウンドで満たされている。ごく近くにいる人間の耳にしか銃声は届かないだろう。

「こっち」

トイレをでると黒人がうしろからいった。隠された非常口のわきに、革のジャケットを着た白人が立っていて、さっとカーテンをはぐり、ドアを開いた。

男は銃口に押され、非常口をくぐった。

背後でドアが閉まり、音楽が遠ざかった。逆に街の喧騒に包まれる。クラクション、バイクの排気音、嬌声。

隣接するビルの非常階段を降りたところに、エンジンをかけたバンが止まっていた。スライドドアを開け、乗客を待っている。

男と黒人は階段を降りた。押しこまれるようにして男がバンに乗ると、黒人は外からスライドドアを閉めた。あたりを見回し、助手席に乗りこむ。

バンの中には、運転手の他に、ふたりの男が後部席にいた。日本人と白人だ。

男は日本人の顔を見つめた。バンが発進し、中腰だった男はバランスをとろうとシートにつかまった。

「すわれや」

日本人がいった。男は無言で空いているシートに腰をおろした。白人が立ちあがり、通路をはさんだ向かいのシートに移動した。手に、黒人がもっていたのと同じマカロフを握っている。銃口は床を向いていたが、人さし指はやはりトリガーガードに添えられていた。

白人は首が太く、ちぢれ毛をした小柄の男だった。ジャージを着ていて、目に濁った光がある。焦点が定まっていないようだが、こういう目をしている者ほど、機敏で残酷な行動をとることを男は知っていた。

「何なんだ」

男はいった。わずかに声がかすれていた。

「何が」

日本人が訊ねた。

「なぜ俺をさらう」

日本人は黙っていた。やがて、わずかにおもしろがっているような口調でいった。

「なぜだと思う」

「わからん」

男は吐きだした。

「地検は北海道に手をだすのをあきらめた。コワリョフをやれば、政治家やら役人がぞろぞろくっついてくる。それが面倒だと」

「じゃ、なぜあんたは『ヘルスゲート』にきた？」

日本人がいった。「ヘルスゲート」というのがストリップバーの名だった。

「酒を飲むためだ」

日本人は目をあげ、男を見た。ひどく冷たい目だった。

「ふざけるな」

淡々といった。

「嫌がらせだろうが。たとえ地検が手をひいても、お前はあきらめてないって、そう見せつけにきたのだろう。どれだけ商売の邪魔をすりゃ、気がすむんだ」

男は黙った。

「千葉にいく」

日本人がひとり言に聞こえるような口調でいった。

「ちょうどいい産廃処理場が茂原（もばら）にあるんだ。生きたまんま埋めてやるよ」

「威（おど）しだろ。そうに決まってる」

男はいった。かすれ声がさらにひどくなっていた。

「デコスケ威して、何の得がある。お前は今日限り行方不明だ。本気だ」

「デカを殺して、ただですむと思ってんのか」

男はいった。額に汗が浮かんでいた。

「すむね。お前のことは、皆んなあきれてるんだよ。安いカニやホタテを売って何が悪い。父ちゃんの酒の肴が増やせて、母ちゃんは大喜びだ」

「カニやホタテ以外にも、もってきてるものがあるだろう。第一、それだって密漁品だ」

「ロシア政府がオッケーつってんだから、文句ねえだろう」

「役人もグルだ」

「じゃあ、お前だってグルになりゃよかったじゃねえか。誰が困る？　困らねえだろ」

男は日本人を見つめた。

「俺にころべってのか」

日本人は答えなかった。

「ころばなけりゃ、殺すって、そういうことなのか、え、菅谷よ」

日本人は名を呼ばれ、一瞬、ぎくりとした顔になった。

「コワリョフがよ、怒ってんだよ。しつけえって。なんであのデコスケは、道警でもねえのに、自分の会社をつつき回してんだって」

「本気でそんなことといってんのか。じゃ、キャビアは何だと訊いてやれ」

極上のキャビアの缶が北海道の税関をスルーし、山上連合の息のかかった商社から、都内のワインバーに流されているのを、男は知っていた。ワインバーもまた、山上連合のフロントだ。キャビアは、モルドバからきた女たちが運んできたマリファナを山上連合が日本国内でさばいた金が化けたものだ。

マリファナを売った金がキャビアに化け、一見まともで高級そうなレストランやバーで洗濯されている。菅谷は山上連合の組員だった。

「ありゃ、趣味だ。コワリョフはワインとキャビアが大好物なんだと。お前、キャビアなんかでくたばっていいのか。もっと格好いい死に方があるんだろうがよ。キャビアの密輸をつついて殺されたなんざ、洒落(しゃれ)にならねえぞ、おい」

「じゃ山上連合は、そのキャビアのためにデカを殺すのか。デカを殺(や)ったら、組が潰(つぶ)れるまで追いこまれるんだぞ」

「殺るのは俺じゃねえ。明日、バンコクへ飛ぶことになってる、あいつだ」

菅谷は助手席にすわる黒人を目で示した。

「あいつは、お前の名前も商売も知らねえ。知ってたところで、どうってことはねえだろう。親兄弟、内戦で皆殺しにされてるんだ」

「ナイジェリアか」

男は低い声でいった。

「知らねえ。アフリカのどっかだろう。そんな奴はいくらでもいる。あいつらアフリカンは、俺らとはちがう。十歳かそこらでさらわれ、機関銃もたされてよ、人殺し、しこまれてんだよ。否応ねえんだ。さからったらぶち殺されるか、両手の肘から先、ぶった切られるかだ。情けもへったくれもない」

菅谷が答えると、男は息を吐いた。バンはいつのまにか首都高速に入っていた。下り車線を、タクシーに追いこされながらも、法定速度を守って走っている。

「じゃ、こいつは何だ」

男はジャージのロシア人を目でさした。

「見張り役さ。ロシア人てのは厳しいぜ。仕事の首尾をきっちり見届けて、お前の泣きわめく声を実況中継で聞かせろと、コワリョフにいわれてるらしい。もちろんくたばるところも写メール撮ってこい、とな」

男は目を閉じた。

「ふざけやがって」

力なく吐きだした。

「河合、つったっけよ。お前も馬鹿だ。俺たち極道をつき回してるぶんにはどうってことねえと思ったんだろうが。けどな、時代がかわったんだ。もうお巡りだろうが何だろうが、屁でもねえんだよ。そりゃそうだわな。今日、お前を殺る野郎は、二度と日本に戻っちゃこないんだ。わかるか。お前の失敗は、海の向こう側にいる奴らを怒らせたことなんだ。俺ら日本人は我慢強い。けど、ロシア人はちがうってわけさ」

「俺ひとりを殺したところでかわらんぞ」

「そりゃどうだろうな」

菅谷がつぶやいた。

「今までお巡りは強気すぎた。いくら極道をいたぶってもやり返されることはねえと、タカをくっていた。それがそうじゃないと、お前が消えたらわかるわけだ」

「組対が雪崩を打って、お前の組に襲いかかってくる」

河合は菅谷の目を見つめ、いった。菅谷は首をふった。

「なんで。お前を殺ったなんて話はどこにもねえんだ。組うちで知ってんのは、俺くらいのもんだ。決めたのはロシア人で、殺るのはアフリカ人。どんだけ叩かれたって、何もでねえ。もちろん――」

菅谷は言葉を切って、河合の目を見返した。

「お前の仲間にはわかるだろう。お前を消したのが、ロシアだって。だが証拠がなけりゃ何もできない。残るのは、ロシアをつつくのはやばいって教訓だ。お巡りだろうと何だろうと、ロシア人のビジネスを邪魔したら、こういう目にあうって、前例さ。コワリョフはそいつを作りたいらしい。勝てない相手がいるってのを、ここらできちんと教えておこうというわけだ」

「お前ら……」

つぶやき、河合は目を伏せた。

「いずれ全部、乗っとられるぞ。いいのか、それで」

「馬鹿」

菅谷は乾いた笑い声をたてた。

「古いね、お前も。もう、縄張りだの何だのって話じゃねえんだよ。アタマ張ってるのがどこの誰だろうと、儲けがだせるかどうかなんだ。いちいちロシア人が、六本木くんだりまでシメにくるわけねえだろう。縄張りなんかにこだわってたら、むしろ警察に狙い打ちされる。それがわかったんで、こうやってビジネス優先に切りかえたんだ。昔みたいに、極道とお巡りが相身互いだった時代は終わったんだ。終わらせたのは、お前らのほうだ」

バンがバウンドした。高速をでて、一般道に入ったのだった。

河合は向かいにすわるロシア人を見た。熱のない視線で見返してくる。この男の目に自分は〝物〟としか映っていないようだ。菅谷とのやりとりにもまるで興味を示していない。

「ああ、煙草が吸いてえ」

菅谷がつぶやいた。

「まったくよ。組長が禁煙したんで、俺らも右にならえ、だ」

いまいましそうにいった。

「時代が変わったんだ」

力なく河合はいった。それきり、車内は沈黙がつづいた。

やがて菅谷が車窓から外を確認し、携帯電話を手にした。ボタンを押し、応えた相手に告げる。

「あ、俺だ。状況は？　わかった。あと十分かそこらでつく」

電話をしまい、運転手の肩を叩いた。

「予定通りだ。俺ら降ろしたあとも、エンジンはかけたまま、待ってろよ」

運転手は無言で頷いた。山上連合の組員ではなく、中国人のように見える。

まっ暗で、いきかう車もない県道を走り、さらにそこからバンは側道にそれた。舗装がとぎれ、下生えの草が車体にこすれて音をたてる。ハイビームにしたライトが、一本道の先に広がる産廃処理場の廃棄物の山を照らしだした。

「ようし、止めろ」

やがて菅谷がいい、バンは山の手前で止まった。菅谷がスライドドアを開けて降りたつ。

「降りろや」

河合にいった。ロシア人が銃を動かした。トリガーガードの中に指が入っている。

河合はバンを降りた。千葉ナンバーのセダンが止まって、その前に男がふたり立っていた。作業衣のような紺のツナギを着けている。

「菅谷さん、服、服」

ひとりが訛のある日本語でいった。中国人だ。

「え？　ああ、そうか。河合、服脱いで、すっぱだかになれや」

菅谷がバンのライトに目を細めながら、河合をふり返った。

「何？」

「だから、すっぱだかになれっての。殺してから脱がすの、大変だからよ」

「ふざけんな。そんなくたばりかたしてたまるか」

河合は歯をくいしばり、いった。寒気が足もとから這いあがり、膝が震えた。

菅谷はあきれたように首をふり、助手席を降りた黒人を見た。闇の中で、二台の車から浴びせられるライトだけが、その場にいる者の姿を浮かび上がらせている。

「しょうがねえな。往生際が悪いぞ」

「死にたくて死ぬ奴がいるか」

河合は吐きだした。この男たちに命乞いをしても無駄だとわかっていた。アフリカ人、ロシア人、中国人。日本人はたったひとりだ。絶望が全身をこわばらせ、ともすれば膝が砕けそうになる。

菅谷が黒人に手をふった。黒人がマカロフをもちあげた。指が引き金にかかる。

カシャッという金属音がどこかでした。同時に血煙があがった。よろめいたのは、黒人の巨漢だった。瞬きをし、次の瞬間、前のめりに倒れた。

「何だ、おい——」

ロシア人が不意に顔をこわばらせた。叫び声をあげようと開いた口が歪(ゆが)んだ。カシャ、カシャッという音がつづき、ロシア人の胸からも血煙があがった。

つづいてツナギを着たふたりの中国人が声もなく転がった。

何が起こっているのか、ようやく河合にはわかった。暗闇の中から誰かが狙撃(そげき)しているのだ。

バンのフロントグラスが砕けた。残っていた運転手が頭を撃ち抜かれ、座席から崩れ落ちるのが見えた。

最後が菅谷だった。ビシッという音とともに額が弾(はじ)けた。さらに胸に数発の弾丸がつき刺さり、倒れこんだ。

銃声はいっさいしなかった。聞こえたのは、金属のこすれるような音だけだ。生き残って、大地に立っているのは河合ひとりになっていた。

「クリア」

低い声が聞こえ、河合はふりかえった。黒いツナギに防弾ベストとヘルメットを着けた小柄な影が、光と闇の境目に立っていた。手にしているのは、ＳＡＴが装備しているのと同じ、ヘッケラー＆コッホのサブマシンガン、ＭＰ５のサイレンサーモデルだ。

血の匂いが濃く漂っている。同時に、その夜初めて、あたりの闇が虫の音で満たされていることに、河合は気づいた。

「あんた、誰だ」

河合は小柄な影につぶやいた。が、影は答えず、あとじさりした。闇に呑まれ、消えた。

「河合さん。河合直史警部補」

階級名を呼ばれ、河合ははっと体を硬くした。

「誰だ」

「こちらに」

闇の中に、明りが点った。いつのまにか一台の４ＷＤが止まっていて、ルームランプを点したのだ。

「君を傷つけはしない。そこを離れたまえ」

声はいった。いわれるまま河合は動いた。ぎくしゃくとして、まるで自分の体が、油の切れた機械のようだ。

白っぽい人影が４ＷＤのかたわらにあった。レインコートを着た、男だった。額が大きく後退し、それを補うように鼻の下から顎までをヒゲでおおっている。

光の外にでて、河合はふりかえった。吐き気を覚えた。一瞬で六人が殺戮された現場が浮かびあがっている。

口もとに手をやった。

「先に吐くかね」

コートの男がいった。河合は頷く暇もなく、地面にひざまずき、戻した。

吐いている間に体が震えだした。頭が混乱し、すべてが夢の中のできごとのように思えてくる。しかし体を包む冷気も、胃が空になってもなお喉の奥からこみあげてくる吐き気も、すべて現実だった。涙と鼻水が止まらない。濡れた手で上着をさぐり、くしゃくしゃのハンカチで顔をぬぐった。

ようやくおさまると、立つ気力もなく、河合は地面にすわりこんだ。コートの男は無言で見おろしている。

やがて男が動いた。4WDのドアを開け、銀色のポットをとりだし、河合にいった。

「熱いコーヒーを飲むか」

河合は無言で首をふった。今何かを口にすれば、また戻してしまう。

男はポットの蓋をとり、そこに中身を注いだ。白い湯気がたち、コーヒーの香りがあたりに漂った。それをうまそうにすすった。革の手袋をしている。

「何なんだ」

ようやく、河合はいった。男は答えずコーヒーを飲んでいる。ときおり目を細めて、死体の方角を眺めた。

「バードウォッチングじゃねえんだ。何をコーヒー飲んで気どってやがる！」

河合は叫んだ。怒りと恐怖がないまぜになった。自分でも理解できない感情がこみあげ、叫び声になっていた。

男が笑った。

「おもしろいことをいう」

「どこがおもしろい! こんなたくさんの人間が死んでいて」

「確かに」

男は頷き、コーヒーを飲み終えた蓋を振り、水気を切るとポットに戻した。

「我々がいなければ、死者は一名ですんだ。君ひとりだ。選択はどちらか。君ひとりか、それ以外の六名か」

河合は口を閉じた。男をただ見つめた。男は無表情に河合を見返し、訊ねた。

「君ひとりのほうがよかったか」

舌がもつれた。

「お、俺を助けるために殺したのか」

男は答えなかった。河合は瞬きし、言葉を探した。

「ころ、殺さなくとも、助けられた」

男が歩みだした。ただならぬ威圧感をうけ、すわりこんだまま河合はのけぞった。男は河合の前にしゃがんだ。

「我々は専門家の集団だ。今夜のこの行動は、あらかじめ決められた計画通りに実行された。目的は君を救出すること。そしてその事実を我々と君以外の人間には知られないことだ。わかるか。彼らは秘密を守るために殺された。それは君の救出とは、また別の理由だ」

河合は黙った。男の言葉がゆっくりと浸透していく。

「我々って何だ」

「知りたいかね」

男が河合の目をのぞきこんだ。

「知りたい」

「だろうな。どのみち君は知ることになる。そしてあと戻りはできない」

河合は目を伏せた。

「公安（ハム）か」

「ちがう。我々は警察ではない。強いていうなら、NGOのようなものだ」

「NGO？」

「そうだ。我々の組織は、東京の他にワシントン、パリ、バンコクに支部をもち、モスクワと上海、ロンドンに協力機関がある。だが存在を公にすることはない」

「わけがわからん」

河合は首をふった。

「車の中で話そう。このままだと君は痔（じ）になった上に風邪をひく」

男の目がやわらいだ。河合は勇気をふりしぼって、背後の殺戮現場をふりかえった。

夢ではない。死体は転がっていて、黒ずんだ血だまりが広がっている。

「ここは――」

「処理をするチームがくる。あの六名は、君のかわりに、埋められる」

君のかわり、という言葉を聞いたとたん、吐き気が再びこみあげるのを河合は感じた。殺される運命であったのは、かえようのない事実だ。そしてそれを目の前の男とその仲間がひっくりかえした。

男に目を戻した。河合が口を開くより先に、男がいった。

「警察はこない。彼らは消えた。それだけだ」

「俺は……どうなる」

「それをこれから話す」

男はいって右手をさしだした。革の手袋に腕をつかまれ、河合は立ちあがった。

2

「あんたの、その、NGOは名前を何というんだ」

4WDの車内はほっとするほどあたたかかった。気づかなかったが、運転席に男がひとりすわって、ハンドルに手をかけ、ずっと外を見つめていたのだ。河合とコートの男が後部席にすわると、4WDを発進させた。

「名前はない。我々は単に『オーガニゼーション』といっているが、それでは意味をなさないので、合言葉として通称『ブラックチェンバー』と呼んでいる」

「『ブラックチェンバー』？」

「古い言葉だから、あまり使う人間がいない。だから合言葉になる」

河合は男をみつめた。男はポットをもちあげた。河合は頷(うなず)いた。

濃く苦いコーヒーが喉を伝い、胃に流れこむのを感じた。それは、生きている証(あかし)だった。

「もうおちついたようだな」

コーヒーを飲み下す河合を見つめ、男がいった。

「私の名前は、北平(きたひら)という。日本支部の責任者だ」

「本部はどこにある」

「ない。各支部が連携し、行動決定の責任を負う」

河合は窓の外に目を向けた。4WDは側道を抜け、県道に入っていた。ガソリンスタンドやコンビニエンスストア、ファーストフードが左右に連なっている。

「何だかよくわからん。あんたたちは何をしたいんだ」

「その質問はふたつの意味にとれる。組織に関する疑問か、君に関する疑問か」

「両方だ。なぜ俺を助けたかを訊(き)きたい」

「その前に」

北平と名乗った男はいった。

「私を逮捕しようと考えているかね」

「わからない」

正直に河合は答えた。

「それは自分を助けたからか。それとも警察という組織の限界を感じているからか」

河合は北平を見た。

「なんでそんなことをいうんだ」

「この二ヵ月間の君と同僚の捜査に注目していた」

こともなげに北平は答えた。

「どうやって」

「手段はたいして重要ではない。問題は、君の努力が、あえてここは、『君と同僚』ではなく、君の努力、というが、報われなかったという点だ」

河合はコーヒーを口に含んだ。苦みは、さほどでもなくなっていた。

「警察、あるいはそれに準じる司法機関は、国家、自治体に帰属している。その国、地域の法によって活動を保証されると同時に制約されるという宿命がある。したがって国家をまたいでの活動は、その保証範囲から逸脱する。それが君の努力が報われなかった最大の理由だ。地方検察庁も同様の理由によって判断を下した。簡単にいうなら、自国内の犯罪とその実行者だけに活動対象を限定せよ、ということだ。しかし君はそれでは解決しない、と考えた。暴力団だけでなく、その向こう側にいるロシア人組織を追及すべきだ、と」

河合は無言だった。北平が警視庁や地検に何らかのコネクションをもっているのはまちがいない。そうでなければ、捜査の内容をここまで知っている筈がなかった。新聞には載っていないし、そもそも記者が知らない。

「警視庁や地検の判断は、ある意味で当然だ。隣の敷地から侵入してきたモグラが庭を荒らしたからといって、隣の芝生をめくってまで退治するべきではない。モグラが自分の庭にいるなら退治してもよいが、その一匹だけではないといって隣に押しかけていくようなものだ」

「わかってるじゃないか」

河合は吐きだした。

「モグラに法は関係ない。だが俺たちは法に縛られる」

「その通り。しかもこのモグラは、海の向こうから君を殺せと命じた。果たして退治できるだろうか」

「それは――」

「できるかできないかで答えたまえ」

北平の声が鋭くなった。

「できない、だろうな。命令したと立証するのは難しい上に、かりに日本の司法がそう判断しても、当のモグラはいくらでも逃げられる。こっちの庭にいないのだから」

「そうだ。モグラに、家と家の境界など関係ない。しかしモグラ退治をする人間にとっては重要だ。たとえ隣の家の人間と話し合い、退治する方向で合意に達しても、そのモグラが隣の隣の庭に逃げたら、そこまでだ。そしてそうなったとしてもモグラは君を殺せ、という指令を発することができる。電話一本、メール一通で」

河合は身震いした。コワリョフを逮捕するには、気の遠くなるような手続きが必要だが、自分を殺せと命じるコワリョフに、手間はほとんどかからない。

再び似たような混成チームが派遣される。とりかえはいくらでもきく。今夜死んだ六人のうち、周囲がその生死を気にするのは菅谷ひとりだろう。菅谷は組織に所属し、おそらくは家族や友人がいる。それ以外の連中には、行方がわからなくなった、連絡がとれない、という理由で騒ぎたてる者がいない。それぞれの故国には、家族や友人がいるだろう。しかし日本での彼らは、幽霊のような存在だ。本名や家族構成を教えあっているような仲間がいるかどうかすら怪しい。稼いで逃げる、ヒットアンドアウェイのために日本にきている連中だ。

ある日こつぜんと姿を消しても、故国に帰ったのか、他の土地、国に移ったのか、あるいは死んだのか、気にする者はいない。肩をすくめ、首をふって、知らない、どこかへいってしまった、ですまされてしまう。

河合自身が、何人ものそうした外国人犯罪者を追ってきた。消えた外国人を捜すのは、警官か金を貸している者だけだ。

「その通りだ。その気になればコワリョフは何度でも俺を殺せと命じられる」

「今夜死んだロシア人はたったひとりで、しかも末端の構成員に過ぎない。日本人も同じくひとり。それぞれの組織にとって被害は最小だ」

北平がいった。

「もしこれが同じ組織の六名であったら、被害は組織の存続にかかわる。混成部隊の強みはそこにある」

河合は息を吐き、両手で顔をおおった。

「あんた、ひどく冷静だな。いつもこんなことをやっているのか」

「そうではない。もし我々が日常的に犯罪者を排除していたら、君らの仕事はもっと減っている」

「そのいいかたはやめろ。現実に人間が死んでいるんだ！」

河合は声を荒らげた。

「奴らは確かに犯罪者で、消耗品だったのだろうが、それでも人間だ」

北平は沈黙した。車内は静かになった。

やがて河合は息を吐きだした。

「わかっている。あんたは俺を助けた。俺は警官で、あいつらはプロの犯罪者だ。だからといって皆殺しにしていい、なんて理由にはならない。ただ、俺はそういいたいだけだ」

「私も、そうは、思っていない。重要なのは、今夜、君に対しておかされた殺人未遂ではなく、それを指示した人間の動機だ。その動機をとり除くのが、『ブラックチェンバー』の目的だ。つまり、君がしようとして、結果頓挫させられた捜査だよ」

「ロシアマフィアの摘発か」

「あらゆる国際的な違法取引を監視し、その目的とするところの利益確保を阻害する」

東京、ワシントン、パリ、バンコク、といった北平の言葉がよみがえった。

「国連か」

「君がいわんとしているのは、FATFのことかね。G7によって設立された、マネーロンダリングを防止するための金融活動作業部会の名だが」

「そんなようなものがあると聞いた」

「我々はNGOだ。FATFとは関係がない。もちろん情報の共有はあるが」

「どこからじゃあ活動資金がでるんだ。それぞれの国がだしあっているのじゃないのか」

「我々が国家に求めるのは、情報の提供だけだ」

河合は北平を見た。4WDは高速道路に入っていて、照明がくっきりと北平の横顔を浮かびあがらせている。

五十を過ぎ、六十に達する少し前、と河合は北平の年齢を読んだ。

「資金は、我々がその活動を阻害した、違法な国際取引の一部を流用する」

「ブラックマネーのピンハネか」

北平は苦笑した。

「簡単にブラックマネーというが、その総額がいったいどのくらいになるか、君には想像がつくのか。世界全体のＧＤＰの一割に達するのだ。どの国の国家予算をも上回る金額だよ」

河合は黙った。世界のＧＤＰの一割というのが、いったいどのくらいの額なのか想像もつかない。

「麻薬その他の違法薬物、武器、食品、人間、さまざまなコピーソフト、模造品、絶滅危惧種の動植物、絵画、臓器、そして金そのもの。違法取引の対象は、この世のあらゆる品物のうち、手に入れるためには金を払ってもいいと考える人間が存在するもののすべてだ。生産者がいて仲介業者がいて、運送業者がいて、倉庫業者がいて物流管理者がいて、卸売業者、販売業者を経て消費者に渡る。つまりまっとうな商品と何ひとつかわりがない。ただ一点、その品物が、消費される国家においては非合法だという問題をのぞき。場合によっては、中間の業者には、自分が違法取引に加担していることを知らない者すらいる。ただ割のいい、単価の高い仕事を請けおっているのだと思いこんで――」

「思いこもうとしている奴もいる」

河合はいった。

「こんなに銭になる仕事がまっとうな筈はない、と薄々気づきながらも、食っていくために詮索(せんさく)をせず、知らぬふりをする。そうして運びこまれた品物が誰かに損害を与えたり、ときには死なせるような結果になったとしても、自分は関係ない、まともな人間だと信じたいんだ」

「昔はもっと単純だった。夜の埠頭(ふとう)で怪しげな男たちが集い、現金の詰まったアタッシェケースと引きかえに密輸品を受けとる。そこに居あわせた人間すべてが犯罪者だと自覚し、彼らを逮捕すれば、犯罪組織に打撃を与えることができた」

河合は北平を見つめた。

「あんた、警察にいたのか」

北平は答えずにいった。

「現在のように複雑化した違法取引を暴くために必要なのは、会計士やコンピュータの専門家であり、法律や投資に詳しい人間たちだ。国際的な違法取引が現金で決済されることはほとんどなく、電子商取引や地下銀行の送金でまかなわれる。金の流れがつかめなければ、犯罪に加担したのが何者なのかを炙(あぶ)りだすことはできない。より現実的で身近な犯罪に対応しなければならない警察には困難であり、努力に見合う結果が得られない作業だ。地道な捜査を何ヵ月もおこなったあげく、ほしが太平洋の小島ナウル共和国に本社をおく幽霊企業の経営者だ、と判明して喜ぶ刑事はいない」

「ナウル共和国？」

「オフショア（沖合）と呼ばれる、国や土地のひとつだ。ペーパーカンパニーの設立、匿名の銀行口座や金融取引を顧客に許している。同様なものは、スイスやモナコ、タイにもある。FATFの圧力で、リヒテンシュタインやバハマなどは慎重になったがね。ナウルはFATFからの要請を拒絶した。マネーロンダリングへの協力は、国家事業というわけだ」

「どうしようもないな」

河合はつぶやいた。〝国家〟が犯罪に加担しているのであれば、別の国家の捜査がそこに届いたところで結果などでるわけがない。

「確かにどうしようもない。だからといって、国際的な違法取引を野放しにすれば、いずれまともな経済活動を撤退せざるをえない企業が生まれてくる。悪貨が良貨を駆逐するのたとえだな。コピー商品が氾濫すればオリジナルを作っている会社はたちいかなくなる。『ブラックチェンバー』が必要とされる理由がわかるだろう。我々は決して、今夜のような暴力的手段で、違法取引の摘発や排除をおこなっているわけではない。ではなぜ、このような真似をしたのか。それは、君に加わってもらいたいからだ」

河合は驚いて北平を見つめた。

「何だって」

「金融やコンピュータ、法律の専門家を我々は擁している。さらにいえば、暴力の専門家も。我々に今必要なのは、刑事捜査の専門家だ。むろんこれまでもそういう人間はいたのだが、欠けてしまった」

「欠けた」

河合はくり返した。

「そう、欠けた。我々の支部ひとつひとつは、巨大ではない。精鋭を揃え、情報の提供を各地の支部や国際機関、司法組織などからうけて活動している。存在が公になることは決してあってはならず、秘密裡に調査を進め、違法取引を阻害し、報酬を得ている。そこに入ってもらいたい」

河合は息を吐いた。想像もしていなかった。

「なぜ、俺なんだ」

「警察の限界を知っている。それに独身で、情報統制が比較的容易だ。何より、捜査官として優秀だ」

河合は黙った。北平がつづけた。

「この選択は、君の身の安全にもつながる。今夜の失敗を知れば、コワリョフは、新たな刺客をたてるだろう。警視庁にとどまったところで、コワリョフの決意を鈍らせる材料にはならないことをわかっている筈だ」

「警察を、辞めろ、と」

「君には訓練が必要だ。さしあたっては、情報処理と語学の訓練をうけてもらわなければならない。警察にいたのでは、それは不可能だ」

「簡単にいうな」

「簡単ではないよ。君が優れた刑事だからこそ、うける資格がある。気力と体力ともに必要だ。だが命がかかっているとなれば、うけざるをえない」

河合は目を閉じた。再び、悪夢の中にいるような非現実感に襲われていた。殺されかけ、救われた。しかしその結果、人生が一変しようとしている。

「攻撃は最大の防禦(ぼうぎょ)だ。コワリョフを相手にする以上、君は身をもってそれを知ることになる」

北平が告げた。

3

二十七の初めにスタートした河合の結婚生活は、三十になる直前で破綻(はたん)した。表向きは性格の不一致だったが、実際は、妻に新たな男ができたのだ。離婚後、妻はその男と再婚した。

結婚によって独身寮をでた河合は、妻の求めで官舎ではなく、妻の実家に近いアパートに新居を定めた。離婚後も、五年そこに住んでいた。

命を救われた夜から二日後、河合は、警視庁組織犯罪対策二課を依願退職した。退職理由は、「一身上の都合」だったが、上司や同僚は、それを「燃えつきた」からだとうけとめた。「限界にぶちあたり、燃えつきる」刑事はときおりいる。要は、組織としての警察に失望し、やる気を失ってしまうのだ。山上連合とコワリョフの一件で上と激しくぶつかったことが響いていたのだ。慰留は思ったほどなかった。

退職後、すぐにアパートを引き払った。退職した刑事、特に組対に属していた者の動向に、警察は神経質になる。それだけ、ミイラとりがミイラになるケースが少なくないからだ。捜査情報の漏洩を警戒し、再就職先のチェックもおこなわれるのがふつうだ。ましてや、再就職先が「未定」となっていたのでは、辞表の受理すら拒まれる。にもかかわらず、河合に対し、それはなかった。奇妙だと思ったが、好都合でもあった。

「ブラックチェンバー」の日本支部なるものがどこにあるのかには不明だった。なぜならアパートを引き払った河合が北平の指示で向かったのは、台湾だったからだ。台北市内で十二ヵ月の訓練をうけるためだ。中国語と英語、そしてコンピュータの扱いを学ぶのが目的だ。教師はすべて中国人だった。

初めのうちは休みがなく、体を動かすのは、週三度の拳法道場だった。河合が暮らしたのは、食事つきのホテルで、そこには同じような境遇のタイ人とカナダ人がいた。

六ヵ月が経過して初めて、月に二日の休日が与えられた。その日は単独での外出も許された。

日本にはビザ更新のために何度かとんぼ返りをしたが、それも東京ではなく沖縄だった。わずか一時間半の飛行で沖縄には到着する。那覇市内で一泊し、翌朝には再び台北だっに飛んだ。

カナダ人が脱落した。彼にとっての六カ月目、ビザ更新のためにバンクーバーに飛んだが、二度と戻ってこなかった。

河合が訓練を全うできたのは、中途半端で日本に帰ればコワリョフの刺客に狙われるという不安があったからだ。警察官であっても殺害を決心する人間にとって、警察官でなくなったから殺す理由が消えた、という判断はない、と、三カ月に一度、河合のようすを見にやってくる北平が告げたのだ。

それが真実かどうかはわからないが、警察を辞めた河合にとって、生きのびるための最良の選択が、訓練だった。

台北にいる間、多くの日本人を見かけたが、言葉を交した者は皆無だった。日本語を話すのは、北平が来台したときだけだ。日本の情報には、ホテルの部屋にあるテレビとインターネットによって不自由はしなかった。

ただ、日本語を喋(しゃべ)るという喜びだけのために、み月に一度の北平の来訪を、河合は待った。

十二カ月が終了し、四度目の来台をした北平と、河合は台北市内のレストランで夕食をとった。料理のオーダーは、すべて河合が中国語でおこなった。会話に関しては、不自由がなく、テレビ番組を見ていても内容がほぼ理解できるようになっていた。

「明後日、バンコクに飛んでもらう」

食事を終え、デザートを食べていると、北平が告げた。

「バンコク？　今度はタイ語とムエタイか」

「いや。観光旅行と思っていい。バンコクにはナイジェリア人街がある。さらにいうなら、黄金の三角地帯も近い。バンコクでは、元軍人の我々の協力者が君をアテンドする。ヘロイン中毒者の更生施設や、東欧から連れてこられた娼婦(しょうふ)たちが、アラブ人やロシア人の客をとっている店に案内してくれるだろう。バンコクは、アジアにおける違法取引のハブといってもよい。人身売買は男女ともに、大人子供の別なくおこなわれているし、黄金の三角地帯からは、かつてのヘロインにかわりメタンフェタミンが大量に運びこまれている。さらに中国から、コピーブランドが流入し、周辺諸国へも送られている。タイにいってもらう理由のひとつは、そうした違法取引を牛耳っている組織のある典型が見られるからだ」

「ある典型？」

北平は中国語でウエイトレスを呼び、お茶のお代わりを命じた。その発音が自分よりはるかに優れているのを知って、河合は息を吐いた。初めて会ったあの夜から、北平にはあらゆる面で、自分より優れていると感じさせられていた。不快とまでは思わないが、情報をこだしにしか与えない、この男の存在そのものを象徴している。

決して勝てない相手。すべてをうけいれざるをえない上司。それは警察にあった上下関係とは微妙に異なる。

警察組織において上司の命令は絶対だが、その上司にも、逆らえないさらに上の人間が存在することが前提だ。上へ上へとその関係をたどっていけば、警察庁長官というポジションに到達するが、それははるか遠くのかすみがかかった高峰で、上司という実感はない。日常とはかけはなれた存在である。

だがこの北平は、中国人の教師を除けば、「ブラックチェンバー」と自分をつなぐ唯一の人間だ。なのに、あらゆる面で、絶対的な優位を、河合に対して感じさせている。このままでは、北平個人の〝使用人〟になってしまうような危機感すらある。

河合のそうした感情の揺れに北平は気づいていないかのように言葉をつづけた。

「国際的な違法取引が成立するためには、政治家や官僚、司法関係者などの関与が不可欠だ。一度や二度の小規模な密輸ならともかく、取引の安全を恒常化しようと考えるなら、賄賂による担保が確実だからだ」

「あんたのいいかたは難しいな。俺は日本語からしばらく遠ざかっていたんだ」

思わず河合はいった。北平は苦笑した。

「すまない。学者のような喋りかただったな。簡単にいうなら、汚職と違法取引はカードの表と裏だ。摘発を逃れるために最も効率がいい方法は、現場に影響力をもつ人間に金を握らせることだ」

「それならわかる」

「が、国や地域によっては、逆転の現象がおこる。本来、買収され違法行為に目をつぶる立場の人間が、違法行為をとりしきるのだ。誰かに買収されるのではない。その立場にあることを利用して、利益を得る。しかもそれは組織的におこなわれる。結果、違法取引にかかわる犯罪組織は、国や地域の公的機関と重なりあう」

「税関や警察が犯罪組織だというのか」

「資本主義、社会主義の別なく、多くの国家において最も力をもつ公的機関は軍隊だ。武力をもち、他のどんな公的機関より多数の人員を抱えている。ピラミッド型の構造は、腐敗に対してもろい。命令が絶対である以上、違法、合法を問わず、部下は上官の望む行動をとらざるをえない。しかもピラミッド構造の組織は、過失や犯罪の発生を外に知られるのを嫌う」

「タイの犯罪組織は軍隊が牛耳っていると？」

「軍と警察の両方だ。それぞれ専門とする分野は異なる。勘ちがいをしてはいけないのは、だからといって軍人や警官が怠惰で無能だというわけではない。組織全体の利益に関係するだけに、新興の犯罪組織の摘発には熱心だ。むしろ、他の国の軍人や警官より優秀とすらいえる。縄張りをおかす犯罪者はただちに検挙されるか、裁判を待たない処刑がおこなわれる」

「むしろ平和だな」

河合はいった。

「その通りだ。一般市民の治安状況についていうなら、バンコクは東京などよりはるかに安全といえる。チンピラやごろつきにからまれることもなく、通り魔殺人などめったに起こらない。その一方で、売春や違法薬物の売買は堂々とおこなわれている」

「あんたの話を聞いていると、タイの社会のほうが日本より成熟しているように聞こえる」

「ある意味ではそうだ。建前の資本主義ではない。法が、その国を司る者たちの味方だとはっきりしている。君にはそれを見てきてほしい。そして『ブラックチェンバー』が相手にするのが、そういう人間たちも含むネットワークだと知ってもらいたいのだ」

河合は北平を見つめた。

「結局、絶望するだけじゃないのか。そんなことを知ったところで」

北平は否定しなかった。

「君は犯罪がこの世から消えてなくなると思うか。あるいは組織化した犯罪集団を根絶できる日がくると思うか」

「思わないね。犯罪も犯罪組織も消える日がくるとすりゃ、それは人間が皆、ロボットのように生きている時代だ」

河合は首をふった。

「私も同感だ。犯罪というのは、いわば欲望の直接的な充足だ。それがさまざまな法によって規制されるものだから複雑化し、地下に潜る。だからといって、規制をなくせばよいとも思わない筈だ。いってみれば、ゴミ処理のようなものだ。ゴミを減らすことはできるがゼロにすることはできない。そして処理の仕事は誰かがやらなければならない」

「それだけか」

「なぜそんなことを訊く」

「たとえばこの一年の訓練で、あんたの組織は莫大な金を俺につかっている。まだ俺は何の役にも立っていないし、これから立つという保証もない。そんな費用はどこからでるのだろうと思って」

「その部分については説明ずみだと思うが」

河合は息を吐き、茶のポットをとりあげた。

「儲けていないのか」

「『ブラックチェンバー』が？」

頷き、北平の茶碗に注いだ。北平は無言だった。遠くを見ている。

「ブラックマネーの総額は、世界のＧＤＰの一割に相当する、とあんたはいった。『ブラックチェンバー』が、そのうちの〇・一パーセントでも得ていたら、とんでもない金額だな」

北平はゆっくり首を回し、河合を見た。

「強欲と正義は両立すると思うかね」

「どうだろうな」

河合はつぶやいた。

「国際的な違法取引を阻害することは、法律とは別次元の正義につながる、と我々は考えている。その一方で、阻害の代価として、麻薬や武器の代金を奪うことに問題があるだろうか。それとも、そうした金は犯罪者に返すべきだと？」

河合は首をふった。押収した犯罪資金を犯罪組織に返す馬鹿はどこにもいない。犯罪組織にとって最も大きな痛手は、構成員を逮捕されることではなく、資金をおさえられることだ。だからこそ一年前、コワリョフは自分を殺そうとした。河合が、コワリョフの金儲けを阻み、北海道のコワリョフの財産をおさえようとしたからだ。

「つまり、法とは別の道義的な問題だ。もちろん押収した金をより人道的な使い途にあてる、という選択もある。が、そうなれば、『ブラックチェンバー』の活動はそこで終息してしまう。喜ぶのは、違法取引をおこなっている他の犯罪集団だけだ。我々は強欲に、彼らから資金を奪う。それが正義につながるからだ」

4

バンコクの空港は、ガラスをふんだんに使った巨大な施設だった。河合を迎えにきた男は「ポール」だと自己紹介し、英語でこの空港は、パリのドゴール空港を真似た建物だと説明した。

「タイ人の本名は皆、とても長い。だからニックネームをつける。私のことはポールと呼んでくれ」

ポールは、五十代後半の男だった。わずかに腹がでていて、それを隠すようにゆったりとした長袖(ながそで)のシャツを着けている。黒のスラックスに黒の革靴だ。

エアコンのきいた建物の外にでると、熱気が押しよせてきた。台北より気温が高く、だが湿度はそれほどでもない。

ポールはシャツの胸ポケットから煙草をとりだし、火をつけた。

「今は乾期だから、とてもすごしやすい。観光には最高のシーズンだ」

深夜だというのに、バックパッカーのようないでたちをした白人の旅行客が次々と建物から吐きだされ、バスに乗りこんでいく。

「最近、新しい観光名所が、北部のノンカイの近くにできた。昔のＧＩの町だ。ベトナム戦争を戦ったアメリカ人が、年金をもらうようになって、タイに移住してきたんだ。『地獄の黙示録(アポカリプス・ナウ)』という、コッポラの映画を知っているか」

やや訛(なまり)のある英語で機関銃のように話す。河合は首をふった。

「そうか。ベトナム戦争は、アメリカにとって悪夢だったが、タイには大金をもたらした。アメリカ軍相手の商売で儲けて、ホテルやレストランのオーナーになった人間がたくさんいる。そして今になって、かつての悪夢が青春の思い出にかわった連中が、タイに集まってきた。ローリング・ストーンズとマリファナ、そして若い娘たちをもう一度楽しもうというわけだ。人間は不思議な生きものだ。地獄だと思った戦場が、今度はなつかしい」

煙を吐き、首をふった。浅黒い顔にはまった目には、まるで表情がない。手首には金のロレックスが巻かれていた。

「あんたも軍隊にいた、と聞いている」

河合も煙草をとりだし、いった。

「陸軍にいた。八〇年代の中頃までは、アメリカ軍の特殊部隊を連れて、よくベトナムとの国境付近までいっていた。明日からお前を陸軍の訓練場に連れていく」

「訓練場に？」

驚いて河合は訊き返した。

「観光の案内をしてくれると聞いていた」

「それは、トレーニングが終わってからだ」

答えて、ポールは煙草を灰皿につきたてた。銀色のバンが警備員の制止を無視して、河合とポールの前まで走ってくると停止した。

スライドドアを開け、ポールは首を倒した。

「乗れ。明日の朝は七時にお前をピックアップしなけりゃならん」

バンはモノレールの走る、バンコクの大通りをのろのろと進んだ。深夜でも交通渋滞が激しく、バイクがけたたましい排気音を轟（とどろ）かせて走り回っている。ライダーは皆、ゼッケンのような上っぱりを着け、うしろに人を乗せていた。

河合が訊(たず)ねると、あれはひとり用のタクシーバイクだとポールが説明した。

「バンコクにはBTS(モノレール)と地下鉄が走っているが、タクシーを使う人間も多い。もっと金のある奴は、自分の運転手を雇う」

大通りの両側の歩道には、ほぼ切れ目なく屋台が並んでいて、食べものや衣服を売っている。台北と似ているが、より数が多い。台北では「夜市」と呼ばれるナイトマーケットは、地区を限定されていた。バンコクでは、どこにでもあるという印象だ。

約一時間ほどで、バンは裏通りに建つホテルに到着した。ポールがフロント係にタイ語でまくしたて、河合はパスポートのコピーとひきかえに部屋の鍵(かぎ)を受けとった。

「このホテルは観光客はほとんど使わない。使うのは、世界中の軍関係者だ」

ポールが低い声でいった。言葉通り、簡素なロビーの「ビジネス・センター」で備えつけのパソコンを扱っているのは、髪が短く、体つきのがっしりとした男たちばかりだ。ビジネスマンにしては、異様に太い腕や首をもっている。

「今は民間軍事請負会社(PMC)と契約を結んでいる連中が多い。タイは、世界中のどこへ飛ぶにも近くて便利だからだ。それに金を払いさえすれば、軍の施設でのトレーニングが可能だ。何より、奴ら傭兵(ようへい)の大好物がそろっている」

「大好物？」

ポールは片目をつぶった。

「女だよ。戦っていない兵隊の頭の中に、他に何があるというんだ。奴らはドラッグはやらない。ハードリカーもあまり飲まない。タイにはうまいビールと若くてかわいい女がごまんといる。それで充分なんだ」

ホテルの部屋は、日本のビジネスホテルよりは広く、清潔だった。テレビをつけると、タイ語のチャンネルの他に、中国語のチャンネルもあり、河合はそれをしばらく眺めた。

台湾での一年間で、自分は大きく変わった。それをひと言でいうなら、「どこにも所属していない状態」に慣れた、ということだろう。

警察も軍隊と同じく、巨大な組織だ。警官でいる限り、所属と任務が頭を離れることはない。それは制約であると同時に、帰属意識による精神の安定をもたらす。判断は上にゆだね、命令によってのみ行動を決定する生活は、心に迷いを生まない。

それを壊したのがコワリョフだ。警官であっても、一個人として命を狙われる。警察という組織の保護を得られないとわかったとき、河合の人生観はかわった。

「警察は助けてくれないよ」

ひとりの中国人に投げつけられた言葉が脳裡(のうり)に浮かんだ。

胡(フー)という名の、黒龍江(こくりゅうこう)省出身の中国人だった。池袋でマッサージ店を経営するかたわら、裏で中国から引いた覚せい剤を、地元の暴力団に卸していた。が、代金をめぐるトラブルが起こり、そこに別の広域暴力団が割りこんだ。物(ブツ)を今後自分たちに卸すなら、地元の組から代金を回収してやる、とささやいたのだ。胡は悩んだあげく、取引に応じた。

代金を回収できなければ、次の品を中国からとり寄せられない。だがこれまでのつきあいを反故にしたら、地元の組の怒りを買うのは見えている。

切羽詰まったあげくの決断だった。広域暴力団は、力にものをいわせ、代金を地元の組から回収した。が、その金が胡のもとに届けられることはなかった。金が欲しければ、物をもってこい、というのが広域暴力団の要求だった。だが回収金もなしで、新しい物を手に入れられる筈がない。

胡は手下とともに、広域暴力団の人間を襲った。利用されたことに気づいたのだ。ひとりを射殺し、ふたりに重傷を負わせた。

その時点で動いたのが、河合ら組対二課だった。広域暴力団による報復とのタイムレースとなった。胡の手下ふたりが殺され、胡がからくも逃げのびたところを逮捕した。法の上での責任はともかく、胡の怒りはもっともだった。あくどいのは、広域暴力団の側だ。取調べの席で、胡がいった言葉が、

「警察は守ってくれないよ」

だった。

河合ら警察官は、相手が広域暴力団であっても捜査をおこない、幹部に手錠を打つことができる。そのことで警官が報復をうける可能性は低い。それは、警察という組織すべてが、報復をうけて立つという前提に立っているからだ。万一、暴力団が警官に報復

を企てれば、その暴力団は、徹底して警察の攻撃にさらされる覚悟が必要となる。

警察は、警官は守っても、それ以外の人間を守りきることができない。なぜなら、警官はその身分によって、未然に守られている。しかし一般の市民はちがう。たとえば暴力団の恨みを買い、狙われたら、被害がでるまで、警察が動くことはまれだ。怪我人や死者がでてから、実行犯を逮捕したとしても、それは決して守ったことにはならない。

「暴力団をおそれない」という標語があるが、警察に帰属する人間だから、いえる言葉だ。指一本さされる不安がないからこそいえるのだ。それを、河合ら警察官は、頭では理解しているが、立場として肌で感じることはなかった。帰属意識が、常に〝守られている〟立場にあるとささやいていたからだ。

胡は服役中に殺された。皮肉なことに殺害したのは広域暴力団ではなく、取引を打ち切られた地元の組の構成員だった。が、実行するようにそそのかしたのが、同じ房の広域暴力団員であったことが、後に判明した。

胡の言葉は正しかった。罪をつぐなうための服役中ですら、警察は胡を守ってやることができなかった。

それからすでに何年かがたっている。時代はあきらかにかわった。警察は、そこに帰属する警官を守れなくなっている。

警官に対する攻撃を、警察がうけて立つという意識に変化はない。かつてはその意識が充分、「楯（たて）」になり、個々の警官を守っていた。警官に攻撃を加えようと考える人間は、そのあとの逃げ場を失うことで、犯行を思いとどまったからだ。暴力団員であれば、組にも警察からの反撃が及ぶ。

が、外国人犯罪者にそのルールはあてはまらない。たとえ警官を殺しても、国外に逃亡すれば、それで終わりだ。そして暴力団もそこに気づいた。組員が警官を殺せば、組は破滅する。だが外国人の下請けにやらせれば、組は傷つかない。

結果、組対に所属する刑事の個人情報を暴力団がかき集めるようになった。住所、電話番号、家族構成、ローンの残高。もともとこうした個人情報を集めるのが朝飯前の組織なのだ。

もはや、警官すら、警察は守れなくなった。

警察が守ってくれないから、自分は警官を辞めたのだろうか。

自問自答することが、河合はあった。

それは半分あたっている。警察は、犯罪組織に対し、最強、最大の組織だと信じていた。最大であることは、今もかわらない。だが、最強か、と考えたとき、疑問が湧く。コワリョフを追いつめられない警察は最強とはいえない。目の前のハエを追うことしかできない警察は最強にはなれない。

そこに北平が現われた。警察の限界を越えて犯罪組織に打撃を与えられる「ブラックチェンバー」という組織が存在することを知らせた。

　自分の身を守るため、そしてより深く、奥へと犯罪組織を追いつめるため、河合は「ブラックチェンバー」に身を投じたのだ。

　戦うこと以外に存在理由を見いだせなくなった兵士は、軍隊を辞めたあと、民間軍事請負会社に身を投じる。なぜなら戦闘の経験と能力を活かせる職場は、平和な地にないからだ。

　捜査すること以外、自分に存在理由はない。特に離婚してからは、河合はそう考えてきた。

　優れた刑事かもしれないが、人間的な魅力はきっとカケラもない。それが証拠に、離婚後は恋愛には無縁だし、趣味と呼べるものもなかった。同僚からも、つきあいづらい奴だと思われていた筈だ。

　そんな河合にとって「ブラックチェンバー」は、ぴったりの世界だった。台北での一年をつらいとは感じても、逃げだしたいと思わなかったのは、だからだ。

　空っぽでいいのだ。捜査をしていないときの自分は。

　空っぽの自分に、訓練がさまざまな技術を詰めこんでいく。それをまた捜査の現場で活かす。自分は技術の容れものと同じだ。

　訓練が終わったとき、北平がどんな捜査を命じるのか、河合は期待と不安の両方を感じている。

　警官だったときは、歯車のひとつでしかなかった。情報を収集するのが仕事で、判断は上司が下す。それに従ってガサをかけ、逮捕した。「ブラックチェンバー」では、異なる動きを求められるだろう。

そこに期待がある。

不安は――。実際、どんな事件をやらされるか、ということだ。事件として水面上に現われたものを、「ブラックチェンバー」はおそらく扱わない。「事件」とは、発覚した犯罪を示す言葉だ。殺人であれ、詐欺であれ、発覚しなければ「事件」ではない。水面下で進行中の犯罪に、「ブラックチェンバー」はからんでいくのだ。

北平がいった言葉がよみがえる。

「強欲と正義は両立すると思うかね」

それは聞きようによっては、犯罪捜査を金儲(もう)けに利用しているともとれる。民間軍事請負会社が、戦争を金儲けに利用しているのと同じだ。

両立する筈だ。いや、させるべきだ。

河合は自答した。「ブラックチェンバー」がたとえ犯罪捜査を金儲けに利用しているとしても、警察にはおこなえない捜査を可能にするなら、今の自分はむしろそれをやりたい。

殺されかけたあの晩から、河合は、自分がもうかつてのような警察官ではいられなくなったことを実感していた。

組織は、自分を守れない。その一方で、やりたい仕事に制限をかけてくる。

仕事の制限だけならば、しかたのないことだとうけいれただろう。だが、死の危険から守られないのであれば、うけいれることに何の意味もない。

自分の身は、自分で守る。北平がいったように、そのための最大の防御法が、「ブラックチェンバー」への参加なのだ。

たとえ技術の容れものに過ぎないにしても、俺は命が惜しい。

河合はつぶやく。機械ではない証だ。

河合には希望があった。「ブラックチェンバー」で働くようになれば、より、機械から人間に近づけるのではないか。少なくとも、部品であった警官の時代よりは、機械本体としての行動を許されるのではないか。

実は、それこそが自分が最も強く望んでいることかもしれない。

5

「グロックを撃ったことはあるか」

翌朝、迎えに現われたポールに河合が連れていかれたのは、明らかに軍の基地とわかる、高い塀で周囲を囲われた広大な施設だった。ゲートの前には、武装した歩哨が立っている。

ポールが助手席から合図を送るだけで、歩哨は敬礼し、ゲートを開いた。バンは基地の中をゆっくり走り、ひとつの建物の前で止まった。

ポールは大きく黒いナイロンのトレーニングバッグを手に、バンを降りた。半屋外式の射撃訓練場だった。仕切りのある、腰の高さほどのカウンターが設けられ、その二十五メートルほど前方に土嚢が積みあげられている。手前には、標的紙を固定する木枠が立っていた。

カウンターにおいたナイロンバッグのファスナーをポールは開いた。プラスチック製のガンキャリーケースをとりだし、蓋を開く。

名前は知っていたが、初めて見る拳銃だった。妙に角ばっていて、光沢がなく、プラスチックのオモチャのようだ。

ポールはケースからグロックをつかみあげると、マガジンを抜き、スライドを引いて、銃が空であることをまず調べた。安全確認の第一だ。

「ない。撃ったことがあるのは、三十八口径のリボルバーだけだ」

射撃場には、係員らしい、迷彩パンツの兵士がふたりいるだけだ。無関心げに新聞を読んでいる。

ポールは頷いた。紙箱をガンキャリーケースの横におく。九ミリ口径弾が五十発入っている。それをふた箱、み箱と重ねていき、計十箱を並べた。

五百発。

河合はそれを見つめた。これまで撃ったすべての実弾の総量をはるかに超えている。

「グロックは、世界中の警察、軍隊、警備員で、現在、最も多く採用されている拳銃だ。その理由は何だと思う?」

「命中率か」

ポールは首をふった。

「命中率は確かに悪くない。だが、競技会で一番多く使われているのは、コルトのM1911の改造バージョンだ。命中率だけを求めるなら、使用者は、もっと好みを優先する。もってみろ」

さしだされた拳銃を河合は受けとった。そして驚いた。信じられないほど軽い。制服巡査時代に腰に吊るしていたニューナンブよりも軽かった。

「軽い」

ポールはにやりと笑った。

「まさにそこだ。一日中、もち歩くことを考えれば、軽さは何よりのメリットだ。このグロックの重量は六百二十グラム、アメリカ軍のベレッタは九百七十五グラム。一・五倍の重さだ。同じ九ミリ弾をダブルカラムマガジンに十七発詰めることを考えると、グロックを選ぶ理由がわかるだろう」

河合は頷いた。ニューナンブでも、三十八口径弾を五発詰めれば七百グラムを超える。それを一日中吊るしていれば、腰に負担がかかるのだ。ベレッタなら一キロを超えるだろう。

「軽い銃は性能が悪い、と聞いたことがある」

銃本体を軽量化することは、合金やプラスチックを素材にすればいくらでも可能だ。だが軽い銃は、反動を吸収しないため、かえって扱いにくいと河合は聞いたことがあった。

「それはこのグロックが登場するまでだ」

ポールはいって、背後の兵士をふりかえった。タイ語で指示を与える。のっそりと立ちあがった兵士が、射場に入り、紙の標的をホチキスで木枠に留めた。

もうひとりの兵士が、すえつけられた大型扇風機のスイッチを入れた。暑さを逃れるためだけではない。銃の発射は、油やスス、弾丸の鉛のカスをあたりにまき散らす。それを吸いこまないためだ。

その兵士が無言でガラス壜をさしだした。脱脂綿の玉が入っている。河合が怪訝そうに見返すと、耳の穴を指さした。

イアプロテクターのかわりらしい。確かにこの暑さでは、耳のすべてをおおうイアプロテクターはむれる。

河合は耳栓を詰めた。その間にポールはグロックのマガジンに九ミリ弾を詰めていた。

「見てろ」

自らも耳栓を詰め、ポールはグロックをかまえた。河合が警察学校で習った射撃姿勢とはまるで異なるかまえだ。

警察学校で習うのは、右腕一本をまっすぐにのばした型だ。体は自然、横向きになる。ポールは両手でグロックをホールドし、肘を両方とも曲げ、下から支えるような姿勢で、標的に正対していた。

いきなり尖った銃声が耳に刺さった。ニューナンブの三十八口径とはちがい、どこか甲高い銃声だ。

標的紙の中心の黒点に穴が開いた。つづけて四発がそこに撃ちこまれた。すべてが中心点で、ほぼ一カ所に固まっている。

河合は目をみひらいた。警察における「射撃上級」のレベルではない。競技会のトップクラスだった。

五発を撃つと、グロックは沈黙した。ポールは銃をおろした。

「射撃は集中力と感性だ」

「集中力はわかる。だが感性とは何だ」

河合は訊ねた。ポールは無表情に答えた。

「紙のターゲットは撃ち返してこない。だからじっくりと狙える。だが相手も銃を手にしていたら、そんな余裕はない。命中させるのは、感性だ」

河合は息を吐いた。その通りかもしれない。狙いをつけるという意識をもつことなく、標的に命中させるには、何か動物的な勘のようなものが必要になるのだろう。

「感性は、銃に慣れることでしか生まれない。さっ、撃ってみろ」

ポールはグロックをさしだした。

6

三日間、昼間を射撃場で河合はすごした。銃がトラブルを起こしたときの処置も、ポールは河合に教えこんだ。

射撃訓練が終わると、食事をして夜の街に連れだされた。

コピー商品を売る屋台、東欧系の白人娼婦ばかりがいるディスコ、まだ十代としか見えないゴーゴーガールが客をひく、ゴーゴーバー、薬物中毒者が売人と取引をする現場もさんざん見せられた。

多くの売人とポールは知り合いだった。呼び止め、商品を見せろ、と命じると彼らは素直に応じた。マリファナ、メタンフェタミンの錠剤、ヘロイン、阿片チンキを染みこませたハシシ（大麻樹脂）、などだ。

「連中は取締られないのか」

カントリー風のバーで、そうした売人のひとりが商品を見せ、立ち去ったあと、河合はポールに訊ねた。

「取締られるさ。月々のアガリを納めなければな」

ポールは平然と答えた。

「警察に？」

ポールは無言で河合を見返した。返事はなかった。

「さて、今日で俺の観光案内は終わりだ。お前はよくがんばった。グロックに関しては、それなりの腕にはなった」

ポールはジョッキのビールをあおり、手をさしだした。河合は複雑な気持でそれを握った。

「あと二日、お前は自由行動を楽しめる。女と楽しむのも、クスリをやるのも、プールで泳ぐのも、お前の勝手だ」

「二日たったらどうなるんだ」

「俺がホテルからお前を空港に連れていく。そこからどこに飛ばされるか、俺は知らない」

河合は頷いた。自分は北平の決めたスケジュールのまま動かされているようだ。

「ここからホテルへは歩いて帰れる。表通りにでて、BTS沿いに二ブロックいき、右に曲がればいい」

ポールは立ちあがり、いった。

「そうだ、こいつを渡しておく」

封筒をポールはとりだした。手にした瞬間、紙幣だとわかった。ポールは片目をつぶった。

「お楽しみには金がいるからな」

「ありがとう」

「礼はお前のボスにいえ。じゃあな」

バーをでていった。

河合はそれを見送った。ミニスカートをはいたウエイトレスがすっとかたわらに立った。

「ワンモアビア？」

河合は頷いた。ポールが乗りこんだバンが店の前を離れていく。河合は不意に孤独を感じた。店の人間すべてが自分を見つめているような気がする。

さし迫った危険は感じないが、決して居心地のいいものではなかった。

炭酸の弱いタイ製のビールを一気に飲むと、金をおき河合は立ちあがった。

「コップンカー」

ウエイトレスが両手を合わせる。

表にでた。バーの冷房がききすぎていたせいで、夜気が熱い。腕時計を見た。午後十時。

いきたいところはどこもない。射撃のトレーニングは、ほとんど体を使っていないようだが、実はひどく疲れるものだ。

ホテルに帰ろう。そう決めて河合は歩きだした。BTSの高架が中央を走る表通りにでると、騒音に包まれる。

「マッサージ、マッサージ」

タイ式や足裏マッサージの店舗が並び、客引きの声がかかる。女たちはそれぞれの店の制服であるポロシャツ姿だ。

屋台では、肉の串が焼かれ、煮込みやスープソバ、スイカ、マンゴなどが売られている。アルミのテーブルに丸椅子が並べられた路上で、人々が食事をとっている。三日間で二度、こうした屋台で食べた。腹をこわすこともなく、想像以上にうまかった。

台北の夜市は観光客目当てのものが多かったが、バンコクの屋台は市民生活に密着している。仕事帰りに屋台で腹を満たすのが、あたり前になっているようだ。

屋台の列が途切れると、閉まった商店の前を歩いた。屋台のない歩道は、そこだけが闇に沈んでいるように感じる。

ホテルに向かう路地の入口にさしかかったところで、河合は足を止めた。妙な違和感がある。背すじのあたりを見えない指でなでられているような気配があった。

つけられている。ふりかえりたい衝動をおさえた。

視線は〝感じる〟ものであることを、刑事の経験から河合は知っていた。人は、たとえ背中であろうと、ずっと視線を向けられていると、ある種の圧力を感じる。それは特に、尾行や監視を警戒する犯罪者には顕著な傾向だ。したがって、プロの犯罪者を尾行するときには、極力その背に視線を向けないよう、注意した。

絶対に失敗してはならない尾行では、前後や左右に、四名から六名でシフトを組む。それでも尾行に気づかれることは少なかった。尾行に成功するコツは、尾行していると意識しないことだ、といわれた。ただ漫然と向けた視線の範囲内に対象者をとらえておく。見失うまいとすれば、視線は尖り、対象者に気づかれやすくなる。

その点で判断すれば、今、河合をつけている人間は、プロではない。尾行にたけた者なら、これほど早く簡単に、河合に気づかせることはない筈だ。

立ち止まった理由をごまかすため、河合は煙草に火をつけた。ホテルに向かう路地を曲がらず、さらに表通りを歩きつづける。

二百メートルほど歩くと、今度は屋台の並んだ路地があった。食べものだけでなく、Tシャツなどの衣料品も売っている。子象を連れた象使いの姿があった。バナナを売っている。買った客がさしだすと子象は器用に鼻でつかんで口に運ぶのだ。

河合はその路地を曲がった。

象使いの前に人が群らがっている。観光客らしい日本人のグループだ。河合は立ち止まった。

子象はさしだされたバナナのかけらを次々に口に運んでいる。そのかたわらで日本人は交互に写真を撮っていた。二十代の男女三人組だ。

「写してあげましょうか」

河合は声をかけた。日本語で話しかけられ、一瞬驚きの表情を見せたものの、

「あ、お願いします」

と、ひとりの娘がデジタルカメラをさしだした。河合は笑みを浮かべ、

「じゃあ、象さんをはさんで並んで――」

告げて、カメラをかまえた。画面の高さを調整しながら、路地の入口に目を向けた。

ひとりの女の姿があった。小柄で筋ばった体つきをしている。浅黒い肌をしていて、タイ人のようにも見えるが、確信はない。

シャッターを切り、カメラを返した。

「確かめてみて。ちゃんと撮れているかどうか」

娘は確認した。笑みを浮かべ、大丈夫です、ありがとうございました、と答えた。河合は頷き、歩きだした。路地の奥へと向かう。

尾行はつづいていた。

スリだろうか。それにしては露骨すぎる。女の格好は、ジーンズに白っぽいブラウスで、売春婦とも思えない。ちらりと見た限りでは、化粧けもなかった。

路地の突きあたりは袋小路だった。駐車場がわりに使われているのか、バンやトラックで何重にも止められている。

河合は車と車のすきまに入り、トラックのボンネットのかげでしゃがみこんだ。

軽い足音が聞こえた。運動靴をはいた足がトラックのタイヤの向こうに見えた。女は、袋小路の奥に道があると疑わず、あとを追ってきたようだ。だが河合の姿を見失い、立

ち止まった。

河合は立ちあがった。気配に女がふりむいた。

おそらく日本人ではない。近くで見ると、身長は一五〇センチあるかどうかだろう。黒い髪をひっつめるようにうしろで束ね、目には険しい光がある。まったく見覚えのない顔だ。固くひき結んだ唇の端に、強情そうな皺が寄っていた。ウエストポーチを巻いていて、それが日本人ではないと見当をつけた理由だった。

中国人だろうか。

「何の用だ」

河合は英語でいった。女は怒ったように河合を見つめた。

逃げだすか、と思ったが、ちがった。

「そっちこそ、何の用」

日本語で訊き返してきた。河合は瞬きした。

「あんた日本人か」

女は答えなかった。わずかに両足を開き、拳を握って、河合を見上げている。

「何で俺をつける。ずっと俺のあとを歩いてきたろう」

女は答えなかった。ただ無言で河合を見つめている。

「何とかいえよ」

女の目が動いた。あたりに人がいないのを確かめているようだ。

「何なんだ」

不意に女が上体を傾けた。次の瞬間、信じられないほど高々とあがった女の右足が回し蹴りとなって、河合の顔に飛んできた。

反射的に上体を反らせてそれを避けた。女の動きは止まらなかった。軸足をかえ、今度は左足が襲ってくる。退こうとして背中がトラックのボンネットに当たった。思わず右手で蹴りをブロックしたが、骨まで痺れるような衝撃がきて、河合はよろめいた。

「何をするんだ」

右腕をかかえこみ、いった。女は無言のまま足を踏みだした。小さく固い拳がつきだされた。それを左手で払い、河合は女の首をつかもうとした。

女の動きはすばやかった。河合の腕をくぐりぬけ、踵で河合の爪先を強く踏んだ。呻き声がでた。思わず体をかがめそうになる。そこを狙って尖った肘がつきだされた。間一髪でかわした。女の顔は真剣だった。肘が顔面に入ったら、まちがいなく大怪我をするところだ。

河合は覚悟を決めた。理由は不明だが、この女は本気で自分を痛めつけようとしている。しかも女の使う格闘技は実戦的で、ひどく危険だ。

身長差を利用し、うしろ回し蹴りを見舞った。腰を払うつもりが、胸に当たった。だが女は後方に自ら飛んで、ダメージを軽減した。

女の体が止めてあったバイクにぶつかった。バイクが倒れ、大きな音をたてた。建物の窓が開く音がして、タイ語の叫び声がした。

女は河合をにらんだ。次の瞬間、身をひるがえして車のすきまを走り抜けた。

その姿はあっという間に見えなくなった。

河合は息を吐いた。

追いはぎでもするつもりだったのか。だとしても日本語を喋ったのはなぜなのか。

理解できないできごとだ。台湾での道場経験がなかったら、おそらく簡単に殴り倒されていたことだろう。

河合は屋台の並ぶ路地の入口に戻った。騒ぎに気づいた者はおらず、象使いも日本人のグループも消えていた。

女の姿を捜しながら表通りに戻った。きた道を歩き、今度こそホテルに向かう。

フロントで鍵を受けとり、部屋のある三階までエレベータで上がった。扉に鍵をさしこみ、ノブを引く。

「用心が足りないね」

部屋に入った瞬間、首すじに固いものを押しつけられた。

河合はさっとふりかえった。さっきの女が右手の二本の指をまっすぐのばして、河合に向けていた。

「これが銃なら、あなたは死んだ」

河合は、ドアの陰に立っていた女を見おろした。瞬きもせず見返してくる女の目に、わずかだが嘲(あざけ)りの色があった。

「ふざけるな」

河合はいった。

「いったい何の真似だ。俺のストーカーか、お前」

女はにこりともしなかった。

「あなたを試した。全然、駄目」

「はあ？」

「まったく使えない。一年前といっしょ。ぶるぶる震えて、撃たれるのを待っていた」

女は軽蔑(けいべつ)しきった顔で吐きだした。河合は目をみひらいた。

「嘘だろ」

闇の中から現われた、ヘルメットと防弾ベストを着けた黒いツナギの姿がよみがえる。

「お前――」

「チヒ」

「何だと」

「わたしの名はチヒ。キム・チヒ」

女はいった。河合は無言で女を見つめた。

「あなたのためのミッションを与えられた。新しいメンバーのために、バンコクまできた。でも、そのメンバーは、まるで駄目。アマチュア」

女はいって目を閉じた。ひどく悲しげな顔になる。

三十代のどこか。おそらく自分と同じくらいか、少し下だろう、と河合は思った。

「待てよ」

河合は息を吸いこんだ。

「俺は何も聞いてない。台北で一年語学研修をうけたら、いきなりバンコクにいけといわれた。あんたは北平さんにいわれてきたのか」

キム・チヒと名乗った女は目を開き、ため息をついた。

「あなたはアマチュア以下だね。訊いてもいないのにべらべらと重要な情報を喋る。台北にいた？　語学研修？　北平さんて誰よ」

河合は言葉に詰まった。この女のいう通りだ。一年前のあの場にいたと知らされた驚きで、思わずよけいなことを喋ってしまった。

女はドアの前を離れ、ベッドサイドの椅子にすわった。ウエストポーチからミネラルウォーターのペットボトルをだし、河合に目を向けたまま傾ける。浅黒い喉が動き、なめらかな肌の汗がうっすらと光った。不意に性欲を覚え、河合は狼狽した。

およそ色気のかけらもないこの女に、欲情している自分がいる。

チヒは、ペットボトルをおろすときっちりとキャップを締め、ポーチにしまいこんだ。

何かを喋れば、また蔑まれそうで、河合はただそれを見つめた。

やがてチヒが口を開いた。

「あなたとチームを組め、と命じられた。だからテストした」

「テストも命令か」

　チヒは首をふった。

「わたしの考え。一年前に比べてどれだけ進歩したのか、パートナーとして信頼できるのか、知る権利がわたしにはある。わたしはあなたのせいで死にたくない」

　河合は息を吐いた。

「で、あんたの評価は？　いや、聞かなくてもわかってる。落第だろ。俺は間抜けでお喋りだ、あんたみたいなプロにはとてもなれない」

　チヒは河合を見つめた。わずかだが、その目がやわらいだような気がした。

「タダシ」

　いきなり名前を呼ばれ、河合は驚いた。女に名前で呼ばれるのは、別れた妻以来だ。

「わたしには、あなたを拒否できない。命令には逆らえないから。だが信頼をしないことはできる。チームを組むが、信頼はしない」

「だったらやめたほうがいい」

　河合は首をふった。

「信頼できない人間とパートナーになるなんて無理だ。お互いが疲れて、仕事もうまくいきっこない」

「わたしに選択の余地はない。このミッションでは、あなたしかパートナーはいない」

「何のミッションか訊いてもいいか」

河合はベッドの端に腰をおろした。煙草をとりだし、火をつけた。

「コワリョフがバンコクにいる」

手が止まった。

「いつからだ」

「きのうだ。ペニンシュラにチェックインし、今日はずっと人と会っていた。バンコクに住むナイジェリア人だ」

バンコクにはナイジェリア人街がある、とポールから聞いていた。なぜナイジェリア人がタイに集まるかといえば、ナイジェリアは黄金の三角地帯で生産されたヘロインをヨーロッパにもちこむための中継基地となっているからだ。

世界中で検挙された麻薬の運び屋を国籍別に集計すると、ナイジェリア人は、常にトップに位置する。

「コワリョフは商売の相手をヨーロッパにかえたのか」

河合はつぶやいた。

「ヨーロッパ？　ナイジェリアはアフリカだ」

チヒがいう。

「そういうことじゃない。ナイジェリア人の仕事は運搬だ。奴らが一番得意なのは、西ヨーロッパに麻薬をもちこむことだ。となると、コワリョフは、日本ではなく、オランダやイタリアを相手に商売を始めたのか」

「今まではどこを相手にしていた」

「日本だ。奴の縄張りは、サハリンやウラジオストクといった極東アジアだった。密漁海産物を日本の暴力団に卸し、車や電化製品をロシアに輸入していた。ヨーロッパはおよそ方角ちがいだ」

　河合はいった。チヒは真剣な表情で聞いている。河合はふと気づき、訊ねた。

「コワリョフに関して、事前に聞かされていないのか」

「ロシア人犯罪者で、あなたを殺せと命じたことがあるのは知っている。それ以上は知らない」

　チヒは無表情にいった。河合はためらった。

「こういう話をしていいのか。まずいのだったらやめるが」

「あなたには知識がある、と聞いた。その知識には興味がある」

　河合は苦笑し、煙草を灰皿に押しつけた。

「間抜けなお喋りにあるのはそれくらいか」

　チヒは河合を見直し、いった。

「間抜けなお喋りといっているのはタダシだ。わたしではない」

「だってそう思っているだろう」

「タダシは戦闘訓練をうけていない。わたしの尾行に気づいて待ち伏せをしたところまでは悪くなかった。だがあの事態のあとで、まっすぐ部屋に帰ってくるのは、軽率だ」

チヒは冷静な表情でいった。

「あんたが俺個人を目標にしていたのかどうかが判断できなかった。バンコクで誰かに狙われるなんて、思いもよらなかったんだ」

「『ブラックチェンバー』に所属している人間は、世界中どこにいても、ターゲットにされる危険がある」

本当かよ、といいかけ、河合は言葉を呑みこんだ。東京で自分を殺せと命じたコワリョフが、バンコクにいることがその証明ではないか。

「いいわけじゃないが聞いてくれ。俺はまだ自分がトレーニングの最中だと思っていた。『ブラックチェンバー』の正式なメンバーになったなんて知らなかったんだ」

「あなたがメンバーでなければ、わたしもタイの協力者も、あなたに接触しない。接触は、危険の共有を意味する」

河合は額に手をあてた。

「それはつまり、こういうことか。あんたが俺と組めば、あんたもコワリョフに狙われる。その一方で、俺もあんたと組むことで、あんたを狙う誰かのターゲットにされるかもしれない、と」

チヒは頷いた。

「いるのか。実際に、そういう人間が」

「知りたいか」

チヒは河合を見た。河合は手を広げた。

「いることだけ、教えてくれればいい」

「いる」

こともなげにチヒは答えた。

「わかった。それ以上はいい。びくつきたくないからな」

初めてチヒが笑った。

「何がおかしいんだ」

「臆病者なのか、そうでないのか、わからない。臆病者なら、どんな人間かを知りたがる」

「あんたを狙っているのが誰で何人いるかは知らないが、きっと俺よりは多いだろう。そいつを聞かされても、俺はひとりひとりを見分けられない。たぶん、な。だから道で誰かとすれちがうたびに、あいつがそうかとか、こいつじゃないか、とか思いたくないんだ」

「わたしを狙っているのは、北朝鮮の対日工作部の人間だ。わたしは彼らと祖国を裏切った」

チヒがいった。河合はぽかんと口を開けた。

「訊いてないって、いったろう」

チヒは動じなかった。

「わたしが話したかった」

「もういい。もう、いい！　それ以上はやめてくれ」

「では、コワリョフの話を」

「奴の本拠地はウラジオストクだ。水産会社の役員をしていて、ハバロフスクに本拠をおくロシアマフィアの幹部でもある。ハバロフスクの組織は、石油や天然ガスといったエネルギー関連が本業だが、コワリョフは水産事業に目をつけた。サハリンのコルサコフやウラジオストク近郊のナホトカを母港にする漁船を使って海産物を日本の北海道や新潟にもってくる。日本側で荷受けをするのは、山上連合という暴力団のフロントの水産加工会社だ。水揚げとひきかえに、日本製の中古車や電化製品を渡す。取引そのものは、海産物と車や電化製品を交換するだけの、しごくまっとうなものだ。ただ、車や電化製品の中には、山上連合が中国人組織に盗ませたものが大量に含まれている。それに水揚げされるカニやホタテ、アワビなども、日露双方にとっての密漁品だ」

「ロシア側の取締りは？」

「機能していない。コワリョフの水産会社の経営陣の中には、ウラジオストクやナホトカの役人が名を連ねている」

「なぜコワリョフは、あなたを狙う」

「この取引に、警察は手だしできなかった。なぜなら取引を仕切るのは、組員ではなく、フロントと呼ばれる、上べはカタギの会社員で、流通や販売はそれこそ、上場しているような大企業が請け負っているからだ。だから俺は元を叩くことにした。コワリョフが出資しているレストランやバーが東京には何軒かあって、そこを入管難民法や大麻取締法違反で摘発した。コワリョフは、経営から表向き手をひかざるをえなくなり、それで怒った」

「山上連合は怒らなかった？」

「怒ったろうさ。だがやくざは警官には手だしをしない、という習慣がある。いや、あったというべきか」

「習慣？」

チヒは首を傾けた。

「警察は国家権力だ。つかまえられることでやくざが警官を恨んで仕返しをしたら、その何倍もの報復がやくざ組織に及ぶ。だから警官に対しては恨みを晴らさないという習慣が生まれた。日本は島国だ。もし警官を襲っても、犯人には逃げ場がない。だがコワリョフのような外国人はそうは考えない。そこで俺を消せ、という指令をだした。山上連合は、それを外国人の殺し屋につないだ。つなぐだけなら、警察は山上連合をマークしないと考えたのだろう。たぶんその通りで、俺が殺されても、山上連合には傷がつかないシステムができていた」

「それは新しい展開なのか」

チヒが真剣な表情で訊ねた。

「展開とまでいえるかどうかはわからんが、変化なのは確かだ」

河合は部屋に備付の冷蔵庫から無料のミネラルウォーターの壜をとりだし、ラッパ呑みした。

「俺たち刑事は、今までは組織犯罪に対して、捜査や逮捕の現場でだけ、危険に注意すればよかった。相手が逆上したり、抵抗することはこれまでにもあった。それは人間どうしだから当然のことだ。だが、事件とは無関係な場所や時間帯に命を狙われるとなったら、根底から状況がかわってくる。二十四時間びくびくしなけりゃならないし、家族にも危険が及ぶかもしれん。それが日本人犯罪者によるものなら、徹底して追いつめることもできるが、外国人だったらお手上げだ。俺があんたたちの仲間になった理由もそこにある」

「殺されるのが恐くなったのか」

「誰だって殺されたくない。しかも相手は手だしできない場所にいる。それに、たとえコワリョフが俺を殺すことをあきらめたとしても、国際的な組織犯罪を相手にしていたら、きっと同じような事態が俺には起きる、と思ったんだ。俺は家族がいない。刑事以外の仕事ができるとも思えない。となると、『ブラックチェンバー』も悪くない。あの晩、あんたが有無をいわさず、あそこにいた奴らを皆殺しにしたとき、俺は不思議と腹が立たなかった。ショックではあったがな」

チヒは眉をひそめた。

「どういう意味だ」

「殺すか殺されるかだってことに気づいた。警官は法にのっとって犯罪者を追う。だがその犯罪者が追われる前に警官を殺すという選択をしたらどうなる。西部劇のような無法地帯になるだろう。だからといって、俺は犯罪者を皆殺しにすべきだと思っているわけじゃない。要は、もっと効率のいいやりかたがあるのじゃないかと思い、そこに『ブラックチェンバー』からの誘いがあった」

チヒは顎をあげた。

「わたしの仕事は『無力化』だ。だからあの場にわたしはいた。すべきことをしただけだ。その結果、タダシは命を失わなかった」

河合は息を吐いた。

「それについて感謝しろといわれたら、正直、すなおにありがとうといえるかどうかは、わからない。六人もの人間が死ぬ必要があったのか……」

「『無力化』の目的には、事実の隠蔽も含まれる」

「たぶんそうなのだろうとは思っていた」

チヒは無言で河合を見つめた。やがて訊ねた。

「わたしが恐いか」

「今は恐くない。といって、あんたをなめているということじゃない。ただ、あんたがあのときの人間だったとは、今も信じづらい」

河合は正直にいった。冷徹なプロの兵士とこの小柄な女がつながらない。

チヒは深々と息を吸いこんだ。

「北平がわたしに『無力化ミッション』を命じるのは、ごく限られている。わたしは毎日人を殺しているわけではない。まして、人を殺すのが好きなわけでもない」

河合は頷いた。

「そんなことはいわなくてもわかる」

「本当か」

チヒの目が河合を凝視した。

「本当にわかるのか」

「あんたは殺人鬼には見えない」

「そんなことか」

チヒの目に失望が浮かんだ。河合はチヒを見つめた。脱北工作員であるらしいチヒが、なぜ『ブラックチェンバー』に入ったのか訊ねたい気もした。

が、今はそれを訊くべきではない、と思いなおした。この女もまた、自分の立ち位置をつかみきれていないのではないだろうか。

河合は目をそらし、いった。

「ミッションについて教えてくれ。あんたはコワリョフを、その、『無力化』するように命じられたのか」

「その決定はまだない。与えられたミッションは、タダシと協力し、タダシの安全に留意しつつ、コワリョフの訪タイの目的を調べることだ」

「俺の安全に留意しつつ？」

「コワリョフが、タダシがタイにいるのを知れば、一年前と同じことを考えるかもしれない」

「なるほど」

　その場合はコワリョフを「無力化」するのか、とは訊かなかった。「ブラックチェンバー」の目的は、犯罪資金の押収だ。犯罪者を殺してばかりでは、組織が存続しない。北平は、コワリョフの訪タイに、新たな犯罪の匂いを嗅ぎつけたのだ。そしてそこから稼ぎを得ることを考えている。

　早くも、強欲と正義の両立を、自分は迫られている。

「コワリョフはまだホテルをでていないのだな」河合は訊ねた。

「でていない」

「コワリョフはひとりか」

「ボディガードがいっしょだ。ロシア人二名。ひとりは東洋系の顔だがロシア語を話す」

「カレイスキーかな」

ロシアは多民族国家だ。中でもチェチェン系とカレイスキー系の犯罪者は、やりかたが荒っぽいことで知られている。本来、ロシアの犯罪組織は、民族で団結することが多いが、コワリョフの組織はちがう。ロシア人の他にグルジアやカレイスキー系の構成員が所属している。

「明日は運転手つきのレンタカーを予約したことがわかっている」

「行先は？」

「わからない。尾行は手配してある。タイ人のパートタイムスタッフが、コワリョフのレンタカーの行先を調べる」

河合はミネラルウォーターをあおった。

「自分で尾行しなくてもいいのか。楽だな」

だが当然といえば当然だ。土地鑑のない人間が尾行作業などやって、うまくいくわけがない。

「尾行の人員は？」

「三チーム。バイクが二台と乗用車が一台」

チヒはすらすらと答えた。

「あんたが手配したのか」

「ちがう。タイ支部だ。わたしとタダシは、アドバイザリースタッフとしてこのミッションに参加する」

「アドバイザリースタッフ」

河合はつぶやいた。

「明日の朝、迎えにくる」

チヒはいって立ちあがった。

「待てよ。ポールの話では、俺は二日間の休みがもらえる筈じゃなかったのか」

河合はいった。

「状況がかわった。ポールはただのコーチで、ミッションのことは何も知らない」

河合は息を吐いた。

「『ブラックチェンバー』は、いつもこうなのか」

「こう、とは？」

無表情にチヒが訊き返した。

「就業時間とか、公休とかいう概念がまるでないみたいだ。俺はこの一年、トレーニングにつぐトレーニングだった。今日、やっとほっとしたのもつかのま、あんたが現われ、明日からミッションだ、という」

チヒはわずかに顎をひき、河合を見おろした。浅黒い顔にはまった目は切れ長で、少女のように澄んでいる。華奢で筋ばった体つきをしていて、東南アジアであれば、どこの街角に立っていても決して目立たないだろう。

「不満なのか」

「そういうことじゃない。俺がいつ何をすべきか、誰かに前もって教えてもらいたいだけだ。いつも、いきなり明日からどこかにいけ、何をしろ、としかいわれないんだ。これじゃ心も体も休まらない」

チヒは訊ねた。

「『ブラックチェンバー』に休みはない。休みが欲しいなら、警察に戻ればいい」

冷ややかにチヒはいった。

「戻れない。戻れるわけがないだろう。だからといって、一生休みなしで働くのか。あんたはそうするつもりなのか」

「わたしの一生はそう長くない」

「どういう意味だ？」

「いった通りの意味だ。わたしは国家を裏切り、人民を捨てた。それにたくさん人を殺してきた。長く生きて、年寄りになる幸せなど、わたしは得られない」

チヒは淡々といい、河合は言葉を失った。

「わたしは『ブラックチェンバー』として死ねればそれでいい。タダシがちがう考えでもそれはかまわない。大切なのは与えられたミッションを完璧にこなすことだ」

「それじゃロボットだろう。あんたそんな風でいいのか。ミッションがいくら重要だろうと、あんたにはあんたの、人間としての人生があるのじゃないのか」

「タダシには関係ない」

「じゃ、ひとつ教えてくれ。『ブラックチェンバー』は、あんたみたいな人間ばかりが集まっているのか。ミッションのためにすべてを犠牲にしていとわないような人間ばかりが」

「自分の目で確かめればいい。『ブラックチェンバー』には、いろんな人間がいる」

河合は頷いた。

「わかったよ。そうさせてもらう」

「わたしのことが嫌いになったか。わたしは別にかまわないが」

河合は首をふった。

「そうじゃない。ただ訊いただけだ。気にしないでくれ」

チヒは河合の目を見つめた。

「何も気にはしていない。わたしたちはパートナーだ。だがどちらかが死ぬか、『ブラックチェンバー』をやめれば、パートナーではなくなる。わたしにとってタダシは最初のパートナーではない。わたしはタダシを信頼してはいないが、だからといって北平に文句をいうつもりもない。明日、午前八時に迎えにくる、以上だ」

静かに部屋をでていった。ドアが閉まり、ひとり残された河合は、すっかり酔いが抜けていることに気づいた。

空っぽで、そこにさまざまな技術を詰めこまれることを望んでいた。捜査以外のことに何の意味も見いだせない、と思っていた。チヒに会って、それが揺らいだ。

チヒこそまさに、「ブラックチェンバー」以外の自分の人生に何も興味を抱いていないように見える。ミッションを除く、人生のすべてに絶望しているかのようだ。

まだ三十代のどこかで、そうなってしまったチヒが哀れでもあり、恐くもあった。恐いのは、チヒがそうなった原因が「ブラックチェンバー」のせいかもしれない、と思うからだ。

自分もそうなっていくのだろうか。もしそうなら、「ブラックチェンバー」に入るのを決めた、自分の選択はまちがっていたかもしれない。

殺されることが決定的に感じられたあの夜から一年がたち、さまざまな覚悟が鈍ってきているのだろうか。それとも、どんな経験を積んだところで、自分はチヒのようなプロフェショナルにはなれない、ということなのか。

ベッドに腰をおろしたまま、河合は頭を抱えた。

北平は、河合に、チヒのようになる可能性を見ていたのだろうか。もしそうなら、そうではない、と告げるべきかもしれない。

第二章　コピー商品の謎

1

八時きっかりにホテルの玄関にタクシーを乗りつけたチヒは、目顔で隣に乗るよう、河合に命じた。黒のパンツスーツを着けている。

河合が乗ると、タイ語で運転手に行先を命じた。タクシーは西の方角に向かって走りだした。

やがて通りの正面に王宮が見えてきて、官庁街に入ったとわかった。外務省と国防省が王宮の正面に建つことは、ポールに教えられている。

タクシーは、そうした官庁街の一角にあるビルの前で止まった。玄関には衛兵が立っている。タクシーを降りたチヒに敬礼した。

「ここは？」

「内務省の別館。タイ支部はこの中にある」

チヒはいって、近代的な建物の中に入った。

衛兵が立っていたわりには、内部のセキュリティはゆるやかなようだ。がらんとした廊下には、侵入者をさえぎるゲートなど何もない。軍服やスーツ姿の男女がひっそりと歩き回っているだけだ。

チヒは一階の廊下をまっすぐに進んだ。エレベータには乗らない。並んでいるドアは、どれもタイ語の表記しかなく、河合にはまるで何の部署なのかがわからなかった。

やがて廊下のつきあたりに近いドアの前で、チヒは立ち止まった。ドアにはインターホンがついていた。ボタンを押し、

「キム、カワイ」

とチヒが告げた。中からロックが解かれた。

ドアをくぐるとき、監視カメラが頭上にあったことに河合は初めて気づいた。

大きな部屋が二区画に分けられていた。一区画は、パソコンがのったデスクがずらりと並び、もう一区画にはブリーフィングルームのように大型モニター数台とパイプ椅子がおかれている。

ブリーフィングルームに、五人の男たちがいた。白人がひとりで、残る四人は東洋系だ。

東洋人の中で最も年配に見える男がチヒと河合に歩みよった。タイ人だ。英語で告げた。

「ミスタカワイ、ようこそ、タイ支部に。私はケムポン大佐だ。あなたの情報を我々は歓迎する」

パソコン部屋には、ヘッドセットをつけた男女が四人いて、キィボードを叩いていた。

ケムポン大佐のさしだした手を河合は握った。

ケムポンは背後の四人をふりかえり、

「ミスタカワイは、日本の警察でコワリョフを取引相手にした〝ヤクザシンジケート〟を捜査していた。我々の、最も新しいメンバーだ」

と紹介した。四人が次々と河合に歩みより、自己紹介し、手を握った。白人は、バラノフスキと名乗り、モスクワからきた、と告げ、訊ねた。

「コワリョフは、君を殺せという指令をだしたそうだな」

河合はチヒをふり返った。

「彼女に助けられた」

バラノフスキは無表情に頷いた。

「運がよかった。コワリョフの組織は昨年だけで、十二人を殺害した。その中には、ロシアの捜査機関の人間がふたり含まれている」

「見てくれ」

ケムポンが大型モニターのひとつを示した。コワリョフを含む三人の男のスナップショットが浮かんでいる。ひとりは東洋系の顔立ちだ。

「このふたりを知っているか」

河合は目をみはった。東洋系の男を指さした。

「この男を知っている。ミツイキヨハル。ヤマガミレンゴウというヤクザシンジケートに以前属していた。二年前にシンジケートを追いだされた。日本語でハモン、という」

光井清春は山上連合傘下の落合組組員だった。二年前、落合組組長が、連合本部の人事に不満を抱いたのがきっかけで、内部抗争が起こった。連合本部の幹部が狙撃され、重傷を負ったのだ。狙撃を指示したのが落合組組長だといわれ、組長は山上連合との全面対決を避けるため引退届をだした。そうしなければ、組は潰され、組長は命を失うからだ。組長の指示をうけて動いた〝ヒットマン〟は二名いた。実行犯の谷本は一カ月後、死体が茨城の山林で見つかったが、谷本の兄貴分で狙撃の段取りを決めたといわれている光井が行方不明になっていた。

おおかたの関係者は、谷本と同じく、とうに殺されているだろうと想像していた。落合組の新組長として、山上連合本部から〝天下り〟した青山は、行方不明のまま光井を破門にした。

光井は落合組若衆の中では、頭と腕の両方が立つといわれた幹部候補だった。それが災いして、狙撃事件に連座したのだ。

そうしたことを英語で説明しながら、大組織の内紛に巻きこまれて追われたという光井の状況を、この場にいる何人が理解できるだろうか、と河合は思った。

「だがヤマガミレンゴウを排除された男が、コワリョフと行動を共にしているのは奇妙ではないか。ヤマガミレンゴウの活動を隠蔽するために、ハモンされたという形をとったとは考えられないか」

　バラノフスキが訊ねた。河合は首をふった。

「ミツイのおかれた状況は、そんななまやさしいものではない。二年前日本にいれば、まちがいなくミツイも殺されていた。今でも殺される可能性がゼロになったわけではない。したがってヤマガミレンゴウが秘かにミツイをタイに派遣したとは考えにくい」

　そしてケムポンに訊ねた。

「この、もうひとりの男は何者ですか」

「ドルガチという、グルジア人だ。コワリョフの部下で、過去、頻繁にタイを訪れていて、ナイジェリア人グループとの接触も確認されている。ドルガチは、以前、ワッカナイの海運会社で働いていた経歴があり、日本語が話せる」

「ドルガチ……」

　河合はつぶやいて、拡大されたスナップショットを見つめた。

　コワリョフは灰色の髪をした小男で、猛禽類を思わせる、鋭く青い瞳をもっている。黒い革のロングコートを好んで着ることが多く、「ロングコート」という異名をもっていた。

　光井は、最後に河合が取調べで会った二年半ほど前に比べると、ひと回り太り、まっ黒に焼けていた。この二年、タイで逃亡生活を送っていたようだ。

ドルガチは濃いヒゲをたくわえた熊のような大男だ。頭ひとつコワリョフより長身で、派手な柄のアロハシャツを着て、写真には写っている。

「この三人は、今日も行動を共にしているのですか」

河合が訊ねると、ケムポンは頷いた。

「三人を乗せたレンタカーは、午前六時にホテルを出発し、高速道路を北東に向かって走っている。現在地は——？」

もう一台の大型モニターをふりかえった。タイ周辺の地図の中で、GPSの輝点が点滅している。

「ピマーイの近くだ」

「何があるのですか」

「何もない。ただの山の中だ」

ケムポンは首をふった。

「ゴールデントライアングルでは？」

河合がいうと、

「ゴールデントライアングルは北だ。向かうなら、最初からチェンマイに入ったほうが便利だ。連中が向かっているのは、もっと東側だ」

ケムポンは答えた。ゴールデントライアングルは、タイ、ミャンマー、ラオスの国境地帯で、国境線とは関係なく少数民族が実効支配する山岳地帯だ。彼らにケシの栽培と阿片(あへん)の収穫、ヘロインの精製を教えたのはフランス人で、その後も反共勢力の橋頭堡(きょうとうほ)として、アメリカやイギリスなどの西側諸国がヘロインと引きかえに軍備を提供してきた。

この地で生産されたヘロインは、世界で最も良質とされ、アメリカ、ヨーロッパへと〝輸出〟された。その、ヨーロッパ向けの拠点となったのが、アフリカ、ナイジェリアの港湾都市ラゴスである。

冷戦構造が崩れると、反共勢力への支援という形での武器供与は必要がなくなり、少数民族に対する西側の態度は目に見えて冷たくなった。それどころか、タイ国軍を動かして、山岳地帯に侵攻させ、犯罪者として少数民族の指導者を逮捕、あるいは殺害した。

麻薬の歴史は、イギリスと清国の阿片戦争を見るまでもなく、紛争の歴史であり、生産地は大国のエゴイズムに翻弄(ほんろう)される運命にある。ハリウッド映画では、麻薬の生産地は悪の巣窟(そうくつ)のように描かれ、ガンマニアの独裁者が支配していると思われがちだが、実際は、農民が大部分を占める、貧しい土地なのだ。たとえ民兵がいるとしても、映画とは異なる。

少数民族が生産した阿片やヘロインを買いとる、いわば農業協同組合が軍隊をもっているようなものだ。その農協が潰されると、そこにやはり国境を近くする中国の組織が入りこんだ。中国南西部にはゴールデントライアングルと同じ少数民族が住む地域があり、国境とは無関係に、元来、彼らの土地だったのだ。

中国から入った組織は、農作業を必要とするケシの栽培よりもっと手っとり早い、メタンフェタミンの化学工場をその地に建設した。

メタンフェタミンは覚せい剤の主成分である。わざわざ山岳地帯を選んで覚せい剤の工場を建設したのは、輸送、保管、そして輸出のノウハウが、かつてのヘロイン密売によって地域に確立されていたからだ。

こうしてゴールデントライアングル産の覚せい剤が、中国、アメリカ、日本に流通するようになった。もちろんそうなったからといって、現地の人間の生活が向上したわけではない。違法薬物の生産地と消費地での価格差は、千倍から一万倍といわれるが、儲けの大半は、流通業者と販売業者の懐ろに消える。

ケシを原料に作られる阿片と、それをさらに精製したヘロインは、「麻薬の王」と呼ばれている。使用がもたらす「多幸感」は、何よりも強く、食欲や性欲といった本能をも上回るといわれている。が、その結果、中毒者は生活を崩壊させ、販売業者の長期間の顧客となるのが難しい。また禁断症状が激しく、知識のある者には敬遠される傾向にある。

一方の覚せい剤は、使用者に興奮と充実感をもたらし、自らが超人になったような錯覚をひきおこす。同じ興奮剤であるコカインと比べても化学薬品であるため安価で大量生産が可能な上、成分の持続時間が長い。それが知られ、かつては日本以外の消費が見られなかったものが、全世界に広がる勢いとなっている。ことにタイで「ヤーバー」、中国で「揺頭丸」、日本で「エクスタシー」と呼ばれるドラッグは、若年層を中心に流行したが、すべて覚せい剤を主成分にしている。肉体的な禁断症状のないことや、錠剤であることが広がりに拍車をかけたが、脳にダメージを与え精神病を引きおこす。

コワリョフがタイ国内を移動していると聞いて、河合の頭にまず浮かんだのがゴールデントライアングルだったのは、こうした状況が背景にあったからだ。ゴールデントライアングルに直接足を運ぶなら、ミャンマーやラオス、中国ルートよりも、タイルートが最も安全で短時間だといわれている。

「東側というと――」

ケムポンが地図をさした。

「ピマーイからコーラート高原を抜けて北上するルートを走れば、コーンケーン、ノンカイを経て、ラオスの首都ビエンチャンに入る」

「ビエンチャン……」

河合は首をふった。ラオスに関してはほとんど知識がない。

「ラオスは、タイとベトナムにはさまれた農業国家だ。ただ、ビエンチャンには最近、ベトナム人商人が増えている。彼らは本国で作った商品をトラックでもちこみ、ラオスで売りさばいている。むろんそれじたいは違法ではないが、ベトナムには、中国やタイで製造が難しくなったコピー商品の工場が多数移転したという情報がある」

ケムポンが説明した。

「何のコピー商品ですか」

「パッケージだ。医薬品、DVD、ソフトウェアや煙草などのパッケージコピーがベトナムでは作られている。中身はまた別で、たとえば医薬品なら、メキシコ、中国、DVDはフィリピン、マレーシア、光ディスクはウクライナ、煙草は北朝鮮やパラグアイなどで、それぞれの工場から集荷された中身が、中継地にもちこまれたパッケージコピーに包装され、製品として消費地に運ばれる」

バラノフスキが河合の問いに答えた。

「むろん、これらはひとつの巨大な組織に運営されているのではなく、個々が独立した生産者としてオーダーをうけている。早い話が、同じハリウッド映画の海賊版DVDが、トウキョウと上海、バンコクで売られていても、販売者は別の組織だ。DVDを焼いた業者とパッケージを作る業者、そしてそれをひとつにして送りだす業者、卸す業者、街頭で売る業者、すべてがばらばらということだ。コピー商品の根絶が難しいのは、そこに尽きる」

「ヤマガミレンゴウがコピー商品をさばいているという情報を得たことはあるかね」

ケムポンが河合に訊ねた。

「末端では、少数のコピー商品の扱いはあったかもしれませんが、中心となっているビジネスは、人身売買、水産加工品販売、それにハシシ、覚せい剤の密売などです」

「ミツイという男がヤマガミレンゴウを排除された人物なら、コワリョフは、別のヤクザシンジケートとのビジネスを考えているのかもしれない」

バラノフスキがいった。河合は首をふった。

「いや、それは考えにくい。ヤマガミレンゴウは、日本でも五本の指に入る大組織だ。たとえこれまで扱ったことのない商品であっても、コワリョフが日本にもちこみ、さばかせるという話になれば、まずヤマガミレンゴウに話をもっていかなければ、信用問題になる」

「それはつまり、ヤマガミレンゴウと同規模かそれ以上の組織が、日本にはあと四つある、という意味だろう。ヤマガミレンゴウより巨大な組織と組めば、その信用問題はクリアできるのではないのか」

バラノフスキは河合を見つめた。

「ヤクザシンジケートは大きな組織であればあるほど、他の組織との摩擦や対立を嫌う。抗争事件が起これば、ただちに警察が介入し、関係者を逮捕する口実を与えるからだ。したがって、他の大組織とコワリョフが取引をもとうにも、ヤマガミレンゴウとの対立を嫌って、拒まれることになる」

「大組織でなかったら？」

「存続が危なくなっているような小組織なら、イチかバチかの勝負をかけるかもしれない。だがそんなところとコワリョフが組むメリットがない。だったら初めからヤマガミレンゴウにもちかければすむことだ」

河合はいった。もしコワリョフが小組織と新しい取引を開始したことを知れば、コワリョフには何も知らせず、その小組織を山上連合は潰しにかかるだろう。そうしておいて何食わぬ顔で、その取引を引き継ごうと申しでるにちがいない。山上連合には、そうした違法取引の受け皿になるフロントが大量にぶら下がっている。その中には、六本木のストリップバーのオーナー、高木のような腕も頭も立つ人間がたくさんいる。

「するとこのミツイという男がキィマンだな。コワリョフの新しいビジネスを、この男が、日本のどの組織にもちかけるか……」

ケムポンが光井の写真を見つめた。

尾行チームからの情報は逐次もたらされる。やがて午後四時過ぎ、一行が国境を越え、ラオスに入ったという連絡が入った。千キロ近くを車で走破したことになる。近くまで国内線を使えばそこまでの移動時間はかからない。だが空港のセキュリティシステムに移動の記録が残る。コワリョフたちはそれを嫌ったのだろう。

午後五時、コワリョフらはビエンチャン市内のホテルにチェックインした。

「ここからの監視が難しくなる」

ケムポンがいった。

「ラオス内に我々の協力者はいない。尾行チームは、コワリョフらと同じく外国人だ。北部出身のメンバーがチームにいないため、土地鑑もほとんどない。コワリョフらが接触した人間を撮影できればよいのだが」

「待つだけですね」

河合は頷いた。捜査には動と静があり、組織犯罪を相手にするときは、静の捜査が重要になる。これがたとえば、殺人や強盗などの捜査であれば、静の捜査などほとんどない。待てば待つほど犯人は遠くへ逃げ、証人の記憶は薄れていく。

ブリーフィングルームにサンドイッチとスープの食事が運びこまれた。ケムポン、バラノフスキ、チヒとともに、河合は食事をとった。

「コワリョフがバンコクに戻ったら拘束するのですか」

「なぜかね。我々は警察ではない。コワリョフを拘束しても得るものはない」

ケムポンに訊き返され、河合はあっと思った。その通りだ。自分はまだ、刑事のような考え方から抜けきれていない。

「当面の課題は、コワリョフがビエンチャンで何をしたか、そしてそれがどんなビジネスと結びつくかを知ることだ」

バラノフスキがいった。

「ミツイが同行しているからには、日本に関係がある可能性が高い」

ケムポンが河合を見た。

「確かにその通りだとは思います」

河合は考えこんだ。光井は落合組を破門された身だ。しかし見ようによっては、本部に弓を引いた人間に対する「破門」という処遇は、軽いといえなくもない。前落合組組長の不満を背負う形で、弓を引く立場に立たざるをえなかった光井に同情する気持が、新組長の青山にはあったのだろうか。

今の落合組を率いる青山に関して、河合にはあまり情報がない。青山と光井のあいだに以前から何らかのつきあいがあったという可能性はないだろうか。

河合は無言でサンドイッチを食べているチヒを見た。チヒは、この部屋に入ってから、ほとんど口をきいていない。

「日本と連絡をとりたい。北平さんに情報のバックアップをしてもらいたいんだ」

日本語でいった。チヒは無言で頷き、バッグから携帯電話をとりだした。ここにきてからの会話で、チヒが少しは自分の存在価値を認めてくれただろうか、と河合は考えた。

電話がつながると、チヒは河合にさしだした。

「もしもし――」

「北平だ。チヒとの接触はうまくいったようだな」

「驚かされましたがね。今はタイ支部にいます」

「コワリョフがそっちにいるのも何かの縁だろう。彼らに協力してやってくれ」

「わかっていて俺をバンコクにこさせたのじゃないですか」

北平は答えなかった。河合はいった。

「調べてもらいたいことがあります。マル暴の情報です」

「手配しよう」

「山上連合傘下の落合組の組長をやっている青山という男です。それと、以前、同組の組員だった光井清春という男についても」

「青山と光井だな。調べがつきしだい、チヒのパソコンにメールを送る」

「お願いします」

「チヒは厳しいが、信頼に足るプロフェショナルだ。君の命の恩人でもある。うまくやってくれ」

「彼女が俺を信頼してくれるかどうかが問題です」

「大丈夫だ。君なら彼女の信頼を得られる」

北平はいって、電話を切った。河合はチヒに電話を返し、告げた。

「あんたのパソコンにデータを送ってくれるそうだ」

チヒは頷き、バッグからパソコンをだした。小型の最新モデルだ。

一時間とたたないうちにメールが届いた。

「きたわ」

チヒが画面を河合に向けた。写真を含めた青山のデータだった。ひと目見て、それが警視庁組対部のものであることに河合は気づいた。フォーマットが同じなのだ。北平は短時間で警視庁のシステムにアクセスできるようだ。

「何かわかったか」

ケムポンが話しかけてきた。青山と光井のデータに目を走らせ、河合はケムポンをふりかえった。

「ヤマガミレンゴウのアオヤマという幹部がいます。かつてミツイが所属していた組織の代表になった男です。アオヤマが代表になったのは、ミツイが組織を追いだされたあとですが、このふたりには接点があります」

「どんな？」

「日本のヤクザは、一人前になるための実習期間を本来所属する組織とは異なるところですごすケースがあります。一種の留学のようなもので、そこでヤクザとしてのしきたりやマナーを学ぶのです。『ギョウギミナライ』あるいは『シュギョウ』と呼ばれます。ミツイは十代の終わりから二十代の初めにかけて、かつてのアオヤマのいた組織で『シュギョウ』を積んでいます。つまりふたりには面識があったということです」

「それで？」

「先ほど、ミツイは『ハモン』された、といいました。ヤクザ社会では上に対する反逆は、最も罪の重い行為です。本来なら、『ハモン』よりさらに厳しい『ゼツエン』という処分をうけていて不思議がない。にもかかわらず『ハモン』とされたことを私は、奇妙だと思っていました。その理由が、アオヤマとミツイの関係にあったとすれば理解できます」

「するとやはりミツイは、水面下でヤマガミレンゴウとつながっていたということだな」

会話を聞いていたバラノフスキがいった。

河合はバラノフスキを見た。

「水面下でつながっているのは、ミツイとヤマガミレンゴウではなく、アオヤマとだ」

「どこがちがうんだ」

「アオヤマは責任ある立場だ。たとえミツイと友人関係にあるとしても、それだけで人事をおこなえば、組織全体に悪影響を及ぼす。代表の座にある人間が感情で人事『ハモン』した人間を再雇用するわけにはいかない。したがってミツイが戻るためには、大きな功績を上げなければならない。ミツイがそれに成功すれば、アオヤマは組織に再び迎え入れるという名目が立つ」

「面倒な話だ」

バラノフスキが首をふった。

「それはヤクザ独特のプライドにかかわっている。彼らは『メンツ』と呼ぶ」

「サムライを気どっているのか」

「そういう側面もある。だがそうした厳しいルールに縛られているからこそ、ヤクザシンジケートは結束力が強いのだ」

「ヤクザシンジケートの勉強はいい。要は、ミツイは何か大きなビジネスを考えなければ日本に帰れない状況にある、ということだな」

ケムポンが割って入った。河合は頷いた。

「その通りです。ミツイが本当に日本と縁が切れているのなら、ひとりでロシアマフィアと組むのは難しかったでしょう。アオヤマというバックアップがいたからこそ、コワリョフと行動を共にしている」

「つまりラオスにいったのは、いずれヤマガミレンゴウに大きな利益をもたらすビジネスのチャンスをミツイが得るためだ、と」

ケムポンの言葉に河合は頷いた。ケムポンは腕組みしてモニターを見上げた。

「ラオスでいったい何をするつもりなんだ」

GPSの輝点は動かなかった。

2

コワリョフらの情報がもたらされたのは、それから三時間後のことだった。三名はビエンチャン市内のレストランでふたりの男と会食した。そのようすを盗み撮りした写真が送られてきた。

「やはりベトナム人だな」

写真を見て、ケムポンがいった。五人は、何かの資料をはさんで話しあっているように見える。

「このふたりの身許を調べろ」

ケムポンがパソコンルームにいるメンバーに命じた。

一時間後、ひとりの身許が判明した。ハノイ出身の、クという男で、頻繁にラオス、ベトナム、中国をいききしている。ことに多いのが、中国の上海だった。

「上海の南部には浙江省がある。コピー商品の工場地帯といわれている場所だ」

ケムポンがいった。バラノフスキが頷いた。

「するとやはりコピービジネスをやっている男か」

河合はバラノフスキに訊ねた。

「コワリョフの組織がこれまでにコピー商品を扱ったことは？」

バラノフスキは首をふった。

「俺は聞いていない。もし奴が手をだすとすれば極東地域、ウラジオストクやサハリン、日本で金になる商品だ」

河合は考えこんだ。「スーパーコピー」と呼ばれる高級ブランドのバッグや腕時計などの精巧なコピーは、日本にも大量に流れこんでいる。だがこうした「スーパーコピー」の生産地は主に中国、韓国だ。もし「スーパーコピー」を日本にもちこんで商売するなら、わざわざラオスでベトナム人に接触する必要はない。中国や韓国で取引相手を見つければすむ。

その後五人はレストランで別れ、コワリョフらはホテルに戻ったという報告が入った。このままビエンチャンで一泊するらしい。

時刻は夜の十時を過ぎていた。このタイ支部の部屋に十二時間以上も詰めていたことになる。

「よし、今夜はこれでいったん解散しよう。明朝また、ここに集まってもらいたい」

ケムポンが告げた。

「一杯やりにいかないか」

バラノフスキが歩みよってきて耳打ちしたが、河合は首をふった。

「今日はよそう。俺にとってはミッションの初日で、ひどく疲れた」

「そうか」

バラノフスキはさほどがっかりしたようすも見せず、歩き去った。河合とチヒは内務省の建物をでるとタクシーに乗りこんだ。

「ケムポン大佐があなたをアドバイザリースタッフに迎えたのは成功だった、といってた」

ふたりきりになるとチヒがいった。

「あんたもそう思うか」

河合は息を吐き、目を閉じた。疲れた、とバラノフスキにいったのは嘘ではなかった。ただブリーフィングルームに詰めていただけだというのに、ひどく体が重かった。マッサージをうけたい。

「わたしの評価は関係ない」

「そんなことはない。相棒には少しでも高い評価をうけたいものだ」

チヒは無言だった。

「光井と接触できればいいんだが」

河合はつぶやいた。

「ケムポン大佐の許可が必要だが、おそらくおりない」

チヒがいった。

「俺が警察を辞めたことは、奴でも調べればすぐにわかる。組織を辞めた者どうしで話が弾むかもしれない」

「自分でいってみたらどう」

チヒの答は冷たかった。タクシーは河合のホテルの前で止まった。チヒはどこに泊まっているかすら、河合に告げていなかった。

「明朝、同じ時間に迎えにくる」

「わかった」

河合は息を吐き、タクシーを降りた。

「お疲れさま」

チヒをふりかえり、いった。

「別に疲れていない」

チヒはそっけなく答えた。

翌朝、迎えに現われたチヒとともに、河合は再び、タイ内務省別館に向かった。ブリーフィングルームに入ると、きのうと同じいでたちのケムポンが待っていた。どうやらケムポンはここに泊まっているようだ。

「今朝早く、コワリョフたちはビエンチャンを出発した。きのうのルートを戻る形で、バンコクに向かっているようだ」

バラノフスキが紙コップに入ったコーヒーをすすりながら、ケムポンのかたわらに立った。

「あれから思いついたんだが、映画の海賊版DVDというのはどうだ。ベトナムに工場がある、と聞いたことがある」

ハリウッド映画の海賊版DVDは、世界中に広まりつつある違法商品だ。バンコクや台北でも、路上の屋台で簡単に買うことができ、しかもコピーだから当然だが非常に安価だ。

麻薬や武器の密売とちがい、買う側に違法行為に加担しているという自覚がないため、取締りが難しい。だがコピー業者の手口はどんどん巧妙、悪質化し、アメリカで公開されたばかりの映画の違法DVDが、東南アジアの路上で同じ日に中国語の字幕入りで売られている。インターネットを使って世界中に映像を流すことができるからだ。

違法DVDは単価が安いが、話題作ともなると、何千、何万枚も売れるため、販路さえ確保できれば、うまみのある商売だ。

「それは俺も考えたが、日本での海賊版DVDの大量販売は難しいんだ」

河合は首をふった。

「なぜだ」

「こういう安い商品は、人口の多い街でさばかなけりゃ儲けがあがらない。だが日本の大都市で、路上販売は警察による規制が厳しくてほとんどできない。こっそりアクセサリーや食べものを売るのがせいいっぱいだ。映画のDVDを売っていたら、一発で海賊版と見破られて検挙される」

「それをあえてやる、とは考えられないか」

「路上販売は、背後にヤクザシンジケートがいるとわかれば、とことん売人がしぼりあげられる。警察はどんな微罪でもヤクザを逮捕できる口実を捜しているんだ。もしミツイがヤマガミレンゴウに復帰する手土産を捜しているなら、絶対につかまらないような路上販売のシステムまで開発する必要がある」

「路上じゃなく、店で売るのならどうだ。それなら警察も簡単にはつかまえられない」

バラノフスキは食い下がった。優秀な捜査官にはありがちだが、しつこい性格のようだ。外見は小太りで背もさほど高くなく、白人としては目立たないタイプだが、それもまた優れた捜査官の適性ともいえる。

「店舗で海賊版を扱えば、それこそつかまえてくれといっているようなものだ。映画関係者からの告発もあるだろう」

「じゃあインターネットならどうだ。インターネットで売れば、すぐには足がつかない。海外のサーバーを使えばいい」

「確かにそうだが、もしそれをビジネスにするのなら、ベトナム人のコピー業者と接触する必要はない。DVDではなく、直接、顧客に配信すればすむことだ」

バラノフスキは顔を赤くした。

「じゃあ、カワイの考えをいってみろ」

「まだわからない。ミツイと接触できれば、何か手がかりが得られるかもしれない」

「接触は危険だ。我々の監視が発覚してしまう。コワリョフが知れば、すぐに逃げだす」

「俺が警察を辞めたことは、ミツイでもすぐに調べがつく。何か儲け話はないかといって近づけば、仲間になれるかもしれない」

やりとりを無言で聞いていたケムポンがいった。

「潜入捜査をしようというのか」

「そこまで本格的なものではありません。ですが、ミツイと私は何度か会ったことがあります。お互い、それほど悪い印象はありません。私は刑事のとき、彼の『メンツ』を尊重してやりましたから。そのときの関係をうまく使えば、情報が何か得られるかもしれない」

「だがコワリョフはどうする。奴はあんたを殺せと命じた男だ。たとえあんたが刑事でなくなっても、バンコクで会えば、ためらわず殺すぞ」

バラノフスキがいった。

河合は黙った。その通りだ。コワリョフは河合の顔を知らないが、光井が元刑事の河合だと教えれば、すぐに暗殺指令を下した人間だと思いだすだろう。同時に、一年前から行方不明になっている手下についても知りたいと考えるにちがいない。

「わたしが守る」

チヒがいった。全員がチヒをふりかえった。

「タダシはわたしのパートナーだ。だからタダシの命は、わたしが守る」

「待った。あんたの腕を疑うわけじゃないが、コワリョフは危険な男だ。今でこそ幹部だが、若いときはさんざん自分でも人を殺してきている。そんな奴を相手に、カワイを守りきれるか」

バラノフスキが早口でいった。河合はいった。

「彼女の腕については、まったく問題がない。俺は背中を預けられる。むしろコワリョフを殺してしまうことのほうが心配だ」

「それは駄目だ」

ケムポンがいった。

「コワリョフを殺してしまったら、奴がどんなビジネスを始めようとしているのかがつかめなくなる。我々は民間の死刑執行人ではない。犯罪者を殺すために集まっているのではない。我々の目的は、コワリョフがビジネスで得る利益を押収することだ」

「極力、コワリョフと顔を合わせないようにします。バンコクに戻ってくれば、ミツイはコワリョフたちと別れる筈です。こちらに住んでいる人間ですから」

河合はいった。

「確かにミツイは、ペニンシュラホテルでコワリョフたちと合流した。あそこに泊まっているわけではないようだ」

「であるなら、個人的な接触は可能です。警察を辞め、バンコクに観光旅行できたといえばいい。万一に備え、チヒにバックアップをしてもらう」

河合はチヒを示した。昨夜の態度を考えれば、彼女が「わたしが守る」といったのは、嬉しい驚きだった。それが好意であるとは思えない。任務である以上、全うするという、プロフェショナリズムからでた言葉だろう。そうであっても、河合の作戦を支持してくれたことは確かだ。

ケムポンは考えこむように顎に触れた。

「短時間の接触に限定し、手がかりが得られないようであれば、すぐに離脱します」

「コワリョフを甘く見ている。奴は、そんななまやさしい男じゃないぞ。ミツイのことも監視させているかもしれん」

バラノフスキがいった。

「待ってくれ。コワリョフとミツイの接点は何だ」

河合はいった。バラノフスキは首をふった。

「そんなこと、俺にわかるわけがないだろう」

「コワリョフは何らかのビジネスを考え、それが可能かどうかのサインをベトナムのコピー業者に送った。その仲介者として現われたのがミツイだ」

河合はケムポンをふりかえった。

「コワリョフが、日本語を話せるドルガチを伴ってタイに現われたことじたい、初めからミツイを仲間にして行動する予定であったと証明しています。ならば監視など必要がない」

「カワイのいう通りだ」

ケムポンが頷いた。

「コワリョフはミツイがいなければ、タイでビジネスの話を進められなかった。そんな状況でミツイを監視するのは合理的とはいえない」

「じゃあ接触させて下さい」

「よせ。全部が台無しになる」

バラノフスキがいった。

「何が全部だ。わかっているのはコワリョフがベトナム人のコピー業者と接触したということだけだ。これでもし、明日にでもコワリョフがタイを離れたら、あんたにはどんな作戦があるというんだ?」

「そりゃ奴の行先によるさ。東京か、それともウラジオストクか……」

バラノフスキの声から勢いが失われた。河合はケムポンを見た。

「ここの責任者はあなただ。私はあなたの判断にしたがいます」

ケムポンの目が動いた。モニターに映しだされた、ベトナム人と会食中のコワリョフらの写真をじっと見つめる。やがていった。

「接触のタイミングは私が決定する。私が危険だと判断した場合は、ただちに離脱する。このふたつの条件を守ってもらう。いいな」

「わかりました」

河合は頷いた。

3

コワリョフらの一行がバンコク市内に戻ってきたのは、その日の午後九時過ぎだった。ペニンシュラホテルでレンタカーを降り、三人はコワリョフの部屋に入った。そして一時間後、光井だけがそこをでて、タクシーに乗りこんだという連絡がもたらされた。

ペニンシュラホテルは、バンコクを南北に流れるチャオプラヤー川の西岸に建っている。光井がバンコク市内に借りているアパートは、チャオプラヤー川の東岸にあり、戻るにはいくつかある橋のどれかを渡らなければならない。

一行がバンコク市内に入ってからメンバーを変更した尾行チームが光井の乗ったタクシーを追跡した。

「準備をしろ」

GPSの輝点を見ていたケムポンがいった。

「ミツイはアパートにまっすぐは帰らないようだ。スクンビットではなくシーロムに入った。タニヤにいく気か」

タニヤというのが、日本人向けの飲食店が集まった一画の地名であるのを、河合もポールから聞いて知っていた。だとすれば、タニヤで誰か日本人と接触する可能性もある。

「もしミツイがタニヤにいくのなら好都合だ。タニヤには、バンコク中の日本人が集まってくる。まっとうな人間もそうでない人間もだ。カワイがミツイとばったり会うには、ぴったりの場所だ」

ケムポンがふりかえり、河合に告げた。河合はかたわらに立つチヒを見た。チヒはポロシャツにジーンズを着け、ウエストポーチを巻いている。

「運転手の準備は？」

チヒが訊ねた。ケムポンが頷いた。

「できている。出発してくれ。ミツイがタニヤに入ったら、こちらの指示にしたがって接触をしろ。もしタニヤに入らなければ、近くで待機してもらう」

河合とチヒがブリーフィングルームの出口に向かうと、タイ人の係官が待っていた。

「私があなたがたに同行します。スラット少佐です。早速ですが、シャツを脱いで下さい」

流暢な日本語でいって、手にしたピンマイクを示した。

「あなたがミツイと接触した際の会話を録音し、分析にかけます」

河合の腹にテープでマイクを貼りつける。

「私があなたの百メートル以内にいて、マイクの電波を受信します。あなたを疑っているわけではありません。どうか理解して下さい。あなたの安全のためでもある」

河合は頷いた。

「よろしくお願いします」

内務省別館の前には、スモークシールを貼ったトヨタの4WDが止まっていた。三人はそれに乗りこんだ。助手席にすわったスラットは運転手にタイ語で指示を下すと、ヘッドセットを耳にあてた。

「マイクをテストします。喋って下さい」

河合は隣にすわるチヒを見た。

「さっきはありがとう。俺の味方をしてくれて」

「何のこと」

「『わたしが守る』といってくれた」

チヒは表情をかえずにいった。

「あたり前のことをいっただけだ。タダシを守るのは、わたしの任務だ」

「それでも礼をいうよ。ありがとう」

チヒは無言で顔をそむけた。走りだした4WDの窓から、バンコクの街並を眺めている。

「マイクはオーケーです」

スラットがいって、ヘッドセットを外した。ダッシュボードにとりつけられた無線機のマイクをとった。

タイ語で喋りかける。無線機からケムポンの声が流れでた。

「ミツイはタニヤでタクシーを降りたそうです。タニヤに向かいます」

河合は頷き、深呼吸した。刑事を辞めてから一年がたっている。かつてのようにマル暴関係者と会話が交せるだろうか。しかもあくまで偶然を装って接触するのだ。自分からいいだした以上、失敗は許されない。

緊張がこみあげてくるのを感じた。

タニヤは、BTSシーロム線のサラデーン駅の北側にある一画で、日本人向けのクラブやレストラン、カラオケバーなどが立ち並んでいる。バンコクの日本企業駐在員や、現地で起業した日本人、あるいは日本を離れてタイに移り住んだ者が、さまざまな情報を求めて集まってくる町だ。

クラブには、日本人や日本語の話せるホステスがいて、同じ雑居ビルの中に居酒屋やラーメン店が入っている。日本語の「カラオケ」「マッサージ」といった看板が乱立し、店名も「ススキノ」とか「銀座」「富士」といった、いかにもそれらしいものばかりだ。中心部には、日本人向けの本屋やゴルフショップなどの入ったタニヤプラザというビルがある。

スラットはタニヤプラザの前で4WDを止めさせた。無線で尾行チームと連絡をとっている。ケムポンがそこに割りこみ、タイ語で指示を下しているのが聞こえてきた。

やがてスラットが河合をふりかえった。

「ミツイは『エノシマ』という店に入ったそうです。そこはバーとレストランがいっしょになったような店で、そこでひとりで食事をしているという連絡がありました。ケムポン大佐が今、接触すべきかどうか、ようすを見ろという指示をだしてきました。私がまず、いってきます。ミツイがその後もひとりであれば、接触が許可されます」

助手席のドアを開け、降りた。日本語の溢れた路地を歩いていく。4WDの前方二十メートルほどのところに、「酒、魚、江ノ島」という看板をだした店があった。「鮨」と書かれたのれんがひるがえっている。スラットがそののれんをくぐるのが、フロントグラスごしに見えた。

夜のタニヤを歩いている男の大半が日本人だった。さすがに東京のようにスーツにネクタイといういでたちは少ないが、半袖のシャツにグレイや紺のスラックスという服装でわかる。眼鏡をかけている者が圧倒的に多い。

「日本人はどこにいても日本人とわかるな」

河合はつぶやいた。

やがてスラットが「江ノ島」をでてきた。あたりに目を配り、安全を確認して4WDに歩みよってくる。

助手席に乗りこむと、まず無線のマイクを手にした。ケムポンに状況を報告するようだ。やがて、ケムポンが英語でいうのが聞こえた。

「カワイ、聞こえているか。接触を許可する」

「聞こえました。接触します」

「キムは車内で待機しろ。カワイに何かあったら救出するんだ。銃の使用は、現段階では禁止する」

「了解」

チヒが返事をした。河合は4WDを降りた。着ているシャツのボタンをひとつ余分に外し、裾(すそ)をスラックスからひっぱりだした。タニヤプラザの一階の本屋にまず入り、バンコクの日本語ガイドブックを買った。何度も丸めて、新品ではないように見せかける。それから「江ノ島」ののれんをくぐった。

「いらっしゃい！」

威勢のいい日本語が迎えた。店内は、日本の鮨屋そのものだった。白木のカウンターにガラスのネタケースがおかれ、鉢巻に白い上っぱりを着けた男がふたり、立っている。

カウンターの他に四人がけのテーブルがいくつかあり、三分の一ほどが埋まっていた。美空ひばりの歌が流れている。

カウンターの端に、光井がひとりですわり、日本酒の徳利を前にしていた。

「ひとりだけどいいかな」

「どうぞ」

板前がいって、カウンターを示した。光井はふりかえらない。板前が示したのは、運よく、光井のひとつおいた隣だった。

河合はそこにすわり、

「タイで鮨が食えるとは思わなかったな」

といった。光井がこっちを見る気配があったが知らぬ顔をした。

「うちは、ネタもシャリも、日本から空輸で入れてますから」

「そうなんだ。すごいな」

「まずは飲みものからうかがいます」

「ビールをもらおうか」

「シンハ、それとも日本のビール、いきますか」

シンハはタイのビールだ。

「シンハ。それから何か、つまみを切ってもらおうか」

「へい、承知」

シンハの壜とグラスがおかれ、河合は手酌でついだ。それからようやく光井のすわる左側をふり返った。こちらに視線を向けている光井がいた。

「あれ」

「河合、さんだったな」

光井がいった。まぢかで見ると、光井は日本にいたときよりひと回り太り、まっ黒に日焼けしていた。左手だけが白いのは、ゴルフのせいか。その小指の先が欠けている。

河合は目を細めた。

「あんた、確か……、何だっけ、落合のとこにいた――」

「光井だ」

「そうそう、光井さん。見ないと思ったら、バンコクにいたのか」

「お知り合いですか」

板前が訊ねた。光井が答えるより先に、河合はいった。

「まあね。昔、俺のいた会社がつきあいがあって」

「昔？」

光井が訊きとがめた。

「辞めたのか、あんた」

「ああ。上とぶつかってね。もう一年前だ」

河合は答え、グラスを掲げた。

「偶然だな。こっちに住んでるのか」

光井は返事をしなかった。無言で河合を見つめている。かまわず、河合はいった。

「俺は観光だ。三日前にこっちへきたんだが、もう日本の食いものが恋しくなっちまった」

「ふーん」

光井は信じていないような口調であいづちを打った。

「会社を辞めてから、あちこちぶらぶらしていた。台湾にもしばらくいて、何か商売できないかと思ったが駄目でな。それでバンコクを見にきたんだ。光井さんならわかるだろう。俺らみたいな仕事していた人間は、なかなか、な……」

「それはこっちのセリフだ」

「元気そうじゃないか。見たところ太ったし、日本にいたときより健康そうに見える」

河合はいって、笑みを浮かべた。光井は目をそらした。

「別に俺は、いたくているわけじゃない」

「そうだったな。あんたが貧乏クジ引かされたって話は聞いてる」

河合は前を向き、ビールを飲んだ。板前が並べた刺身を箸でつまんだ。白身と青魚だ。

「昔の話だよ」

「そうか。ま、元気でいるなら何よりだ」

光井は無言だった。やがて、

「握ってくれ」

と板前に告げた。河合と会ったからといって、すぐに席を立つ気はないようだ。

「うまいな、これ。鯛かい」

「そうですよ。明石の鯛です」

「何だ、おい。高そうだな」

「大丈夫。ネタは日本でも勘定はタイ値段ですから」

「そりゃ洒落か」

河合は笑い声をたてた。

「河合さん、ひとり者だったっけ」

「バツイチだ。女房に逃げられた」

光井が笑った。

「バンコクにはそんな奴がごまんといる。皆んな、タイ人の女に入れあげて、女房に逃げられるんだ」

「そんなにいいのか、タイ人の女の子は」

「女は皆、いっしょだ。初めは優しい。そのうちだんだん地がでてくる」

河合は光井を見た。

「痛い目にあったみたいだな」

光井はふん、と鼻を鳴らした。

「女よりゴルフのほうが楽しいぜ」

「あんな金のかかる遊びには縁がないね」

「こっちじゃそうでもない」

「光井さん、こっちに住んで長いのか」

返事に間があった。

「一年半、てところだ」

「じゃあ、あれから間をおかず、だな」

「俺と会ったこと、会社に報告するのかい」

河合は光井を見た。

「なんでいちいちそんなことしなけりゃならない。俺はもう辞めた人間だ」

光井の視線が河合の目の奥をのぞきこんだ。

「くそったれ部長にはうんざりなんだよ。手前(てめえ)の出世しか考えないで、俺ら現場は、スリコギだと思ってやがる」

その視線を外さず、河合はいった。

「どこもいっしょってことだな」

光井は低い声でいって、歪(ゆが)んだ笑いを浮かべた。空になった徳利をふり、

「もう一本、つけてくれ」

と頼んだ。

「へい、承知」

「俺も熱燗もらおうか。タイで熱燗飲むとは思わなかった」

河合はビアグラスを干していった。

「不思議なもんだ。東京にいたときは、ワインだ、ブランデーだってやっていたくせに、タイに住むと日本酒が好きになる」

光井がつぶやいた。

「なるほど。あんたも苦労したようだな」

ふたりはしばらく口をきかなかった。やがて光井が訊ねた。

「タイはどうだ」

「まだきたばかりでわからないが、日本より、何というか活気があるな。日本人は疲れてる感じだが、こっちの連中は、貧乏人でも何となくやる気があるように見える」

「観光客は同じことをいう。タイに住みたいっていうのが多いわけだ」

「まちがっているか」

「半分あたって、半分まちがってる。俺ら外国人の知らないタイだってたくさんある」

「あたり前のことをいうなよ」

光井が一瞬鋭い目になった。

「あたり前のこと？」

「きたくなくてタイにきたあんただ。それなりにつらい目にあったのだろう。けどその目はまだ死んじゃいない。もうひと花咲かそうってツラだ。ちがうか」

河合はいった。光井は目をそらした。やがて訊ねた。

「あんた、どこに泊まっているんだ」

一瞬迷い、河合はホテルの名を口にした。ここで嘘をついて、警戒される材料を作りたくない。

光井は眉(まゆ)を寄せた。

「妙なところに泊まってるな」

「後輩がインターネットで調べてくれたんだ。値段のわりに部屋がきれいだ」

「外国人が多いだろう。日本人はあまり使わない」

「気にしなかったが、そうかもしれないな」

「いつまでいるんだ」

「あと三日てところか。半分観光で、半分は職捜しだ。昔の職場の紹介とかは嫌なんでね。自分で仕事を見つけたい」

「いっておくが、バンコクにはあんたみたいな人間が山ほどいる。気候がよくて食いものが安いから生活しやすいと思うのだろうな。だが、稼げる仕事なんかめったにない」

「だろうな。マトモにやったんじゃいい暮らしはできそうもない」

河合はいって、板前に、

「俺も握りをくれ」

と注文した。光井が立ちあがった。

「じゃあな。勘定を頼む」

「光井さんよ、せっかくだ。一杯つきあってくれないか」

河合はいった。ここで逃げられたら接触の意味がない。

「それともこれから仕事か」

光井は首をふった。

「だったらどこでもいい。あんたの知っている店にいこうじゃないか。ひとり酒にも飽きてるんだ」

「電話を一本かけさせてくれ。何もなければ、あんたにつきあおう」

「恩に着る」

光井は頷(うなず)き、店の勘定を払うと、外にでていった。携帯電話を手にしている。

河合は板前を見た。

「よくくるのかい、あのお客さん」

「月に一、二度くらいです。最初はちょっと恐い人かと思ったんですが、おとなしくていい人ですね」

板前はあたりさわりのない表現をした。河合はだされた握りの盛り合わせを平らげた。

確かに光井は少しかわった。日本にいた頃はいけいけで、全身に自信をみなぎらせていた。いずれは組を背負って立つのだという自負もあったのだろう。

だが今はない。といって、落ちぶれた素浪人のようかといえば、それもちがう。簡単には人に心を許さなくなったのは当然だろうが、一見穏やかにふるまいながら、何か大きなことを狙っている緊張感が伝わってくるのだ。

十分ほどで光井は店に戻ってきた。

「大丈夫だ。一杯だけつきあおう」

河合に頷いてみせた。その口調は、わずかだがさっきより打ち解けていた。日本に電話をかけ、河合が警察を辞めたことを確認したのだろう。

「俺もじゃあ勘定をしてくれ」

河合はいった。板前が見せた勘定書は、日本の鮨屋よりは安かった。だが現地の食べものに比べればひどく高額だ。

光井と肩を並べ、店をでた。

「女か」

光井が訊ねた。娼婦のいる店に連れていってほしいのか、という意味のようだ。河合は首をふった。

「いや、女は今はいい。落ちついて酒の飲める店に連れていってくれ」

「俺は日本人が多い飲み屋にはあまりいかないんだ。特にホステスをおいているようなところは、顔を合わせたくないのがきてることもある」

光井は低声でいって歩きだした。

「バンコクにマル暴は多いのか」

「少なくはないな。日本でしくじって流れてくる、俺みたいのや、定期的にチャカの練習をしようってくるのもいる。金さえあれば、たいてい何とかなるからな。大きなところは、看板こそあげていないが、出張所や事務所をかまえている。もっぱら親分衆のゴルフや女の世話だが」

「あんたもそういう仕事をしてるのか」

「まさか」

光井は笑った。

「だと思った。頭を下げるのが得意じゃない人だからな」

「あんたもだろう、河合さん」

河合は笑い返した。光井は大通りにでると、反対側に渡った。中規模のホテルがあり、そのエントランスをくぐる。

「ここの奥に、小さいが悪くないバーがある。日本人はあまりこない。そこでいいか」

「上等だ」

ロビーにも確かに日本人は少なかった。白人、それもヨーロッパ系と覚しい外国人が多い。カウンターだけの小さなバーがあり、その隅にふたりは陣どった。客は白人とタイ人の男ふたり組で、ゲイカップルらしく手を握りあっている。

光井がシンハビールを、河合はウイスキーのソーダ割りを頼んだ。

「悪いが調べさせてもらった。本当にサツをあがったんだな」

「いろいろあってな」

河合は頷いた。

「何もしていないのか」

「今は、な。やめてからしばらく台湾にいた」

光井は煙草に火をつけた。

「あんたは何をしている？」

河合は訊ねた。

「下らねえ仕事が多いな。ポン引きほど落ちぶれちゃいないが」

「もうちょっとマシな仕事だろう。じゃなけりゃ、俺が本当にあがったかどうかまで確認しない筈だ」

河合がいうと、光井は煙を吹きあげた。

「辞めても勘は働くみたいだな」

「詮索するつもりでいったのじゃない。気を悪くしないでくれ」

「いや」

「正直、惜しいと思ってたんだ。あんたほど貫目のある人間が、あんなことで追いだされちまうのは」

「親のいうことにしたがっただけだ」

「その親はさっさと引退して、あんたのことは知らん顔だ」

「その話はよそう。親は子を選べるが、子は親を選べねえ」

光井がいった。河合は光井を見やった。

「戻れる目はないのか」

「さあな。新しく本部からきた親の考えしだいだ」

「新しい親、青山さんだっけか。会ったこと、あるのか」

「ない」

光井は首をふった。ない筈はないだろうという言葉を河合は呑みこんだ。青山との関係を光井は知られたくないのだ。

「破門にされたのだったな、その青山さんに」

「本部の人間にすりゃ当然の処置だろうよ」

「危ない目にはあわなかったのか」

「あのまま日本にいたら危なかったかもしれん。実際、死人もでた」

光井の口調は淡々としていた。心の奥ではともかく、上べでは「終わったこと」として受け入れているように見える。

「バンコクは安全なのか」

「ここにはいろんな組織がでばってきているが、タイの警察にとっちゃ十把一からげでやくざ者だ。誰かが何かをしでかせば、全員に迷惑が及ぶ。だからおとなしくしていようって話になってるようだな。いっておくが俺は、もう中の人間じゃない。あんたのいった通り、破門された身だ。だから聞こえてくる噂でしか判断しようがない」

光井の言葉に河合は頷いた。

「だがその噂を信じられなきゃ、こうして外で飯を食ったり酒を飲んだりはできないだろう」

「まあ、それくらいは教えてくれる人がいる」

「ずっとこっちにいるつもりなのか。それともいずれ返り咲こうと思っているのか」

「好きでいるわけじゃない。だからといって簡単に帰れるわけでもないだろう。指を飛ばしたって許されるような話じゃないんだ」

答えて、光井は空になったビール壜を振った。タイ人のバーテンダーが新しいシンハビールを届けた。

「最後に聞いた話じゃ、山上連合はロシア人と組んでいた。ロシアからもちこんだカニやキャビアをフロントの商社に扱わせていたようだ」

河合は探りを入れた。

「ロシア人はタイにも多いぜ。東欧から女をもってきてる。白人の女ばかりをそろえた店もあるくらいだ」

光井はのってこなかった。

「この国も外国マフィアがはびこっているのか」

「もともと中国系は強い。財閥はほとんどが華僑が先祖の中国系タイ人だ。他にインド人やベトナム人も最近は幅をきかせている」

「ベトナム……」

「あいつらはタフだ。ついこの前までアメリカと戦争をしていたくらいだからな」

何かを思いだしたのか、光井は笑った。

「いわれたよ。『俺たちは、アメリカと戦争して勝った。お前ら日本人は負けたろう』ってな」

「ベトナム人にか」

光井は頷いた。

「あいつらはバックに中国がいる。商人も政府もな。だから強気なのさ」

「ベトナム人と商売をしているのか」

「いや。今はまだしていない」

光井は流した。

「これからするのか」

河合はつっこんだ。光井が河合をふりかえった。

「なんだ、取調べのつもりかよ」

「そうじゃない。商売になる話があるのだったら、一枚加えてほしいんだ。あんたのかわりに日本で人と会うことだってできる」

河合が答えると光井は真顔になった。

「本気か」

「ああ。もし何か考えているのなら、俺にできることなら手伝う」

河合はいった。光井がのってきた感触があった。コワリョフとともにベトナム人に会った理由を探りだせるかもしれない。

光井は黙りこんだ。じっと河合を見返している。河合は無言で待った。

光井の目が動いた。河合の背後、バーの出入口に視線を向けたのだった。そちらをふりかえり、河合は凍りついた。

コワリョフがいた。ドルガチとともに立ち、店の中を見回している。

「知り合いか」

緊張と恐怖をおさえこみ、河合は訊ねた。光井は答えず、手を上げた。ふたりが歩みよってくる。その向こうにチヒがいた。ひとりでロビーのソファにすわり、素知らぬ顔をしている。

河合は息を吐いた。コワリョフが現われたことを知り、河合の保護のためにきたのだろう。

コワリョフとドルガチが河合のかたわらに立った。訛のある英語でコワリョフが光井に訊ねた。

「フレンド？」

光井は頷いた。

「オールドフレンド」

コワリョフは河合を見やり、笑みを浮かべた。まるで狼が笑っているような笑みだった。

「ナイス・トゥ・ミート・ユウ。マイネーム、コワリョフ」

「タダシ」

河合は答えて、コワリョフの手を握った。

「タダシ？」

「イエス。タダシ」

「あんた、タダシというのか」

光井が訊ねた。

「そうだ。直史と書く。外国人には下の名のほうが覚えやすいだろう」

河合はいってドルガチに向きなおった。巨大な手が河合の手を包みこんだ。

「待ち合わせをしていたのか」

ドルガチの自己紹介に応え、河合は光井に訊ねた。

「そんなようなものだ。彼らと何かできないかと思ってるんだ」

「じゃ、俺がいたのじゃ邪魔だろう」

河合はさりげなくいって、その場を離れようとした。

「まあ、待てや。あんたが聞きたがっていたビジネスの話だ。このコワリョフさんは、まさに山上が扱ってる海産物の元締めなんだよ」

光井がいって、河合の肩をおさえた。

「そうなのか」

「ただそれも頭打ちなんで、何か新しい商売ができないか考えているらしい。そこでタイまでやってきたというわけだ。日本から頼まれて、俺は今回、コワリョフさんのガイドをしたんだ」

「ガイド……」

河合は危険を感じた。光井は初めから河合を疑っていたのかもしれない。それで河合の首実検のためにコワリョフを呼びだしたのだ。

「あなた、日本で何、仕事しましたか」

ドルガチが日本語で訊ねた。光井がおもしろそうに河合を見ている。

「警察にいた」

河合は急にねばつきだした舌を動かし、答えた。

「警察？　ポリス？」

「そうだ。もうとっくに辞めたが。観光でこちらにきていて、ばったり光井さんに会ったんだ」

ドルガチがコワリョフをふり返り、ロシア語で話した。コワリョフは冷たく青い目を瞬きもさせず、河合を見つめている。

コワリョフが喋った。ドルガチが訳した。

「警察で何をしてましたか」

「俺たち極道の相手だ」

光井が先に答えた。

「どこで？」

「東京」

コワリョフはシルクのシャツのポケットからマルボロをとりだし、火をつけた。バーテンダーが寄ってきた。

「ウォトカ、ストレート」

と命じる。煙を吹きあげ、河合に再び目を向けた。ドルガチの耳に小声で何かを告げた。

「河合という人を知っていますか」

光井がわずかに目をみひらいた。

「知っている」

河合は動揺を押し殺し、答えた。

「それが何か」

「別に何でもありません」

「おいおい、いったい何の茶番だ」

光井がいった。河合は立ちあがった。

「悪いが俺は失礼する。疲れがでてきたみたいだ。急に具合が悪くなった」

「待てよ」

「すまない――」

河合は視界の中に必死でチヒを捜した。見あたらない。

「待てよ、河合さん――」

河合は深呼吸した。ドルガチとコワリョフは無言でふたりのやりとりを見つめている。

河合は光井の耳に唇を寄せた。

「俺は一年前、こいつらに殺されかけた」

光井の目が広がった。

「本当か」

「ああ。まさか当人と対面するはめになるとは思わなかった」

小声でいった。

「どうしました」

ドルガチが訊ねた。

「待ってくれ」

光井がいい、河合をバーの隅へとひっぱっていった。険しい顔で訊ねる。

「どういうことなんだ」

「どうもこうもあるか。俺は一年前、あんたの古巣を内偵していてコワリョフを怒らせたんだ。アフリカ人が俺を殺すために雇われた」

「あんたが生きているってことは、そいつがつかまったのか」

光井はまじまじと河合を見つめた。

「金だけもらって逃げたのさ。だが逃げるときにロシア人が俺を狙っているという情報を流した」

とっさに河合は作り話をした。

「だからコワリョフは、殺せと命じた河合という警官がどうなったのかを知りたがっている筈だ」

「まさかあんた、俺をひっかけたのじゃないだろうな」

光井の声が低くなり、すごみを帯びた。

「馬鹿をいうな。俺は警察を辞めた身だ。こんなところで自分を消そうとしたロシア人にでくわすなんて、それこそ災難だ」

半分は本音だった。光井への接触は自分の希望でおこなったが、まさかその場にコワリョフがいきなり現われるとは思っていなかった。コワリョフのホテルを監視していた連中はなぜ河合に警告をよこさなかったのか、怒鳴りこみたい。

光井は無言で河合をにらみつけている。河合はいった。

「俺が河合だとばれたら絶対にマズい。あんたへの信頼にも傷がつくかもしれん」

「なぜコワリョフはあんたを消そうとしたんだ」

「俺が、奴のやっているキャビアの密輸に目をつけたのが気にいらなかったらしい。山上のフロントと組んでいた」

「そんなことでわざわざ日本人のデカを殺すかよ」

信じられないように光井は吐きだした。

「殺すんだ。奴らロシアマフィアは、日本のマル暴がデカに弱腰なのが気にくわないんだ。向こうじゃデカなんて買収するか殺すか、なんだよ」

「山上を飛びこえて、あんたを殺ろうとしたというのか」

「菅谷が見届け役だった。噂じゃ、俺殺しに失敗したんで埋められたらしい」

知っている山上連合の組員の名を聞いて、光井の目が広がった。

「菅谷がばっくれたって話は聞いたことがある」

光井はつぶやいた。

「ばっくれたのじゃない、消されたんだよ。俺を殺るために、中国人とアフリカ人の混成部隊をコワリョフは菅谷に命じて組織させたんだ。どたん場でアフリカ人が裏切ったんで、その責任をとらされた」

光井は深々と息を吸いこんだ。

「俺はそのときの一件が原因で上と衝突した。もっとコワリョフを追いこめと主張したが、日本にいない奴をやるのは無理だ、と上が逃げ、それで頭にきて警察を辞めたのさ」

光井の目を見つめ、告げた。

「それがまさかバンコクででくわすとはな。因縁としかいいようがない」

光井は黙りこくっている。

「どうする。俺をコワリョフにさしだすか。あんたの消したかった男がここにいますって」

開きなおり、河合はいった。今この場で殺されることはない、と思いたい。が、本当のところはどうなるか、まるで予想がつかなかった。

離れた場所からこちらを不審そうに見つめるコワリョフとドルガチに目を向けた。チヒの姿を再び捜したが、見あたらない。もしや見捨てられたのだろうか。

河合の背中に汗がふきだした。

「しょうがねえ」

無言で考えていた光井が吐きだした。

「俺は今、奴らとでかい仕事を始めかけてる。それがこんなことでひっくりかえるのはご免だ。あんたの芝居に手を貸してやる」

「助かった」

思わず、河合はいった。

「こうしよう。河合は俺の同僚だった。だが突然行方不明になった。俺はそれが原因で警察を信用できなくなり、辞めた」

光井は下唇をかみ、河合の言葉を聞いていた。

「コワリョフの捜査は、河合が単独でやっていたことなので、俺は知らない、という」

「わかった。あんたが奴らを納得させろ。もしできなかったときは、悪いがバンコクの土になってもらうぞ」

光井の目は真剣だった。

コワリョフとドルガチをふりかえった。ふたりの目はこちらに向けられている。コワリョフが低い声で何ごとかをドルガチに告げていた。

河合はふたりの身なりを観察した。ふたりともシルク地のだっぷりとしたシャツを着て、裾をスラックスの外にたらしている。小型の拳銃くらいなら隠していてもわからない。

だが新しい仕事の開拓にやってきたバンコクで武器をもち歩いているとは思えなかった。万一警官に発覚すれば強制退去させられかねないし、今後に支障をきたす。組織暴力の人間は、自分たちの縄張りの外ではトラブルを好まない。組織の上位の人間ほどその傾向は顕著だ。

たとえ嘘がばれてもいきなり撃たれたりはしない筈だ、と河合は自分にいい聞かせた。

乾いた唇を酒で湿らせ、ドルガチに告げた。

「河合は俺の同僚だった。だが一年前から行方不明になっている。外国人が河合を殺したという情報もあったが確認できなかった」

ドルガチはコワリョフをふりかえり通訳した。コワリョフが喋り、ドルガチが訳した。

「あなたが警察を辞めた理由を話して下さい」

「恐くなったのさ。日本のやくざは警官にめったに手をださないが、外国人はちがう。命と引きかえにするには、警察の給料は安すぎた」

「タイで何をしていたのですか」

「仕事を捜していた。日本でできるのは、警官のような仕事しかない。もっと金になる仕事をしたいんだ」

終始光井は無言だった。難しい顔で、河合とドルガチのやりとりを見つめている。

コワリョフの表情がわずかにゆるんだ。ドルガチがその問いを訳した。

「いい仕事は見つかりましたか」

河合は首をふった。

「ここにいる光井さんに何か紹介してくれないかと頼んでいたところだ」

コワリョフの目が光井に向けられた。

「光井さんさえよければ、この人を我々のアシスタントに使ってもよい」

ドルガチを通してコワリョフが告げた。光井はあっけにとられたように目をみひらいた。

「いや、それは……いきなりだな」

「あなた今でも警察に友だちいますか」

無視してドルガチは河合に訊ねた。

「そりゃ、いないこともない」

「はっきりいいます。友だちの話、私たちにしてくれるのなら、あなた雇います」

「それは、俺にスパイをやれってことか」

怒ったふりをして河合はいった。想像もしなかった展開だ。コワリョフに雇われれば、彼らの〝新事業〟の内容をつきとめられるかもしれない。が、あまりに急だし、危険だった。この場限りならとにかく、継続的に会うとなったら、いつ正体がばれても不思議ではない。できれば回避したい。

「警察より儲かる仕事がしたいといったのはあなたです」

「それはそうだがスパイは別だ。昔の仲間に迷惑をかけるような真似はご免だ」

「その人たちにもお金を払います」

河合は息を吐いた。迷っているふりだった。ドルガチはつづけた。

「日本人もロシア人もいっしょ。お金の欲しくない人いません。大切なのは、誰がお金を渡すかです。私たちロシア人が渡そうとしたらニェット、でもあなたならダー、ちがいますか」

「いったい、いくらくらいになるんだ」

「それはこれからの私たちのビジネスによります」

河合はドルガチを見つめた。

「あんたたちが日本の警察の情報が欲しいということは、これから日本で何かでかいことをやろうとしているのだな」

ドルガチがコワリョフを見た。河合の言葉を聞き、コワリョフは深く頷いた。

「何千万ドルにもなるビジネスです」

「何千万ドルだと」

「そうです。だから失敗は許されない」

いったい何をしようというのだ。大風呂敷でないのなら、何十億円という単位のシノギだということになる。単なるコピービジネスではそこまでいかない。

「コップンカップ」

タイ語の挨拶が聞こえ、我にかえった。バーに四人の男たちが入ってきて、カウンターにかけた。一見して、怪しいとわかる雰囲気だった。アロハの袖からのぞく腕に入れ墨がある。

光井の顔が険しくなった。

「場所をかえよう」

小声でいった。明らかに警戒している。

入ってきた四人はタイ人のようだった。酔っているのか声高なやりとりを交し、ビールをラッパ呑みしている。

光井がバーテンダーを呼び、精算を命じた。コワリョフとドルガチは無言で目を見交し、立ちあがった。

「俺が払う」

河合はいった。ドルガチをふりかえり、いった。

「先にでてくれ」

ドルガチは頷き、コワリョフとともにバーの出入口に向かった。

「いくらだ」

「七百バーツだ」

光井が答え、河合は千バーツ札をさしだした。コワリョフとドルガチが四人組のうしろを通りぬける。

いきなり銃声が耳を打った。反射的に河合はしゃがんだ。光井も同じ動きをした。

四人組が椅子から立ちあがり、手にした拳銃をコワリョフとドルガチに向けていた。たてつづけに発砲をうけ、ふたりは床に転がった。

河合はうずくまり、動けなかった。無意識に銃声の数を数えている。最初に三発、それからまた三発、さらに二発。

静かになった。バーの椅子の脚のすきまから、血だまりに倒れているコワリョフとドルガチの体が見えた。

足音がした。四人組が逃げていく音だった。

「なんてこった……」

光井がつぶやいた。蒼白だった。倒れているコワリョフとドルガチに近づこうとする。

「よせっ」

河合は止めた。ホテルのロビーは悲鳴が渦まいている。

「逃げるんだ」

光井は、目をみひらいて河合を見た。

「警察がきたら、俺たちもつかまるぞ」

「くそ」

光井は呻くようにいって立ちあがった。ロビーにいた人々がおそるおそるバーの中をのぞきこんでいる。河合も立った。カウンターの内側で、バーテンダーが頭をおおってうずくまっていた。

「急げ」

河合はいって、コワリョフらの流した血を踏まないように、バーの出入口に向かった。野次馬を押しのけ、ロビーをよこぎる。あとをついてきた光井をふりむいた。

「ホテルの裏口はどっちだ」

「裏口？」

「表からでていって、さっきの連中が待ちかまえていたらどうする」

光井ははっとしたようにあたりを見回した。そのとき、視界のすみにチヒの姿を河合はとらえた。野次馬たちから少し離れた位置に立ち、こちらをうかがっている。光井にわからないように、河合はそこにいろという合図を送った。

「こっちだ」

光井がつぶやき、ロビーの奥へと向かった。レストランがあり、その内部をつっきると裏の庭園にでる。庭園の出入口には制服の警備員がいたが、まだ騒ぎを知らないのか、のんびりとした表情だ。

その前を早足で歩きすぎ、通りにでるとふたりはタクシーを拾った。

「どこへいく」

光井がいった。

「直接、ホテルやアパートはまずい。人の多いところにでて、そこから乗りかえよう」

光井は頷き、

「パッポン！」

と運転手に命じた。タクシーは発進した。

パッポンは、バーやコピー商品を売る屋台がたち並んだ、バンコク最大の盛り場だ。多くの観光客が集まり、人ごみに姿をまぎらわすことができる。屋台と屋台のあいだの通路はせまく、人でごったがえし、熱気と叫び声が充満している。蝟集した屋台を囲んでいるのが、ゴーゴーバーとレストランだ。タクシーを降りた河合と光井は、通路の中にまっすぐ入りこんだ。肩がぶつかり、売り子の声が降ってくる。コピーの腕時計やライター、シャツやドレス、民芸品などを売る店が、およそ百近く並んでいる。

汗だくになってその通路を進み、反対側にでた。

「ここで別れよう」

河合はいった。

「何だと」

光井が目をむいた。

「あんたの携帯の番号を教えてくれ。ホテルに戻ったら連絡する。今夜いっしょに行動するのはまずい」

「逃げる気か。そうなんだな」

光井の頬が赤くなった。

「そうじゃない」

「ふざけんな。とばっちりをくいたくねえなら、そういえや」

「落ちつけ。あいつらが狙ったのは、コワリョフとドルガチのふたりだけだ。もしあんたも殺す気なら撃ってた」

光井は喉を鳴らした。

「いったい何が何だか、わからねえ」

「見た通りだ。殺し屋が奴らを消した。たぶんコワリョフたちはホテルから尾けられていた。あいつらはチャンスを見はからって撃ったんだ。標的にあんたは入っていなかった」

「ひと目見て、やばい奴らだと思った。ホテルのバーなんかで飲むようなタマじゃねえ。そのへんをうろついてるヤクの売人とかわらねえんだからな」

光井はいってぎらぎらした目をあたりに向けた。

「とにかく、狙われたのはコワリョフたちであって、あんたや俺じゃない。だが、今日はアパートに帰らないほうがいい。女のところか、ホテルにでも泊まれ」

河合は告げた。

光井は荒い息を吐き、河合を見た。吐きそうな顔をしている。たぶん落ちついたら、胃の中身が空になるまで戻すにちがいない。同じ経験のある河合にはわかった。

「あ、あんたは」

「俺はホテルに戻る。俺のことを知ってる人間は、バンコクにはあんたしかいないから安全だ」

「くそ……。なんであいつらが……。わけがわからねえ」

光井はつぶやいて胸もとをおさえた。

「吐くなよ。ここで吐いたら目立つ」

河合がささやくと、頬をふくらませた。

「誰が吐くだと、この野郎。そんな肝っ玉の小せえ人間じゃねえ」

「携帯の番号を」

光井は番号を口にした。河合はそれを暗記した。まちがえて覚えていても、録音されている筈だから何とかなる。

光井の腕をつかんだ。

「夜中に電話をする。それまでに安全な場所にもぐりこんでおいてくれ」

光井はぎこちなく頷いた。吐きけをこらえるのに懸命のようだ。河合は、通りかかったタクシーに手を上げた。

4

内務省別館は大騒ぎになっていた。パソコン部屋もブリーフィングルームも、ひっきりなしに電話が鳴り、職員が右往左往している。河合が入っていくと、顔をまっ赤にしたバラノフスキが怒鳴った。

「大失敗だ！　だから俺は反対したんだ」

今にも河合につかみかからんばかりだった。

「落ちつけよ。俺がコワリョフを撃ったわけじゃない」

河合はいった。

「同じことだ。お前があのヤクザに接触しなかったら、連中は撃たれずにすんだ」

「それはいいがかりだ。殺し屋は、コワリョフたちをホテルから尾けてきたんだ。最初からふたりはターゲットだった」

いい返し、河合はケムポンを見た。ケムポンも険しい表情で河合を見つめている。

「パートタイマーは仕事を怠けていた。ひきつづきペニンシュラを監視するよう命じていたのに、コワリョフたちが外出するとき、現場を離れていたんです。殺し屋の映像を撮りましたか」

「スラットが今こちらに向かっているが、撮ったのは、コワリョフとドルガチだけだといっていた。殺し屋は何人いたんだ？」

「四人です。タイ人で酔っぱらっているようすでした。演技だった」

「人相を覚えているか」

「タトゥを入れていて、ミツイはドラッグの売人のようだといっていました」

「写真があるわ」

声に全員がふりかえった。チヒだった。スラットとともに戻ってきたところだ。

「奴らがロビーをとびだしていくところを撮ったの。今、モニターにだします」

小型のデジタルカメラをブリーフィングルームのコンピュータにつないだ。

鮮明とはいいがたいが、駆けていく四人の写真がモニターに映しだされた。ケムポンがそれを見つめ、唸った。

「見覚えがありますか」

河合は訊ねた。ケムポンは首をふった。かたわらに立ったスラットが英語でいった。

「ミツイのいった通り、こいつらは街にたくさんいるギャングです。金のためなら何でもやる。おそらくドラッグ中毒者で、報酬めあてに雇われたのでしょう」

「録音は？」

「とってあります。危なかったですね。あなたが元警官だということをミツイが話したときはどうなるかと思った」

「それ以上に予想外のことが起きてしまった」

「いったい誰がコワリョフたちを消したんだ。地元のギャングか」

バラノフスキが吠えるようにいった。

「すべてが台無しだ。俺は何のためにモスクワからきたんだ」

誰も答えない。

「極東を拠点にするロシアマフィアとバンコクのローカル組織のあいだに対立があったとは思えないわ」

チヒがいった。

「じゃあ説明してくれよ、小さなお嬢さん。いったいどこのどいつが、こいつらを雇って俺たちの獲物を穴だらけにしたんだ」

バラノフスキが向き直った。河合は無視し、スラットに訊ねた。

「コワリョフとドルガチの容態は？」

スラットは首をふった。

「救急車が到着した時点で手遅れでした」

「全部で八発だ」

河合はつぶやいた。

「奴らが撃った数さ。無意識に数えていたんだ」

「確実に殺せと命じられていたのね」

チヒがいった。

「さて、どうする?!」

バラノフスキが両手を広げた。

「コワリョフとドルガチはくたばった。めでたしめでたし、か。少なくともカワイはこれでびくびくせずにすむな」

「俺があいつらを雇ったわけじゃない」

「どうかな。ミツイに接触すれば、あいつらがでてくる。お前はコワリョフに殺されかけたことがあるのだろう。復讐するチャンスだと思ったのじゃないか」

全員が河合を見た。

「馬鹿げてる。いったいいつ俺に殺し屋を雇う暇があった? ここにくるまでコワリョフがバンコクにいることすら知らなかったのだぞ」

「きのうの夜があるじゃないか。奴らがビエンチャンからバンコクに戻ってくることはわかってた」

「待てよ。俺は生まれて初めてバンコクにきたんだ。殺し屋とのコネクションなんてまったくない」

バラノフスキはチヒを示した。

「このお嬢さんがいるじゃないか。前もって頼んでおけばできた」

「馬鹿いわないで！」

チヒがバラノフスキに詰めよった。

「よせ。充分だ」

ケムポンがいった。全員が黙った。

「この映像をもとに四人を手配する。こいつらをつかまえれば、誰が雇ったのかはわかるだろう。カワイ――」

河合はケムポンを見た。

「ミツイといっしょにいたのは君だ。ミツイが連中を雇ったとは思えないか」

河合は首をふった。

「それはありえないと思います。ミツイは激しく動揺していましたし、コワリョフは何千万ドルにもなるビジネスだといっていた」

「何千万ドルだと?!　はっ」

バラノフスキが吐きだした。ケムポンは無視した。

「だからこそ独り占めを狙ったのかもしれない。君がいっしょのときにコワリョフらを襲わせ、自分に疑いが及ばないようにした」

河合は黙った。そういわれると可能性がなくはないような気がする。

「いったい何をコワリョフは考えていたんだ。何千万ドルも儲かるようなビジネスなんて、そうはないぞ」

バラノフスキがいった。

「わからない。だが日本を市場にしようとしていたことは確かなようだ。俺にメンバーに加わって日本警察の情報を流してほしいといった」

「それは私も聞きました。コワリョフは彼を誘っていました」

スラットがいった。

「具体的なビジネスの内容は？」

「まったくわからない。だがビエンチャンで接触したベトナム人が関係しているのはまちがいないだろう。そうでなければミツイのいる場でビジネスの話をもちだすわけがない。ミツイは、日本から頼まれてコワリョフのガイドを引きうけた、といった」

「日本から頼まれて？」

「おそらくヤマガミレンゴウだと思う。ミツイはアオヤマを知らない、と俺にいったが、情報ではふたりが互いを知らない筈はない。つまりかつての組織の新しいボスになったアオヤマに頼まれて、コワリョフらをビエンチャンまで案内したんだ」

「するとそのビジネスはヤマガミレンゴウのものなのか」

ケムポンがいった。

「ヤマガミレンゴウ単独なら、日本からヤクザがきた筈です。コワリョフとヤマガミレンゴウが共同で立ちあげるプロジェクトだったたと思われます。ミツイはハモンになった身ですから、コワリョフの側につくことで、このプロジェクトに参加できた。そしてうまくいったら日本に返り咲く、という密約をアオヤマと交していたのだと思います」

河合は告げた。

「ミツイがキィマンだな」

ケムポンの言葉に河合は頷いた。

「演技でなければ、ミツイはパニック寸前でした。彼と接触をつづければ、そのビジネスの中身をつきとめられるかもしれない」

「そんなことをして何の意味があるというんだ」

バラノフスキがいった。

「コワリョフは死んだんだ。今さら奴らのビジネスをつきとめたところでしかたがない」

「コワリョフたちが殺されたのは、そのビジネスのせいかもしれない。ミツイを生かしておけば、ビジネスを乗っとれると考えた人間たちがやらせた」

「日本人しかいないだろう。だったら」

河合は沈黙した。その通りだった。山上連合とコワリョフが企てていた〝ビッグビジネス〟の存在を知っているのは、限られた人間だ。コワリョフらを消した目的が、ビジネスの独占だとすれば、犯人は日本人ということになる。

「いや、ベトナム人がいるわ」

チヒがいった。

「このビジネスの鍵はベトナム人よ。彼らにコワリョフが何を依頼していたか。それによっては、大金になることに気づいたベトナム人が自ら、そのビジネスに乗りだそうと考えた可能性がある」

「だったらビエンチャンで消すだろうが」

バラノフスキが反論した。

「ベトナム人のバックには中国人がいる、とミツイがいっていた」

河合は思いだした。

「中国人?」

「ベトナムの政治経済をバックアップしているのが中国だ、という意味でいったのだと思うが――」

「それだけじゃありませんね。ベトナムのコピービジネスの技術支援をしているのが、中国の犯罪組織だ。中国の黒社会は、当局の目をまぬがれるために、工場や技術者をベトナムに移している」

スラットがいった。

「彼らがビエンチャンで接触したクが頻繁に中国上海を訪れている事実とも符合する」

「じゃあやっぱりスーパーコピーか」

バラノフスキが訊ねた。

「スーパーコピーはもともと韓国の技術だったらしいじゃないか。それが当局の締めつけが厳しくなったんで、技術者が中国に逃げた。そっちで工場を作って稼いでいたのが今度はベトナムに鞍がえしたってわけだ」

「だがスーパーコピーで何千万ドルは稼げない。違法コピーのDVDを扱ったとしても同じことだ。世界レベルでいえばその金額に達するだろうが、一グループでそれだけの売り上げをあげるのは不可能だ」

ケムポンがいうと、バラノフスキは手を広げた。

「じゃあ何だというんです。何千万ドルも稼げるコピービジネスってのは」

「クと中国のつながりからいっても、コワリョフらが始めようとしていたのがコピービジネスであるのはまちがいない。ただその〝商品〟がまったく新しいものだということだ」

河合はいった。そしてケムポンに向きなおった。

「ミツイとの接触をつづけます。コワリョフが何をクと始めようとしていたかをつきとめるにはそれしかありません」

「おいおい、そんなことをしたって一文にもならない。コワリョフは死んじまったんだ。

ミツイは所詮(しょせん)ガイドだから殺されずにすんだ。つまりガイドをいくらつつき回したところで、我々の収入には結びつかない、ということだ」

バラノフスキがいった。河合は唇をかんだ。

ビジネスの正体をつきとめられたとしても、コワリョフが死んだ今、「ブラックチェンバー」がどこからブラックマネーを奪えるかという点に関して不透明となっているのは事実だった。

「たとえベトナム人なり日本人が、ビジネスを乗っとるためにコワリョフらを殺したとしてもだ。もうバンコクで俺たちにできることはない」

「ではこのまま放置しろと？　ふたりが殺されたのだぞ」

「忘れちまったのか。俺たちは警察じゃないんだ。殺人犯をつかまえるのは俺たちの仕事じゃない」

「バラノフスキのいう通りだ。コワリョフが死んだ今、ビジネスの中核はバンコクを離れたと考えていい」

ケムポンがいった。河合が反論しかけたのを制し、つづけた。

「ただし、ミツイとの接触によって、そのビジネスがどこのグループによって今度はコントロールされるのかをつきとめられるかもしれない。カワイには任務を続行してもらう」

河合はほっと息を吐いた。

「賭(か)けてもいいが、コワリョフらを殺させたのは日本のヤクザだ」

バラノフスキが吐きだした。

「そいつを確かめるさ」

河合はいった。

5

「河合だ、無事か」

電話がつながり、河合はいった。

「何とかな」

光井はげっそりとした声で答えた。

「今どこにいる」

「女の部屋だ。そっちは?」

「ホテルからかけてる」

「さっき電話をしたんだ、いなかったろう」

光井がいったので河合はひやりとした。実際はまだ内務省の別館にいる。

「この携帯電話を手に入れにでていたのさ。あんなことがあったのじゃ、携帯なしでは動けない」

とっさにいった。

「そうか。じゃあこの番号にかければ、これからは連絡がつくんだな」

「ああ」

河合はいった。使っているのは、ケムポンから渡された携帯電話だった。これから必要になるだろうと渡されたのだ。

「電話を入手するついでに、さっきのホテルの前までいってみた」

「何だと。なぜそんなヤバい真似をする」

「ふたりがどうなったかを確かめたかったのさ。あんたとちがって俺は観光旅行者だ。万が一、警官に目をつけられても、パスポートを見せて道に迷ったといえばすむ」

「度胸がいいのか馬鹿なんだか……」

あきれたように光井はつぶやいた。

「英語を話せる野次馬がいたので聞いたんだが、あのふたりは死んだらしい」

「くそ」

「明日にでも会って話さないか」

「何を今さら話すんだ。これで俺の予定はおじゃんだ」

「予定？　何の予定だ」

「あんたに関係ない」

「待てよ。何千万ドルにもなるビジネスだってコワリョフがいったのを俺は聞いているんだ。今になって知らん顔か」

「馬鹿いうな。奴がくたばった以上、全部白紙だ」

「なあ、妙だと思わないのか」

「妙だ？　妙に決まってるだろうが。いきなり殺し屋がでてきたんだぞ」

「コワリョフは以前にもバンコクにきたことがあったのか。ドルガチもだが」

「初めてじゃない、とはいってた。だが久しぶりだ、とも」

「奴がバンコクにコネをもっていたなら、わざわざあんたにガイドを頼む必要はなかった。ちがうか」

「何がいいたい」

「ふたりを撃ったのは明らかにタイ人の殺し屋だった。なぜ撃った」

「金で雇われたからだ。決まってるだろうが」

「じゃあ雇ったのは誰だ？　タイ人なのか」

河合がいうと光井は沈黙した。やがて、

「そんなの……俺にわかるわけがねえ」

と吐きだした。

「考えろよ。タイに縁がなければ、タイ人がコワリョフたちを殺す理由もない。つまり、タイの外から誰かが殺し屋を動かし、彼らを襲わせたんだ。しかもそいつは、あんたは撃たせなかった」

「あんた日本から頼まれてガイドをした、といったな。その日本てのはどこの誰だったんだ」

「だから何だってんだ」

「そんなのいえるわけがない」

「いわなくてもいい。その日本の人間なら、殺し屋を雇うことができたと俺はいいたいだけだ」

「何だって」

光井は絶句した。

「少し考えればわかることだ。タイ人が殺し屋を雇ったのでないとすれば、日本人か、あんたたちが会ったというベトナム人以外、殺し屋をさし向ける人間に心当たりがない、とな」

「お前、まだデカみたいな口をきくじゃないか」

「デカの口にも戻るさ。あんなことが目の前で起こったのじゃな」

光井は大きくため息を吐いた。

「とにかくあんたは殺されなかった。コワリョフたちを消させた張本人は、あんたには生き残ってもらいたかったんだ。その理由は、コワリョフがいっていたビジネスにあるんじゃないか」

「そんなのは勝手な想像だ」

「だがもし当たっていたら？　あんたひとりより俺がいっしょのほうが心強くはないか」

「ふざけんな。俺はずっとひとりでしのいできたんだ。今さら相棒なんか欲しくはねえよ」

いったはものの、その言葉にさほどの勢いはなかった。

「あんたがそこまでいうのならしかたがない。あいつらがあんたを撃たなかったのはたまたまで、もしかしたらあんたも本当はターゲットだったのかもしれないな。いっしょにいてとばっちりをくうのは俺もご免だ。つきあいもここまでとするか」

河合はいった。光井はすぐには返事をしなかった。

光井の気持を河合は想像しながら喋っていた。追われるようにして日本を離れバンコクにやってきた当初、光井は孤独で不安だったろう。だが少しずつこの街に慣れ、そして日本へ復帰する足がかりとなるチャンスがやってきた。意気揚々ととり組んだのもつかのま、そのパートナーを目の前で殺された。

バンコクにやってきたときとは別次元の不安に襲われているにちがいない。

「とにかくよ」

光井が喉にからんだ声で吐きだした。

「明日、いっぺん会うか。万一、こっちのサツに目をつけられたときの口裏も合わせておかなけりゃならない」

「それはそうだが。どこで会う。もうホテルのバーとかはご免だぜ」

「俺の家ってわけにもいかないな。あんたの部屋はどうだ」

「俺の部屋――」

河合は迷っているふりをした。実際はそれが一番監視に好都合だ。たとえ光井も狙われているとしても、プロの傭兵たちが常宿にしているようなホテルのドアを蹴破って襲ってくる殺し屋はいないだろう。裏社会にかかわっている人間にほど、河合の泊まるホテルがどんなところなのか知られているようだ。

「しかたがない。じゃあ、明日の昼でも待っていよう」

河合は答え、部屋番号を教えた。

「ああ。正午までには着くようにする」

光井はいって電話を切った。

翌日、正午に光井はやってきた。今度はマイクは河合の体ではなく部屋にしかけられている。問題は警護面で、まさかバスルームにチヒを忍ばせておくというわけにもいかず、別の空き部屋にスラットとチヒが待機し、いざとなったらとびこむという態勢を組むことになった。

だがその必要はおそらく生じないだろう、と河合は考えていた。殺し屋を雇ったのが光井だという可能性がゼロになったわけではないが、その場合光井が河合の口を塞ぐことを考えたとしても、ホテルの部屋を訪れた上で殺すなどという足のつきやすい手段を選ぶとは思えない。殺したいのなら、もっと人目につかない場所に呼びだせばすむことだ。

光井はきのうと同じ服装で、ミネラルウォーターのペットボトルを手にしていた。女のところに泊まったというのは嘘ではなさそうだ。

「あれからいろいろ考えたんだが、どうしても納得がいかねえ」

開口一番に光井はいった。部屋には小さな応接セットがあり、ふたりはそこで向かいあった。

「何に納得がいかないんだ」

河合は近くのコンビニエンスストアで買った緑茶のペットボトルを開けた。タイで売っている緑茶はほとんどが砂糖入りで、甘くない緑茶を捜すのに苦労する。

「殺し屋を雇った奴らだ」

「まだその話か」

河合はわざとうんざりしたような口調でいった。

「ロシア人じゃねえかと思うんだ。タイにもロシア人はいるし、その中にコワリョフが恨みを買った奴がいたのかもしれん」

「確かにその可能性はゼロじゃないが、コワリョフはいつこっちにきたんだ」

「三日前だ」

「三日間、ずっとバンコクにいたのか」

「いや、おとついからきのうにかけては、ラオスにいっていた。ビエンチャンでベトナム人に会った」

「だったら一日いただけだ。バンコクにいるロシア人と会ったか」

「たぶん会ってない。知り合いに電話くらいはしたかもしれないが」

「待てよ。何千万ドルにもなるビジネスの打ち合わせにやってきたのだろう。古い知り合いなんかに連絡したら、何をしにタイにきたか訊かれるのは見えてる。なのに連絡をとるか。そいつをひと口かませようというなら、話は別だろうが」

光井は唸った。

「そうだな」

「バンコクでコワリョフたちが会ったのはあんただけか」

「いや。ホテルでアフリカ人に会った。ナイジェリアだといっていた」

チヒから聞いていた話だが、初耳のふりをした。

「ナイジェリアか……」

「そうだ。あいつらかもしれない。あいつらは荒っぽいので有名だ」

光井は勢いこんでいった。

「何の話をしたか、知ってるか」

河合はそれを制して訊ねた。光井は首をふった。

「いや。その場に俺はいなかった」

「ナイジェリア人がやらせたという可能性はゼロでないにしても、かなり低い」

「なんでそんなことがいえる」

「ナイジェリア人が得意なのは密輸だ。ビジネスがらみでコワリョフが会ったのだとすれば、それはナイジェリア人シンジケートに何かの運搬をコワリョフが依頼するのが目的だったのじゃないかと俺は思う」

「運搬」

光井はつぶやいた。

「むしろ問題になるとすりゃベトナム人だ。なぜラオスで会うんだ。ベトナム人に会いたけりゃベトナムにいけばいい」

河合は訊ねた。

「飛行機を使いたくない、とコワリョフがいったんだ」

光井が答えた。

「タイからベトナムにいくには飛行機で移動せざるをえない。だが飛行機を使えば、いろいろな記録が残る。車で国境を越え、ラオスにいけば、記録は最小限だ。ベトナム人も同じように車でラオスに入る。中間地点に互いが車でくれば、足がつく可能性が低くなる」

「つまりそれだけヤバい取引だったということだな」

「まだ取引をしたわけじゃない。あいつらがもってくる見本をチェックにいった」

「見本？　何のだ」

光井は黙った。チャンスだ。

「その見本が、奴のいってた何千万ドルにもなるビジネスの商品なのか」

「ああ。たぶん」

「たぶん？　たぶん、というのはどういうことだ」

光井は下を向いた。

「俺はそれが何だか知らないんだ。奴らがもってきたのは、紙パッケージのようなものだった。まだ折っていなくて、折れば箱のようになる――」

「つまり何かの容れものということか」

「そうだ。印刷やら色をコワリョフたちはチェックしていた。おおむねＯＫで、少し赤みを濃くしろとか、そんな話をしていた」

「何の容れものだ？」

光井は首をふった。

「わからねえ」

河合は光井を見つめた。

「嘘じゃねえ。本当だ」

「整理しよう。コワリョフは、何かのパッケージの製造を前もってベトナム人に依頼してた。そしてその見本のできばえをチェックするためにラオスにいった」

「そうだ」

「だがそれが何のパッケージだかあんたは知らない。そういうんだな」

「その通りだ」

「コピーなのか」

「まあ、まちがいない。ベトナム人は中国マフィアと組んでいる。あいつらが得意なのはコピー作りだ。だから何かのパッケージのコピーを頼んだのだろう」

「中身はあったのか」

光井は首をふった。

「ない。そこには少なくともなかった。別の場所で作らせているのだと思う」

「ベトナムの？」

「いや。中国とか、そっちのほうだ」

「パッケージの大きさは？」

「組み立てたのを見たわけじゃないからはっきりはわからないが、そうでかいものじゃない。せいぜいこのくらいだろう」

光井は手で大きさを示した。三十センチ四方くらいだ。

「一種類か」

河合は訊ねた。

「どういう意味だ」

「映画のDVDパッケージなら、作品ごとにちがってくる」

光井は首をふった。

「そんなものじゃない。映画のDVDは写真だろう。それならカラーコピーすればすむ。もっと何ていうか、菓子箱みたいな容れものだ」

「腕時計とかハンドバッグの箱のようなものか」

「強いていえばそれに近い」

「だが時計やバッグじゃないのだな」

「それで何千万ドルも儲かると思うか」

逆に光井が訊ねた。河合は首をふった。

「いや、思えんな。ひとつ百万円もするような時計やバッグのスーパーコピーを作ったとしても、何千個も一気にさばけるとは思えない。それにそういう商品が売れる場所は限られている。ナイジェリア人の密輸組織と組む必要もない」

「ああ。俺もそう思う。ブランド品のコピーが売れるとすりゃ、日本、韓国、中国だ。扱っている奴らもすでにいるし、あえてコワリョフが手をだすまでもない」

「日本から何か聞いていないのか」

河合が訊ねると光井は無表情になった。

「聞いちゃいねえよ。俺は本当にガイドを頼まれただけだ」

「ビジネスに関しちゃ蚊屋の外か？　ずいぶん便利に使われたものだな」

光井の目に怒りが浮かんだ。が何もいわない。河合はつづけた。

「日本とは連絡をとったか」

「誰のことだ」

「あんたにガイドを頼んだ人間だ。コワリョフたちが殺されたのを知らせたのだろう」

光井は沈黙を守った。

「コワリョフたちが死んだので用なしか。バンコクでこのまますぶっていろってか」

「やかましい！」

光井は吐きだした。

「誰もそんなことはいってねえ」

「じゃあコワリョフたちがやりかけていたビジネスをあんたが引き継ぐのか」

「まだ何も決まってねえよ。あっちだってバタバタなんだ。まさかコワリョフが殺られるなんて思ってもいなかったのだからな」

「本当にそうなのか」

河合は光井を見つめた。

「コワリョフは、俺に警察情報をよこせといった。それはつまり、奴が日本で商売する気だったということだ。コワリョフと組んでる日本の組織があったから、あんたにガイドの仕事がきたのだろう。そこがコワリョフを殺して商売を乗っとろうとしたとは考えられないか」

光井は射るような目で河合を見返した。

「きのう、俺は一睡もしねえで考えた。あんたに、殺し屋を雇ったのは日本人かもしれない、といわれてな。だがどう考えてもそれはありえねえ」

「なぜだ」

「今、コワリョフを消したって一文の得にもならないからだ」

「誰にとってだ」

「誰にとってもさ。コワリョフが進めようとしていたビジネスが軌道に乗ってから消したというのなら、ありえる話かもしれん。だが今、殺っちまったのじゃ、全部が流れちまう可能性だってでてくる。そんな下手は打たない」

「そのことを日本側に確認したか」

光井は答えなかった。

「していないのだな」

「できるわけないだろう。俺は弾きだされた人間だ」

「もしそうなら、あんたは思いきりコケにされたことになる」

「そうじゃねえと信じてる」

「調べてやろうか」

「何だと」

「俺は警察を辞めたが、知り合いはいる。そいつらに頼めば何かしらわかるかもしれん」

「冗談じゃねえ。そんなことをしたらまるで俺がサツの犬だと疑ってくれというようなものだろう」

「じゃあどうするんだ。このまま泣き寝入りか。バンコクで次のチャンスを待つのか」

「何ができるってんだよ?!」

光井は声を荒らげた。

「コワリョフがやりかけてたビジネスのことを調べれば、誰が殺し屋を雇ったのかがわかる」

「それがわかったらどうだというんだ」

「あんたが消されなかった理由を考えろ。まだそのビジネスに嚙むチャンスが残ってるってことだ」

光井は宙を見つめた。

「ベトナム人と会うのは、前もって決められていたことなのか」

「どういう意味だ」

「ベトナム人とのコネをあんたがつけたのかどうかを訊いてる」

「ビエンチャンで会うことは決まっていた。パッケージは、すでにメールで発注ずみだったんだ。できばえを確かめるためにビエンチャンまでいったんだ」

「たったそれだけのために何時間もかけていったのか。わざわざタイまできて」

河合がいうと、光井は黙った。まだ話していないことがある、と河合は思った。

「車はレンタカーか」

「そうだ。こっちのレンタカーには運転手がつけられる。俺は北部出身の運転手を手配するよう頼まれた。ラオスに入ってからの言葉の問題があるからだ」

「あんたに頼んだ人間は、それだけこっちの事情に詳しいってことか」

「そうじゃない。陸路でビエンチャンに向かうと聞いたので、そのほうがいいと俺が判断したんだ。日本の連中は何も知りはしねえ」

「ナイジェリア人との連絡もあんたがつけたのか」

光井は首をふった。

「それはコワリョフだ。奴はウラジオストクで、こっちにいるロシア人を通してコネをつけてた」

「そのロシア人とは会ったのか」

「俺が知る限り、会ってない」

河合は思いついた。パッケージをベトナムで作らせ、中身を日本で作る、というのは考えられないだろうか。が、すぐにそれを打ち消した。パッケージだけなら、それがコピーであっても、わざわざナイジェリア人組織に運ばせる必要はない。ただの〝紙の束〟なのだ。合法的な輸送で充分だ。

「パッケージの中身について、ベトナム人とやりとりはなかったのか」

「俺の知る限り、ない」

「会話は何語で交したんだ」

「英語と日本語だ。ベトナム人の中に日本語を話せるのがいた」

光井はミネラルウォーターを飲んだ。

「中身は他の場所で作らせている、とコワリョフはいったか」

「そんな話をしたかどうか……」

「思いだせよ。パッケージだけじゃ何千万ドルなんて商売になる筈がない。それが時計だろうが何だろうが、中身がなけりゃ始まらない」

「ドラッグかな。しゃぶとか」

「しゃぶを売るのにいちいち、パッケージを作るか。ブランド品じゃないんだ。しゃぶなら、中身がよければ、袋詰めでも売れる」

「それもそうだな」

「コピーのパッケージを発注した時点で、オリジナルは合法品だと決まっている。問題はそれが何で、どこで作らせているかだろう」

「たぶん中国だろう」

「どうかな」

河合は首をふった。

「ナイジェリア人を嚙ませたのは、パッケージと中身を別々の国で作らせているからだ。

それぞれの完成品をナイジェリア人を使って第三国に運ばせ、そこで〝箱詰め〟する。そうすれば、できあがったコピー商品を誰が作らせたのか、アシがつきにくい。そんな手間をかけられるのも、コワリョフがいっていた通り、利益がでかいからだ。もし中国で中身を作らせているなら、パッケージも含め、すべて中国で作ればすむ。コワリョフは、それを避けたのだと思う」

河合がいうと、

「そういえば、中国は駄目だ、といっていたな……」

光井がつぶやいた。

「誰がいったんだ」

光井は息を吐き、首をふった。

「俺に車の手配を頼んだ日本側の奴だ」

「いい加減、話せよ。このままじゃ先へ進まないぞ」

「悪いが、あんたをそこまで信用できない」

「じゃ、誰が殺し屋を雇った？　俺か？」

「それはねえよ。あんたは元デカだ。いくら消されかけたからって、タイで殺し屋を雇うわけがねえ」

このやりとりをバラノフスキに聞かせたいものだ、と河合は思った。

「日本側じゃない、とあんたは断言できるか」

光井は唇をかんだ。答えない。

「もともとこの話はどっちからでたんだ。コワリョフか、日本か」

「コワリョフだ。資金のいるビジネスなんで、日本側にプレゼンした」

「山上連合以外、考えられないじゃないか。奴が日本で組んでいるのは山上だ。しかもあんたの古巣ときてる」

「わかったよ。その通りだ。日本側というのは、山上のある人間だ。名前まではかんべんしてくれ」

一歩進んだ。河合はほっと息を吐いた。

山上連合は、二次、三次団体まで擁する大所帯だ。おそらく連合の本部が関与しているというよりは、本部から資金を引っぱることのできる幹部が窓口なのだろう。青山と考えてまちがいない、と河合は思った。

「山上には計画が全部伝わっているのか」

「担当者だけだ。あとは金庫番だ。相当な資金がいるんで、本部の出資を仰いだ筈だからな」

「相当な資金？」

「ざっと一億、と聞いてる」

「一億の元手で何十億か」

「コワリョフも銭をだしてる。パッケージの製作は、コワリョフの負担だ」

「じゃあ中身は日本側の負担か。だから中国は駄目だといったのだな」

「そうだ」

しぶしぶ、光井は認めた。商品の種類にもよるが、中国のコピー技術はかなり高い。にもかかわらず、中国を外せと山上連合側がいった理由は何だろう。

「なぜ中国は駄目なんだ」

「あんたがさっきいった理由だ。もし中国で作らせたら、中身からパッケージ、箱詰めまで、すべて中国でやれる。そうなったら、コピーのコピーが出回る可能性がでてくる。皆、それを避けたかったんだ」

充分にありえる話だ。ある商品の精巧なコピーがヒットすると、すぐに第二、第三のコピー業者が現われ、コピーのコピーという粗悪品が市場に溢(あふ)れるのが中国だ。その結果、最初のコピー商品までもが粗悪品と見なされ、商品価値を失う。つまりパッケージの中身は、それだけ簡単にコピーのコピーが作れる商品だということだ。腕時計やバッグのスーパーコピーなら、粗悪品との違いは一目瞭然(りょうぜん)だ。手にしただけで重さや肌ざわりが異なる。従って、作ろうとしたのは、そういう商品ではなく、コピーのコピーが見分けのつきにくいものなのだ。

にもかかわらず、何千万ドルにもなる品物。

いったい何なのだろうか。河合は考えこんだ。

コピーのコピーを簡単に作れて、それが一次コピーと見分けがつきにくいとなれば、複雑な商品ではない。菓子とか衣服のような品物だ。だが何千万ドルもの利益を得るためには、それこそ何千万個も売れる必要があり、現実的とはいえない。製作単価が安く、しかも利益率が高い商品だ。早い話、十円で作れて一万円で売れるような代物でなければ、そこまでの利益は生まない。しかも何千個と日本で売れるという公算を、コワリョフはたてていた。

「パッケージの完成品は、ナイジェリア人が引き取るのか」

河合の問いに光井は頷(うなず)いた。

「ホーチミンから船で運ぶ、と聞いてる」

「行先は？　そのまま日本じゃないだろう」

光井は迷っているように口をつぐんだ。

河合の勘が正しければ、別の国で作った中身もその行先に運ばれる。つまりパッケージをベトナムで作り、中身をA国、箱詰めをB国でおこなう、というわけだ。B国から日本に運ぶことも可能だが、さらに足をつきにくくするならC国、D国などを経由する可能性もある。武器商人が大量の銃を販売する際などに使う手だ。世界中の港から港をたらい回し、出所がわからなくなる。港の倉庫に一カ月寝かせ、次の港でも同じように寝かせ、をくり返す。そのやりかたを河合に教えたのは、以前逮捕し、情報屋として使っていたハイチ出身の運び屋だった。語学の天才といってよく、英語、スペイン語、フランス語、日本語、中国語を操った。語学上達の極意は、その国の女とつきあうことだ、といっていた。

光井は顔を上げ、

「フィリピンだ」

と答えた。

河合は合点した。山上連合は、フィリピンと関係が深い。マニラに元組員が経営するレストランがある。

「なるほど、バブル以来のつながりか」

河合の言葉を光井は否定しなかった。

バブル崩壊期に、多額の債務を背負った人間の多くが、残ったわずかな金を手に国外へ脱出した。彼らはやくざばかりではなく、不動産業者やデベロッパー、さらに銀行員までも含まれていた、と先輩の刑事に聞かされたことがある。

日本を脱出したのは、破産をまぬがれるためではなく、バブル期に運用された巨額の裏金の由来を秘匿するためで、強引に国外へだされたケースもあったようだ。フィリピンには、そうした人間たちの受け入れ組織があり、別荘やホテルの部屋に住まわせ、女をあてがい、ゴルフ三昧（ざんまい）で、日本のほとぼりがさめるのを待ったという。中には、警察や検察の本格的な捜査が始まり、ジャングルに連れていかれて密殺された、という噂のたった元銀行員もいた。

その受け入れ組織が、山上連合の末端グループだった。バブル期、山上連合は地上げをシノギの柱のひとつにしていた。当然、銀行や不動産業者、怪しげな仲介人なども出入りしていて、彼らの〝逃げ場〟を世話してやったわけだ。もちろんかなりの手間賃をとり、場合によっては、日本から頼まれて口封じもおこなっていたろう。今は解散しているだろうが、当時のコネクションが、フィリピンで生きていたにちがいない。

フィリピンなら、ベトナムから日本へ向かう途中だ。

「フィリピンで箱詰めをする、というわけだな」

光井は無言だった。

「咲坂(さきさか)といったか。まだマニラにいるのか」

河合がいうと、光井は目をみひらいた。

「咲坂さんを知ってるのか」

「咲坂の手下を挙げたことがある」

咲坂というのが、山上連合の元組員で、マニラでレストランを経営している男だった。今は、その経営を現地の女に産ませた子供に継がせ、半ば引退したと聞いた。

「咲坂さんは日本に帰っている。息子から仕送りがあるんで悠々自適だ」

確か六十を過ぎている筈(はず)だ。

「咲坂に会ったことはあるか」

光井は頷いた。

「あの人は恩人だ。こっちに弾かれてきた当初、外国でどう暮らせばいいか、いろいろ教えてくれた」

「咲坂がバンコクにいたのか」

光井は初めて余裕のある笑みを浮かべた。

「きのう飯を食った鮨屋、あれは咲坂さんが金をだしてタイ人に経営させてる店だ」

「そうだったのか」

「今じゃ立派な実業家だ。俺もああいう風になりてえ、と思ったときもあるが、時代もちがうし、あそこまでの根性はねえよ。あの人がフィリピンに渡ったのは、皆がもっといけいけの時代だったからな」

寂しげにいった。

バブルの崩壊と新風営法、そして暴対法が、やくざの生きかたを大きく変えた。度胸と腕っぷしでのしあがれた時代は終わり、冷徹な損得勘定のできる者だけが、組織の中で生き残る。

——電卓叩ける頭がありゃあ、極道なんかになるものかよ

そう自嘲してみせたやくざがどれほどいたことか。実際、そういう男たちは、シノギを潰され、警察ににらまれ、上納もままならず、自爆するか足を洗わざるをえない方向へと追いつめられた。足を洗うといっても、ひと昔前なら、女に飲食店をやらせたり、闇金のスポンサーまがいになれたものだが、それすら今は容易ではない。食いつめ、ホームレスに身を落としただの、中国人強盗団の運転手をさせられているだの、という話

が聞こえてくる。

　そういう意味では、咲坂は確かにいい時代の生き残りといえた。

「咲坂を知っているなら、話は簡単だ。あんたがフィリピンに飛んで、ベトナムからの荷を受けとればすむ」

　河合はいった。

「だが中身はどうするんだ。俺はそれが何かも知らない。どこで作ってるのかだってわからない」

「もしフィリピンで箱詰めするなら、ナイジェリア人が、作った国から運んでくる」

「別の国で箱詰めするとしたら？」

「しっかりしろよ。コワリョフが死んで、現場に残ってるのはあんただけだ。山上連合がもしこの話を進める気でいるのなら、必ずあんたを頼ってくる」

　河合がいうと、光井は考えこんだ。

「たとえ別の国で箱詰めするとしても、何がしかの情報をあんたによこす筈だ」

「この話は、俺がまださわって大丈夫だと思うか。もし殺し屋を雇ったのが山上だったら――」

「あんたはちがう、といいはったじゃないか」

「今でもちがうと思ってる。だがものごとに〝絶対〟はねえ。もしかしたらそうかもしれん」

「山上側に連絡をとればわかることだ。もしつづけたいと向こうが思っているなら、あんたに話をふってくるだろう。潰すにしろさらうにしろ、ここはなしだと考えていたら、知らん顔をするか、手を引け、という」

「俺を殺すってのはないか」

「殺すなら、あのとき殺している。それにあんたは知らされてないことが多い。今の段階じゃ殺す必要もない、と考えるのじゃないか」

河合が告げると、光井は一瞬むっとした顔になった。が、我慢したのか、

「ずいぶん焚きつけてくれるじゃねえかよ」

と吐きだした。

「でかい稼ぎがすぐ目の前にあるんだ。ここはあんたの尻を蹴ってでも乗らない手はないだろう」

「だが俺らはそのネタを知らないんだぞ」

「知らなくたって、これがガセじゃないってことはわかる。死人がでたというのが、何よりの証明じゃないか」

河合はいった。

「でかい銭がからまなけりゃ、わざわざ人を雇ってまでタマをとりにいかねえってか」

「その通りだ。問題は、それが誰かだが、ここで手をひいたらわからずじまいだ」

「さわったとたんにズドンかもしれん」

河合は光井を見つめた。

「これはあんたにとって、チャンスなのだろう。山上がからんでるってことは、うまくやれば返り咲く目がある」

光井は息を吐いた。

「ああ、そうさ。だから尻尾は巻けねえ」

「その意気だ。日本と連絡をとれよ。それでヤバいと思ったら、そのときはそのときだ」

光井は頷き、苦笑した。

「何だかあんたにうまくのせられた気分だ。妙な話だ。やめデカに焚きつけられてるなんてよ」

河合は胸の奥で痛みを感じた。この不運な元やくざを、自分は利用し、さらに悲惨な運命につき落とそうとしているのではないか。

「とにかく、わかったことを知らせてくれ。俺はこっちにずっといるわけにはいかない」

光井は一瞬、目を上げた。

「そうだったな。あんたは日本に帰る人間だ」

その言葉に、帰りたくても帰れない身の思いがこもっていた。

「うまくいけば、大手をふって帰れるさ。あんたも」

光井は頷いた。

「わかった。今日中に、日本と話して結果を知らせる」

6

「すばらしいです。カワイさんはミツイを完全にコントロールしていました」

光井がホテルをでてタクシーに乗りこむのを見届け、部屋にやってきたスラットがいった。チヒは無言で部屋の隅に立っている。

「だがあの男は、かんじんの品物が何なのかを知らなかった。コワリョフとドルガチの所持品を調べられないか」

「ケムポン大佐が国家警察に同行して、ふたりのホテルの部屋を調べています。バラノフスキさんもいっしょです。じきに私のほうに連絡があります」

スラットが答えた。

「そこに手がかりがあるといいが」

「たとえなくても、カワイさんは重要な人物の名前をつきとめました。日本でその人に接触すれば、何かわかります」

咲坂か。河合は目を閉じた。咲坂と直接会ったのは一度だけだ。フィリピンから入国した、咲坂の部下を大麻所持でパクったときに、もらいさげにきたのだ。真冬だというのに、コートの下は麻のスーツだった。でっぷり太り、のばした髪をうなじのところで束ねていた。引退したプロレスラーのようだ、と思ったのを覚えている。

頬から顎にかけてを灰色のヒゲがおおい、小さい目には異様に鋭い光があった。つかまったフィリピン人の部下は、咲坂に内緒でこづかい稼ぎをしようと大麻をもちこんだのだ。

成田で麻薬犬が探知し、コントロールドデリバリイでわざと税関をスルーさせ、渋谷で日本人と接触したところを逮捕した。山上連合との組織的な取引を疑ったのだ。だが実態は異なり、フィリピン人が接触したのは、バックパッカーとして東南アジアを放浪していた経歴のあるただのチンピラだった。山上連合との関係はなく、小銭を稼ぐのが目的だったと判明した。

咲坂が急きょマニラから日本に駆けつけ、男を迎えにきた。初犯なので書類送検で終わったのだ。咲坂はいきなり男を殴りつけた。

「この馬鹿者が！」

警視庁の廊下で、だった。河合たちが止めなければ、さらに殴りつづけたろう。

「腕のいいコックなんだが、バクチ好きでね。マニラに借金があるんで、それを返したかったのだろう」

男はうずくまり、泣きべそをかいた。

「日本にきた目的は？　本人は観光といっているがちがうね？」

「俺がこさせた。知り合いの割烹でもっと本格的な日本料理の勉強をさせようと思ったんだ」

咲坂はいって河合をふりかえった。

「だがこのままマニラに連れて帰る。性根を叩き直さなけりゃならん」

「あんたは以前、山上連合の盃をもらっていたね」

「ああ。今でも、本部の人とはつきあいがある。うちのお得意さんだ」

それが悪いのか、という口調だった。

「それで足を洗ったといえるのか」

「足を洗う気がなけりゃ、日本に残ってる。裸からやりなおすつもりで、フィリピンに渡ったんだ。こっちじゃ、相手にしてくれる人間なんかいやしない」

咲坂はいって、河合をにらみ返した。

「あんたらも極道を目の敵にするんだったら、その極道が足を洗ってどう暮らしていけばいいのかを考えろよ。パクるばかりじゃなくてな」

「世の中には極道じゃない人間のほうが多い。皆、まっとうにやってる」

「そいつはどうかな。このところ、極道よりタチの悪いカタギが多いって、もっぱらの噂だ。あんたらサツが極道ばかりを痛めつけるんで、わけのわかんねえのがのさばってるっていうじゃないか」

「よく知ってるな」

「外国にいたって日本の情報はいくらでも入ってくる。忠告しといてやるよ。あまり極道ばかりを追いかけ回さねえことだ。さもないと、どいつも盃を返してシノギをやるようになる。そうなったらあんたらの仕事はえらくやりにくくなるぞ」

咲坂は吐きだした。

その言葉通りになった。海外生活をしていながらも、組織暴力のマフィア化を咲坂は予見していたのだ。

河合はチヒを見た。

「北平さんに咲坂のいどころを調べるよう頼んでくれ。光井の話だと、今は日本に住んでいるらしい」

「接触する気？」

チヒは訊き返した。

「場合によっては。光井から得られる情報が限られている以上、日本に戻らなけりゃこの先の進展は見こめない」

スラットの携帯電話が鳴った。タイ語で応答していたスラットがいった。

「大佐からです。ペニンシュラホテルの部屋には、取引の材料が何であるか確認できるものはなかったようです」

「そうか」

コワリョフは相当、用心していたようだ。

「それと、昨夜、コワリョフたちを撃った殺し屋の手がかりがつかめたそうです。武装警官隊が逮捕に向かっていて、うまくすると今夜中に訊問が可能になります」

河合とチヒは顔を見合わせた。

「現場にいけないか」

河合の問いにスラットは首をふった。

「日本人のあなたが警官隊に同行するのは無理です」

「内務省に戻って待つ。それしかない」

チヒがいった。河合は頷く他なかった。

内務省のブリーフィングルームに河合たちが戻ってほどなく、ケムポンとバラノフスキも戻ってきた。

「コワリョフは、明後日タイを離れるつもりだったようだ。ナリタいきの航空券をもっていた」

ケムポンが告げた。

「ナリタ」

「いよいよ日本人が殺し屋を雇ったという可能性が高くなってきたな」

バラノフスキがいった。河合は光井と交したやりとりの概要を話した。

「コワリョフはヤマガミレンゴウに、新ビジネスの資金援助を要請し、受けいれられています。日本の組織暴力が関係している可能性は高いと思いますが、ヤマガミレンゴウが今、コワリョフを殺すのはナンセンスだというミツイの意見に私も賛成です。新ビジネスを乗っ取る狙いがあるにしても、まだ早すぎます」

「ヤマガミレンゴウと対立する組織暴力はどうだ。ミツイ、あるいはヤマガミレンゴウ内部から対立組織に情報が流れ、勢力拡大に危機感をもった。そこでビジネスが軌道にのる前に殺してしまおうと考えた」

バラノフスキがいった。

「その可能性はゼロではないが、ヤクザのやり方としては珍しい。それにミツイですら知らないビジネスの内容が対立組織に流れていた、というのはどうかな」

「何千万ドルもの金がライバル組織に流れるという情報だけで、指をくわえて見ているわけにいかない、と思ったのだろう」

「それだけで殺し屋まで雇うとは考えられない。本当に儲かるかどうか、わかっていないのだからな。しかも日本の組織暴力には、そこまでの対立構造がない。警察の締めつけに対し、ひたすら目立たずにやっていこうというのがヤクザの本音だ」

「じゃあ、ヤクザは殺し合いをしない、というのか」

「いや、殺し合いをまったくしないわけではないが、大半は組織の末端の下部構成員どうしで起こることだ。巨額の儲けがからんだビジネスとなれば、殺人が起きるのはもっと事態が進んでからだろう」

河合がいうと、バラノフスキは肩をすくめた。

「殺し屋がつかまれば依頼人もわかるさ」

「楽観はできない」

ケムポンがいった。

「用意周到な依頼人なら、仲介者を通して殺し屋を雇っている。仲介者が逃げたら、依頼人をつきとめるのは困難だ」

「よく殺し屋の正体をつきとめられましたね」

河合はいった。

「チヒが撮影した写真を国家警察に流した。ひとりの身許(みもと)がすぐに判明した。札つきのワルで、過去にも殺人や傷害との関連を疑われている人間だった」

「組織暴力との関係は？」

「バンコクに縄張りをもつ麻薬密売グループのメンバーだと思われる。ただ、はっきりいって小物だ。金のためなら、誰の仕事でもするような男だ。密売グループがコワリョフ襲撃に関与している可能性は低い」

ケムポンは答えた。

二時間後、警察から連絡が入った。容疑者を逮捕に向かった警官隊が、抵抗にあって射殺した、という内容だった。容疑者の所持品の中に、拳銃(けんじゅう)と十万バーツの現金があったという。

「やはり金で雇われただけの殺し屋だったか」

河合は息を吐いた。

「射殺された男の周囲を調べれば、襲撃したグループの仲間の身許も割れる。依頼人までたどれるかどうかはともかく、それほど時間はかからない」

ケムポンがいった。

「残る手がかりはミツイだけですね」

スラットが河合にいった。

「ミツイとヤマガミレンゴウとの話し合い次第では、このビジネス計画は進行する。コワリョフが死んだ今、実態を知っていようがいまいが、ミツイが海外でのキィマンだ。コワリョフがすでにしいたレールを走っていけば、いずれ本体にぶちあたる。もちろんそれまでにミツイが殺されたり、臆病風に吹かれて逃げださなければ、の話だが」

河合はいった。スラットは頷いた。このタイ人からは好意を感じる。

「実態を知らない男がキィマンだと、じゃあ蓋を開けたら、誰ひとり、何を商売にするのか知らなかったって話になりかねない。そんないい加減な情報で動けるか」

バラノフスキが吐きだした。河合はバラノフスキに目を向けた。

「それならあんたは動かなけりゃいい。ミツイは知らなくても、ヤマガミレンゴウの中には知っている人間が必ずいる。それにベトナム人のクや、どこかはわからないが、パッケージの中身を作っている国の製造業者だって、それが商売になることを知っている。この計画に必要なのは、作ったパッケージと中身を製品化する管理業者だ。生産と運搬に関しては、すでにコワリョフがレールをしいているのだからな。管理業者の次にくるのは販売業者で、これについてはヤマガミレンゴウがうけもつことはまちがいない。製品の正体など知らなくても、ビジネスをコントロールするのは可能だ」

「じゃ訊くが、それをどう、我々の収益につなげる。『ブラックチェンバー』は慈善団体じゃないんだ。コワリョフという目標が見えていたから、我々はバンコクに集結した。しかしミツイは目標にはならない。ブラックマネーが流れるパイプを見つけなければ、我々のビジネスも成立しないんだ」

　バラノフスキがいった。

「ヤマガミレンゴウがある。コワリョフが組んだのはミツイではなくヤマガミレンゴウだ。ヤマガミレンゴウがコワリョフのあとを本気で引き継げば、いずれブラックマネーはヤマガミレンゴウに流れこむ」

　ブリーフィングルームの中は静かになった。

　妙だった。ケムポンはもちろん、スラットでさえあきらめたような表情を浮かべている。

「何かまちがったことをいいましたか」

　河合はケムポンに訊ねた。ケムポンは首をふった。

「まちがってはいない。まちがってはいないが、我々『ブラックチェンバー』にとって、日本のヤクザ組織は非常に手強い相手なのだ」

「手強い？」

「説明する」

チヒが日本語でいった。

「他の国の犯罪組織と日本のヤクザ組織がきわだって異なる面がひとつある。それは組織そのものの大きさと結束力だ。通常、犯罪組織は陣容が大きくなればなるほど、結束力が低下する。なぜなら構成員ひとりひとりが職業犯罪者である以上、行動の原理が利己的となり、組織的秩序と矛盾するからだ。巨大シンジケートとされる、中米の麻薬カルテルや香港マフィアなどでも、実態は、十名から二十名の小規模集団が横のつながりを保ちながら、全体としての利益を追求しているという状況だ。構成員が百から千という単位で、しかも上下の統率が保たれている犯罪組織は、日本のヤクザ組織しか存在しない。支配しているのは組織的秩序で、これは職業犯罪者集団としては特異なことだ」

「日本にはヤクザ組織の伝統があり、それが彼らにルールを守らせている。そうだろう、カワイさん」

スラットがいった。

「その通りだ」

チヒが再び口を開いた。

「たとえばの話、日本のヤクザは、組織のマーク、『代紋』の入った名刺をもっている。それは公然と自分が職業犯罪者であると認めているのに等しい。このような習慣は、他のいかなる国の犯罪組織にも存在しない。本来、犯罪組織に属する人間は、たとえそれがトップの座であろうと、その事実をひた隠しにするものだ。表向きはレストランの経営者であったり、会社を所有する実業家のふりをする。なぜなら日本のヤクザと異なり、犯罪組織の構成員は、職業として社会に認知されていないからだ」

その通りだ。日本では「ヤクザ」は職業だ。暴力団という会社に勤務する一種のサラリーマンと思われていて、大組織であればあるほど、その傾向は強い。

「認知されていないから、組織は小さなものにとどまる。大規模化すれば司法当局の目につきやすく、摘発の対象にされやすいため、利己的な職業犯罪者は、そこに所属するメリットを感じない。ところが日本では、警察が『指定広域暴力団』という名称を定めたために、かえって大規模組織のブランド化を進めた。これはおそらく日本人の国民性にも由来するのだろうが、大組織であることに魅力を感じ、所属を希望する職業犯罪者が多くいる、ということだ。他国の職業犯罪者とは根本的に異なる」

「先ほどいった伝統が、彼らに、個人的な利益よりも組織的な利益を優先させる意識を植えつけています。ある種の全体主義的な集団なのです」

スラットがいった。

「その通りだ、と思う。もちろん最近は、その意識も変化した。ヤクザ組織と連携し、自分の利益を追求する、非構成員も多くなった」

河合はいった。

「それは司法機関の取締りに対応していった結果よ。暴力団対策法や組織犯罪処罰法が、ヤクザ組織のブランド化やマフィア化を促した。つまり、大規模でありながら、外には柔軟で内には規律性の高い、特異な集団だということ。ヤクザ組織は情報管理能力が高く、経済活動の実態がつかみにくい。巨額の資金運用が、合法的な金融機関を通しておこなわれる。ヤクザ組織の資産は、日本の裏経済だけではなく、表の経済にも影響力をもっている。たとえばアメリカには、脱税で摘発される犯罪組織のボスがいるけど、日本ではそれは考えられない。つまりそれだけ、資金管理が徹底され、金の動きを解明させないシステムができあがっている」

チヒのいわんとすることが河合にもようやくわかった。

「ヤクザ組織からブラックマネーを奪うのは難しい、というわけか」

「その通りです、カワイさん。ケムポン大佐が『ブラックチェンバー』にとって非常に手強いといったのは、だからなのです」

スラットが河合を見つめた。

「スーツケースに大量のキャッシュマネーを詰めて取引に現われるような愚を彼らはおかさない。匿名の銀行口座を用い、インターネットバンキングによる決済やオフショア銀行への海外送金でカムフラージュされた取引は、我々自身が銀行強盗にでもならない限り、ブラックマネーを奪うことを困難にしています」

中小企業である外国犯罪組織は、個人による資金管理が常態化しているため、プールされたブラックマネーをおさえやすい。だが大企業に等しい日本の広域暴力団は資金管理が複雑で多岐にわたるため、おさえるのが難しいというわけだ。

「いわゆる巨大犯罪組織というものは、日本にしか存在しないのです。我々が相手にする犯罪集団は、ほとんどが中小の組織のネットワークで、個別に調べていけば、ひとつひとつのグループのどこに資金がプールされているのかをたどることができます。しかしヤクザ組織には多方面から巨額の資金が流れこみ、それを分散して投資や匿名口座に流出させるシステムができあがっています。組織の中枢部を急襲し、金庫を開けさせることができたとしても、そこにあるのは、彼らにとっては端金にすぎません」

「ヤクザ組織の資金管理について、カワイはどう考えてきた？」

日本語でのやりとりを見守っていたケムポンが英語で訊ねた。河合は答えた。

「スラットやチヒの理解は、おおむねまちがっていません。ヤクザ組織の資金管理は、組織が巨大で、その金額が大きければ大きいほど、システム化が徹底しています。直接の管理をおこなうのは『キンコバン』と呼ばれる、経理に長けた幹部で、その周辺に金融や投資のプロ集団を抱えており、彼らはヤクザ組織のメンバーではありません。ヤクザ組織と共存共栄の関係を結んだ、グレイゾーンの住人です」

「そういう存在は昔からあったのか」

河合は首をふった。

「かつては、ヤクザ組織にかかわることは、そうしたプロフェショナルにとってタブーでした。ヤクザ組織とつきあえば、初めのうちは利益を得られても、いずれはすべてを奪われると信じられていたからです。もちろんそういう現象は今もなくなっていませんが、高度に組織化の進んだトップレベルのヤクザ組織では、プロ集団を潰すことよりも徹底して利用する方向に舵を切っています」

「その理由を知りたい」

ケムポンは興味深げな顔になった。バラノフスキすら茶々を入れず、無言で河合を見つめている。

河合は周りを見回した。チヒだけが冷たい目を向けている。

「第一番の理由は、一九九〇年前後に日本経済で発生したバブル現象だと思われます。地価の高騰に端を発した、金利や株価の上昇でかつてない好景気に社会が沸いたのです。このとき、ヤクザ組織に代表される日本の裏組織と、金融や投資などを手がける表組織、つまり一般企業との距離が接近しました。あいだをとりもったのは、土地取引や建設などをおこなう不動産業者です。もともと不動産業者とヤクザ組織のあいだには歴史的なつながりがありました。土地の区画整理や大規模な開発に伴う買収工作、あるいは建設労働者の人員確保などは、その土地に縄張りをもつヤクザ組織の収入源となってきたからです」

「建設や不動産業は、確かに多くの国で犯罪組織が関係している。彼らが実業家を装うときに最も多い業種だ」

ケムポンが頷(うなず)いた。河合は言葉をつづけた。

「ところがバブル現象のバブルたるゆえんは、実体のないマネーゲームにありました。たとえばビルを建設するために五百万ドルで買った土地を、別の不動産業者が八百万ドルで買いたい、といってくる。まだそこにはビルは疎(おろ)か、杭(くい)一本立っていないというのにです。そうして買った業者は、それをさらに一千万ドルで売る、といった具合でした」

「その資金はどこからでたのだ」

「銀行を始めとする金融機関です。当時、多くの日本人は、土地は永久に値が上がりつづけると信じていました。小さな島国である日本では、土地の需要が下がることはない、と思ったのです。その結果、土地の売買のみにつっ走り、そこに建物をたてたり住民を誘致するという本来の業務をなおざりにする業者が続々と現われ、ヤクザ組織も彼らの下請けではなく、自ら土地取引を手がける傾向が生まれました。一夜にして土地が倍の値段に化けるのですから、笑いが止まらないわけです。その過程で、ヤクザ組織と金融機関の暗い関係が生まれました。正業に就くプロフェショナルの知識と技術を利用する術(すべ)を、ヤクザ組織は知ったのです」

「それが始まりか」

河合は頷いた。

「ですがご存知のように、そんな現象が未来永劫(えいごう)つづくわけはなく、バブル経済は崩壊しました。上昇をつづけていた株価が下落を始め、同時に地価も下降します。土地を担保に融資をおこなっていた金融機関はあわてて ひき締め、回収に走りましたが、ときすでに遅く、地価は担保金額の半分、四分の一、さらに十分の一といった勢いで、為す術はありませんでした。結果、開発途中で資金が消えた、土地、ビル、ゴルフ場などが日本中に出現し、債権の整理すら不可能という事態が起きたのです。これによって、体力のないヤクザ組織が姿を消しました。景気の冷えこみは、本来の彼らのビジネスであった歓楽街からの収入も奪ったからです。警察がとどめを刺せなかったヤクザ組織に銀行の回収がとどめを刺した、という事態も起こりました」

「バブル経済の破綻が、ヤクザ組織の潰滅に一役買ったというわけか」

バラノフスキがつぶやいた。

「日本経済は長い停滞期に入り、日本人の性格すら変化した、という人もいます。その間に合法非合法を問わず、日本に大量に流入してきたのが、中国人でした。彼らはそのバイタリティで、疲弊していた東京の歓楽街に大きな縄張りを作り、やがてその波は、東京以外の都市へも押し寄せていきます。当然、ヤクザ組織との摩擦もおこり、抗争が発生しますが、それもまた体力のないヤクザ組織の消滅に拍車をかけました。結果、生き残るために中国人と手を結び、ときにはその支配下におかれる元ヤクザすら現われたのです。そしてインターネットの爆発的な普及があって、生き残ったヤクザ組織はこれに目をつけます。そのことが、先ほどいったプロ集団との共存共栄関係を進めました」

「なぜだ」

バラノフスキが訊ねた。

「専門知識と技術。この二点だ。理工系の技術者たちをとりこみ、都合のよいように働かせるには、威しや酒色といった手段は通用しない。むしろはっきり金儲けさせてやる、という意思表示が必要だった。子供の頃、バブル崩壊を見た、IT企業の経営者たちは、社会に対してシビアな感覚をもっている。互いを利用しあう関係においてのみ、ヤクザ組織との連携をうけいれ、またそのことに対する忌避感もない。ヤクザを利用して金儲けをしても、相手も儲けさせてやっているのだから恐れることはない、というスタンスだ。むしろ、インターネットによって領域が広がり複雑化した金融取引をレクチャーし、資金援助をうけて利益を生む、という方向にリードする者すらいる」

「金がすべてか」

「バブル崩壊で痛めつけられた日本社会を見て育った世代には、国家や大企業に対する不信感がある。誰と組もうと、生き残った者が勝ち、というわけだ。こうした関係性は、二十一世紀になって顕著になった」

「非常に特殊だな。特殊な上に賢い。キタヒラが君をスカウトした理由もそこにある、というわけだ」

ケムポンがいった。

「感心している場合ではありませんよ、大佐。ヤマガミレンゴウは、日本でも屈指のヤクザ組織です。今回の新ビジネスのコントロールが、コワリョフから彼らに移ったら、我々はどこに牙を立てればいいのですか」

　スラットが首をふった。

「今の話を聞いて思ったのだが、狙うとすれば、そのプロ集団のメンバーではないか。ヤクザ組織に所属していない以上、防禦能力がそれほど高いとも思われない」

　ケムポンはいって河合を見た。

「それは論理的なアイデアですが、彼らも警察などを警戒し、関係性を徹底して秘匿しています。当然、社会的には組織犯罪とは無縁な、まっとうな人物を通している」

「つまりつきとめるのが難しい、ということか」

　訊ねたケムポンに河合は頷いた。

「そうです。腕のいい弁護士を雇い、もちろん自社の情報には万全のセキュリティを施しています。ハッキングして、ヤクザ組織との関係を暴くのは困難でしょうし、こちらのでかた次第では、あべこべに犯罪者として訴えられかねません」

「じゃあ結局、打つ手はなしか」

　バラノフスキがつぶやいた。

「いや、あるかもしれん」

　河合はいった。

「何だ」

ケムポンが見つめた。

「今回のこの新ビジネスは、複数の国家間を商品の本体やパッケージが移動するという点、さらに最終的に巨額の利益を見こめる、という点において、ヤマガミレンゴウにとっても、重要かつ新しい形態のビジネスモデルだと思われます。送金や移送の際のトラブル処理に備え、アドバイザーを準備する可能性は高く、その中には信頼できる共存関係者をおく筈ですはず」

「昨夜の襲撃がヤマガミレンゴウの手配でないとすれば、すでにトラブルは起きている」

スラットがいった。

「その通りだ。共存関係者は、ビジネスを成功させるために必要な情報を提供する。その点に関していうなら、我々はすでにひとりの名前をつきとめている」

「サキサカのことをいっているのか」

バラノフスキが訊ねた。

「そうだ。サキサカは『アシヲアラッタ』人間で、厳密にはヤマガミレンゴウの構成員とはいえず、その立場を利用して共存関係者とのパイプ役を果たしている可能性が高い。ミツイと比べても、より内側に位置しているだろう。このサキサカをマークすれば、他の共存関係者をつきとめることができる筈だ」

「つきとめたら、食いつけると？」

河合は頷いた。

「チャンスは生まれる」

「調査の場が日本に移る、ということだな」

　ケムポンがいった。

「ヤマガミレンゴウが資金の元締めである以上、日本での調査は不可欠です」

「だが商品は日本にない。いずれは運びこまれるだろうが、その前におさえるのが、我々『ブラックチェンバー』のやりかただ」

　バラノフスキがいった。

「おさえたとして、それが換金性の低いコピー商品だったなら、我々のビジネスは成立しない」

　ケムポンがいった。それを聞き、河合の心に不安が生まれた。この場で重要なのは、山上連合の犯罪を暴くことではなく、いかにして「ブラックチェンバー」が稼ぎを得るか、という問題のようだ。

「コピー商品をどれだけおさえても、我々が売るわけにはいかない」

「だったらヤマガミレンゴウに売らせる他ない。ヤマガミレンゴウが収益をあげたところで、それを奪う手段を考える」

　バラノフスキがいった。

「待った、それはつまり、ヤマガミレンゴウを襲撃する、という意味か」

バラノフスキは河合を見た。

「襲撃するといっても、『ナグリコミ』をするわけじゃない。売り上げの集積している場所を狙うだけだ。現金の動きをつきとめれば、チャンスはある」

「それがドラッグだとしても売りさばかせると？」

「何か問題か。ドラッグなんて世界中で売られている」

河合は黙った。その通りだ。この世からドラッグをなくすことは不可能だ。刺激や快楽を求める本能が人間から失われない限り、ドラッグは消えてなくならない。

「俺たちは神の兵隊じゃない。そいつを忘れるな」

「カワイ、あなたの気持はわかります。しかし、今ではなく、次の犯罪の機会を奪う、と考えて下さい。ヤマガミレンゴウのこのビジネスが何であれ、そこで得た収益をおさえれば、彼らの体力を削ぐことにつながります。長い目で見れば、我々の行動は正義の執行をあと押しするのです」

スラットが慰めるようにいった。

「そうかもしれない。だが、俺はまだその考え方に慣れられない」

「頭を冷やすんだな。調査の中心が日本に移れば、お前の立場はとても重要になる。そんな状態では、キタヒラも任せられない、というぞ」

バラノフスキがいった。河合はバラノフスキをにらんだ。平然と見返してくる。

「お前は、まだルーキーなんだ。そいつを忘れるな」

誰も否定しなかった。

7

光井から連絡があったのは、翌日の早朝だった。

「あんたの予想通りの展開になった。本部は俺に、フィリピンに飛べ、といってきた」

光井は上機嫌だった。

「コワリョフを消させたのが誰だかわからねえが、本部じゃねえのは確かのようだ。あべこべに発破をかけられちまった。何をびびってる、とな」

「誰がやったかについての情報は、日本にないのか」

河合はベッドから起きあがり、訊ねた。まだ朝の六時だったが日本では午前八時。山上連合の本部は、毎朝七時までに傘下団体に「日報」の提出を義務づけている。それらの情報をもとに、組織内の対立や警察の動きを把握し、全体の活動方針を定める。まさに大企業並みかそれ以上の結束力だ。「日報」の偽りが発覚すれば、厳しい処罰が下る。

「今のところ入ってねえみたいだ。ろの字だとにらんでる奴もいる」

ロシアマフィアどうしの抗争という意味だ。

「それとな、昨夜遅く、こっちの事情通から入った話だが、例の殺し屋がタイ警察に撃ち殺されたらしい」

「全員か」

「いや、ひとりだけだが、こっちのサツにしちゃ動きが早い。別件でパクろうとして、逆らったんで撃たれたのだか、あの件でやられたのだかはわからねえが」

「どうやら俺はタイを離れたほうがいいようだな」

河合はいった。

「かもしれん。俺がマニラに飛んで、あんたを一枚かませることができそうだったら連絡をする」

「わかった。アテにしている」

「ああ。いろいろあったが、また会えるといいな」

光井はいった。河合に好意を抱いたようだ。

「コワリョフを殺った黒幕がわからない以上、あんたも気をつけろ」

河合は告げた。本音だった。

チヒが訪ねてきたのは、それから二時間後だった。することもなく、河合はホテルのプールにいた。プールには、白人の滞在客が何人かいて、ペーパーバックを手に日なたぼっこをしている。そのうちのひとりの体には、明らかに弾傷とわかる笑窪のような跡があった。

デッキチェアに寝そべっていた河合のかたわらに、サングラス姿のチヒが立った。

「よくプールにいるとわかったな」

「なぜこのホテルを用意したと思ってる」

チヒは冷ややかにいった。河合は思わず身を起こした。

「俺を監視していたのか」

「メンバーに監視はつきものだ。敵側に寝返れば、報酬が得られるからな」

チヒはノースリーブのシャツにショートパンツといういでたちだ。

「北平から連絡があった。咲坂の現住所を把握した。今夜の便で、わたしとタダシは成田に向かう」

「東京か」

河合はつぶやいた。一年ぶりに東京に戻ることになる。

「成田に北平が迎えにくる。今後のことをタダシと相談するためだ」

河合はチヒを見た。

「チヒは東京に住居があるのか」

「タダシには関係ない」

「そんないいかたをするなよ。俺たちはパートナーだろ」

河合がいうと、チヒは目をそらした。

「新宿にアパートがある」

「そうか。俺も住むところを捜さなけりゃならない」

警察を退職してすぐ、それまで住んでいたアパートを引きはらっていた。

「北平が用意している」

チヒがいった。

「そこもここと同じで監視つきか？」

チヒは答えなかった。おそらく図星なのだろう。

「バラノフスキとスラットも東京に向かうことになった」

「また、あいつが？」

河合は唸り声をあげた。

「なんであのロシア人はいちいち俺につっかかるんだ」

「経験のないタダシに重要な仕事が任されるのがおもしろくないのだろう。以前、サハリンでいっしょになったが、そのときはそこにいる全員に命令をしたがった」

チヒは冷静にいった。

「いばり屋ってことか」

「極東のロシアマフィアに関する知識は、FSBでもトップクラスだったらしい」

「FSB？　バラノフスキはFSBなのか」

FSBは、ロシア連邦保安庁の略称で、アメリカのCIAとFBIをひとつにしたような組織だ。旧KGBの受け皿になっているとも聞いたことがある。

「元だ。金をもらって情報を流していた部下を一時は死にかけたほど殴って、FSBをクビになった。嫌な奴だが、信用はできる」

「俺はあいつに信用されていないようだ」

「以前、北海道で、ヤクザと日本の警察が仲よくしているのを何度も見た、といった。だから日本の警官を信用していない」

「なるほどな」

チヒは河合を見つめた。

「タダシは金をもらったことがあるか」

「ない。もらっていたら俺は殺されかけることもなかった。あんたはそれを知っている筈だ」

河合は答えた。チヒは目をそらした。

「『ブラックチェンバー』というのは、いつもこうなのか」

河合は吐きだした。

「こう、とは？」

「仲間を疑い、監視し、自分の手柄ばかりを追いかける」

「報酬がそれによって決定するからな」

「何だと？」

河合はチヒをふりあおいだ。

「わたしたちは民間人だ。収入に成功報酬が含まれるのは当然のことだ」

平然とチヒはいった。

「それはつまり、押収したブラックマネーの額が大きければ大きいほど、給料の額も上がるということか」

「そうだ。だからバラノフスキも目の色をかえている。コワリョフは何千万ドル、といったのだからな」

「とんでもない話だ」

「それがなければ、危険で休みもないようなチェンバーの仕事を、誰がする」

「あんたも同じか」

「わたしのもつ特殊技能を、犯罪以外で最大限の報酬につなげられる仕事だ」

河合は首をふり、息を吐いた。警察にいたとき、こんな組織が存在するとは夢にも思わなかった。当然だ。秘密組織でありながら、犯罪者と対決するなどというのは、子供向けのスパイ活劇の世界だ。

だが、高額の報酬が保証されるとなれば、状況はかわってくる。捜査や戦闘の技術を、警察や軍隊にいる以上に収入につなげられる。しかも、司法機関からの情報協力も得られるのだ。

たとえ高額の報酬をむしりとっていってもその活動を黙認せざるをえないだけの力が、「ブラックチェンバー」にはある。各司法機関が連携しているだけでは決して摘発できないような国際犯罪を、短時間に効率よく暴き、犯罪組織に打撃を与えられる。

だからこそ、存在は秘匿されなければならない。

功績は、協力した司法機関の幹部のものになる。彼らにしてみれば、それとひきかえにブラックマネーのいくらかが行方不明になったところで、痛くもかゆくもない。犯罪によって稼いだ金が被害者に還元されたことなど、あったためしはないのだ。麻薬組織を潰し、その資金を中毒者たちに渡したところで、新たなクスリを買いに走るだけのことだ。

賭博場から押収した賭け金は、証拠としての存在意義しかない。国庫に吸いこまれたが最後、どこに消えていくかわかったものではない。

犯罪もまた、ひとつの営利事業である以上、犯罪者に最も大きな痛手となるのは、活動資金の没収だ。

刑罰は、犯罪者個人にとっては打撃だろう。だが服役者の代わりをいくらでも仕立てられる組織にとっては、何ほどのこともない。むしろ金をおさえられるほうが、よほどきつい。

司法の仕事は、刑罰をうけさせることだ。しかしそれでは、組織犯罪を潰滅させられない時代にきている。

「いったい誰がこんなことを考えたんだ」

河合はいった。

「こんなこと、とは？」

「チェ、ンバ、ーさ」

チヒのいいかたを河合は真似た。

「わたしは知らない」

「北平か」

強欲と正義。まさに強欲こそが、正義を遂行する原動力となっている。

最後に会ったときはまだ、北平にぶつけられなかった問いが、今はいくつも河合の胸にある。

日本に帰れば、それをぶつけることができるだろう。答が得られるかどうかは、わからないが。

「本人に訊けばいい」

チヒからの答も、河合の胸のうちとまったく同じだった。

「ああ、そうするさ」

いって、河合は立ちあがった。チヒが無言で見上げた。

「日本でもよろしくな。せいぜいお互い稼げるよう、がんばろう」

河合はいって、プールサイドをあとにした。

第三章　ロシアの巨人

1

日本時間の午前八時過ぎ、河合とチヒの乗ったタイ航空の旅客機は成田空港に着陸した。六時間ほどのフライトだった。

入国審査と通関をくぐった河合とチヒは、待ちうけていた職員に案内され、黒塗りのワンボックスカーに乗りこんだ。

助手席に北平がいた。

「顔がかわったたな。現場に復帰したからか」

開口一番、北平はいった。

「休みをもらえるとばかり思っていた」

「我々の仕事は受動的なものだ。コワリョフがタイを訪れたのは、君にとって大きなチャンスだ。休みをとっていたらこのプロジェクトに君は加われなかった。結果、君自身もチェンバーも大きな利益を失うことになる」

魔法瓶をとりあげた。

「コーヒーだ。飲むかね？」

河合は頷いた。ワンボックスカーは高速道路を東京に向かっている。

河合とチヒは熱いコーヒーを手にした。一年前の嘔吐した晩のことを、否応なく河合は思いだした。

あのとき自分の殺害を命じたコワリョフはこの世にいない。

「コワリョフらを殺させた人間について何か手がかりは？」

河合が訊ねると、北平は首をふった。

「信憑性の高い情報はない。コワリョフとつきあいのあった、山上連合を始めとする裏社会では、いくつかの臆測や噂がとびかっているが、どれも根拠に乏しい」

「そういう噂の一覧がほしい。俺の知らない情報が含まれているかもしれない」

北平は河合を見つめた。

「退場した人物の、退場の理由について知ることがそれほど重要なことか」

「コワリョフが山上連合と進めていたビジネスの内容を俺たちはまだつきとめていない。殺された理由がそれに関係していた可能性はある」

北平はつかのま沈黙した。河合はいった。

「チェンバーは、これが金になる、と踏んでいる。そうでなければ、おおぜいの人間が動かない」

「これが通常の規模の調査ではないとなぜ君は断言できる。現場に入るのは初めてだろう？」

「バラノフスキやケムポン大佐の対応だ。何千万ドルになる犯罪計画なんて、そう転がっているわけじゃない。しかもそれが向こう十年かかって得られる金でないことは、俺にもわかる。コワリョフが進めていたのは、短期でそれだけの稼ぎを生むビジネスだ。そんな話はめったにない」

「チェンバーの本質を早くも君はつかんだようだな。私の心配は杞憂だったか」

河合はコーヒーカップをおろした。

「その問題に関して、俺が結論を下す段階じゃない、というだけだ。もしこれが大量殺人につながるような犯罪で、それが莫大な利益を生むと知ったとき、チェンバーの方針しだいでは、俺は袂を分かつ」

北平の目を見ていった。これまでのようには、いう通りに動くつもりはないという意思表示だった。

「心配はいらない。大量殺人が莫大な収益を生むとすれば、それは国家レベルの犯罪で、我々が関与できるものではない。テロリズムや戦争の資金を奪えば、チェンバーそのものが、攻撃の対象とされる。そのような愚を我々はおかさない」

「わかった。日本で、この事案に対応するメンバーを教えてくれ」

「現在選別中だ。警察庁の刑事局にパイプを作るべく人選を進めている。本庁の組対部よりも情報量が豊富だろう、という理由だ。警察庁が難しいようなら、警視庁から、と考えている」

「他には?」

「現場の調査員は何人か用意している。フルタイムの人間もいるが、現職の刑事をパートタイムで使うこともある。一種のアルバイトだな。君と接触させるわけにはいかないので、調査員を束ねる人間をおき、その者を紹介する」

「俺に接触させない理由は?」

「人間感情だ。かつては自分と同じ立場だった者に雇われるのは、いい気がしないだろう。それに警戒もされる。犯罪摘発が目的とはいえ、報酬とひきかえに情報を渡すのだ。元刑事が相手となれば、発覚する可能性が高いと考える」

「じゃあ調査員を束ねる人物は、そういう経歴ではないのか」

「公の立場は、国会議員の秘書だ。政策研究のための資料集めをおこなっていると説明されている刑事もいる。相手が国会議員なら、秘密は守られる、と信じるわけだ」

「つまりその国会議員もチェンバーのメンバーということだな」

「それは答えられない。コーヒーのお代わりは?」

北平はいって、ポットをさしだした。

「もらおう。日本での俺の住居はどうなる。ホテル暮らしか」

「家具つきのマンスリーマンションをとりあえず用意した。港区の神谷町だ。セキュリティもあるていど整っている」

河合は黙っているチヒをふりかえった。

「日本でもチヒが俺のバックアップを？」

「必要に応じて。コワリョフが死亡した今、君の安全を確保する緊急度はかなり低下した」

北平は告げて大判の封筒をさしだした。

「それは？」

「チェンバーのコーポレートカードだ。無制限のクレジットカードだよ。それと現金が五百万、他にこまごましたもの」

「やっと給料がもらえるというわけか」

「まだ君に報酬は発生していない。いわば仮払いの経費といったところだ。領収証は特に必要ではないが、現金もカードも好きに使っていいというわけではない」

「つまり稼げるまでこれで食いつなげと？」

封筒をうけとり、河合はいった。

「さらに必要な状況になれば、現金は支給する」

河合はチヒを見た。

「これってふつうなのか。それとも俺は優遇されている？」

珍しくチヒが笑った。

「優遇されている。ただし、あなたが結果をだせなければ、次はちがう。パートタイムの調査員に格下げかも」

河合は頷いた。北平がいった。

「君の部屋にはパソコンがおかれている。メールはまめにチェックしてもらいたい。ウィルス対策は充分におこなってあって、起動するためのパスワードは封筒の中にある。暗記したら焼却しろ」

「わかった。作戦会議はすべてメールか」

「いや、日本支部でおこなう。ただ、タイほど頻繁にはおこなわない。明日、支部にきてくれ」

「どこだ」

「千代田区の平河町。社団法人『国際通商研究会』という名称になっている。君はそこの職員として登録ずみだ。身分証も封筒の中にある。明日、入館するための静脈認証の登録もおこなってもらう。今日は休養し、とりあえず生活に必要な品を揃えるといい。一年前、台湾に出国するときにトランクルームに預けた衣類などは、神谷町のマンションに運びこんである」

「手回しがいいな」

「無駄な時間を使ってほしくない」

神谷町のマンションの前で河合は降ろされた。やけに細長い建物だ。隣にコンビニエンスストアがある。

カードキィでエントランスをくぐり、エレベータも作動させた。

内部は眺めのよい1LDKで、ベッドや冷蔵庫、テレビなどがおかれている。キッチンテーブルにノートパソコンがのっていた。そのかたわらに携帯電話があり、それが鳴った。

「――はい」

「携帯電話も支給したと話すのを忘れていた」

北平がいった。

「以前からもっていた電話もあるだろうが、もう一台あったほうが便利だと思ってね」

「ついでにいっしょに暮らす女も用意してくれれば、もっと便利だ」

「それは自分で考えたまえ。そんな余裕があればだが。明日十時に、平河町で待っている」

電話は切れた。

部屋には番号ロック式の小型金庫があった。

受けとった現金やカードをしまい、河合はシャワーを浴び、ベッドに横たわった。ひと眠りしてから、久しぶりの東京を楽しもう、と決めた。

2

神谷町から平河町にでるのは、地下鉄だと短区間での乗りかえが二度必要になる。日比谷線で六本木、そこから大江戸線で青山一丁目、半蔵門線で永田町だ。永田町駅から平河町の「国際通商研究会」の入っているビルまで、徒歩でおよそ八分だった。次はタクシーで移動しよう、と河合は決めた。ひと駅ずつの乗りかえは馬鹿げている。

「ブラックチェンバー」日本支部の入ったビルは、褐色の目立たない建物だった。場所柄、政府、政党関係の建物が多いという点では、タイ支部とも似ている。タイ支部は、東京でいえば霞が関に近いかもしれない。

ビルの一階に表示されたテナントの一覧によれば、社団法人や財団法人がいくつも入っている。タイ支部のように銃をもった衛兵はもちろんいない。初老の制服警備員がロビーにすわっているだけだ。

ビルの三階部分すべてを「国際通商研究会」は占めていた。エレベータを降りると、少しスペースがあって、ガラスで仕切られた出入口がある。出入口のかたわらの受付にいた中年の女が、河合の姿を認めると立ちあがった。

「河合さまですね」

河合は久しぶりにネクタイを締めていた。

受付の女は、静脈認証のための登録を手伝った。手続きは数分で終わり、河合はガラス扉の内側に入った。

北平が待っていた。内部は、タイ支部とちがって、いくつもの部屋に分かれている。各部屋の扉に表示はなく、それぞれの部屋で何がおこなわれているのか、見当もつかない。

それを見て河合は警察庁の建物を思いだした。警察庁は、警視庁と異なり、警察の業務を思いおこさせるようなものがない。せいぜい壁に貼られている防犯関連のポスターくらいで、それがなければ、企業や役所とかわりがなかった。足を踏み入れたのは数えるほどの回数だが、暴力や流血、汗の臭いがしみついた桜田門とはまるで異なっていると感じたのを覚えている。

あくまでも静かで機能的な、官僚の城、という印象だった。

会議室だけに部屋の用途が表示されている。第一から第三まであって、北平は一番手前の「第三会議室」と記された扉を開いた。

チヒと、見知らぬ男が円卓にかけていた。円卓には、各自の前にモニターが設置されている。チヒは黒いパンツスーツにグレイのブラウスを着け、男はこげ茶のスーツ姿だ。髪を七三に分け、メタルフレームの眼鏡をかけて地味な雰囲気をまとっている。年齢は五十代のどこかだろう。

「泉（いずみ）さん、河合くんです」

北平が男に河合を紹介した。男は立ちあがり、右手をさしだした。すわっていると目立たないが、意外にがっしりとした体格だ。

「泉です。よろしく」

「河合です」

泉の耳がわずかに潰れていることに河合は気づいた。柔道をやっていた人間の特徴で、さらにいえば、警察の機動隊員などに多い。

「いろいろとお話はうかがっています。頼もしい方に加わっていただいた、と思っています」

泉は丁重な口調でいった。

「泉さんが、きのう話した、外部調査員を束ねる存在だ。咲坂の現住所を割りだしたのも、泉さんだ」

北平がいうと、泉は手をふった。

「とんでもありません。私は北平さんの指示を伝えただけです。優秀な人が多いんで、助けられています」

北平は河合を見た。

「とりあえず、今日はこの四名で会議をおこなう。チヒには一時間前にきてもらって、タイで起こったことの報告を頼んでいた。君と光井の録音テープのコピーも受けとった。光井への接近は、いい仕事ぶりだ。最終的に会話の主導権を握ったあたり、見事といってもいい」

「光井は、まだタイに？」

「今日の夕方の便でマニラに飛ぶ。マニラで誰と接触するかはわかってない。山上連合の関東近辺の幹部で、東南アジアに渡航中の人間がいないことは確認ずみだ」

北平が答えた。

「テープを聞いたならわかっていると思うが、山上連合は、ざっと一億の金をこの犯罪に出資するつもりでいる。光井はまだ認めていないが、おそらく窓口になっているのは、山上連合の二次団体である落合組の現組長の青山だと思われる。青山は、前組長の引退を埋める形で連合の本部から降りてきた人物で、切れ者で通っている」

モニターに青山の資料が映しだされた。年齢のわりに額が後退しているが、目つきの鋭さがそれを補って、若く見せている。年齢は今年、四十一になる。光井はそれより四、五歳下だ。

「落合組の組事務所は、池袋にあります。これまでのところ目立った動きはありません。ご存知のように、落合組は山上連合の二次団体の中ではかなり大きな縄張りをもっていて、本部にあげる上納金も多額です。前組長が引退するきっかけになった、本部人事への不満も、それが理由だといわれています」

泉がいった。

河合の記憶では、落合組には五十名以上の構成員がいた。青山の〝天下り〟をこころよく思わなかった人間も中にはいるだろう。

「青山が組長に就任してからの内部は、どのような状況ですか」

河合は泉に訊ねた。

「池袋署の担当者の話では、二年前の内部抗争時に、八人の人間が落合組を離れていて、その中のひとりが光井です。半年後に青山が組長に就任してからは、病気や死亡をのぞき、組を辞めた者はおりません」

「組うちでの評判は？」

「全体として、〝天下り〟にしてはよくやっている、という話だそうです。組員の義理ごとにはマメに顔をだしているし、古くからの組員と新しい組員の差別もしない。もちろんそれを不満としている者はいなくもないでしょうが、池袋で展開しているシノギに関しては、半年間の空白でよそにもってかれていたものを、就任後、きっちり取り返したといわれています。傾向として、前に比べて変化したのは、外国人の取りこみのうまさだと、担当者はいっていました。前の組長は、外国人に対して懐疑的で、末端の仕事さえもやらせなかった。青山になってからは、アウトソーシングとでもいいますか、外国人にやらせて問題が生じないことはどんどんやらせる、という方針にかわっているそうです。その結果、古参の組員が仕事をなくす、ということもちらほら起きているようです」

泉が話した。

それは青山の頭のよさであり、用心深さの表れだ、と河合は思った。現行の暴対法や組対法では、組員の犯罪に対し、それが末端でも、組長が責任を問われる。組に所属していない外国人ならば、口止めさえできればその心配はない。

「きのういっていた、噂の一覧だ。インターネット上のやりとりも含まれている」

北平がプリントアウトした紙の束をさしだした。

「インターネット？」

「極道のスレッドがある。時代だな。ふりをする人間が多いが、中には本物もいて、自分の正体や組がばれない範囲で書きこんでいるようだ。あとはミクシィもある。この場合は、決まった組や同じシノギを扱っている連中が集まっている。そこで知ったことを外で喋（しゃべ）らないのがルールらしい」

河合は首をふり、受けとった紙をめくった。

＞タイでロシア人が殺されたって話、知ってる？
＞さっき聞いた。うちの組ともちっとつきあいがあったコ○○○。
＞あれだろ、西麻布でワインバーやってた、ウラジオストクのマ○○○。
＞チェチェンの車屋ともめてたっていうから、そのセンじゃないの。
＞チェチェン関係ない。中国マ○○だって。六本木で中国のシノギをパクってからもめてた。
＞それはあいだに日本の極道入ってるだろう。

＞ノーコメント。やばいっす。
＞けどハジかれたのはバンコクだろ。だったら日本人も中国人も関係なくね？
＞けっこう強引な仕事してたって噂だからね。つきあいのあった日本の組関係からも泣き入ってるって聞いたことある。
＞チャカかクスリ。それしかない。ロシアは。
＞意外とオイルだったりして。

ネット上で交されたやりとり以外では、ロシアマフィアどうしの抗争、ロシア政府に消された、タイ秘密警察による暗殺、などの噂が羅列されていた。どれも信憑（しんぴょう）性は低い。

その中で、ひとつだけ河合の目を惹（ひ）いたものがあった。

コワリョフがメキシコとのコネクションを作ろうとしていた、というものだ。具体的な内容に乏しいが、数カ月前、メキシコを訪れていたという伝聞情報がある。

中米のメキシコという国で思い浮かぶのは、まずはコカインだ。だがコカインはこのところ全世界的にシェアを失いつつある。同じアッパー系のドラッグであるメタンフェタミンが著しく広がっているためだ。メタンフェタミンは化学薬品なので、植物を原料としたコカインよりも生産調整がたやすく、安価に製造できる。その上効き目の持続がコカインより長いとあって、乗りかえる乱用者が増えているのだ。

日本ではもともと最大のシェアをもつ違法ドラッグだ。覚せい剤である。

「このメキシコを訪れたという情報だけがひっかかる」

「どこまで正しいかはわからない。コカインを直接買いつけにいくことは考えられんし」

「確かに。ロシアでコカインの需要があるとしても、メタンフェタミンほどではないだろう。わざわざ地球の反対側から運んでいては、高いものにつく」

河合は北平の言葉に頷（うなず）いた。泉がいった。

「メキシコには多くの犯罪組織があって、アメリカと国境を接していることもあり、活動は活発です。現在でもアメリカを追われた犯罪者が陸路でメキシコに逃げこみ、そこから南米やヨーロッパへ逃亡する、という話があるようです」

「メキシコの犯罪組織の主なシノギは何ですか」

「他国とそれほどはかわらないと思います。ドラッグや人身売買、コピー商品ですね」

「コピー商品は何を？」

泉は首を傾げた。

「私が聞いているのは煙草くらいですね。紙巻煙草のコピーは、ある時期、相当量がアメリカに流れこんでいたようです」

コピー商品は高価なブランド品であれば技術力が、大量生産品ならば安価な工賃が、重要な要素となる。だがいくら工賃が安いからといって、東南アジアで作ったコピー商品をアメリカまで運ぶとなれば、単価は必然的に高くなる。したがって、アメリカ国内で流通させるのなら、中、南米あたりが限界だろう。当然、人件費はアメリカ国内より安い。

北平がいった。

「少なくともコピー商品を扱った経験はあるわけですね」

「先進国より人件費が安く、あるていどの技術力がある国なら、コピー商品の工場がない国はないでしょう」

「メキシコに関しては、これが事実なら咲坂の調査に成功すれば、何らかの情報が入ってくるかもしれない」

北平は河合を見て告げた。河合は頷き、

「バラノフスキやスラットが来日する日程は？」

と訊ねた。

「バラノフスキが先に日本入りすることになっている。スラットは、コワリョフ殺しの捜査をもうしばらく継続したいようだ」

「バラノフスキに会ったことは？」

「もちろんある。癖のある男だが優秀だ。君をルーキー扱いしたそうだな」

「それじたいは事実だ」

「彼が厳しく当たるのは、それだけ買っている証拠だ。使えないと思っている人間には、むしろ冷淡だ」

河合は首をふった。

「咲坂の現状に関する情報を」

モニターに何枚かのスナップ写真が映った。最近のもののようだ。濃いヒゲをさっぱり剃り落とし、髪も短く刈りこんでいる。作務衣のような着物姿で犬を散歩させていた。別の写真では、パナマ帽に麻のスーツ姿で、銀座と覚しい街中を歩いている。

「現住所は、渋谷区代々木上原のマンション。同居人はおらず、犬を飼っているだけだ。この二日間の行確では、銀座に飲みにでかけている。入ったのは、バーとスナックの各一軒ずつ。どちらも常連のようなふるまいだった。犬の散歩以外で日中、外出することはなく、訪ねてきた者もいない」

北平は河合を見た。

「どうする？」

河合は考え、いった。

「チェンバーは違法な捜査手段にもこだわらないのだな」

「必要なら。咲坂を捕えて拷問する、というのではないだろうな」

河合は首をふった。

「そんな手じゃない。日中でも夜間でもいい。咲坂が外出している間に、住居に侵入したい。通っている会社とか事務所がないのなら、仕事に必要なものはすべて自宅においているだろう。それを調べたい。そうと気づかれずに」

北平は頷いた。

「代々木上原のマンションの捜索だな。手配する。早ければ今夜か明日に実行できる」

「接触はそれから?」

チヒが訊ねた。

「光井の動向しだいだ。光井がマニラで咲坂の関係者に接触するのを待つ。マニラにこちらの協力者はいるのか」

北平は難しい顔になった。

「フィリピンの警察当局には汚染の問題がある。ことに咲坂は、マニラでは有力な日本人だ。下手に咲坂の周囲をつつかせると、向こうに情報が洩れる危険がある」

「だったらフィリピンの外から人間を送ることはできないのか」

「シンガポールと香港に協力者がいるが、別件で動けない状態だ」

河合は息を吐いた。

「ベトナムからフィリピンにパッケージのコピーが運ばれるとしても、そんなにすぐではないだろう。それまでに態勢を整えることはできないのか。フィリピンでも信頼のできる警官を味方につけるとか」

「光井が今夜飛ぶのは、なぜだ」

チヒがいった。

「おそらく、フィリピンで荷受けをする業者との顔合わせが目的だ。別の国からナイジェリア人がもちこむ中身をベトナムで作ったパッケージに箱詰めするのが、フィリピンでの仕事だ。光井はその監督を任されるのだろう」

「そして日本に運びこむ？」

河合は頷いた。

「おそらくは」

「日本で何千万ドルにもなる商品、とコワリョフはいったのですね」

泉がいった。

「日本のみとは限りません。商品が何かはわかりませんが、中国や台湾、あるいは韓国でもさばけるものだという可能性はある。フィリピンから輸出するのであれば、どこも距離的には遠くない」

「フィリピン国内でさばくというのは？」

「咲坂がフィリピン国内での販売組織とのコネクションをもっていればありえます。しかしフィリピンだけでそこまでの金額には達さない。日本に関しては、山上連合が販路をひらく、それはまちがいないところでしょう」

「私がフィリピンにいこう」

北平がいった。

「日本で動きがあるとすれば、フィリピンから完成品が運びだされてからだ。それまでは河合に任せておけばいい」

「いつ飛ぶ？」

「明後日には動ける。泉さんは現場調査員のリポートをメールで我々に送って下さい。私が日本にいなくとも必要な情報はそれで共有できます」

「だが咲坂の自宅の捜索は？」

「調査員と相談します。もう少し行確をつづけなければ、咲坂の生活パターンが把握できません。何曜日の何時頃にはどこかへでかける、というのがわかれば、捜索そのものは簡単にできると思います。時間を下さい」

　泉がいった。

「解錠の専門家は手配できますか」

　河合は訊ねた。

「とてつもなく厳重なロックシステムや高級な金庫とかでない限りは、開けられる人間はいます」

　河合は頷いた。北平がいった。

「河合の侵入、捜索には、チヒも同行してくれ」

「了解」

「他にできることはありますか」

　泉が訊ねた。河合は考えていた。咲坂の情報も重要だが、鍵は何といっても山上連合の青山だ。少なくとも青山の頭には、このビジネスの全貌がおさまっている。

「青山です」

河合がいうと、北平は口を開いた。

「それは私も考えていた。だが青山はすべてを知る立場にある以上、慎重だろう。下手につつけば、警戒される」

チヒがいった。

「コワリョフが死んで、ロシア人はこの仕事から手をひくのか」

「それは、何ともいえませんね、コワリョフの組織の問題です。コワリョフ以外の者がビジネスの内容を把握していれば、後任として動くかもしれない」

泉がつぶやいた。

「もしそういう人物がいるとすれば、光井なり青山に接触するとは思わないか」

「その通りだ。今後、ロシア人が青山に接触すれば、それはコワリョフの後任と見てもいい」

河合はいった。

「すると青山の行確も必要になるな」

北平が葉巻をとりだした。

「現役の行確は難しい。連中は、四六時中、警察やヒットマンに神経を尖らしている」

河合はいった。広域暴力団の幹部を監視対象におけば、すぐにそうと気づかれる。あえて尾行をまくような真似はしないが、接触を秘密にしたいような人間との会合はとりやめてしまうだろう。結果、かんばしい情報を得られない。

「ロシア人のサイドからいってみるか」

河合はつぶやいた。

「伝手はあるのか」

チヒが訊ねた。

「何人かのロシア人を知っている。連中には連中のネットワークがある。大物が日本に入ってくれば、情報は流れるだろう」

「そこでうまく見つけられれば、バラノフスキが使える」

「あの男か」

河合は息を吐いた。

「うまくやってくれ。信頼はできる」

北平がいった。

「ロシア人の情報はどこでとりますか」

泉が訊ねた。

「銀座で働いている男がいる。表向きはバーテンダーだが、ロシア人ホステスの口入れを裏で仕切っています」

「ロシア人ホステス……」

「ロシア人のホステスには、ロシア系ばかりの女をおいたストリップバーなどで働いている者と、高級クラブで日本人ホステスに混じって働いている者がいます。後者は日本語が巧みで滞在歴も長い。それだけに収入もあります。その男は、ストリップバーなどで働いていて、もっと稼ぎたいと考えているような女に、銀座のクラブなどを斡旋しているんです」

「ロシア系のストリップバーで働いている女がすべてロシア人とは限らない。チェコやリトアニア、ルーマニアなどもいる。ロシアマフィアと関係がある男なのですか」

「外国人ホステスの入国や日本での滞在先の保証などを仕切っているのは、多くが暴力団とつながりのある業者です。ロシア、広くいえば東欧系の女たちの場合、そうした業者の中には、必ずといっていいくらい現地サイドのマフィアとパイプをもつ人間が入っている。日本にくる段階で借金を背負っていたり、渡航費用そのものを現地のマフィアから借り入れることが多いからです。そうした女たちが日本に着いたとたん行方をくらまして、業者が用意したのとは別の店で働いたりするのを防ぐため、日本にはロシア人の監視役がいます。つまりホステスが店を移る際には、ロシア側の組織との交渉が必要になるんです。ホステスの要求だけを呑んで勝手に店を移したりすれば、ロシア、日本、両方の組織から商売の邪魔をしていると思われかねない。このバーテンダーが、ホステスの移籍を斡旋できるのは、両方の組織にコネがある証拠です」

「名前は？」

「自称ですがペトロフ、アレクセイ・ペトロフ。アレックと呼ばれています。銀座八丁目の『ブライトン』というバーのオーナー兼チーフバーテンダーです」

「あなたのことはどのていど知っているのですか」

「前職は知っています。辞めたことまでは果たして知っているかどうか」

「これは根本的な問題だ」

北平がいった。

「そのアレックがどのていどロシア側とつながっているかだが、得られる情報のレベルの高さとこちらの動きが相手に伝わって警戒される度合は比例する。高い情報を提供しつつ、相手側には洩らさない人間というのは、原則的には存在しない」

「その原則からアレックも外れない。ただ、彼は俺に借りがある、と考えている」

「どんな？」

「よくある話です。アレックが移籍させたロシア人ホステスに惚れていた極道がいた。アレックとできていると疑い、チャカをもって店まで乗りこんできた。俺はたまたまそこにいて、現行犯逮捕し、刑務所に送りこんだ。アレックから見れば、命の恩人だ」

「たまたま？」

「その極道はあまり賢くない男で、チャカを手に入れたら、アレックの頭に一発ぶちこんでやるとふだんから吹聴していた。手に入れたという情報が、前々からその極道を煙たがっていた連中から俺のところに入った。それで先回りして待ったんだ」

「その男はもう出所たのか」

北平が訊ねた。

「まだ入っている。あと五、六年はでてこられないだろう。銃刀法違反に殺人未遂がついた。チャカを見せるだけじゃなく、天井に向けて一発撃ったんだ。それが命とりになった」

北平と泉は顔を見合わせた。

「アレックとの接触を試してみよう。ただしバックアップはない」

北平がいった。

3

銀座八丁目の並木通りから一本それた路地のビルの地下に、バー「ブライトン」はあった。河合が訪れるのは一年半ぶりだった。コワリョフが密輸品のキャビアを扱うワインバーを都内で経営していると河合に教えたのは、アレックだ。

そのアレックから自分の情報がコワリョフに洩れた可能性はゼロではない、と河合は思っていた。が、それを北平らにいえば、危険だとして接触は許可されなかったろう。

河合は、アレックが裏切り者かどうかを確かめたい、と思っていた。

「ブライトン」はレンガを積んだ壁をくり抜いて造られた、穴蔵のようなバーだった。ウォッカの品揃えとキャビアを売りものにしていて、ウイスキーやカクテルもだす。午前四時まで営業しているので、クラブの閉店後、〝アフター〟で訪れる、ホステス連れの客も多い。

スーツをノーネクタイで着た河合が階段を降りていったのは、午後十一時過ぎだった。〝アフター〟の客がくるには少し早く、電車のあるうちに切り上げたいと思っている客はそろそろひけだす頃合だ。

「いらっしゃいませ」

扉を押した河合に声をかけたのは、ふたりいる日本人バーテンダーの片割れだった。アレックは、半円形の大きなカウンターの向こう端で、女性ふたりの客の相手をしている。牛のように盛りあがった上半身に白いシャツとバタフライ・チェックのベストを着けていた。

河合はカウンターに腰をおろした。

「ダイキリをもらおう」

ふりかえったアレックの目がみひらかれた。眉が鼻の下の口ヒゲと同じくらい太い。

「河合さん！　あなた――」

絶句して、まじまじと見つめている。

「足はあるぜ」

河合はいった。アレックは、河合のダイキリのためにシェーカーを手にした日本人バーテンダーを制した。無言でかがむと、冷凍庫からまっ白に凍ったウォッカの壜とショットグラスをふたつとりだした。

「先にこっちです」

　とろりとした透明の蜜のような酒をグラスに注ぎ、ひとつをつきだした。

「生きていた友だちに乾杯しましょう」

　厳粛な表情を浮かべていった。河合はグラスを手にして掲げた。

「トースト（乾杯）」

「トースト」

　グラスの中身を喉の奥にほうりこんだ。ひんやりとした液体が食道を下るにつれ、熱をもつ。

　とん、とグラスをおいたアレックがいきなり顔をくしゃくしゃにして身をのりだし、河合を抱きしめた。息が詰まるほどの強さだった。

「神さま、感謝します」

　アレックの目はうるんでいた。一度腕を離し、確認するように河合の顔を見つめると、再び抱きしめた。

　さっきまで相手をされていた女性客があっけにとられたようにそれを見つめている。

　河合はアレックの太股のような腕を叩いた。

「わかった、わかった。俺を絞め殺さないでくれ」

　アレックはようやく河合を離した。女性客をふりかえり、いう。

「驚いたでしょう。すみません。とても久しぶりに会った友人なので」

河合は腰をおろした。日本人バーテンダーがダイキリをさしだす。それをひと口すすり、アレックにいった。

「少し太ったのじゃないか」

アレックは胸をおさえ、おおげさによろけてみせた。

「毎日、毎日、お客さまのナイショ話を聞きます。どんどん、どんどん、私の胸は苦しいです。秘密が私を太らせます」

女性客が笑った。

しばらくすると、女性客が帰り、河合の周囲に客はいなくなった。アレックは、二杯目のダイキリを手にした河合の前に立った。

「とても悲しい噂を聞いていました」

「俺が死んだという？」

「はい」

アレックの顔は真面目だった。

「なぜ死んだと思ったんだ」

「北のほうにいる人を怒らせました」

「誰がそれをあんたに話した」

アレックは素早く周りを見回した。

「ドミトリィという男です。錦糸町(きんしちょう)で働いている」

「詳しく話してくれよ」

「ある晩、ドミトリィがここにきました。ドミトリィの友だちがいなくなった。その友だちはロシア人で、北からきたダンサーたちを見張る仕事をしている。ロシア人の名前は、セルゲイ。セルゲイはアフリカ人を使って日本人をさらえと命令されていました。その日本人が、セルゲイのボスを怒らせたからです。お喋りのロシア人がいる。それが誰だかつきとめろ、とセルゲイはボスにいわれていました。そしてセルゲイはいなくなった。仕事をすませてロシアに帰った、とドミトリィは信じています。私はどきどきしていました。お喋りのロシア人が誰だか、セルゲイが知ったら、次にアフリカ人が会いにくるのは、私かもしれない。店をやめることも考えた。けれど店をやめたら、私は生きていけません。あきらめて、いつかセルゲイとアフリカ人がやってくるのを待っていました。けれど彼らはこずに、今夜、あなたがきた」

「そのセルゲイという男もアフリカ人も、ここにくることはない」

河合はいった。バンの中で銃をつきつけた、ジャージ姿の濁った目のロシア人を思いだしていた。あの男がセルゲイだ。

「二度と？　絶対に？」

「永久に、だ」

アレックは無言で目をみひらいた。首をふり、ウォッカをグラスに注いで、一気に飲み干す。

「訊きたいことがある」

河合は身をのりだした。

「その日本人の話をセルゲイのボスに教えたのは誰だ」

アレックの目が動いた。

「私を疑っていますか」

「誰かが教えた。それだけはまちがいない」

「私ではない。神に誓って」

「調べられるか。ドミトリィに訊いて」

「わかりません。ドミトリィは、セルゲイほどアルガニザーツィヤ（組織）の人間ではありません」

「じゃあアルガニザーツィヤの人間を誰か知らないか。日本にきている者で」

アレックは河合を見つめた。

「河合さんは私をストゥカーチ（密告者）にしたいのですか。セルゲイはいなくなっても、そのボスがいます」

「コワリョフのことか」

アレックは頷いた。額に汗が光っていた。

「コワリョフがボスなのか。コワリョフの上には誰もいないのか」

アレックは唇をなめた。

「アルガニザーツィヤには、もっと偉い人がいます。ボール、と呼ばれています。『ボール・フ・ザコーネ』。大親分という意味です」

「それが本当のボスか」

「はい」

「コワリョフのアルガニザーツィヤのボールは誰だ？」

アレックは怯えたように目を伏せた。

「ひとつ教えてやろう。コワリョフはもういない」

河合はいった。アレックが顔をあげた。

「タイのバンコクで撃たれたんだ」

「本当ですか」

河合は頷いた。

「俺は近くで見ていた。グルジア人のドルガチという男といっしょにいるところをハチの巣にされた」

「河合さんが――」

「ちがう。俺じゃない。誰がやったのか知りたいと思っていて、コワリョフが死んだあと、仕事をひきつぐ人間に興味があるんだ」

「河合さん、まだ同じ仕事をしていますか」

「所属がかわった。詳しくは話せないが、仕事の内容はほとんどいっしょだ」

アレックは息を吐き、首をふった。

「河合さん、私をびっくりさせすぎです。いきなりきたと思ったら、セルゲイもコワリョフも、もういない、なんて」

「いろんなことが起こってる。あんたの知恵を借りたい」

アレックは三杯目のウォッカを注ぎ、あおった。

「アルガニザーツィヤのボールの名を教えてくれ」

河合はいった。

アルガニザーツィヤとはオーガニゼーションのことだろう。ボール・フ・ザコーネは、ロシアにおける一種の任侠道からくる言葉だ。ボールになるには、さまざまな条件がある、と聞いたことがあった。今でもそれが生きているかどうかはわからない。日本のやくざと同じで、形骸化した掟もあるだろう。

「ドミトリィに河合さんを会わせます」

アレックはいった。

「大丈夫なのか」

「ドミトリィは私に借りがあります。ドミトリィのところを逃げだした女の子を連れ戻してあげました。もし私が連れ戻さなければ、ドミトリィはセルゲイに痛い思いをさせられたでしょう。セルゲイやコワリョフがいなくなったとわかれば、ドミトリィはほっとします」

「わかった。いつだ」

「電話をします。河合さん、携帯の番号はかわっていませんか」

「新しい番号を教える」

河合は支給された電話をとりだし、アレックの携帯電話を呼びだした。アレックはベストのポケットから自分の電話をだし、番号を確認した。

「ドミトリィと連絡がついたら、電話します」

「頼む」

アレックは河合のショットグラスにウォッカを注いだ。

「友情に」

「友情に」

河合はグラスを掲げた。

「トースト」

「トースト」

4

アレックから電話がかかってきたのは、翌日の午後四時過ぎだった。

「河合さん、六時までに錦糸町にこられますか」

「ドミトリィは五時に店に出勤して掃除をします。それから七時まで休憩。そのときなら会えるそうです」

「どこにいけばいい」

「店に直接きて下さい。北口をでて右にいったところにあります。『ミリオンダラー』というクラブです」

「『ミリオンダラー』だな」

電話を切ると、インターホンが鳴った。一階のオートロックのカメラにチヒが映っていた。

「チヒ。どうしたんだ」

「タダシに届けるものがあってきた。開けてくれ」

河合はオートロックを操作した。チヒは黒い革のジャケットにジーンズ、リュックを肩にさげたいでたちだった。

「入れよ」

部屋にあがると、もの珍しげに見回した。

「何もない。殺風景な部屋だろう」

「わたしの部屋もかわらない。ロシア人と接触できたのか」

チヒは無表情にいった。

「大丈夫だ」

「このあと、錦糸町で情報提供者になりそうな男と会う。ドミトリィという、ロシアンパブの従業員だ。どうやらコワリョフには、さらに上のボスがいるらしい」

「わたしはこれから成田空港までバラノフスキを迎えにいく。下に運転手を待たせている。その後、成田のホテルで北平と三人で話をすることになっている。日本でのバラノフスキのアテンドは、わたしの仕事になった」

「チヒが？　チェンバーはそんなに人手が足りないのか」

　チヒは首をふった。

「わたしが専門にしている技術はしばらく必要とされない」

　リュックを膝の上にのせ、口を開いた。中から厚地の布で作られたバッグをとりだす。持ち手がついていて、「Smith & Wesson」と印刷されている。

「これを渡しておく」

　バッグは三角形で、ずっしりと重かった。河合はとりつけられたファスナーを開いた。リボルバーが入っていた。

「たぶんタダシが一番使い慣れているモデルだ」

　チヒは無表情に告げた。河合は息を吐いた。

「こうしてもっているだけで違法だぞ」

「法律を守って撃たれて死ぬほうを選ぶのならそれでいい」

　チヒは手をさしだした。

「それはわたしの個人的な所有物だ。返してもらう」

「待てよ」

河合はいって、リボルバーをとりあげた。

制服勤務時代に支給されていたニューナンブの三インチバレルモデルに似ているが、もう少し角張っている。

「M10というモデルだ。通称はミリタリーアンドポリス。もう百年以上作られつづけている定番の三十八口径リボルバーだ」

河合は頷いた。ラッチという留め具を押し、蓮根型の弾倉を横にふりだす。六つの空洞が姿を現わした。ニューナンブでは五つだった。

「ハンドガンはサブウエポンだ。サブウエポンとしても、三十八口径のリボルバーでは威力に不安がある。が、この国でアサルトライフルを装備したユニットと交戦する機会はまずないだろう」

「何？　どういう意味だ」

河合はあっけにとられていった。

「近接戦では、この銃は頼りにならないといっている。九ミリパラベラムのサブマシンガンか五・五六ミリ、あるいは七・六二ミリのアサルトライフルをメインウエポンとしてもつべきだ。戦闘でハンドガンを兵士が抜くのは、たいてい自殺するためだからな」

河合は首をふった。チヒはあくまで真顔だった。

「銃という道具は、合法的にこれを所持する者より、非合法に所持する人間のほうが使いたがる」

「それはわかる。警官にとって銃を発砲するのは、クビを賭(か)けた行為だからな」

「日本でのオペレーションでは、わたしが常にタダシのバックアップにつけるとは限らない。それでも逮捕されるより死を選ぶというのなら、その銃は必要ないだろう」

「使うかどうかはわからないが、借りておくよ」

河合がいうと、チヒは頷(うなず)いた。リュックから紙の箱をとりだす。「38ＳＰＥＣＩＡＬ」と印刷されている。

「半分ほど試射で使ったが、まだ二十発以上残っている。とりあえずは充分の筈(はず)だ」

箱を開くと、プラスチックの台座に二十発以上の弾丸が尻(しり)を見せて刺さっていた。河合は箱を閉じ、チヒを見た。

「ありがとう。俺のことを心配してくれて」

一瞬、チヒの顔に狼狽(ろうばい)したような表情が浮かんだ。

「パートナーではなくなったからだ」

口ごもるように答えた。

「パートナーでないのなら心配する必要もないのじゃないか」

チヒは床に目を落としていった。

「わたしは一度、お前を救った。わたしの国には、一度助けた人間は、三度助けることになる、ということわざがある」

　リュックの口を閉じ、立ちあがった。

「ひとつ教えてくれ。チヒはこの銃を日本で使ったことがあるか。その、人間に対して、という意味で」

　河合が訊ねるとチヒは首をふった。

「ライフルマークのことを心配しているのなら大丈夫だ。警察にその銃のデータはない」

　ライフルマークは旋条痕ともいって、発射された弾頭が銃身をくぐる際につく傷のことだ。変形した弾頭からの採取は難しいが、きれいな状態の弾頭からとったライフルマークは、人の指紋のように一挺一挺異なる、といわれている。したがって、過去にこのリボルバーが犯罪で使用されていた場合、警察がそのライフルマークを記録している可能性もあるのだ。同じライフルマークの銃を所持しているだけで、過去の犯罪の容疑者とされる危険を負うことになる。

　チヒがでていくと、河合はリボルバーと弾丸を金庫にしまった。当面は必要ないだろう。

　着替えをすませ、錦糸町へと向かった。

5

錦糸町駅の北口をでて歩くと、「ミリオンダラー」はすぐに見つかった。居酒屋やバーの入った雑居ビルの三階にネオン看板がでている。

エレベータを降りると、開いた自動扉の奥にひっそりとした暗い店内が見えていた。アルコールと煙草のヤニの臭いが強いのは、エアコンを作動させていないからだろう。

「お邪魔します」

河合はいって、入口をくぐった。白いシャツを肘までまくり、煙草をくわえた金髪の白人が、右手にあるカウンターの端にかけていた。年齢は三十代のどこかだろう。目がまるで人形のように青い。ひどく痩せていて、口もとに傷跡があった。

白人は無言で目をみひらき、河合を見つめている。他に人けはない。

「ドミトリィさんか」

河合は訊ねた。

男は答えなかった。警戒しているようだ。その目が動いた。河合の背後を見た。アレックが現われた。

「遅くなりました。すみません」

アレックはいった。ジーンズの上下で、バタフライにベストというバーテンダー姿を見慣れている河合の目には新鮮ないでたちだった。

アレックは男に歩みよると、ロシア語で喋った。男はすわったまま、ぼそぼそと答えた。ひどく陰気で、低い声だった。アレックの声が高くなった。叱っているようにも聞こえる口調だ。

男は首をふり、短くなった煙草をたてつづけに吹かした。

「どうした」

河合はアレックに訊ねた。アレックはいらだたしげに首をふった。

「恥ずかしい話です。ドミトリィはお金に困っているようです。あなたと話したらお金がもらえる、と思っている」

「そんなに高額でなければ、だしてもかまわない」

河合がいうと、アレックは再び首をふった。

「私にはお金がほしいとはいってなかった。ただ会って話すだけでよかったのです。ドミトリィは、私に恥をかかせています」

河合は男を見た。日本語のやりとりの内容がわかっているようだ。男は期待のこもった目で見返してきた。

「ここで押し問答してもしかたがない。時間のこともある」

財布から一万円札を二枚だし、男のすわるカウンターの上においた。

「これでどうだ」

男のくわえた煙草の灰が落ちた。それを男は掌で受けとめた。

「ダー」

アレックがおおげさに手を広げた。河合は男の隣に腰をおろした。

「コワリョフのアルガニザーツィヤについて話してくれ。ボールは何という男だ」

男はカウンターの上に積み上げられていたプラスチックの灰皿のひとつをとった。その上に灰を落とす。そして河合のおいた札にのせた。

「マレフスキー」

男が低い声でいった。

「マレフスキー？」

「ダー。ユーリー・マレフスキー」

「マレフスキーについて話してくれ」

男は小さく首をふった。

「俺は会ったことがない。話だけだ。ユーリー・マレフスキーは、ボール・フ・ザコーネだ。もうじき六十歳になる。ウラジオストクとハバロフスクに家がある。ハバロフスクのボール、アントン・マレフスキーの弟だ」

「ユーリー・マレフスキーとアントン・マレフスキーだな」

「ユーリーはすぐにキレる。怒ると恐い。アントンはクールだ。アントンはユーリーに、ウラジオストクとサハリンを任せた」

「セルゲイもユーリーの手下か」

「ユーリー、コワリョフ、セルゲイの順だ。セルゲイは、ウラジオストクからくる女たちが勝手な仕事をしないように見張っていた。俺はセルゲイがロシアに帰ったと思っていた。アレクセイは、セルゲイは帰っていないといった。どっちだ」

「セルゲイというのは、ちぢれ毛の背の低いロシア人か」

男は頷いた。

「そうだ。いつもスポーツウエアを着ている」

「セルゲイはロシアには帰っていない。アルガニザーツィヤは、セルゲイのかわりの人間を東京に送った筈だ。誰だか知らないか」

男の目が動いた。河合を見つめる。

「セルゲイは死んだのか」

「そうだ」

「誰が殺した。お前か」

「俺じゃない。知ってどうする。アルガニザーツィヤに知らせるのか」

「俺はストゥカーチじゃない。馬鹿にするな」

男の顔が赤らんだ。

「悪かった。殺したのは日本の警察だ。セルゲイは、日本人の刑事を殺そうとして、あべこべに警察に殺された」

男は目をみひらき、首をふった。

「そんな話はニュースでやってなかった」

「ニュースにしなかったんだ。ロシアマフィアが死んだくらいで、テレビは騒がない」

男は疑わしそうに河合を見つめている。

「本当だ。殺されそうになった刑事というのは、俺だ。だから信じろ」

男は腰を浮かせた。怯えがその顔にあった。

「俺は死にたくない！」

「安心しろ。コワリョフも死んだ」

河合は男の肩をおさえつけた。

「お前が殺したのか」

「ちがう。誰かがバンコクの殺し屋を雇って消させた。もしかするとユーリーかもしれん。コワリョフはユーリーとうまくいっていたのか」

男は左の手をつきだした。人さし指と中指をぴったりくっつけている。

「ユーリーはコワリョフを大切にしていた。一番の部下だった。ずっとユーリーのボディガードをしていたのがコワリョフだと聞いたことがある」

「じゃあコワリョフを殺されて、ユーリーは怒っているな」

「わからない」

男は首をふった。顔が青ざめ、鼻の下に汗が光っている。

「アルガニザーツィヤから新しくきた男がいるのだろう」

男はアレックをふりかえった。早口のロシア語を喋った。アレックは鼻を鳴らした。

あきれたようにいった。

「ドミトリィは恐がってます。あなたがした話は聞きたくなかった。本当に刑事なのか疑っている」

河合は財布からさらに二枚の一万円札を抜き、カウンターにおいた。

「俺の仕事よりこっちのほうが大切じゃないのか」

男の目が泳いだ。手がのびる。それより早く、河合は札をおさえた。

「アルガニザーツィヤからきた男の名を」

「ガルキン」

男は早口でいった。

「アレクサンドル・ガルキン」

「今どこにいる」

男は黙った。新たな煙草に火をつけた。目が遠くを見ている。嘘を考えている者特有の表情になった。

「札幌だ。東京には一度きただけだ」

「東京にきたのはいつだ」

「先月、いやもっと前だったかな」

「セルゲイはずっと東京にいた。そのセルゲイがいなくなって一年もたつのに、一度しかきていないのは妙じゃないか」

　男の目が動いた。

「じゃあもっときているかもしれない。俺はよく知らないんだ」

「稼ぎをのがしたな」

　河合は加えた二万円をとりあげようとした。男の手がすばやく動き、河合の手を上からおさえつけた。

「嘘なんかいってない！」

「ガルキンはどこにいる」

「だから札幌だ」

「東京にもっときているのだろう」

　男は瞬きした。

「嘘に金を払う気はない」

「セルゲイといっしょだ。ふだんは『ヘルスゲート』にいる」

　河合は息を吸いこんだ。一年前、拉致され殺されかけた六本木のストリップバーだ。

「ガルキンのアルガニザーツィヤでの地位はどのあたりだ」

「よく知らないが、アルガニザーツィヤが北海道に最初にいかせたのがガルキンだったと聞いたことがある。だからガルキンは、北海道のボスだ。日本語は、セルゲイより喋れる」

「コワリョフとの関係は」

「わからない」

「ガルキンはどんな男だ」

「太ってる。すごく大きい。いつもスーツを着ていて汗をかいている」

男はいった。

極東のロシアマフィアが日本に進出する際、足がかりとするのは、北海道か新潟、富山だ。ガルキンが北海道を〝開拓〟したのなら、組織の中でも重要な地位にあると見てよいだろう、と河合は思った。

北海道には、山上連合を始め広域暴力団の傘下団体がいくつかあり、ロシアマフィアとの取引をおこなっている。密漁海産物やそれらの加工品を、暴力団のフロント企業が扱い、日本全土の、それぞれの影響力の及ぶ地域に流通させているのだ。

そういう意味では、ガルキンのことを知る日本の暴力団関係者は、コワリョフよりも多いかもしれない。

「ガルキンと何度も会ったことがあるのだろう」

河合は男を見つめた。男は唇をなめた。左手をしきりに動かしていった。

「ビジネスだ。ガルキンが札幌から女を連れてくる。俺に預ける」

「帰りはひとりか」

「いやちがう。ガルキンは東京で買物をする。テレビやコンピュータをたくさん買って北海道に送らせる」

「それをさらにロシアに運ぶのか」

男は頷いた。

「すごく儲かるビジネスだ。金がなければできない」

河合はアレックを見た。

「ガルキンの噂を聞いたことは？」

アレックは首をふった。

「知りません。すすきので私の友だちのロシア人がレストランをやっています。訊きますか」

「頼む」

アレックは携帯電話をとりだし、その場を離れた。河合は男に訊ねた。

「ガルキンは、東京のやくざともつきあいがある筈だ。どこと仲がいい？」

「それはわからない」

河合は財布からさらに二万円を抜いた。

「最後のチャンスだ」

男の目が万札に注がれた。

「組までは知らない。前にきたとき、稲垣さんという男といっしょだった」

「背が高くて、髪がまっ白な奴か」

男は頷いた。山上連合ではない。光柳（こうりゅう）会という、東京に縄張りをもつ中堅の組の幹部だ。光柳会はもともとテキ屋系の組織で、稼業の性質上、あちこちのテキ屋系組織とつながりをもっている。大がかりなものや新しいシノギには手をださない印象がある組だけに、河合には意外だった。

「ガルキンはその稲垣と、どんな仕事をしているんだ」

男は首をふった。

「俺にわかるわけがない。稲垣さんの車に乗ってここにきた。それだけ」

「ガルキン以外で、アルガニザーツィヤの人間が東京にきたことはあるか」

「知らない」

嘘ではなさそうだ。

「ミリオンダラー」を河合とアレックはでた。

「札幌の友だちはガルキンを知っていました。ときどき店にくるそうです。いつも手下がいっしょで、たくさん食べてたくさん飲んで帰る。いいお客さんだといいました」

歩きながらアレックはいった。

「ドミトリィの話は役に立ちましたか」

「立った。ありがとう、感謝するよ」

河合が答えるとアレックは首をふった。

「いえ。私は、河合さんを裏切っていないとわかってほしかっただけです。ガルキンのことをもっと調べます」

「いや、それはやめたほうがいい」

河合は首をふった。錦糸町駅を出入りする人間の数がさっきより増え、居酒屋の呼びこみが声をはりあげている。

「北の組織は、コワリョフやセルゲイが死んで、ひどく神経を尖らせているだろう。それをつついたら、あんたにあらぬ疑いがかかる可能性がある」

「私は悪いことは何もしていません」

アレックはきっぱりといった。

「そういう問題じゃない。わかっている筈だ」

河合はいって、アレックを見つめた。アレックは河合を見返し、息を吐いた。

「はい。ロシアはどんどんかわっています。お金持になって強くなった、と喜ぶ人もいるけれど、私は少しちがう。昔は、悪いことをする人間は、もっとこそこそしていました。今は、まるでビジネスマンのようにいばっている。政府のバックアップをもらっているからです。おかしい、と思う」

「また連絡する。それまでは、よけいなことはしないでいてくれ」

「河合さんがそういうのなら……」

アレックは寂しそうな表情で答えた。河合は頷き返した。

6

稲垣が所属しているのは、光柳会の新宿支部で、事務所は歌舞伎町だった。新宿支部のシノギの中心は、裏DVDと違法薬物の密売だ。一時はホテトルなどの管理売春も手がけていたが、摘発され、手を引いた筈だ。

稲垣はもともと神楽坂の古い料亭の息子で、学生時代にグレたのがきっかけで極道の世界に足を踏み入れた。両親が他界したあと、料亭をマンションに建てかえ、そこに住んでいる。やくざになどならなくとも、カタギで充分やっていけたのに、何をどこでまちがったのだろう、と河合にいったことがあった。

そのマンションも大半が人手に渡り、稲垣がもっているのは、本人が住む部屋だけだと聞いていた。理由は博打だ。賭け麻雀で何億という金を流しているのだ。

神楽坂に一軒、高いレートの麻雀を打たせるマンション麻雀荘があった。モグリの営業で〝会員〟しか入れず、ひと晩に数百万の賭け金が動く。

午前零時、河合はそこに電話をかけた。

「河合という者だが、稲垣さんがきてるだろう」

「どちらにおかけですか」

電話にでたのは、柔らかな話しかたをする中年の女性だ。聞き覚えのある声だった。

「携帯をなくしちまいましてね。稲垣さんと話したいんだが、稲垣さんの番号がわからないんですよ。お宅の番号は、古い携帯に入っていた。以前、稲垣さんから聞いていて」

「お名前を、もう一度」

「河合です」

「番号をおっしゃって下さい。稲垣さんが見えたら、お伝えしておきますから」

河合は番号を告げた。数分後、河合の電話が鳴った。

「今さら何の用だ。辞めた話は聞いてるぞ」

「まだ彼女に麻雀屋をやらせていたんだな。店もとっくに溶(と)かしたかと思っていたが」

女は、稲垣の古い愛人だった。一説では、学生時代の恋人だともいわれている。

「最近はおとなしくなってね。そういう火傷(やけど)はしねえんだ」

「会って話がしたい。あんたの得にもなる話だ」

「冗談じゃない。デカが得になるといって得になったためしがあるか」

「元デカだ。心配するな。あんたを罠(わな)にハメる気はない」

「なんで元デカが俺に会いたがる」

「ロシア人の話を聞きたい」

「何？　何のことだ」

「あんたが最近つきあっている、汗かきの大男の話だ」

「いってることがまるでわからねえな」

「とぼけなくてもいい。何を話そうと桜田門に伝わることはないと約束する」

「そんな話を鵜呑みにできるかよ」

「じゃあこういう話はどうだ。あんたの知り合いの大男、そいつの仲間がつい最近、外国で撃ち殺された。俺はたまたまその場にいて、一部始終を見ていた」

「何だと」

「いっておくが俺が撃ったわけじゃない。ハジいたのは現地の殺し屋だ。だがそいつを雇った人間は別にいる」

「あんたさあ、桜田門辞めて、何してんだ、今」

「物書きだ」

考えていた嘘を河合は告げた。

「物書き？」

「刑事時代の経験や業界の裏話を本にする。だしてくれそうな出版社があるのさ」

「わかったよ。どうすりゃいい」

「近いうち、一度会わないか。明日か明後日に」

「明日は駄目だ。明後日なら何とかなる」

「明後日だな」

河合は時間と場所を稲垣に指定させた。時間は午後四時、場所は四谷三丁目の喫茶店だった。新宿では人目が気になるのだろう。

稲垣に会うのは二年ぶりだった。現役やくざとはいえ、坊っちゃん育ちの稲垣は、四十を過ぎてもどこか甘えん坊のようなところがあり、それがよくも悪くも稲垣という人間の個性になっている。頭がまっ白なのは、一夜限りの大博打に負けて、もっていたマンションの部屋の大部分を奪われたからだという〝伝説〟があった。

サングラスにアロハシャツというラフな服装で、稲垣は葉巻を吹かしていた。やくざには見えないが、正体がつかめない風体だ。

「足がついてるな」

開口一番、稲垣はいった。

「消されたって噂か」

「あんたのことを少しあたったら、辞めたんじゃなくて消されたって噂が聞こえてきた。一年間、まるきり音沙汰なしで、昔の仲間にも会っていないらしいじゃないか」

「クビになったわけじゃない。嫌になって辞めたんだ。昔の仲間に会う理由もない」

「どこにいた。この一年」

警戒しているのか、稲垣は訊ねた。

「外国だ。少ない退職金で暮らそうと思ったら、日本じゃ無理だからな」

「外国？」

「台湾だ。それと短いがタイにもいた」

「ふーん」

「聞いているのだろう。バンコクの話」

「あんたのいう、知り合いからじゃない。別の筋だ」

「ロシア人じゃない奴から聞いたのか」

「バンコクで死んだ男についちゃ、いろんな噂があった」

ネットでさまざまな臆測（おくそく）が流れたことを河合は思いだした。

「実際につきあいがあったところは限られてると思ってたが」

「連合だろ。俺はあの男と会ったことがない」

「じゃあいきなり大男か」

「共通の知り合いがいたんだ、北海道にな。どこでそのネタを仕入れた」

「あんたが自慢の車にロシア人を乗っけて走っているのを見たのがいるのさ」

河合はいった。稲垣の、もうひとつの趣味が車だった。古いアメ車に目がないのだ。

今日も喫茶店の駐車場に七〇年モデルのリンカーンコンチネンタルが止まっている。

「環境にやさしくない車は目立つんだ」

稲垣は鼻を鳴らした。

「つまらねえチクリを入れやがって」

「カニの売でも手がけるのか」

「そんなところだ。知っての通り、テキ屋には厳しい時代だからな」

稲垣はあっさり河合の言葉を認めた。

「今どきのガキは焼きソバやタコ焼きの屋台より、コンビニをありがたがるからな」

「仕入れか」

「ロシア人のもってくるブツは正規ルートの何分の一で、鮮度も悪くない。鮨屋にもっていったっていいくらいだ」

「そっちのルートは連合におさえられているだろう」

「とぼけて回せといってみたが駄目だった。連合のフロントの商社がきっちり流通をおさえているんだ。こっちがやれるのはスーパーの駐車場とかでの叩き売りだ」

「大男はコワリョフのことを何かいっていたか」

「バンコクで殺されたって話はしてた」

「誰が殺ったかについちゃどうだ」

「いうわけないだろう、そんな話」

「連合を疑っちゃいないのか」

稲垣の表情がわずかだが動いた。

「知らねえな」

「大男は、連合のことが今ひとつ気に入らない。それで内緒で、あんたのところとも取引をもつことにした。そうだろう」

「おいおい、そんな噂が流れたら、鉄砲玉が飛ぶ」

いったはものの、稲垣の表情はまんざらでもなかった。大組織である山上連合の足もとに穴を開けたのが得意なようだ。が、一歩まちがえれば本当に死人がでかねない話だ。

「本を書くのにそんなことまで調べているのか」

「いきがかりだ。バンコクのホテルのバーで知り合いと酒を飲んでいたら、いきなりドンパチが起きた。撃たれたのが白人だというのはわかったが、まさか連合とつるんでいたロシア人だとは思わなかった」

別組織に属している稲垣にコワリョフが河合の抹殺指令をだしたことまでは伝わっていないだろう。

「それで興味をもったってのか」

「連合とロシアは密接なつながりがある。現役時代、俺はそれをやりたかったが、北海道やらロシアやらの面子(メンツ)やいろんな手続が面倒だってんで、上がいい顔をしなかった。今度きた大男は、連合べったりじゃないってことだな」

「俺の知らないところでどういってるかなんてわかりゃしない。要は銭になるところとつるむってことだろうが」

「大男は連合の機嫌は気にしちゃいないのか。万一、よそとの取引が知れたらまずいのじゃないのか」

稲垣は首をふった。

「そいつはあんたの考えちがいだ。タイで殺された奴はどうだったか知らないが、あいつはもともと北海道が長い。北海道でのシノギは、連合一本てわけにはいかない。いろんな組があるからな。あいつにとっちゃ連合は、ワン・オブ・ゼムに過ぎない。連合がとやかくいったところで、それがどうしたのさ」

するとガルキンは、コワリョフが進めていたビジネスには触っていないのだろうか。コワリョフ亡きあと、ロシア側でそのビジネスをうけつぐ人間がいないとは考えられない。

誰かがいる筈だ。だがガルキンだという可能性は低いようだ。

「昔みたいにケチくさいことはいってられないのさ。仁義もへったくれもない。稼げないところから消えていくしかない。金庫がカラになりゃ、桜田門なんざいなくとも、その組は潰れる。会社といっしょだ。人間だって離れていく」

稲垣はいった。

「お宅は古いからな」

「そういうことさ。何かしら新しいことを始めないとジリ貧なんだ。それに連合だってそんなことでもめたらサツに食いつかれるだけだとわかってる」

いってから、稲垣は表情を険しくした。

「だからって、あちこちでこのことをべらべら喋ったり、本なんかに書いたりするなよ。あんたはもうバックがないんだ。あっさりやられるぞ」

「わかってる」

河合は頷いた。ガルキンについてこれ以上訊きだすのは難しいだろう。かえって警戒させるだけだ。

「じゃあな」

稲垣はいって、伝票を手に立ちあがった。

「いいのか、コーヒー代」

「現役じゃないんだ。コーヒーくらい奢ってやるよ」

稲垣は笑顔でいった。

その夜、北平からメールが入った。フィリピンで何とか、光井の監視網を作ることに成功したらしい。それによると光井はマニラ市内のホテルにいて、まだ誰とも接触したようすがない、という。北平はあと何日かマニラでようすをみて、日本に戻ると打っていた。

シャワーを浴び、寝る支度をしていると携帯電話が鳴った。チヒだった。

「どうした」

「バラノフスキがあなたに会いたがっている」

「俺は会いたくない」

「こちらのロシア人についてつかんだ情報があるのならよこせってこと」

「ごまかせないか」

「無理。チェンバーは情報を共有することでメンバーの信頼が成り立っている。避けているととられたら、タダシが不利な状況におかれる」

河合は息を吐いた。

「今どこだ」

「新宿のホテルのバー。でもここは閉まるから移動する。たぶん歌舞伎町のどこかになる」

「歌舞伎町は駄目だ。俺のことを知っている人間とでくわす可能性が高い」

アレックの店「ブライトン」も考えたが、すぐに打ち消した。バラノフスキはアレックを利用しようとするかもしれない。アレックは河合にとっては友人で、情報屋ではない。

「わかった。わたしが知っている店に連れていく」

チヒがいった。

「どこだ」

「大久保のバー。韓国人がやっている店で、日本人はあまりこない」

「バラノフスキや俺がいっても大丈夫か」

「歓迎はされないだろうけれど、詮索もされない」

場所を聞き、河合は電話を切った。脱いだ衣服を着け、外にでるとタクシーを拾った。

暗く、奥に向かって細長い店だった。カウンターは二席だけで、靴を脱いですわる座敷が店の大半を占めている。座敷は掘りゴタツになっていた。

店内には映画のポスターが所狭しと貼られ、そのすべてがハングルだった。おかれている酒壜も韓国産の焼酎やマッコリばかりだ。河合が扉を押すと、のっぺりとした色白の顔の男がカウンターの内側から視線を向けてきた。

「待ち合わせだ」

座敷のテーブルにすわるチヒとバラノフスキを目で示していった。男は無言だった。カウンターに男がひとりいて、鋭い目で河合を見つめた。韓国語で何ごとかを吐きだすようにいう。色白の男が低い声で答えた。

チヒとバラノフスキは、焼酎のボトルとチヂミの皿をはさんで向かいあっていた。

「ルーキーのおでましだ」

バラノフスキが英語でいった。焼酎のグラスをかかげていう。

「こいつはウォッカに比べると水みたいな酒だが、悪くはない」

さほど酔っているようすではないが、チヒはうんざりした表情を浮かべている。

「日本にきて早々、ご機嫌だな」

河合は英語でいって、腰をおろした。

「その反対だ。俺はロシア人だ。暑いところが苦手なんだ。なのにバンコクだ、トウキョウだと暑いところばかりいかせられる」

「だったらアラスカにいけ。きっと快適だ」

チヒがいった。

「アザラシが犯罪組織を作ったらな。ニシンの密輸でも取締るか」

バラノフスキはいっておかしくもなさそうに笑った。チヒは鼻を鳴らした。

「下らない」

「アレクサンドル・ガルキンという男を知ってるか」

バラノフスキの顔から笑みが消えた。

「ガルキンがコワリョフの後釜なのか」

「タイの一件に関しては不明だ。だがそれ以外のビジネスについては、そうなっているらしい」

「どんな男なの」

チヒが訊ねた。

「ホッカイドウを仕切っていた、と聞いている」

河合は答えた。バラノフスキがいった。

「ガルキンは汗かきで口下手、見るからに鈍そうな印象を与える大男だ。だが見かけと中身はまるでちがう」

「賢いのか」

「非常に賢いし野心家だ。元はハバロフスクを仕切る、アントン・マレフスキーの手下だった。アントンが弟のユーリーのためにウラジオストクへ送り、ガルキンはウラジオストクからホッカイドウへと渡った。ホッカイドウにビッグビジネスがあると考え、それは正しかった。ユーリーのアルガニザーツィヤが大きくなったのは、ガルキンが開拓したホッカイドウビジネスのおかげだ」

「ホッカイドウビジネス？」

チヒが訊き返した。バラノフスキが説明した。

「ガルキンのビジネスのスタートは、キダリシチキ、車屋だ。日本の中古車を大量に買いつけてロシアの漁船に載せ、サハリンやウラジオストクまで積んで帰って売るんだ。キダリシチキは、長いことチェチェン人が仕切るビジネスだった。そこに割って入ったのが、ガルキンだ。ガルキンはホッカイドウのヤクザファミリーと組んで、じょじょにシェアを広げていった。イスラムの多いチェチェン人より、日本人とのつきあいかたがうまかったんだ。しだいに扱う品が増えた。ロシアから銃や密漁のカニやウニ、エビをもってきて、ヤクザファミリーが盗んだ高級車と交換する。ロシア経済の復興とそれがうまくかみ合った。日本で値段がつかないようなぼろぼろの車じゃなく、ベンツや高級な4WD車をサハリンやウラジオストクの金持は欲しがった」

「日本で盗まれたランドローバーがサハリンを走っていても、日本の警察は手がだせない」

チヒがつぶやいた。

「その通りだ。ガルキンのせいでチェチェン人は商売の場所を失い、ニイガタやトヤマに流れていった」

と聞いたが」

「ガルキンを消そうとはしなかったのか。チェチェンマフィアは暴力的で知られている、

「したさ、何度もな。だがガルキンは用心深くて、チェチェン人は一度も成功しなかった。あべこべにヤクザファミリーに殺される奴までいた」

「ガルキンとコワリョフの関係は？」

「ガルキンがホッカイドウで成功し、勢力を強めたことに、ユーリーは不安を感じた。ユーリーは兄貴のアントンとちがって頭があまりよくない。といって、ガルキンをアルガニザーツィヤからほうりだせば、儲けが失くなる。そこでコワリョフをひき上げた。アルガニザーツィヤの中でガルキンだけが大きくならないようにするためだ。頭のいいガルキンは、トウキョウビジネスをコワリョフに譲った。だが日本語の話せるガルキンとちがい、コワリョフはトウキョウでのビジネスを手下に任せるしかなかった」

「それがセルゲイか」

バラノフスキは頷いた。

「日本語の話せるロシア人はアルガニザーツィヤにとって貴重なんだ」

「話を聞いていると、コワリョフとガルキンのあいだには対立があったように思える」

河合はいった。

「ガルキンはコワリョフを避けるように、ホッカイドウにいる時間を長くしていた。ユーリーのもとに戻れば、嫌でもコワリョフと角をつきあわせることになるからな。それ

がまた、ユーリーにはおもしろくなかった。稼ぎはあるが、自分の目の届かないところで好きにやっている、とユーリーは思っている」

「だがコワリョフが死んだんで、その対立はなくなった」

チヒがいった。

「コワリョフを消させたのはガルキンじゃないのか」

バラノフスキは首をふった。

「ガルキンには理由がない」

「さっきあんたはガルキンは野心家だといった。コワリョフが死ねば、そのビジネスをガルキンは乗っとれる」

河合もいった。

「ガルキンが欲しいのはトウキョウビジネスじゃない。ユーリーのもつ、ウラジオストクとサハリンの縄張りだ。今は日本よりロシアのほうが金持だ」

「しかしガルキンを送りこんだのは、ユーリーの兄のアントン・マレフスキーなのだろう。ユーリーの縄張りを奪ったら、アントンが黙っていないのじゃないか」

「逆だ」

バラノフスキはグラスを振った。

「『炎のマレフスキー』、『氷のマレフスキー』と、あの兄弟は極東で呼ばれている。かっとなると、手下だろうが警官だろうが平気で殺すのが、ユーリー・マレフスキー。K

GBと組んでいたという噂のあるアントンは、冷静で計算高い。弟のアルガニザーツィヤをホッカイドウビジネスで大きくさせ、いずれはガルキンを使って乗っとるつもりでいる、と俺はにらんでいる。だからガルキンはユーリーの下でコワリョフと争うのを避けた」

「タイでなら殺しても、自分に疑いがかからない、と考えたのかもしれない」

「もし、タイで殺し屋を雇ったのがロシア人なら、それはガルキンじゃなく、アントンの指示だ。ガルキンはそんな勝手な真似はしない。だが計算高いアントンが、何千万ドルにもなるビジネスの芽を摘むとは思えない」

「コワリョフのかわりにそのビジネスを乗っとろうと考えたら？」

「それならアントンかアントンの息のかかった男がコワリョフのビジネスをひき継ぐだろう」

「それがガルキンではないのか」

チヒがいった。河合は首をふった。

「今のところガルキンの動向にそういう匂いはない。なぜならヤマガミレンゴウと距離をおく方向をとっているからだ」

その根拠として、組の名は伏せ、稲垣から得た情報を告げた。

バラノフスキは驚いた顔になった。

「それは本当か。日本に帰ってからたったこれだけの時間で、よくそこまで調べられたな」

「日本は俺のフィールドだ。それくらいできなかったら、スカウトされた意味がない」

バラノフスキの鼻を明かした気分だった。得意な気持をおさえ、河合は訊ねた。

「ガルキンには、コワリョフにとってのセルゲイのような手下はいないのか」

「ガルキンの強みは日本語だ。手下はいるが、セルゲイのような片腕は必要ない。むしろいるとすれば日本人だろう」

「日本人？」

「ホッカイドウでガルキンはたくさんのヤクザファミリーとコネクションを作った。その過程で、ガルキンの『オトウト』になる日本人ヤクザがいた、と聞いている」

「兄弟分か……」

河合はつぶやいた。暴対法や組対法の締めつけに対応した結果、暴力団の「マフィア化」が進んでいる。「マフィア化」とはつまり、組の盃をうけず、カタギとして組織犯罪にかかわっていく者が増えたという意味だ。構成員でないため、警察にもその存在が把握されにくい。

こうした地下構成員は、外国人犯罪者と結びつきやすい。組の規律に縛られないので、共同で事業や犯罪を進めるのが容易だからだ。結果、以前では考えられなかった、日本人と外国人犯罪者どうしの兄弟関係が生まれている。

もともと職業犯罪者は、国籍の別なく、密接な人間関係を好む傾向にある。ともに寝起きし、警察に追われ、対立グループと争うため、兄弟だの親子といった疑似家族に関係をおきかえがちだ。中国人と日本人、ロシア人と日本人のあいだで、そうした関係が生まれるのは時間の問題だったともいえる。

頭が切れて統率力のある者の下には人が集まる。ガルキンの〝貫目〟に惚れて、弟分を買ってでる日本人が現われても不思議はない。

だがそうなると調査はむしろ難しくなる。

「ロシア人の組織に日本人が所属している。ヤクザファミリーのメンバーだと思っていたら、アルガニザーツィヤのメンバーだった、などということがあるんだ」

バラノフスキはいった。

「ロシア人の情報を得ようとして日本人に接触したら、それがロシア人に筒抜けになるわけか」

「そうだ。ロシア人と仕事をしている日本人がいても、それがヤクザファミリーのメンバーなのか、アルガニザーツィヤのメンバーなのか、俺たちには見分けがつかない」

「だとしてもその日本人がヤクザファミリーとの仲立ちをしているのはまちがいない。そうじゃないのか」

チヒがいった。

「いや、ガルキンに関してはちがう。日本語の話せるガルキンには、仲立ちの日本人は必要ない」

「ではガルキンの周辺にいる日本人が、必ずしもヤクザファミリーとの接点になっているわけではないのだな」

河合の言葉にバラノフスキは頷いた。

「それが何か問題なのか」

チヒが訊ねた。河合は日本語で説明した。

「暴力団と中国をのぞく外国マフィアの取引を捜査するとき、俺たちは必ずキィパースンを捜したものだ。それが日本人であれ外国人であれ、キィパースンは外国語に堪能で、相手側の事情に精通している。通訳であると同時に取引のコーディネイターの役割も果たしている。つまりそいつさえおさえられれば、ふたつの組織の関係はすべておさえられるわけだ。日本人であれば、外国語の話せるやくざは少ないので、発見は比較的容易だった。しかし中国マフィアの場合は、日本語を話せる人間が多いため、接点が一ヵ所ではなくなり、取引の全体をつかむのは難しい。ガルキンが日本語を話せ、しかも弟分として日本人の手下をもつ、ということは、中国マフィアと同じような複雑さがガルキンの組織と日本人の暴力団の関係に生じているのを意味する。接点が一ヵ所ではないので、ひとつをおさえても取引の全貌をつかむのが難しい」

チヒは焼酎をあおった。

「日本人がいてもやくざなのか、ロシアマフィアなのか見分けがつかず、誰がどれだけ情報をもっているのか判断できない、そういいたいのか」

「その通りだ」

河合はバラノフスキを向いた。

「ガルキンの弟分の日本人を誰か知らないか」

バラノフスキは天井を見上げた。指を立て、記憶を探っている。

「ひとり、覚えている男がいる。ガルキンがホッカイドウにやってきて、早い段階で組んだ奴だ。オタル、そうだ、オタルのヤクザファミリーにいたが、そのファミリーが大きなところに乗っ取られて、フリーになり、ガルキンのビジネスを手伝うようになった」

「名前は？」

バラノフスキは額に手をあてた。

「駄目だ、思いだせない」

「会えばわかるか」

チヒが訊ねた。バラノフスキは首をふった。

「無理だな。九年、いや十年も前に一度、見たきりの男だ」

「年齢は？」

「当時、三十代の前半だった」

「すると今は四十代の初め、ということだな」

河合はいった。泉のもつ情報網を使えば、割りだすことができるかもしれない。明日にでもメールを打っておこう。

「ガルキンは今、トウキョウにいるのか」

「いるようだ。以前、セルゲイが根城にしていたロッポンギのストリップバーによく顔をだすらしい」

河合が答えると、チヒが河合を見た。

「俺がさらわれた店さ」

「やはりそうか」

「さらわれた？」

「コワリョフが俺を消そうとしたとき、セルゲイがアフリカ人を雇って、その店から俺を連れだした」

河合は説明した。

「つまりカワイの顔はその店では知られているのか」

「そうなるな」

バラノフスキの表情が険しくなった。

「そいつはまずい」

「あんたはどうなんだ。ガルキンはあんたの顔を知っているのか」

チヒがバラノフスキに訊ねた。

「もちろん知られている。俺を見たら、奴はさっさと逃げだすだろう。奴は俺がまだ警察にいる、と思っている」

河合は息を吐いた。女であるチヒを「ヘルスゲート」に潜入させるわけにはいかない。何か手を考える必要があった。

7

翌日、泉にメールを打つと、ただちに電話がかかってきた。

「ご依頼の件は調査させます。それから咲坂の家宅捜索ですが、今夜、可能になりそうです」

泉はいった。

「それはありがたい」

「このところの習慣では、咲坂は午後六時過ぎに自宅をでて銀座に向かっています。銀座で女性と会い、食事をしてその女性がつとめるバーで何時間かをすごすようです。ですから咲坂が女性と会ってから数時間は、捜索が可能です。今夜は大丈夫ですか」

「大丈夫です」

「では五時に迎えの者をさし向けます」

北平からのメールも届いていた。光井はまだ動かない。光井の動きを確認するまで、北平はマニラにとどまるようだ。

五時きっかりにエントランスのインターホンが鳴らされた。モニターには、スーツを着た、細面の男が映っている。

「はい」

「お迎えにあがりました」

「今、降りていきます」

河合はジーンズにジャケットを羽織り、部屋をでた。

男は池谷と名乗った。三十そこそこくらいだろう。警察の匂いはない。マンションの前に止めていたセダンに河合を乗せ、池谷はハンドルを握った。

代々木上原に着くと、引っ越し業者のトラックが、咲坂の住むマンションの前に横付けになっていた。トラックの内部は改造され、監視用の前線基地になっている。

中に入ると、引っ越し業者のツナギを着たチヒ、それにふたりの男がいた。ひとりは解錠の専門家のようだ。スーツ姿の泉が河合のあとから到着し、トラック内部でメンバーを紹介した。ひとりが土川、もうひとりが蔵前という名だ。

土川が解錠の専門家だった。蔵前はヒゲを濃くのばし、キャップをまぶかにかぶった男で、「俺の担当は犬です」

と言葉少なにいった。それを聞き、河合は思いだした。咲坂は犬を飼っている。写真に写っていたのはレトリーバーで、その犬が室内で放し飼いにされている可能性を考え、蔵前が連れてこられたのだろう。

「犬の名を、マル対はジェシカと呼んでいました。雌のようです」

泉がいって、ツナギとキャップを河合に手渡した。

「雌のほうが扱いやすい」

腰に留めたポーチを確認しながら蔵前が答えた。同じようなポーチをチヒも土川もつけている。

ヘッドセットタイプのインカム（無線器）が配られた。

「我々は下で待機し、不測の事態に備えます。銃の使用は生命の危険を感じたときを除き、控えて下さい」

泉はチヒに告げた。チヒは無言で頷いた。

「行動開始は？」

土川が訊ねた。五十代の後半で、ツナギがはちきれそうなほど太っている。

「マル対が食事に入るのを確認した段階です。マル対のその後の行動とは関係なく、一時間以内で撤収して下さい」

「了解」

トラックの内部には、周辺を映すモニターが三台設置され、インカムをつけた池谷が状況を確認している。河合はツナギを着た。

数分後、泉の携帯電話が鳴った。相手の言葉を聞き、泉が告げた。

「行動開始」

四人はトラックを降り立った。時刻は午後七時ちょうどだ。キャップをかぶり、軍手をはめてマンションのエントランスに入った。あたりに人がいないことを確認し、土川が手にした金属片をオートロックの鍵穴(かぎあな)にさしこんだ。五秒とたたずに、自動扉が開いた。

「エントランス通過、エレベータに乗る」

チヒがインカムにささやいた。一瞬後、

「了解。異常なし。部屋は六〇二」

という池谷の返事があった。エレベータに乗りこむと、チヒが「6」を押した。六階の廊下に人けはなかった。土川が六〇二の扉の前でしゃがんだ。聴診器のような道具をドアに押しつけ、内部の物音を聞いた。

「静かだ。開ける」

いって、解錠器具を鍵穴にさしこんだ。万一、他の六階の住人がでてきてもその姿を見られないよう、蔵前や河合、チヒが周囲に立ちカバーする。

「開いた」

土川が短くいった。カチリとも音はしなかった。土川と入れかわりに蔵前がドアの前に立った。ポーチから、小さなクッキーのようなものをとりだした。

「解錠した。入る」

チヒがささやいた。

「了解」

　蔵前がドアを開いた。すばやく四人は中に入った。ハアハア、という音が聞こえた。土川が玄関の明りを点けた。レトリーバーが上がり框にいた。

「ようし、ジェシカ、こっちだ。ジェシカ、こっちにおいで！」

　蔵前が腰を落とし、レトリーバーを呼んだ。

　歩みよってきたレトリーバーの首を抱き、さすってやる。その間、三人は蔵前の背後の狭い三和土に立ち、身動きしなかった。犬を〝落とす〟までは、勝手に動かないでくれ、と蔵前にいわれていた。

　レトリーバーが喉を鳴らした。すばやく手にしたクッキーを蔵前はくわえさせた。

「よし、大丈夫だ」

　蔵前がいった。

「俺が先頭だ。待っていてくれ」

　土川がいって、フラッシュライトを手に上がった。靴の上にビニールカバーをつけている。それを見て、レトリーバーがひと声、吠えた。

「いいからジェシカ、ほら、こっちだ」

　蔵前が気をそらした。一瞬かたまった土川は、再び動いた。ライトで床や天井を照らしながら玄関からの通路を進む。

やがて室内の照明がついた。

「防犯装置はない。安全だ」

土川が玄関に残り、河合とチヒが靴カバーをつけて、上がった。

部屋は2LDKだった。ウォークインクローゼットを備えた寝室とパソコンのおかれたデスクのある書斎、そしてリビングルームだ。

河合とチヒはまず書斎に入った。パソコンを起動する。土川は他の部屋を調べている。

「パスワードを入力して下さい」

という表示がでた。チヒがデスクにすわった。ポーチからとりだしたノートを開く。咲坂の生年月日やパスワードになりそうな数字が書きこまれている。

コンピュータはチヒに任せ、河合は室内を見渡した。デスクの他には書棚と小さなキャビネットがあるだけだ。

デスクの上に本が数冊と老眼鏡がおかれている。

『アジア発、経済恐慌』

『新型インフルエンザの恐怖』

『高齢者のウォーキング』

『東京レストラン案内　銀座篇』

といった本だ。一冊一冊をとりあげ、ページのあいだにはさまれているメモなどがないかを調べた。なかった。

キャビネットを開いた。英文の書類が何通かある。マニラにあるレストランに関係するもののようだ。住所録や備忘録の類はない。

チヒをふりかえった。チヒの手がキィボードの上で踊っている。

「どうだ」

「まだだ」

チヒは首をふった。

河合はリビングに入った。ひとりがけの大きな革ソファと大画面の液晶テレビがある。

テーブルにも本がのっていた。

『犬との上手なつきあい方』

『パンデミック！』

という二冊だ。他にはゴルフ雑誌がある。

床にパター練習用のマットが広げられていた。

インカムから池谷の声が流れでた。

「三十分経過」

腕時計をのぞいた。七時三十分を少し回ったところだ。

「金庫があった」

寝室にいた土川がリビングをのぞき、告げた。河合は寝室に移動した。

小型の耐火金庫だった。ウォークインクローゼットの中におかれている。

「開けられるか」

「もう開けた」

こともなげに土川はいった。太ってはいるが、驚くほど器用な男だ。

河合は金庫の扉を開いた。二段に分かれていて、上の段にパスポートがふたつ入っていた。ひとつが咲坂名義の日本のもの、もうひとつが台湾政府発行の「張兆峰」名義だ。写真は咲坂だ。封筒に入った現金が日本円で五百万と二万ドル。

下の段にオレンジ色の紙箱があった。表面に何の印刷もされていない、ただの紙箱だ。開くと、アルミシートに入ったカプセルが現われた。シートにも印刷はなかった。シートに入ったカプセルは全部で八錠あった。河合は迷わずシートを切って二錠をとった。違法ドラッグであれば、これが〝新商品〟という可能性がある。二錠切りとったのは、一錠だとかえってシートに不自然な切れ目が残るからだ。

わざわざ金庫にしまっているからには、よほど重要な薬であるにちがいない。

「閉めていい」

河合はパスポートと箱を携帯電話のカメラで写し、立ちあがった。土川はずっと無言だった。

この薬とパスポートをのぞけば、咲坂の部屋には違法性のある品は何もない。正直、拳銃（けんじゅう）の一挺（ちょう）でも隠してあることを河合は期待していた。それさえあれば、いざというときに警察を動かせる。

だが用心をしているのか、咲坂の部屋はきれいだった。室内も全体に、男のひとり暮らしとしてはかたづいている。

河合はキッチンに向かった。冷蔵庫を念入りに調べる。薬物中毒者は、冷蔵庫や冷凍庫にクスリを隠しもつことが多い。しかし、キッチンにも怪しい品はなかった。

土川がベッドの下、カーペットの下を調べていた。

「残り十分」

池谷の声が流れた。河合は書斎に戻った。コンピュータとのチヒの戦いがつづいていた。

書棚を眺めた。小説の類はほとんどなく、ゴルフ指南書、犬の写真集、経済関連書が棚を占めている。比較的最近のものと覚しい、横倒しになった本は、

『H5N1が世界を滅ぼす』だった。

H5N1が何の名称であったかを考え、ウイルスだと河合は気づいた。鳥インフルエンザの病原体だ。

デスクの上にも『新型インフルエンザの恐怖』という本があり、アジアに生活の拠点をおく咲坂には無関心ではいられない問題だったようだ。

「あと五分。撤収用意」

池谷の声がいった。

「駄目だ」

チヒがつぶやいた。マウスを動かし、パソコンの電源を切っている。

「準備していったパスワードは全部合わなかった」

くやしげにつぶやいた。

「撤収しよう」

河合はいった。寝室から土川がでてきた。

「何かあったか」

河合の問いに無言で首をふる。玄関では蔵前がずっとレトリーバーと戯れていた。それを見て、

「お気楽なこった」

と吐きだした。蔵前は顔を上げ、

「これが俺の仕事だ」

と無表情にいった。

土川が照明を次々と消していき、四人は咲坂の部屋をでた。

8

二時間後、河合は平河町の支部にいた。一度自宅に戻り、着替えていた。池谷は土川と蔵前を送っていき、チヒはトラックの返却に向かうというので、あの場で別れたのだ。

泉の姿はトラックになかった。四人が侵入を開始した直後にそこを離れたようだ。平河町の支部に最初に到着したのが泉で、次が河合、最後がチヒという順番だった。池谷たちは平河町の存在を知らないようだ。

「池谷は私の部下ですが、あとのふたりはいわばパートタイマーです。必要に応じてこちらの仕事を手伝ってもらっている。その道のプロで口も固い」

泉が説明した。

「あのトラックはどこから借りたのです？」

チヒはまだ戻っていない。

「警察の備品ではありませんか」

「ちがいます。警備会社のものです。警察庁のＯＢが役員をつとめている会社で、私が頼んで借りうけたものです」

泉は答えた。

「警備会社があんなトラックをもっているのですか」

河合は驚いていった。真実なら、その警備会社は、何らかの形で警察の〝下請け〟業務をおこなっている可能性が高い。警察の公安部門に恩を売ることで、何らかの見返りを得ているのかもしれない。

「ガルキンの弟分の件ですが、ひとり該当するかもしれない人物がいました」

話をそらすように泉がいった。

「何という男です」

「駒崎といいます。駒崎正勝」

泉はバインダーをさしだした。

「同じものをメールであなたのパソコンにも送ってあります」

自宅ではシャワーを浴び着替えただけで、メールをチェックしてはいなかった。河合はバインダーを開いた。

色白の下ぶくれの顔をした男の写真があった。髪は短くオールバックにまとめられている。年齢は四十代のどこかだろう。

「小樽にあった北洋興業という小さな組に属し、中古車屋を市内で経営していました。北洋興業は十年ほど前に、内地から進出してきた山上連合に吸収される形で解散しました。その当時、組員はわずかに十二名ほどでした。駒崎は、山上連合の小樽支部には属さず、足を洗った形になっています。経営していた中古車屋を六年前に売却し、親しい人間には札幌で海産物関係の仕事を始めると告げたそうですが、その後の動向は不明で、外務省のデータを調べたところ、この四年で六回、ロシアに入国しています。出入国の方法は、サハリンと小樽を結ぶ船便です」

「サハリンは、ユーリー・マレフスキーの縄張りです」

泉は頷いた。

「おそらくガルキンの北海道でのアガリをユーリーに届けるのが駒崎の仕事でしょう。

現金による上納は、ガルキンの立場を守るために必要でしょうから」

「バラノフスキの話によると、ガルキンはコワリョフやユーリーと、あまりうまくいっていないようです」

「その情報は、私も聞いています。ガルキンは、ユーリーの兄のアントンと親しく、タイで殺し屋を雇ったのはアントンの可能性がある、というものですね」

「ええ。ただバラノフスキは、計算高いアントンが何千万ドルのビジネスを潰すような殺しをさせるとは思えない、といっていました」

河合はいって、咲坂の部屋の金庫で見つけたカプセルをだした。二錠あったうちの一錠だ。もう一錠は自分の部屋においてある。

「これがオレンジ色の紙箱に入って、咲坂の部屋の金庫の中にありました。箱の写真はのちほどメールで送ります」

泉は受けとったカプセルをのぞきこんだ。

「シートに何も書いていない」

「紙箱にも印刷はありませんでした」

「成分を分析させます。違法ドラッグであれば、これがビジネスの材料という可能性が高いわけですね」

「そうです。他に金庫にあったのは、現金とパスポート二通でした。ひとつは日本、ひとつは台湾のもので、どちらにも咲坂の写真が貼ってあります。こちらもメールで送ります」

泉は頷いた。

そこへチヒがやってきた。バラノフスキを伴っていた。代々木上原の現場に白人であるバラノフスキがいれば人目を惹く。どこかで待機させ、ピックアップしたのだろう。

「今、カワイから報告をうけていたところです。サキサカの部屋の金庫からこれが見つかりました」

泉が英語でいって、カプセルをさしだした。

バラノフスキがしげしげと見入る。

「見たことがない。ロシア人が扱っているドラッグではないようだ」

「扱っていないから、コワリョフはビジネスになると考えたのだろう」

河合はいった。

「なるほどな。他に何かあったか」

「コンピュータには侵入できなかった。こちらが用意していったどんなものもパスワードと一致しない」

くやしげにチヒがいった。

「それは痛いな。パソコンを開ければ、メールなどでいろいろわかったと思うのだが」

泉がつぶやいた。

「データを集めて、もう一度やってみたい」

チヒはいった。

「キタヒラの連絡を待ちましょう。マニラのミツイに何らかの動きがあってからでも遅くはない。今のところ、サキサカが誰かと接触する気配はありません」

泉はいって、全員の席にとりつけられたモニターを起動させた。

「侵入した際に撮影した、サキサカの自宅内部のもようです」

河合は驚いた。土川がデジタルビデオで写していたのだ。金庫の中身についても同様で、改めてメールを送るまでもなく撮影済みだった。

「手際がいいな。写していたなんてまるで気づかなかった」

思わず日本語でいった。泉は笑みを含んだ声で答えた。

「プロですから」

撮影はすべての場所に及んでいる。書斎の書棚やリビングのテーブルにおかれた品々まで漏れている場所はなかった。トイレの水洗タンクの中まで写っている。

「そうか。あのキャップだな」

河合はつぶやいた。キャップに小型カメラが仕込まれ、土川の視線ですべてを映像におさめていたのだ。

「これを見る限り、タイの事件とサキサカを結ぶものは、何もありません。サキサカはミツイを現地のコネクションに紹介しただけで、ビジネスには一切タッチしていないのかもしれない」

「今の時点ではそうかもしれないが、ミツイの今後の動きによってはヤマガミレンゴウと何らかの接触をもつことは充分に考えられる」

河合はいった。

「問題はロシア人だ」

バラノフスキがいった。

「コワリョフの死亡後、このビジネスに関してロシア側は空席のままだ。誰がこの椅子にすわるのか」

「アントン・マレフスキーか？」

「奴はハバロフスクにいる。動くとしてもずっと先だ。今じゃない」

「ロシア人は手を引いたのかもしれない」

チヒがいった。

「それはありえない。ユーリーが手下を殺され黙っている筈がない。当面、ビジネスを引き継ぐとすれば、ユーリーのアルガニザーツィヤの人間で、コワリョフに近かった者だ」

「誰だ？」

「何人か候補はいる」

「ガルキンはヤマガミレンゴウと距離をおいている。もしユーリーが誰かをさし向けるなら、ヤマガミレンゴウ、ひいてはオチアイグミのアオヤマに接触する筈だ」

河合はいった。

「ガルキンがヤマガミレンゴウと距離をおいているという情報は信頼がおけますか」

泉が訊ねた。

「コワリョフが進めていたビジネスについてガルキンが何も知らなければ、の話だ。知ったなら、当然、大儲けのチャンスを見逃すわけがない。ただ、ガルキンが現在接触しているヤクザは、ヤマガミレンゴウとは別組織の人物で、二人は本来ヤマガミレンゴウがビジネスにしている海産物の取引を進めているようだ」

河合が答えるとバラノフスキがいった。

「それがヤマガミレンゴウに知れたら、トラブルになるのじゃないか」

「力関係の問題だ」

「そのヤクザとヤマガミレンゴウの？」

河合は首をふった。

「ガルキンとヤマガミレンゴウだ。ヤマガミレンゴウがガルキンに文句をつけても、こちらはこちらの取引で、そちらに損が生じるわけではない、とつっぱねれば、ヤマガミレンゴウはそれ以上何もいえない。実際そのヤクザが狙っているのは、ヤマガミレンゴウが卸しているレストランなどへの納品ではなく、もっと小規模な、路上での販売だ」

「仮にガルキンのほうが力関係において上に立っているとしても、ヤマガミレンゴウがその男の組織に何らかのアクションを起こすことは考えられませんか」

泉がいった。

「それはないとはいいきれない」

「トラブルになった場合、考えられる可能性は？」

バラノフスキが河合に訊ねた。

「その男、イナガキが属しているのは、コウリュウカイという、中規模の組織だ。抗争になれば、コウリュウカイに勝ち目はない。だが、今はどのヤクザシンジケートも、東京では抗争を避ける傾向にある。したがってトラブルが起きたとしても水面下で決着をつけるような方向に向かうだろう」

バラノフスキは首をふった。

「ヤクザシンジケートは賢いんだか、腰抜けなのだかわからんな」

「大組織ほどその傾向にある。だが大組織が一度〝消す〟と決めたら、容赦はしない」

河合はいった。泉がモニターを操作した。

「この人物に注目して下さい」

駒崎の映像が映った。

「ガルキンの、日本人の手下です。名前はマサカツ・コマサキ。ホッカイドウの小組織に属していましたが、そこがヤマガミレンゴウに吸収されたとき、独立し、ガルキンの下に入ったと思われます」

「ヤマガミレンゴウに吸収されたとき？　つまりヤマガミレンゴウに属するのを拒否し

たということか」

　バラノフスキが訊ねた。

「そう解釈することも可能です。もしそうであれば、ガルキンがヤマガミレンゴウと距離をおいているというカワイの意見を裏づける材料になる」

「ガルキンは頭が切れる。内心はどう考えていても、アルガニザーツィヤの取引相手に好意をもっていないと悟らせるような愚はおかさない」

　バラノフスキがいった。

「問題はガルキンの人間性じゃない。コワリョフのビジネスを誰が引き継ぐのかということだ。ガルキン以外で、ユーリーのもとから派遣されそうな人間はいるのか」

　チヒが訊ねた。少し考え、バラノフスキは首をふった。

「コワリョフとガルキン、日本との取引を考えると、この二人のどちらかだ」

「するとガルキンがタイでのコワリョフの行動の意味を知っていたかどうかだ。ユーリーはおそらく知っていたろう。ユーリーがガルキンに話している可能性は？」

　河合はバラノフスキを見た。バラノフスキは息を吐いた。

「わからない。ユーリーとガルキンの仲は、決してうまくはいっていないからな」

「ユーリー本人がのりだしてくる可能性はないのか」

　チヒがさらに訊ねた。

「あるとしても、今の段階ではないだろう。ベトナムやフィリピンでの動きがあってからだ」

バラノフスキは泉を見た。

「バンコクから情報は？」

「入っていません。ただベトナムと中国は国境を接していて、ベトナム戦争の時代から物資の流通が盛んです。中国から武器がベトナムに流入していたルートがあり、陸、海、両方で密輸の手段が確立されています。コワリョフがビエンチャンで接触したクが何の製造をうけおったにせよ、ベトナム、あるいは中国国内で生産された品がフィリピンに運ばれることはまちがいありません」

「この男に接触しろ、カワイ」

バラノフスキはモニターをさした。

「ガルキンがコワリョフの進めていたビジネスを引き継ぐかどうか、知りたい」

「接触するのは可能だが、もしガルキンが引き継いでいた場合、ミツイもこのコマサキと接点をもつだろう。ヤマガミレンゴウは、ぎりぎりまで外部の人間を使いたがるだろうからな。無用の危険を避けるため」

「だからどうした」

「そんなこともわからないのか。コマサキとミツイの両方にタダシが接触すれば、アンダーカバー（潜入捜査）だと自ら認めるようなものだ」

チヒがいった。

「だから何だ。そのときはお前が守るんだろう、この男を」

河合は息を吐いた。新人扱いはしなくなったら、今度は消耗品扱いだ。

「いいか、このまま日本でいくら見張っていても、ガルキンは尻尾をつかませない。またユーリーや、アントンがのこのこでてくると思うか。カワイがいった通り、アルガニザーツィヤもヤマガミレンゴウも、ぎりぎりまで組織の外の人間にビジネスを任せ、警察のマークを回避する筈だ。だったら、ミツイかコマサキ、このふたりを何とかする他ない。ミツイを追っかけてカワイがマニラにいけば、かえって疑われるだけだ。だったらコマサキに接触する他ない。ちがうか」

バラノフスキはいって、カワイを指さした。

「だいたい、最初にミツイに接触するといいだしたのは、カワイだ。いいか、俺たちは警察じゃない。悪人どもが尻尾をだすまでじっと待っていたって、一ルーブルにもならないんだ」

「わかった」

河合はいった。

「コマサキと接触しよう」

「カバー（偽装）はどうするの」

チヒが訊ねた。

「このままでいく。ガルキンとコワリョフの関係がよくなかったのであれば、コワリョフが殺したがった男は、ガルキンにとってマイナスのイメージではない筈だ」

「危険だ」

チヒが首をふった。

「いいアイデアだ」

バラノフスキがいった。

「危険だがいいアイデアだ、ということだ」

河合がいうと、全員が苦笑した。

「コマサキとの接触方法はどうやるのです」

泉が訊ねた。

「コウリュウカイのイナガキを使う他ない」

河合はいった。すでに考えは浮かんでいた。

9

翌日、河合は稲垣に連絡をとった。携帯電話の番号を聞いていたので、留守番電話に、

「頼みがある、礼はする」

という伝言を残した。一時間とたたないうちに連絡があり、ふたりは神谷町のホテルのロビーで待ちあわせた。

「頼みって何だ。まだ本を書いてるのか」

「もちろんだ。何ヵ月もかかる」

「そんなにかけて銭になるのか」

「出版してみなけりゃわからん。一種のギャンブルだな」

河合が答えると、稲垣はあきれたように首をふった。

「だったら本物のバクチのほうがいい」

「ロシアの大男か、その身内を俺に紹介してくれないか」

河合は切りだした。稲垣は目を丸くした。

「何だ？　何いってんだ、あんた」

「話を聞いてみたい。コワリョフが消された現場に俺がたまたま居あわせたことを伝えてくれていい」

「それにどんな意味があるんだ」

「俺が消されたって噂があった、とあんたはいったな。それは半分当たってる。俺を消そうとしたのはコワリョフだ」

稲垣は無言だった。ただじっと河合を見つめている。

「もちろん消そうとした現場にコワリョフがいたわけじゃない。だから奴は俺の顔を知らなかった。俺のほうは知ってた。当然だ、一時は奴を追っかけていたのだからな。誤解のないようにいっておくが、コワリョフが殺られたところに居あわせたのは本当の偶然だ。俺が消したわけじゃない」

「それで」

「こうやって日本に帰ってきて、本を書くことになり、あんたを含め、昔つきあいのあった裏の連中に会っていて、だんだん不安になってきた。コワリョフは死んだが、ロシア人はまだ俺を消したがってるんだろうか、とな」

「サツを辞めた人間を消す理由はねえさ」

「それは日本人の考え方だ。ロシア人はちがうかもしれん。何より、俺を消すと決めたのが、コワリョフひとりの考えなのか、奴の組織全体の決定だったのか、俺にはわからない」

「組織の決定だったとすりゃ、あんたが大男に会ったとたん殺られる可能性はあるぞ」

「心配してくれてるのか」

「そうじゃねえ。そんな野郎をのこのこ連れていったてんで、こっちにまでとばっちりがくるかもしれないって話だ」

「逆だろう。そうならそうで、よくこいつを連れてきたと、ありがたがられるのじゃないか」

「だとしてもだ。命かけて確かめるほどのことか」

「これからの俺の仕事がある。調べてみたら、コワリョフと大男はもともと、日本での縄張りを分けていた。コワリョフが東京、大男は北海道だ。さらにいや、コワリョフは連合と仲がよく、大男はいろいろなところとつきあいがあった。それがコワリョフの死で、大男が一手に日本を仕切ることになった。だからあんたともつきあいが生まれた。そんな状況で、大男がこれから何をやっていくのか、本に書けたらおもしろいと思ったのさ」

「馬鹿いうな。これからこんなシノギをしますと本に発表する極道がどこの世界にいる」

「別に具体的な話はいらない。どの組と何を扱うなんてのを聞きたいわけじゃない。ビジョンみたいなものを話してくれればいいんだ。見返りに俺は、コワリョフが殺されたときの話ができる。それに警察がどこまでコワリョフのシノギをつかんでいたのかを」

「俺への見返りは何だ」

「取材協力費を出版社にださせる。五十万だ」

稲垣は鼻を鳴らした。

「それっぽっちかよ」

「まったくの新人の本だ。それだけとりつけるのだって大変だったんだ」

「百万だ。それ以下じゃ話にならん」

河合はため息を吐いた。〝落としどころ〟と見ていた金額だ。金を払うことで、稲垣にはこれが警察の捜査ではないと納得させられる。五万、十万の金額ならともかく、百万という情報提供料は、暴力団捜査では決して支払われないことを、稲垣は知っている。

「足りなきゃあんたが払え。手前の命の残りを知るんだ。高くはないだろう」

「そのかわり大男が俺を殺そうとしたら守ってくれるのか」

稲垣の顔がこわばった。

「五十でいい。助けねえ」

河合は思わず苦笑いをした。

「正直な男だな」

稲垣はため息を吐き、首をふった。

「古いつきあいのあんたが目の前で殺られるところなんて、俺は見たくねえ。考え直さないか。いったいそんな本書いて、いくらになるんだ」

「わからん。売れなけりゃただの紙クズだ」

「だったらもっとワリのいい仕事があるだろうが。サツは辞めた人間の面倒をみるのが売りじゃないのか」

「それは俺みたいにケツをまくった人間以外の話だ。俺が辞めるのを誰も止めなかった。つまりそれは、辞めてもらって結構と思われていたってことだ。横にらみで、足をだすときも引っこめるときも、いっしょにやれる人間しか必要じゃないのさ。手前勝手な考えで動き回る奴は弾かれる。できるできないは、関係ないんだ」

「そんなことは百も承知だっただろうが」

「訊いてみよう」

「承知をしていたって、嫌になるときがある。殺されかけたって訴えたところで、それはお前が余分なことをしたからだろう、だからおとなしく皆と足並みを合わせていりゃいいんだよ、なんて目で見られてみろ。やってられないと思うさ。まして所帯があるわけじゃない」

本音だった。

「だから本を書くってのか。それって古巣への嫌がらせみたいなものか」

「そうじゃない。そんなセコい仕返しは考えちゃいない。内側にいるあんたや以前の俺にはわからなかったことだが、世の中には裏側の話を知りたくてしかたがない奴がごまんといるのさ。ただ極道が好き、警察が好きっていうのともちがう。陰謀だのマフィアだのって話が大好きなんだ。嘘八百を並べるのは簡単だが、そこにちらちらと本物の情報をまぶしてあると、大喜びで食いついてくる」

「俺にはわからねえ。極道だろうがマフィアだろうが、中にいりゃただのシノギだ。食っていくってだけのことだ」

稲垣は立ちあがった。

「大男とのことに関しちゃ、探りを入れて、本当にヤバいようなら、無しにしてもらう。万が一のことがあったらこっちも寝覚めが悪いからな。たとえロシア人に恩を売れるとしたってご免だ」

「それでいい、頼む」

今度は伝票を手にせず、稲垣はでていった。それを見送り、河合は煙草に火をつけた。

ブラックチェンバーのために、自分は刑事生活で作ったコネクションを総動員している。情報をもつ友人に危険をおかさせ、極道に対する貸しを帳消しにして〝捜査〟をおこなっている。いわば人生の定期預金をとり崩している状態だ。

それに見合う結果を、自分は手に入れられるのだろうか。正義を執行し、その上大金が得られるなどという、都合のよい答に、本当にいきつけるものなのか。

チヒにある暗さ、バラノフスキの人間不信、泉の用心深さ、いずれもブラックチェンバーが、ヒーローの集団ではないという証明ではないのか。

命を救われたのは事実だ。そして現在の警察の能力では追うのに限界がある犯罪を捜査しているのも確かだ。

にもかかわらず高揚を感じないのは、稲垣がいうように、「食っていく」ためでしかないからなのか。

そうではない。金を稼ぐだけなら、もっと別の道があるのを自分は知っている。違法ぎりぎりの線で荒く稼ぐ方法を、元刑事ならたいていは知っている。実際そうしている人間は何人もいて、本職の極道やそれに近い連中に「先生」扱いされ、あぶく銭を得ている。

だが警察を辞めた者がすべてそういう生き方に走るかといえば、そうではない。なぜなら、彼らの大半は、結局は利用されているに過ぎず、利用価値がなくなればあっさりと捨てられる運命にあるのを知っているからだ。

現役時代、さんざんそういう辞め刑事（デカ）を見て、ああはなりたくないと軽蔑（けいべつ）した。軽蔑をしていたくせに、そこに堕する人間もいる。

自分もやはり捨てられる運命にあるのだろうか。もてるコネクションのすべてを使い果たし、ブラックチェンバーに利益をもたらし、そして不要となってほうりだされる。そうならないとは断言できない。

この疑問を誰にぶつけたところで、答えてくれる者はいない。それが警察とのちがいなのだ。

警察は国家権力だ。存在が正義の象徴なのだ。ひとりひとりの警察官は人間でありそこに嘘や不正や怠惰があるとしても、組織としての警察には過ちがない、というより、あってはならない。そうした信頼を得られなければ、警察はただの権力機構であり最悪の場合、権力者にとっての暴力装置にすぎなくなる。そんな国は、実際、世界中にある。日本では、まだ警察は、国民に信じられている。

その警察に見切りをつけ、ブラックチェンバーに自分は飛びこんだ。

それはつまり、自分という人間が、日本国民からも外れる価値観をもってしまったという意味だ。

現役刑事に蔑（さげす）まれながらも、利用されることであぶく銭を稼いでいる辞め刑事は、まだ警察という組織の存在意義を信じている。信じているからこそ、元刑事という立場や知識を収入にかえられる。

似てはいる。が、自分はちがう。立場や知識を活用している、という点では彼らと自分にちがいはない。しかし警察の限界を知り、それを超えた正義を執行しよう、という点でおよそ異なる筈だ。

河合は唇をかみしめた。

警察官であったとき、警察を疑うのは愚かしい行為だった。なぜならこの世に、警察にかわる存在はないからだ。ここに、これしかないものを疑って何になる。疑いをもったとしてもそれを押し殺し、前へ前へとつき進めば、いずれは社会のためになる、そう周囲にいわれ、自分でも信じようとしてきた。

信じきれなくなり、今がある。その今を疑ったら、自分には何もない。

あるのは、忌わしいほどの孤独だ。

10

北平からのメールが届いた。光井がマニラ郊外に移動した、という知らせだった。そこは漁村で比較的大きな港があり、中国やベトナムから漁船や貨物船が寄港することもあるらしい。〝商品〟の陸揚げ手配が目的ではないか、と北平は書いていた。北平も現地入りし監視をつづける。そして〝商品〟を視認するチャンスをうかがう、とあった。

それを受け、河合は泉に問い合わせのメールを送った。咲坂の部屋の金庫で発見したカプセルの分析結果はまだでないのか、という内容だ。

すぐに返事があった。まだでていない、急がせる、と泉は書いていた。フィリピンで動きがあった以上、日本に〝商品〟が届くのもそう先ではない。届いたときには、山上連合のビジネスをマークできる態勢をとっておきたい。

稲垣から電話がかかってきたのは、北平からメールが届いた日の昼だった。

「今夜、でてこられるか」

「何とかする。頼んでいた件か」

「そうだ。大男本人に会わせてやれるかどうかはわからないが、奴の右腕にあたる男が会ってもいいといってきた」

「右腕？　ロシア人か」

「日本人だ。元は北海道で極道をやっていた」

駒崎だ。

「俺を消したがっていたか」

「いや。たいして興味がなさそうな口ぶりだったが、あんたが本を書いているといったら乗ってきた。本が好きらしい」

河合は緊張した。用心しないとボロがでる。

「どうすればいい？」

「夕方、俺とそいつは会って飯を食うことになっている。そのあと、どこかで落ちあおう」

「わかった。いつでもでられるようにしておく」

電話を切った河合は、神谷町に近い、虎の門の本屋に向かった。犯罪や警察関係のノンフィクションの書籍を、目につく限り買ってもち帰った。食事もとらず、それらを読む。

わかったのは、意外に現代の犯罪の実相について踏みこんだ本が少ない、ということだった。あたり前の話だが、暴力団のシノギに関していえば、売春や賭博、薬物の密売、あるいは闇金融といった昔からあるものについてしか書かれておらず、最先端の経済やくざの〝商売〟にはほとんど触れられていない。

著者たちはそれについては知らないか、知っていても書くなという制限をうけたのだろう。株の仕手戦や企業の乗っとりなどは、実名をだすのがはばかられる面もある。

ひとわたり予習を終えると、河合はチヒに電話をかけた。

「今夜、駒崎と接触する」

「どこで」

「今は不明だ。稲垣が駒崎と夕食をとり、そのあとで俺を呼びだすといってきた」

「待機する」

河合は一瞬迷い、いった。

「晩飯を食わないか。どうせ待つ身だ」

チヒは沈黙した。

「迷惑なら無理強いしない」

急いでいった。

「迷惑とは思っていない。ただ食事をとってしまうと身体が重くなる。それを考えていた」

「だったら軽いものを食べないか。麵類とか」

「わかった。仕度してでる。近くにいったら連絡する」

チヒが電話してきたのは、午後六時過ぎだった。

「降りていくからロビーにいてくれ」

「装備がある。もって歩きたくない」

オートロックを開くと、チヒはナイロン製の巨大なショルダーバッグをさげて現われた。

ジーンズにパーカーというでたちだ。バッグをおろすと、中から金属の触れあう音が聞こえた。

「これをもって歩いてきたのか」

河合は驚いて訊ねた。

「いっしょに待機する以上はしかたがない。呼びだされてからとりに戻っていたのでは、いざというとき役に立たない」

　無表情にチヒは答えた。

「だが、もって電車やタクシーに乗るのか」

「車がある。近くのコインパーキングに止めた」

だったらトランクにでも、といいかけ気づいた。車が盗難にあったら、それこそ大変なことになる。

「何を食べようか」

　河合は話題をかえた。

「何でもいい。サンドイッチでも蕎麦でも」

　マンションの近くに蕎麦屋があるのを思いだした。

　蕎麦屋に入るとチヒはかけ蕎麦を注文した。河合は天丼を頼んだ。会話らしい会話を交すことなくふたりは河合の部屋に戻った。

　買いおきの缶コーヒーを河合はだした。チヒは首をふった。

「コーヒーは駄目だ。利尿作用がある。水か白湯がいい」

　河合は湯をわかしてカップに注いだ。

「いつもそうやって節制しているのか」

「それが私の仕事だ」

　無表情にチヒは答えた。

「休みの日はちがうのだろ。たまに好きなだけ飲み食いするときがあるんじゃないか」

チヒは河合を見た。

「わたしは道具だ。機械のようなものだ。ずっと使っていなかったからといって動かなかったら、道具は存在する意味がない」

河合は息を吐いた。

「厳しいんだな」

「そうしなければ生きていけない」

「そうなのか」

河合はチヒを見返した。

「俺がいうのも変だが、もっとふつうの生き方もあるだろう。会社勤めをしたり、結婚して子供を産む、とか。もちろん、それをあんたが望まない、というならしかたはないが」

「その質問に答えなければならないのか」

チヒの表情が硬くなった。河合は急いで首をふった。

「いや、無理に答えなくていい」

気まずい沈黙になった。河合はしかたなくいった。

「俺は、少し迷ってるんだ」

チヒは無言だ。

「日本に戻ってからこっち、俺は刑事時代のコネをフル稼動させている。そこまでして、今回の仕事がうまくいかなかったら……いや、うまくいったとしても、チェンバーは俺を不要と判断して追いだすかもしれない。そうなったら、俺はしぼりカスだ」

チヒの返事を待たずにつづけた。

「これは愚痴だな。すまない。あんたにこんな話をしたところで何にもならないのはわかってる」

「チェンバーが今後どうなるか、わたしにはわからない」

チヒは冷ややかにいった。河合は手をふった。

「ああ、わかっている。あんたに何かをしてほしくていったわけじゃない。忘れてくれ」

チヒは黙って河合を見つめていた。そして不意にいった。

「わたしにはふたりの子供がいる。ふたりとも北朝鮮に住んでいる」

河合は顔をあげた。

「軍にとってわたしは裏切り者だ。任務の途中で行方不明になり、そのまま離脱した。子供たちは不良分子として収容所に送られる。そうされないために、わたしは送金をしている。軍のある人間が、その金と引きかえに子供たちを守っている。もしわたしの送金が止まれば、子供たちはすぐに収容所送りになるだろう」

「チェンバーで働く理由か」

「わたし
祖国を裏切るつもり
と祖国が戦争になったら、わたしは自分の家
けはしたくない」

「お子さんはいくつだ」

「十二歳と九歳だ」

一瞬、チヒの目にやわらかな光が宿った。

「父親は？」

「亡くなった。まだ子供たちがうんと小さいときに」

「そうか」

河合はつぶやいた。

「タダシの迷いは、他にできることがあるからだ。わたしにはない。だから迷いもない」

「俺は――」

河合は首をふった。甘えている、そう言葉にすることじたいが甘えにつながるような気がした。だからかわりにいった。

「あんたを信じるよ。チェンバーを信じられなくても、あんたは信じられるような気がする」

「それはまちがっている」

チヒは短くいった。

「チェンバーが、タダシの排除を決定すれば、それをするのもわたしの仕事だ」

河合ははっとした。

「今までもそんなことがあったのか。メンバーを――」

チヒは首をふった。

「ない。今までは」

河合はほっと息を吐いた。

「しかし、チェンバーに裏切り者が生じたら、排除も選択肢のひとつになる」

河合はチヒの目を見た。

「俺がチェンバーを裏切ると思うのか」

「わたしはそうは思っていない」

「つまり裏切るかもしれない、と思っている奴もいるんだな」

バラノフスキの顔が浮かんだ。が、それをチヒに質すのはアンフェアだった。誰がどう河合のことを思おうと、それはチヒの責任ではない。

河合の携帯電話が鳴った。稲垣だった。

「六本木にこられるか」

いきなり稲垣が訊ねた。

「六本木か」

「『ヘルスゲート』というストリップバーだ。わかるか」

河合の背中が冷たくなった。

「わかる」

「飯を食ったらそこに向かう。あと一時間くらいだ。こられるか」

「話ができるのか。相当うるさい店だぞ」

「ＶＩＰルームがある。俺たちはそこにいる」

河合は目を閉じた。

「わかった」

電話を切るとチヒがいった。

「『ヘルスゲート』だな」

河合は頷(うなず)いた。

「わたしは入れない。タダシ、渡した銃をもっていけ」

河合は迷った。ライターになったといっておきながら拳銃(けんじゅう)を携帯していたら、それが嘘だと白状するようなものだ。

「『ヘルスゲート』には、タダシの顔を覚えているロシア人従業員がいるかもしれない。それがセルゲイの友人であれば、不測の事態が起きる可能性もある」

チヒはいった。

「だがそこで俺が銃を抜いたら、すべてがぶち壊しだ。ボディチェックの可能性だってある」

チヒは下唇をかみ、考えていた。

「丸腰でいく。万一、一年前と同じような状況になったら、俺をサルベージしてくれ」

「わかった。店の近くで監視をする」

「移動するときは連絡を入れる。可能なら」

河合は告げた。

11

一年前と何ひとつかわっていなかった。スーツを着たアフリカ人の呼びこみや、ロシア人のボーイ、誰も彼もが自分に鋭い視線を向けているような気がする。エントランスで入場料を払い、店内に踏みこんだ。大音量のロックにあわせ、ステージ上の白人ダンサーがポールに体をこすりつけている。

店の入りは半分といったところだ。新来の客に目を向ける者は少なく、その点ではわずかに河合は安堵した。

自然に、一年前すわっていた席に目が向いた。スーツを着たサラリーマンと覚しいグループがすわっている。全員、日本人だ。

河合はバーカウンターに歩みより、生ビールを頼んだ。グラスを受けとり、口に運びながらあたりを見回す。

客の中に外国人は少ない。ポロシャツにジーンズという、アメリカ人観光客らしいのがふたりいて、壜ビールをラッパ呑みしている。

あとは日本人ばかりだ。ロシア人のボーイやダンサーの顔に見覚えのある者もいるが、落ちついて観察すると、ことさらに河合を注視しているようすはない。

VIPルームの場所はわかっていた。ステージの向かって左手、臙脂の厚いカーテンで仕切られた一角だ。カーテンの前には、スーツを着た大柄のアフリカ人が腕組みして立っている。

河合はビールを飲み干し、そちらに向かった。

「稲垣さんに会いにきた」

アフリカ人の正面に立つといった。アフリカ人はにこりともせずいった。

「どうぞ。社長サン、奥です」

カーテンをうしろ手ではぐる。ゆったりした革張りのソファと大理石のテーブルをおいた空間に、ドレスを着たダンサーたちにはさまれて稲垣と駒崎がすわっていた。テーブルの上に、アイスバケットに入ったシャンペンがある。

「こんばんは」

「きたか。駒崎さん、この男です」

稲垣が立ちあがり、いった。駒崎はすわったまま、無言で河合を見上げた。

「初めまして。河合といいます」

「まあ、どうぞ」

駒崎は感情のこもらない声でいって、ソファを示した。

「失礼します」

「ワーニャ」

駒崎がいうと、かたわらの深紅のドレスを着た女が、シャンペンをグラスに注いだ。

「こいつらは酒が強い。急いで飲まなけりゃ、シャンペンなんてあっという間に二、三本空けられちまう」

グラスを手にし、乾杯した。

「本を書いているらしいですな」

スゴイ、とワーニャが大げさに反応した。

「まだ出版されるかどうかは決まっていません」

答えて、河合は駒崎を観察した。資料にあった写真よりひと回り太っている。紺のブレザーにグレイのスラックス、アスコットタイという服装だ。左手の小指に大きなリングをはめていた。

「版元はどこです?」

「はんもと?」

「出版社ですよ」

「いくつか候補はあるのですが、原稿が全部書きあがってか
ます」

「そうですか。私は本が好きでね。ノンフィクションも小説もよ
いって、駒崎は、河合が大急ぎで読んだ本の一冊を挙げた。

「ああいう感じかな」

元警視庁刑事という触れこみの男が書いた、警察捜査のノンフィクション
「あれは、警察の組織説明にけっこうページを割いていますよね。私が書きたいの
もっと現場に沿った内容のものです」

河合が答えると、駒崎の表情がわずかにゆるんだ。

「なるほど。それで稲垣さんに話をもっていったわけだ」

「男気のある人だから、きっと助けてくれるだろうと思いまして」

「よくいうぜ」

稲垣はいったが、満更でもない顔だった。

「駒崎さんは、ロシア方面に顔が広い、と聞いています」

「顔が広いというか、まあ、ロシア人の仕事を手伝っています」

そう答え、駒崎はかたわらのワーニャの膝（ひざ）をぽんぽんと叩（たた）いた。

「これからビジネストークだ。踊ってきなさい。あとでまた、シャンペンを飲もう」

「本当？　コマサキサン」

「本当、本当」

「オーケー」

　ワーニャはもうひとりのダンサーをうながし、席を立った。カーテンが閉まり、VIPルームは河合と駒崎、稲垣の三人だけになった。駒崎が訊ねた。

「この店にきたことはありますか」

「ええ。一年前までは何度か」

「現役の頃？」

　河合は頷いた。

「誰か知っている人間はいましたか」

　河合は間をおいて、訊き返した。

「駒崎さんはこの店の経営者をご存知ですか」

「まあ、少しは」

　駒崎は頷いた。目が稲垣を見た。

「一年前とは少しかわっていますが」

「でしょうね。そうでなかったら、稲垣さんはここにはこられない
　河合はいった。

「そういうことです」

「私は現役でした。現役を殺せば、組に大きな圧がかかると考えた菅谷は、その場から逃げたがった。しかしセルゲイはそれを許さず、その対立が今度は中国人とアフリカ人の対立になった。中国人は菅谷につき、アフリカ人がセルゲイについた。土壇場で中国人がアフリカ人を撃ち、セルゲイが中国人を撃つという殺し合いになったんです。まっ先に撃たれる筈だった私はその場を逃げて助かった」

稲垣がぽかんと口を開けた。

「本当かよ、そいつは」

「もともとアフリカ人と中国人のあいだにはトラブルがあったようだ。中国人はその産廃処理場に仲間を呼んでいて、もしかするとどさくさにまぎれてアフリカ人を消すつもりだったのかもしれん。結局、私以外の全員が撃ち合う結果になり、四人の死体は、隠れていた中国人の仲間が処分したようだ。その一件以降、私は警察にいてもいつ消されるかわからないということがわかり、辞めることにした」

駒崎が息を吐いた。

「にわかには信じられない話だ。だが、セルゲイや何人かの関係者が行方不明になっているのは事実だ」

「何があったのか、中国人が警察に届けでるわけはないし、私は私で、こんな目にあいましたといったところで、菅谷を除けば相手はすべて外国人です。いつ新手の殺し屋が襲ってくるのかわからない。もう警察を辞めて逃げるしかなかった」

「そのあなたがなぜまた、こうして戻ってきたんですか」

「ひとつは、逃げ回っていても食ってはいけないからです。もうひとつは、私を消せと命じていたコワリョフが死んで、とりあえず安心したからです」

「稲垣さんからうかがったのですが、その場に河合さんもおられたとか」

「ええ」

「私の聞いた話では、コワリョフさんが殺されたのは、タイのバンコクだ。そこに？」

河合は頷いた。

「バンコク市内のホテルのバーです。偶然、私は隣で酒を飲んでいた」

「詳しい話を」

「警察を辞めてから約一年ほど、知り合いを頼って、私は台湾にいました。それから何か商売ができないか、バンコクに飛んだのです。バンコクにいったのは、たまたま、別の知り合いが向こうで警備関係の仕事を手伝える日本人を捜していると聞いたからです。それで一週間近く、バンコクにいました。結局、就職の話は駄目になったのですが、ある晩、ホテルのバーで飲んでいると、コワリョフが、もうひとりの仲間とそこに入ってきたのです。もちろん偶然で、私は仰天しました。しかし考えてみると、私とコワリョフは直接会ったことがあるわけでなく、向こうはこちらの顔を知らない。コワリョフと仲間はロシア語で会話を交していて、何をいっているかはまるでわかりませんでした。するとそこにタイ人のチンピラ風の男たちが四人現われました。そしていきなり銃を抜き、ふたりを撃ったんです。口論をしたわけでも何でもなく、ただ撃ちました。一発じゃない。ハチの巣です。ふたりとも即死だとすぐにわかった。四人は逃げ、私も危ないと思ってその場を離れました」

「それだけですか」

「犯人のひとりが警官に射殺されたというニュースをテレビで見ました」

「なぜ犯人はコワリョフを撃ったのです?」

　河合は首をふった。

「わかりません。私が見たところ、双方に面識はなかった。挨拶もせず、いい合いをしたわけでもない。つまり――」

「雇われた連中だったってことか」

　稲垣がいい、河合は頷いた。駒崎を見つめた。

「コワリョフは誰かにひどい恨みを買っていたんですかね」

　駒崎の表情はかわらなかった。

「恨みを買っているとしたら、あんたが一番怪しい」

「確かに。でも殺したいほど憎んでいたのなら警察は辞めませんよ。警察に残ったほうがよほどコワリョフにいやがらせができた」

「それはどうかな。コワリョフの本拠はウラジオストクだ。日本にくることはめったになかった。警視庁がコワリョフに手をだすのはほとんど不可能だったでしょう」

「でもコワリョフは殺したいほど私を嫌っていた」

「あなたは彼の趣味の邪魔をした」

「趣味？」

「キャビアです。コワリョフはキャビアが大好物で、趣味と実益を兼ねて東京にキャビアの専門店を作るつもりでいた。キャビアに合うワインやシャンペンが東京には豊富にある。ウラジオストクは、東京に比べれば田舎ですからね」

河合は菅谷の言葉を思いだした。お前、キャビアなんかでくたばっていいのかよ。

あれは本当だったのだ。

「なぜ駒崎さんはそのことを知っているんです」

「私のボスから聞いたんです。ボスは、コワリョフが東京の警官に腹を立てている、といいました。ロシアの警官なら、まず金をつかませることを考える。たいていのトラブルはそれで片づく。しかし日本の警官はそう簡単にいかない。次の手は消すことですが、実際コワリョフがその手配をしていたとは」

「コワリョフを殺させたのは誰ですか」

「私にわかるわけがない。いっておきますが、私や私のボスはまるで関係がありません」

河合は頷き、いった。

「しかしなぜコワリョフがタイのバンコクにいたのかがわからない」

駒崎は無言だった。危険かもしれないと思ったが、河合はいった。

「何か心当たりはありますか」

「新しい商売でしょう。仕入れか何かのためにタイにいった」

駒崎は淡々と答えた。

「すると、コワリョフを殺させたのは、そのコワリョフの新しい商売について知っていた人間、ということですね」

駒崎は河合を見つめた。

「誰がコワリョフを消させたのか知りたいのですか」

「自分を殺しかけた男です。ある意味で、その人物は私の〝恩人〟になる」

「なるほど」

駒崎は笑みを浮かべた。そのとき駒崎の懐ろで携帯電話が鳴った。駒崎は液晶画面を見ると、失礼といってＶＩＰルームの席を立った。

「あんまり突っこんだ話をするんじゃねえよ。冷や冷やするだろうが」

稲垣が小声でいった。

「俺にとっちゃ唯一のチャンスなんだ。書く書かないは別として、なるべく話を聞きたい」

河合も小声で返した。

「あまりなめるなよ。知りすぎて消されることだってあるのだからな」

駒崎が戻ってきた。

「稲垣さん――」

と手招きし、稲垣を外に連れだした。河合は緊張した。ふたりはひそひそ話をし、やがて戻ってきた。いきなり稲垣がいった。

「俺はこれで失礼する。あんたもう少し残れ」

河合は稲垣を見つめた。

「何だい、急に」

「私のボスがあなたに会いたがっている」

駒崎がいった。

「ボス……」

「あなたの話にたいへん興味をもっていて、尚かつ今、ボスといっしょにいる人間もその話を聞きたがっているそうだ」

「いっしょにいる人間とは誰です？」

稲垣が席を立った。

「失礼するぜ」

稲垣は河合をふりかえりもせずにでていった。駒崎がいった。

「山上連合の人間です。大丈夫、あなたに害が及ぶことはない筈です」

「待って下さい。それは困る。山上連合は山上連合で一年前のことを知りたがっているのはわかる。しかしその結果、私の身に何も起こらないという保証はない」

「あなたが話をしてくれれば、山上連合の人間は感謝する。たぶんそれなりの礼もすると思いますよ」

「山上連合には現役時代の私を知っている人間が何人もいる。憎まれているとまではいわないが、快く思っていない者もいる筈です。山上連合の誰がくるのですか」

「くればわかります」

予想外の展開だった。ガルキンに加え、山上連合の人間とまでも顔を合わせることになる。河合の背に汗が浮かんだ。

「電話を一本かけさせて下さい」

河合はいった。

「なぜです」

「自分の安全の確保のためです。一年前と同じようにここから連れだされ消されてはたまらない」

「私の言葉だけでは信用できませんか」

「そういう問題ではありません」

「どこに電話をするのです？」

「昔の知り合いです」

「それは困る。あなたが考えているのは現役の刑事でしょう。誰と誰が同席していたかが伝われば、連中にとって情報になる。たとえその人が現役でないとしても同じだ」

河合は言葉に窮した。電話をせずここに残るか、逃げるか、どちらかしかない。

「顔色が悪い」

駒崎がいった。

「そりゃ悪くもなるでしょう。私は現役でもないし、極道でもない」

「考えてもみて下さい。私と稲垣さんのあいだに関係があることをあなたは知っている。それはもちろん山上連合の人間には秘密です。その上であなたに会っていただくのです。私を信用して下さい」

「何か巻きこまれたような気がする」

河合はつぶやいた。

「巻きこむ?」

「コワリョフが死に、あなたのボスがその仕事をひきついだ。これはおそらく、という意味ですが。となれば当然、山上連合とつきあいが生じるのは理解できる。その一方で、駒崎さんは光柳会の稲垣ともつきあっている。山上連合にしてみればおもしろくない話だ。それを好むと好まざるとにかかわらず知らされてしまった私の立場です」

「好むと好まざるとにかかわらず?」

いって駒崎は皮肉な笑みを浮かべた。

「そうは思いませんがね。あなたは取材と称して、私につないでくれるよう稲垣さんに頼んだのだろう。だったらひとりでも多くの人間から話を聞けて嬉しいのじゃないか」

駒崎の笑いにはすごみがあった。最初からすべてを見抜かれていたような不安が河合の胸にこみあげた。それを押し殺し、いった。

「そこまでいわれたのならしかたがない。腹を決めましょう」

「悪いようにはしません。じっくり本を書いて下さい。重ねていいますが、光柳会と私とのことについては内緒だ」

「どうやってあなたと知りあったことにしますか」

「我々には他にも共通の知人がいます。たとえば銀座のバーのマスターとか」

河合の背に浮かんでいた汗が凍りついた。アレックのことだ。

「お喋りなボーイがいましてね」

ドミトリィが話を洩らしたのをつきとめられている。河合はまるで底なし沼に足を踏み入れたような気分になった。

カーテンの向こうがにぎやかになった。ロシア語の嬌声があがり、カーテンが開くと、女たちに囲まれた大男が立っていた。満面の笑みを浮かべている。

駒崎がさっと立ちあがり、河合もそれに合わせた。大男の背後に日本人が立っていたが、視界が遮られ、顔までは判別できない。

「こんばんは」

大男は太い濁み声でいった。

「私は、ガルキンです」

目は河合に注がれていた。

「河合です」

「初めまして。河合さん」

大きな手がさしだされた。河合はそれを握った。

ガルキンは厚手のシャツに革のベストという、ラフな服装だった。握手がすむとうしろをふりかえる。

髪の薄い、目の鋭い男が進みでた。スーツにネクタイを締めている。

「私の友だち、青山さんです」

河合は表情をかえないでいるのに苦労した。山上連合の落合組の新組長だ。光井が秘かに連絡をとりあっているのでは、と疑っていた男だった。河合と会ったことがマニラの光井に伝われば、偶然ではすまされないだろう。

「どうも」

青山は手をださず、小さく頭を下げた。

「すわって下さい。シャンペンもってきなさーい」

ガルキンが女たちをふりかえっていうと、歓声があがった。たちどころにシャンペンが運ばれてくる。それを見てガルキンは首をふった。

「一本では少ないよ。あと二本」

女たちが沸いた。三本のドンペリニヨンが開けられ、その場の全員が乾杯した。ガルキンは両隣にドレスの女をはべらせ、上機嫌だ。ときおりロシア語で女たちの耳もとに何かをささやきかける。女たちは身をよじり、にらんだり、抱きついたりした。

青山が口を開いた。

「桜田門におられたそうですな」

「一年前までですが」

河合は答えた。青山は頷(うなず)いた。それ以上は何もいってこない。かえって不安になった。ホステスたちと中身のない会話を交しながら一時間が過ぎた。河合は腕時計をのぞき、駒崎に告げた。

「そろそろ失礼します」

「まあまあ」

青山がいった。

「そういえば、私の友人がバンコクであなたの世話になったといっていたのを思いだしました」

河合は固まった。やはり光井の話は通じていたのだ。

「バンコクで？　光井さんのことですか」

腹を決め、いった。

「そうそう。あいつは今、フィリピンにいますよ」

「フィリピンで何を?」

「何か儲け話でも見つけたのでしょう」

「運に恵まれない男です。そろそろ日の目を見てもいい頃だ」

河合はいった。青山は頷いた。

「まったくだ。けど、運のない奴というのは、とことん運がない。めくる札、めくる札、カスばかりだったりする」

意味深な言葉だった。

「フィリピンの商売もうまくいかない、と?」

「さあ……」

青山は首を傾げた。不意にガルキンがいった。

「コワリョフさんとバンコクで話しましたか」

河合は焦った。光井の話が通っていれば、偶然その場に居あわせただけだという駒崎についた嘘がばれる。

「いえ」

河合は首をふった。賭けだった。青山とガルキンのあいだで、コワリョフに関する情報がどこまで共有されているかがわからない。ガルキンは、コワリョフほどには山上連合と接近していない。ならば青山が光井から得ている情報のすべてをガルキンに話していない可能性もある。

「そうですか。コワリョフさんは、私の友だちでした」

ガルキンはさりげなくいった。

「あのときは本当に驚きました。コワリョフさんと会った偶然にも驚いたが、そのあとのことには、もっと驚かされた」

河合は答えた。

「誰がヒットマンを雇ったのか、とても興味があります」

ガルキンはいった。危険を承知で、河合はエサを投げてみた。

「現地で小耳にはさんだ情報ですが、ベトナム人がやったという噂があります」

「ベトナム人？」

ガルキンは目を丸くした。

「なぜベトナム人なんだ？」

青山がいった。河合は首をふった。

「ただの噂だから、根拠はわからない」

「あんたが雇ったというほうがしっくりくる」

青山がいった。河合は笑った。

「まさか。そんな金もコネも、私にはない」

「そのわりには、タイに長い光井より落ちついていたそうだ」

「いろいろ危ない目にあうことが多かったからな」

河合と青山はにらみあった。

「河合さん、おもしろい人です」

ガルキンがいった。駒崎を見る。

「そう思わないですか、駒崎さん」

駒崎は頷いた。

「思いますよ。この人は度胸がある」

「度胸かな」

青山がいった。

「俺はまだ尻尾が桜田門にくっついているのじゃないかと思ってるんだが」

「だったらむしろ心強いくらいだ」

河合はいった。この場面では本音だった。

「あんたが辞めたという話は本当だろう。だがおいしい話をもっていけば買ってもらえると踏んでるのじゃないか」

「桜田門がどれだけケチかを考えてくれ。そこまで危ない橋を渡って、いったいいくらになるっていうんだ」

「確かに。命を賭けるほどの銭が入るわけがない。だから妙なのさ」

「桜田門は関係ない。偶然て奴なんだ」

「偶然を利用するのが、頭のいい人間です」

ガルキンがいった。

「私は、頭のいい人が好きです。度胸のある人より、ときどき役に立つ」

「何か、ガルキンさんの役に立てることがありますか」

河合はいった。こうなったらガルキンの側につく他はない。ガルキンは笑いながら頷いた。

「ありますよ。コワリョフさんを誰が殺したのか、私は知りたいです。なぜなら、私もコワリョフさんのような目にあうかもしれない。だから恐いですね」

「ガルキンさんがコワリョフさんのビジネスを引き継ぐのですか」

「何てことを訊く。失礼だろうが」

青山が声を荒らげた。

「大丈夫、大丈夫」

ガルキンは手をふった。河合を見た。

「私とコワリョフさんはタイプがちがいます。私はコワリョフさんのやり方はしない。ですが私の上にいるボスは、コワリョフさんのように私にしてほしがっています。それが難しいですね」

河合は無言だった。

「私は私で、ビジネスプランあります。コワリョフさんとはちがう。でも大切なことがひとつ。コワリョフさんは誰かを怒らせた。それでバン、バン。私は同じ人を怒らせたくないです」

意味ありげに青山を見た。青山は険しい顔になった。

「だから河合さん、私を助けて下さい」

「ガルキンさんを助ける？」

「あなたは顔が広い。警察にもお友だちがいるでしょう。誰が怒ったのかを調べて、私に教えてほしいのです」

駒崎を示した。

「駒崎さんと連絡して下さい。もし調べられたら、お礼をします」

「待って下さい。それにはいくつかお願いがある」

ガルキンは笑みを消し、河合を見た。

「何ですか」

「ひとつは、ここにいる青山さんの会社のことです。私がいろいろ調べるのがおもしろくない、と思う人がいるかもしれない」

「おい、それはうちがやらせたってことか」

青山がすごんだ。

「そうじゃない。ただコワリョフはお宅といろんな取引があった。俺はそれを知っている。そのことをつつき回されたくないのじゃないかと気にしているんだ」

「菅谷の一件もある。あんたに説明してもらいたいと思ってるんだ」

「それはさっき駒崎さんに話した」

青山は信じられるか、という表情で横を向いた。

「他には何ですか」

ガルキンがいった。河合は駒崎を見た。

「俺の友だちに手をださないでほしい」

「銀座の友だちですか」

河合は頷(うなず)いた。ガルキンは両手を広げた。

「私と河合さんが友だちになれば、あなたの友だちは私の友だちだ。私は友だちを傷つけるのはしません」

つまりは逆もある、ということだ。河合とガルキンが敵対すれば、アレックの身に危険が及ぶ。アレックを人質にされたのも同然だと河合は思った。

「さっきのベトナム人の話を聞かせてくれ」

青山がいった。

「どんな噂だ。あんたはいったい誰からそれを聞いた」

「タイで警備関係の仕事をしている友人だ」

河合は駒崎にした作り話を応用することにした。

「警備関係？」

「元警官で、日系の警備会社の顧問をやっている。台湾にいたときに、その人からバンコクで働いてみないかと誘いをうけた。それでバンコクにいった。だが条件が折りあわず、駄目だった。コワリョフを撃った犯人が警察に射殺されたと教えてくれたのもその人だ。タイ警察にコネがあって、あとから教えられた。コワリョフがベトナム人のグループと接触していたという情報をタイ警察は入手していた」

青山とガルキンの表情に注意しながらいった。青山は険しく、ガルキンは変化がない。

「どんなベトナム人だ？」

「そこまでは知らない。そうだ、思いだした。ナイジェリア人とも会っていた、と聞いた」

「ナイジェリア人」

ガルキンがいった。目が青山に向けられた。

「知っていましたか」

「いいや」

青山はそっけなく答えた。

「コワリョフさんがバンコクにいたことすら、俺たちは知りませんでした」

ガルキンは頷いた。

「コワリョフさんは友だちのドルガチといっしょにバンコクにいきました。ドルガチは、コワリョフさんの秘書でした。ドルガチがいっしょだったなら、それはビジネスだったということです」

「何のビジネスですか」

河合は訊ねた。ガルキンは首をふった。

「私にはわからない」

「誰か知っている人に心当たりはありませんか」

青山が口をはさんだ。

「なんであんたがそんなことを訊くんだ」

「ガルキンさんに頼まれたからさ。コワリョフを殺した人間をつきとめてほしい、とたった今、頼まれた。それには、コワリョフがバンコクで何をしていたのかを知る必要がある」

「でしゃばり過ぎじゃないのか。見ず知らずのあんたに、なぜそこまで話さなけりゃならない」

「私は元刑事だ。見ず知らずの人間に、訊きにくいことを訊くのが仕事だった」

「本当に元なのか」

「今さら何をいってる。光井から頼まれて調べたのはあんたじゃないのか」

青山は目を細めた。

「偶然会ったとき、最初光井はひどく私を警戒していた。今のあんたのように。だがひと晩たつと打ち解けてきた。そのひと晩のあいだに知り合いに俺のことを調べさせた、と思ったのだが？」

「なぜそれを俺だと思うんだ」

「あんたが今、アタマを張っているところに光井はいた。しかも光井とあんたは昔同じ場所で修業していたことがある」

「よくそこまで調べたな。現役でもないのに」

「目の前で殺しにでくわせば、こっちはこっちで何かの罠じゃないかと疑う。まして一年前にあんなことがあったばかりだからな」

「あんなこと？」

ガルキンがいった。

「何です、それは」

「私が殺されかけた件です。駒崎さんには話しましたが、一年前、私はここでさらわれ、あやうく撃ち殺されそうになった」

駒崎が女たちに顎をしゃくった。心得たもので、ＶＩＰルームから女たちが消えた。

「コワリョフさんがそれを命じたのですか」

「青山さんと同じ組織にいた人が、私にそういいました。私がコワリョフを怒らせた、と。セルゲイというロシア人もその場にいました」

「セルゲイ……」

ガルキンは考えこんだ。

「思いだしました。つづけて下さい」

「他に中国人やアフリカ人もいました。もう少しで私を殺す、というところまできて、ギャラをめぐって仲間割れが起き、殺し合いになり、私は逃げだした」

「信じられないんですよ」

青山がガルキンを見た。

「そんな都合のいい話がありますかね。一番最初に殺される筈だった人間だけが生き残るなんて」

「俺は一番弱い立場だった。だからさ」

河合はいった。

「何だと？」

「たとえばあんたがライオンで俺が鹿だとしよう。獲物だと思って近づいていったら、そこに豹が現われた。そいつも鹿に目をつけている。どっちを先に倒す？　豹か、鹿か？」

「上手な喩えです。すばらしい」

ガルキンが笑った。

「この人は頭がいい上に、運もいい」

青山はいらだたしげにそっぽを向いた。

「わかりました。青山さんは河合さんを警察だと疑っているのですね」

「その通りですよ」

「じゃあ訊くが、一年前、何があったと？　警察が秘かに全員を捕まえて知らんふりをしているとでも？　それとも俺以外皆殺しにして、口をぬぐっている？」

いいながら一年前の夜の光景がよみがえり、河合はわずかに吐きけを覚えた。長い間、封印してきた記憶だった。

「そんなことはありえねえ」

「だったら俺の話を認めるしかないだろう」

「何か、もっと別のことがあった、と俺はにらんでいる」

河合は青山とガルキンを見比べた。こうなったら、のるかそるかだ。

「だったら決めてくれ。俺を信用するか、しないか。疑われたままじゃ、ガルキンさんのリクエストには応えられない」

「私は信じます」

ガルキンが即座にいった。

「ガルキンさんがそこまでいうなら——。わかった、もういわねえ」

青山が折れた。河合はほっと息を吐きたいのをこらえ、ガルキンを見た。

「ではもう一度、訊きます。コワリョフがバンコクで何をしていたのか、知っていそうな人に心当たりはありませんか」

ガルキンは黙った。青山が煙草をとりだし、火をつける。表情が落ちつかなげだった。

河合はその横顔を見つめた。

「何だよ」

気づいた青山がいった。

「別に。あんたとコワリョフとはどうだったのかな、と思ってさ」

「会ったのは一度だけだ。俺が知っていると思ってるのならお門ちがいだ」

「お宅の組でコワリョフと親しかった人間は？」

「知らねえな」

青山はうそぶいた。

「じゃあ訊くが、菅谷をあの場に送ったのは誰だ」

「何でそんなことを知りたい」

「俺を消せ、と命じたのがコワリョフでも、日本でもろもろの手配をしたのは、山上連合だったのじゃないのか。だからこそ菅谷があの場にいた」

「ずいぶんないいがかりじゃねえか」

青山の目が鋭くなった。

「そうかな。俺は殺されかけたが、そのことであんたにひと言でも文句をいったか。あんたは今、山上連合の本部から落合組に移っている。だから文句はいってない」

青山はガルキンを見た。

「この男とふたりで話をしてもいいですか」

ガルキンは眉(まゆ)を吊(つ)りあげた。その目におもしろがっているような色がある。河合は気づいた。ガルキンはわざと河合を気に入っているようなふりをして、青山を挑発しているのだ。それはつまり、ガルキンが山上連合を信用していないという証だ。

「どうぞ。でも戻ってきて下さいよ、ふたりとも」

駒崎がいった。

青山は立ちあがった。表にでる気のようだ。河合はあとを追った。

青山がでていったのは、「ヘルスゲート」の裏口とつながった非常階段の踊り場だった。一年前ここを連れだされたときとまったく同じ道をたどっている。

「何が狙いなんだ」

青山は踊り場の手すりによりかかり、河合をにらんだ。

「いっておくが、俺はまるでお前を信用していねえ。一年前埋められかけた男が、一年後それを命じた野郎がハジかれる現場にいて、偶然です、が通用すると思ってるのか」

「じゃあ訊くが、光井はバンコクで何をしていた。コワリョフの手助けだろう。あんたは俺の質問の答を知っている筈だ」

河合はいい返した。ふたりはにらみ合った。

「お前、何者だ」

やがて青山がつぶやいた。

「ただの元刑事さ」

河合はいった。

「もう一度埋められたいってのか」

「俺を殺せば、それを口実に、ガルキンは山上連合と手を切るだろうな。コワリョフとちがって、あの男は山上連合と仲よくしたいとは思ってないようだ」

「わかったようなことをいうんじゃねえぞ。本当に殺すぞ」

青山の顔色がかわった。

「俺が死んだら、一年前のことからバンコクでのことをすべて書いた手記が警視庁組対三課に届く。それでもいいか」

「威してるのか、俺を」

青山の手がのびた。河合の襟首をつかむ。引きよせられるまま、河合は青山の目をのぞきこんだ。

「今この場でぶち殺してやる」

河合の懐ろで携帯電話が鳴った。

「でるぞ」

河合はいって、電話を耳にあてた。チヒだった。短く訊ねた。

「その男を射殺するか」

「駄目だ」

河合は急いで答えた。チヒはどこかから青山をスコープにとらえているのだ。

青山を射殺されたら元も子もない。青山は出鼻をくじかれたような顔をしている。

「あとで連絡する」

河合は電話を切った。

「何だ、今の電話は」

「女さ。俺の帰りが遅いんで心配している。一一〇番していいかと訊いてきた。それくらいの保険は俺もかける」

青山の表情がゆるんだ。

「女だと？　なめやがって」

「ガルキンは山上連合を疑っている。もし疑いを晴らしたいのなら、俺を味方にしたほうがいい」

青山は手にしていた煙草を階段の踊り場に叩きつけた。火の粉がぱっと散る。

「いっておくが、うちはコワリョフ殺しにはかかわってない」

「コワリョフのタイでのビジネスに関しちゃどうだ」

「それとこれは別だ。お前は首をつっこむんじゃねえ」

「ガルキンは知りたがっている」

「俺から話す。お前がいないところで」

「妙じゃないか。さっきまであんたとガルキンは、俺抜きで話をしていた。なのにまだ話しちゃいないのか」

「やかましい！」

青山は再び河合の襟首をつかんだ。

「頭を冷やせよ。ガルキンは知らなくとも、ガルキンのボス、ユーリー・マレフスキーはそのビジネスのことを知っているんだ。コワリョフが死んだからといって、山上連合だけでそのビジネスを進められる筈がないぞ」

不意に青山が手を離した。

「お前、本当は何も知らねえな」

嘲るようにいった。河合ははっとした。ちがうカードをめくってしまったようだ。

「ああ、知らないさ。知っていたらガルキンに教えている」

青山は首をふった。余裕をとり戻したのか、その唇には笑みすら浮かんでいた。

「欲しいのは銭か。ハッタリでガルキンにとりいって、おこぼれに預かりたい。おおかたお前の狙いはそのあたりだろう」

「金は誰だって欲しい。組織のうしろだてがなけりゃ、頼れるのは金だけだ。光井だってそのために動いていたのだろうが」

少しでも話のとっかかりをつかみなおそうと、河合はいった。

青山は首をふった。目は、すっかり河合から興味を失ったように遠くを見ている。

「ザコがよ、ちょろちょろすんじゃねえよ」

いきなりストレートを河合の腹に叩きこんできた。

とっさのことで受け身がかなわず、河合は踊り場に膝をついた。息が詰まり、全身に汗が噴きでてくる。

まずい。この状況をチヒがライフルのスコープごしに見ていたら、引き金をひくかもしれない。

撃つな、撃たないでくれ。河合は祈った。

幸いなことに青山はさらに河合を殴りつけようとはしなかった。

「お前がケチな銭儲(もう)けめあてにガルキンにゴマをするのは勝手だ。だが、うちとガルキンの仲に下らねえアヤをつけやがったら、今度こそ容赦はしねえぞ。お前もお前の身内も、捜しだして皆殺しだ。わかったか、この野郎」

何かいい返してやりたかったが、いい返せば、さらに青山は暴力をふるうかもしれず、そうなったらチヒが発砲する可能性が高まる。

怒りと苦痛をこらえ、河合は頷(うなず)いた。

青山は河合の肩の下に腕を入れ、立たせた。すぐ近くから顔をのぞきこみ、いった。

「ひとつ教えておいてやる。光井をどう叩いたところで何もでてきやしないぞ。奴は自分の役割を何も知らねえのだからな」

そして河合の背をつきとばした。

「いくぞ」

席に戻った。再び女たちがはべっていた。

「話し合いは終わりましたか」

ガルキンがにこやかに訊ねた。駒崎はわずかに緊張した表情を浮かべている。

「ええ。ちょっとした誤解って奴でね。それは解けました」

上機嫌な口調で青山がいい、やにわにロシア人ダンサーのドレスの胸もとに手をさしこんだ。悲鳴をあげ、ダンサーは身をよじった。

「格好つけんじゃねえぞ、商売女が！」

青山は怒鳴りつけた。ＶＩＰルームの空気が凍りついた。

青山はいやみな笑みを浮かべた。

「コワリョフさんが仕切ってた頃は、腹のすわった女が多かった。こんな、胸さわられたくらいでキャーキャーいうような素人はいませんでしたよ」

「それは、我々の仕事のしかたがぬるい、ということですか」

駒崎が目を細めた。

「さあね。ガルキンさんの仕切りになっても、これまで通り商売ができりゃいいっていうだけで」

「努力しましょう」

笑みを消したガルキンがいった。

「そうしてもらえますか。北の方までいちいちクレームつけるのは大変なんで」

「よけいなことを詮索（せんさく）せず、目の前の商売に専念しろ、というわけですか」

駒崎が硬い声でいった。

「その通りですよ。私はこれで失礼します」

青山は立ちあがった。河合には目もくれず、VIPルームをでていく。

「失礼します」

河合は立った。トイレに入り、携帯電話でチヒを呼びだした。

「今、青山がひとりで店をでていった。尾行できるか」

「無理だ。機材の撤収に時間がかかる」

「くそっ」

河合は壁を殴りつけた。コワリョフの新ビジネスにからんでいたのは、ユーリー・マレフスキーではなく、別の大物なのだ。それを青山の尾行でつきとめられるかもしれない、と思ったのだ。

「タダシは無事なのか」

「無事だ」

「そちらが店をでたあとの安全を確認できるまで、任務を続行する」

チヒはいって電話を切った。

第四章　死の積荷

1

翌日、河合は平河町の支部に向かった。バンコクからスラットが来日し、会議が招集されたのだ。泉とチヒ、そしてバラノフスキも会議に出席した。

「タイ警察のその後の捜査で、コワリョフとドルガチを殺したのは、バンコク市内を拠点にするギャンググループのメンバーであったことが判明しました」

会議の冒頭でスラットがいった。

「四人ともですか」

河合は訊ねた。

「四人全員です。いずれも暴行や傷害、麻薬所持などの逮捕歴があります。ただしロシア系の犯罪組織との接点はなかった」

「金で雇われたということだな」

バラノフスキがいった。

「別に驚くようなことでもないが」

スラットは頷（うなず）いた。

「ギャングループといっても特定の縄張りをもっていたわけではなく、金になるならどんな犯罪にも手をだすような連中です。コワリョフらの殺害を依頼した人物とはおそらく直接の接触はなかったでしょう。もう少し大物の仲介者を経由して雇われたのだと思います」

「それを割りだすことはできないのですか」

「やっています。ただ射殺された一名を除いて、あとの三人の行方がつかめていないのは、すでに仲介者の手で消された可能性が高いと警察は考えています」

「行き止まりか」

バラノフスキがいった。

「残念ながら」

「コワリョフの殺害と奴が始めようとしていたビジネスの関係はわかりませんが、日本でコワリョフの後釜（あとがま）にすわったガルキンは、コワリョフほどはヤマガミレンゴウに近くありません。むしろ距離をおこうとしているような印象があります」

河合はいった。

「コワリョフらを消したのがヤマガミレンゴウかもしれないので警戒しているのじゃな

いか」

　バラノフスキがいった。

「そうかもしれない。さらにいえば、ガルキンは、コワリョフが始めようとしていたビジネスについて知らない可能性がある」

「そんな筈はない。ガルキンが東京にきたのは、当然、アルガニザーツィヤのボス、ユーリーの命令があったからだ。ヤマガミレンゴウと接触するのなら、ユーリーから前もって聞かされていたに決まっている」

　バラノフスキが反論した。

「それなんだが――」

　河合は「ヘルスゲート」の非常階段で青山と交したやりとりについて話した。

「アオヤマのそのときの反応を見る限り、ユーリー・マレフスキーは、コワリョフとヤマガミレンゴウが進めようとしていたビジネスに関与していない可能性がでてきた」

「するとアオヤマは、ガルキンにはビジネスについて教えるつもりがなかった。なのにあなたがいろいろ話したので不快に感じて警告した、ということですね」

　スラットがいった。

「ええ。ヤマガミレンゴウが今後、ロシアマフィア抜きで、ビジネスを進めるつもりなら、コワリョフらを殺させたのがヤマガミレンゴウだという疑いが強まります」

「俺のいった通りだったな」

バラノフスキは勝ち誇ったようにいった。

「ただ消すにしては段階が早すぎる。ビジネスが稼動し、収益がでてから仲間割れというのは起きるものだ」

「もしかするとすでに収益がでていて、対立が生じていたとは考えられませんか」

泉がいった。河合は首をふった。

「であるならば、ガルキンが関心を抱かない筈はないと思います。少なくともボスのユーリーは、黙っていないでしょう」

「するとビジネスは、コワリョフが単独でヤマガミレンゴウと進めていた、ということですか」

「それも考えにくい。コワリョフがよほど稼いでいたのなら別だが」

河合はバラノフスキに目を向けた。

「奴にはどれくらいの資金力があった？」

「かなりの金は動かせた。その気になれば十万ドルはだせた筈だ」

「十万ドルか。決して多くはないな」

「ユーリーがからめば、その十倍以上の金は動かせる」

「だがユーリーはからんでいない」

タイに飛び、ナイジェリア人に会い、ビエンチャンでベトナム人と打ち合わせ、フィリピンに船便で〝品物〟を運ばせるといったスケールのビジネスをたかだか十万ドルかそこらの資本で動かせるものだろうか。たとえ山上連合に資金協力を仰ぐとしても、相手がたったそれだけしか出資できないというのに、その何倍、何十倍もだすほど山上連合はお人好し（ひとよし）の組織ではない。

「やはり別の人物なり組織が、コワリョフの背後にはいたんだ」

河合はつぶやいた。

「いったいそれは誰だ」

「アントン・マレフスキーはどうです」

泉がいった。

「アントンは、ユーリーとちがって計算高い人物だといわれています」

「コワリョフは、ユーリーのボディガードから成り上がった男だ。ユーリーを裏切るような真似はしない」

バラノフスキが断言した。

「だったらなぜユーリーが関与しているという話をアオヤマは否定した？　裏切らないのなら、コワリョフは報告していた筈だ」

河合はいった。

「お前を信用できないからじゃないのか。ユーリーは無関係だったということになれば、調査が混乱する」

「その可能性はないではありませんが、今の段階でそうした疑いをもてば、すべての情報に不確定な要素が生じてきます。それでは会議を進められません。仮定は仮定として、前に進みましょう」

泉がいった。

「わたしがスコープで監視していた限り、アオヤマはかなりの興奮状態だった。その状況下で、わざと偽情報を口にできるような冷静さはなかったと思う」

チヒがいった。

「第三の人物なり組織が存在すると仮定しましょう。その目的は？」

スラットが全員に訊ねた。

「もちろん金だ」

バラノフスキがいった。異論はなかった。

「その人物はコワリョフのバックにいて、活動のバックアップをしていた。コワリョフがビジネスを進めれば利益が得られる筈だった。しかしコワリョフは殺された。すると――？」

「ふたつ考えられます」

河合はいった。

「コワリョフを殺させたのがその人物かもしれない。何かがあって、ビジネスから手を引く、あるいはコワリョフを外したくなり、殺し屋を使った」

「もうひとつは？」

「その人物と敵対する人物がコワリョフを消した。そうならば当然、コワリョフの代わりがその人物には必要になる」

河合は全員を見回した。

「それに該当するのは誰だ？　ミツイか、サキサカか？」

バラノフスキが訊ねた。

「ミツイは考えられない。まず情報を知らなすぎるし、アオヤマの発言からしても、そこまでのポジションではない」

「サキサカは？」

「否定はできない。ヤクザを引退している以上、ヤマガミレンゴウとはあるていど距離がある。だがサキサカがその人物なら、わざわざロシア人であるコワリョフを使ったというのが不思議だ。フィリピン人、あるいは日本人を使うこともできた筈だ」

「サキサカの名前がでたところで、カワイが発見したカプセルの分析結果について説明させて下さい」

泉がいった。

「正体がわかったのですか?!」

河合はいった。泉は頷いた。

「わかりました。カプセルの正体は、抗インフルエンザ薬で、商品名、『リザフル』でした。『リザフル』は、ポピュラーな抗インフルエンザ薬で、日本の厚生労働省なども新型インフルエンザの流行に備えて備蓄している薬品です」

「風邪薬か」

バラノフスキが吐きだした。河合は、咲坂の部屋に新型インフルエンザに関する本が何冊かおかれていたのを思いだした。

「そういえば本がありました」

泉は頷いた。

「家宅捜索の際に発見した本の内容からも、サキサカが、大流行が危ぶまれている新型インフルエンザに関心を抱いていることは明らかです。決して若くはない年齢とあわせて考えれば、感染に備え『リザフル』を所持していたのでしょう」

河合は失望を覚えた。咲坂の家宅捜索で得られた唯一といってよい手がかりがあのカプセルだった。それが違法薬物でも何でもない、抗インフルエンザ薬とは。バラノフスキでなくとも、舌打ちしたい。

「サキサカのその後の行動に関して、何か情報はありますか」

河合の問いに泉は首をふった。

「特に注目を惹く動きはありません。新たに接触した人物もいない」

「コワリョフをバックアップしていたのがサキサカであったとは、やはり考えにくい。サキサカは、むしろヤマガミレンゴウ側の協力者だと考えるべきだ」

話を戻して河合はいった。

「じゃ、いったい誰なんだ」

　バラノフスキが訊ねた。

「ユーリーでもアントンでもなくて、サキサカでもない奴だとしたら」

「我々がまだ存在に気づいていない人物だ」

　チヒがいった。

「じゃX(エックス)としよう。Xをつきとめる手がかりは何だ、あるいは誰だ」

「バンコクのギャングです」

　スラットがいった。

「先ほどのカワイさんの仮説には説得力があります。Xか、Xの敵対者があのギャングどもを使ってコワリョフを撃たせた可能性は高い」

「だがその線をたどるのは難しい」

　泉がいった。スラットは恥ずかしそうな顔になった。

「その通りです。残念ながら」

「Xを知る可能性がある人物は？」

「まずアオヤマだ。アオヤマを含めヤマガミレンゴウ側にはまちがいなく知っている人間がいる」

「他には？」

「コワリョフの周辺。右腕だったドルガチはいっしょに消されたが、コワリョフの動向に詳しい仲間なら、知っている人間がいるかもしれない」

「アルガニザーツィヤでは、コワリョフとユーリーのあいだに、誰かいたか」

河合はバラノフスキに訊ねた。バラノフスキは首をふった。

「アルガニザーツィヤは、日本のヤクザとはちがう。トップを除けば、上下関係はあいまいだ。コワリョフの上にくる者は、ユーリーしかいない」

「すると手下だな。ドルガチ、セルゲイ、それ以外で、コワリョフの有力な手下に心当たりはないか」

河合はバラノフスキを見つめた。バラノフスキは顔をしかめ、考えこんだ。

「セルゲイは一年前に死んでいる。その間、コワリョフは、誰も東京に送っていなかったのだろうか」

チヒがいった。河合ははっとした。

「そうだ、その通りだ。死亡の確認はできないとしても、一年音信不通だったら、当然アルガニザーツィヤの仕事に支障をきたす。セルゲイの後釜が一年空席だったとは考えられない」

「だがそういう人間がいるなら、お前とガルキンの会った場に現われなかったのはなぜだ。ガルキンは、コワリョフにかわって東京を任された男だぞ。ガルキンがアオヤマと会っていて、そこにいないのは不自然だ。つまり、そういう人間はいない、ということじゃないか」

　バラノフスキがいった。

「あるいは、その人物についてはカワイに知られたくなかったのか」

　チヒがいった。

「コワリョフは、ヤマガミレンゴウとの取引を重要視していた。だからこそ、それをしつこく洗った俺を消そうとしたんだ。そんな人間が、自分にとっての、東京の窓口をずっと空席にしておく筈がない」

　河合は皆を見回した。

「するとチヒさんのいったように、わざとカワイさんとの会合の場には連れていかなかったということですか」

　スラットが訊ねた。河合は頷いた。

「なぜそんな必要がある。カワイはもう刑事じゃない。ガルキンまでが顔をさらして会っているのに、その人物だけがこそこそするのは理由がない」

　バラノフスキが反論した。

「では訊くが、コワリョフは、セルゲイの後任を一年も決めずにおくほど、ビジネスに無頓着な人間だったのか」

「それは……」

　バラノフスキは黙った。泉が口を開いた。

「セルゲイに後任者がいたとするなら、その人物をつきとめるのが、Xを知る近道になる。そしてXから、コワリョフを殺させた人物や彼の手がけようとしていたビジネスの正体にたどりつくことができる。カワイさんはそう考えているのですね」

「そうだ。我々が知らない、ガルキンとヤマガミレンゴウの接点がいるかもしれない」

「ユーリーのアルガニザーツィヤにそういう人物がいないか、ロシア当局の情報をあたることはできませんか」

泉はバラノフスキを見た。

「やってみよう。後輩に訊けば何かわかるかもしれない」

拒絶するかと思ったが、バラノフスキはあっさり受け入れた。

河合は泉に訊ねた。

「その後、フィリピンから情報は?」

泉は首をふった。

「膠着状態のようです。マニラ郊外に移動してからのミツイに動きはなく、キタヒラさんは、一度帰国することを考えています」

「アオヤマは、俺とミツイの接触を知っていた。それがもちろん俺に対する警戒の理由だが、ミツイを洗っても何もでてこない、というようなことをいった。それだけを根拠にはできないが、ミツイがある種の囮のような役割を演じさせられている可能性があるかもしれない」

「誰に対する囮だ。警察か」

バラノフスキが訊いた。

「あるいは対立組織？」

チヒがいう。

「そのどちらも可能性がある。ただ警察といってもフィリピン警察かどうかは疑わしい。コワリョフのビジネスがいずれ各国の司法機関の追及をうけることになったときに備えているのか――」

「だとしたらずいぶん用意周到な話だな。タイやフィリピンをまたいでいる犯罪を追っかけるのは並みたいていじゃない。よほどでかいことをやらない限り、各国の警察が手を組むなんてありえないだろう」

バラノフスキは首をふった。

「何千万ドルのビジネスだとコワリョフはいった。でかいことじゃなければ、そこまで儲けられない」

「ミツイを囮にしたてたのはヤマガミレンゴウでしょうか」

スラットが訊ねた。

「おそらくは。〝商品〟の最終目的地が日本なら、警察の追及をまっ先にうけるのもヤマガミレンゴウだ。アオヤマの言葉からして、まちがいない」

泉が河合を見た。

「アオヤマがあなたに対して何かアクションを起こすという可能性は？」

「なくはない。奴は俺の背景を疑っている。警視庁とは切れていることは確認ずみのようだが、それならそれで何が目的なのか不安だろう」

「身辺に注意して下さい」

「襲撃をうけた場合、反撃は可能か」

チヒが訊ねた。難しい問題だった。「ヘルスゲート」の非常階段でのことを河合は思いだした。命を守るためには、チヒのバックアップが不可欠だが、一方でチヒのようなプロによる〝反撃〟は、河合が司法機関の保護をうけているという印象を与える。そうなれば、ガルキンとの糸も切れてしまうだろう。

「反撃は可能です」

泉が答えた。

「メンバーを失ってまで犯罪組織の情報を得る必要はありません。チェンバーはカワイさんであれ誰であれ、メンバーを消耗品とは考えていない。アオヤマに襲われないよう注意を払う必要はありますが、万一襲われた場合は、アオヤマを排除してでも、メンバーの生命は守らなければならない」

河合はほっとしたが、訊ねた。

「その場合、これまでのアプローチが無駄になってしまうかもしれない。それでもいいのか」

「別のアプローチを考えるだけです。安全にはくれぐれも留意して下さい」

河合は感謝の気持をこめて泉を見た。泉は微笑んでいた。

2

セルゲイに後釜がいると主張した以上、それをつきとめるのは河合の役割になった。

だが単独での調査は控えるように、と泉が釘(くぎ)をさした。チヒとコンビを組めというのだ。河合に選択の余地はなかった。翌日、チヒの運転する車に乗りこみ、河合は錦糸町に向かった。前に会ったとき、ドミトリィからはガルキンの名しかでなかった。が、ガルキンや駒崎以外に、この一年、セルゲイの穴を埋めた人物がいた筈だと、河合は確信していた。

ドミトリィの働くロシアパブ「ミリオンダラー」の近くに車を止め、河合とチヒは夕刻を待った。ドミトリィが出勤してきたら、話を聞くつもりだ。

だが七時を過ぎてもドミトリィは現われなかった。「ミリオンダラー」の看板に明りが点(とも)っても、出勤してくるようすはない。

妙だった。

「待っていてくれ」

河合はチヒに告げ車を降りると、「ミリオンダラー」の扉を押した。

「いらっしゃいませ」

入口近くに立っていた日本人のボーイが声をあげた。まだ客は入っておらず、奥のボックスに、ドレスを着た白人ホステスがかたまってすわっている。

「客じゃないんだ。お宅のボーイのドミトリィさんを捜してる」

店内に目を走らせ、河合はいった。ドミトリィの姿はなかった。

「あ」

ボーイは反応した。

「ドミトリィなら、きのうからまだ戻ってきてませんよ。あいつ、ビザ切れてたんすか」

河合の物腰に、刑事だと思ったようだ。

「きのうから？」

「ええ。やっぱり刑事さんがいらして、連れていきました」

「どこの署だ」

「さあ。バッジは見せてましたけど、どこの署かは……」

「地元の生安じゃないのか」

「ちがうと思います。見たことのない顔でしたから。あの……お客さんは？」

「桜田門のほうからだ」

「本庁さんですか。きっと、どっかの署に泊められてるんじゃないですかね」

「その刑事は営業中にきたのか」

「ええ。十二時前くらいですか。ドミトリィのことは知ってるみたいで、入ってきてすぐ、『おい』って、ドミトリィに顎をしゃくって。私が『何ですか』って訊いたら、いきなりバッジを見せられました。それでふたりでていって、それきりです。別に風営法にひっかかるようなことはしてないんで、店としちゃ強気なんですけどね……」

ボーイはいって肩をそびやかした。

「ひとりだったか」

「ひとりです。スーツ着てて、目の下に青いアザみたいのがありました」

「アザ？」

河合はボーイを見返した。ひとり、思いあたる風貌の男がいた。

「わりにやせていて、背の高い男じゃなかったか」

「そうです、そうです」

「協力、ありがとう。この件は内密に」

いって踵を返した。

チヒの待つ車に戻る。河合の表情を見てチヒが訊ねた。

「どうした？　ドミトリィはいなかったのか」

「いなかった。昨夜、刑事が連れていって、それきり戻っていない」

「刑事が？」

河合は煙草に火をつけ、チヒを見た。

「沼沢という刑事だ。警視庁組対四課にいて、三年前に麻布署に異動になった。悪い噂が常につきまとっている」

「悪い噂？」

「汚職だ。金を受けとって情報を洩らしたとか、警官なのに裏で飲み屋を経営しているとか」

チヒは目を細めた。

「本当のことなのか」

「わからない。運がいいのか、意外に用心深いのか、尻尾をつかまれたことがないんだ。マル暴担当の刑事としてはベテランで、実際に成果もあげている。拳銃の押収や被疑者を出頭させるなど、深いつきあいがなけりゃできないような仕事ぶりが疑いを招いたということもある。いずれにしても、白ではない。黒に近い灰色の警官だ」

「その男がなぜドミトリィを連行したのだ？」

「なぜだろう。捜査中の事案にドミトリィが関係していたのか。ボーイの話では、沼沢とドミトリィは顔見知りのようだったという」

喋りながら、河合は悪い予感を覚えた。それは一年前のあの晩のできごとにつながっていた。河合のしつこい内偵がコワリョフを怒らせた、と山上連合の菅谷はいった。だがそのことを、コワリョフや菅谷はどうして知ったのか。河合は、内偵で訪れた西麻布のワインバーを思いだした。

ワインとキャビアを売りものにする高級バーだった。芸能人や金持の常連客が多いといわれていた。そのバーを経営していたのは、山上連合のフロント企業だった。表向き水産加工品をロシアから輸入している商社だ。カニやイクラ、ホタテなどを合法的に一トン輸入する裏で、その何倍もの密輸をおこなっていた。

店がオープンしたのは三年前だ。偶然かもしれないが、沼沢の異動と重なっている。しかも河合の店への内偵が、山上連合やコワリョフに筒抜けになっていた。

「タダシはその沼沢という刑事を知っているのか」

「挨拶(あいさつ)ていどの仲だ。俺が組対に移ってすぐ、沼沢は麻布署にトバされた」

「ドミトリィを連行した理由を訊ねることはできるのか」

ドミトリィのことを駒崎は知っていた。「お喋りなボーイ」といったのは、ドミトリィにちがいない。

河合は携帯電話をとりだした。銀座のバー「ブライトン」にかける。応対した人間にマスターのアレックをだしてくれと告げた。

「アレックです」

「河合だ」

「河合さん、どうしました」

アレックはふだんとかわらない口調でいった。

「最近、かわったことはないか」

「かわったこと？　私の体重が少し減りました。お医者さんにほめられます」

アレックは笑い声をたてた。

「ドミトリィが刑事に連行された。その刑事があんたを訪ねてこなかったか」

アレックは笑うのをやめた。

「何という人ですか」

「沼沢という。目の下に青いアザがある」

「背が高くて、高級そうなスーツを着ていますか」

「そうだ」

アレックの声がわずかに低くなった。

「今、私の斜め前にすわっています。ついさっき、お店に入ってきました。初めて見る人です」

河合は息を吸いこんだ。

「今からそっちに向かう。何か訊かれても、とぼけているんだ」

「わかりました」

電話をきった。チヒはすでに車を発進させていた。

河合とチヒが「ブライトン」の入口をくぐると、カウンターにすわる沼沢の背中が見えた。アレックに目配せし、河合は沼沢から少し離れたストゥールに腰をおろした。

「いらっしゃいませ」

素知らぬ顔でアレックがいった。

「ジンリッキーを。彼女にはソフトドリンクを何か頼む」

いって河合は首を回した。沼沢がちょうどこちらを見やり、目が合った。

「おや」

河合はいった。沼沢は無表情だった。驚いたようすはない。

「沼沢さんじゃないか。久しぶりだな」

沼沢は小さく頷いた。

「そっちはデートか。うらやましい」

「まあね」

河合はいって、沼沢のかたわらに立った。

「すわっていいかな。ちょうど話がしたかったんだ」

沼沢はあくまで表情を崩さなかった。

「俺はかまわないが、あんたの連れが気を悪くするのじゃないか」

目がチヒに注がれている。容姿を脳裡に刻みつける刑事特有の視線だった。チヒは無言で見返した。

「大丈夫だ。心の広い女性なんでね」

河合は答えて沼沢の隣に腰をおろした。

「よくくるのか、ここには」

沼沢が訊ねた。数年ぶりに会い、河合が警察を辞めたことを知っている筈なのに、いきなりする質問としては妙だ。だが河合は、

「ときどき、だな」

と答えた。

「沼沢さんはどうなんだ」

「俺は初めてだ」

沼沢はそっけなく答え、手もとのグラスを口に運んだ。ウイスキーの水割りのようだ。

「ほう。飛びこみか」

沼沢は無言だった。河合のほうは見ず、他の客の相手をしているアレックを目で追っている。

「錦糸町のロシア人をひっぱったろう」

河合はいった。それでも沼沢の表情はかわらなかった。煙草に火をつける。

「ドミトリィっていったか。あんたの知り合いなのか」

河合に訊ねた。

「知り合いというほどでもないが、なぜひっぱったんだ？」

沼沢は初めて河合を見た。ガラス玉のように心を感じさせない目だった。

「ひっぱっちゃいない」

抑揚のない声でいった。

「そうか。きのうあんたに連行されたきり、帰ってないらしいが」

沼沢は無言だった。一瞬目が動き、チヒを見た。

「ドミトリィに用があるのか」

口もとだけを動かし、沼沢は訊ねた。

「ああ。訊きたいことがある。居場所を知ってるか」

「知っている」

目がアレックに戻った。沼沢はここのことをドミトリィから聞いたにちがいない。

「メモ、あるか」

沼沢は低い声でいった。河合は手帳をだした。

「豊島区池袋二丁目のカドワキビルだ。四階に潰れた個室ビデオ屋がある。そこにいる筈だ」

「カドワキビル四階だな。そんなところで何をやっているんだ？」

沼沢は河合を見た。

「知りたいか」

「知りたいね」

ガラス玉の目を見返して河合はいった。

「じゃあ連れていってやる。女を帰せ」

河合は頷き、立ちあがった。チヒの隣にもどり、小声で告げた。

「ドミトリィのところに連れていくといっている。ただし俺ひとりだ」

チヒは河合の顔を見ず、いった。

「わたしはどうする」

「この店をでたらいったん別れよう。可能なら尾行してくれ。行先は、池袋二丁目のカドワキビル。その四階にある潰れた個室ビデオ店だ」

チヒは一度瞬(まばた)きした。

「了解した」

河合は沼沢をふりかえり、頷いてみせた。沼沢は立ちあがった。

「勘定をしてくれ」

「俺が払う。道案内の礼だ」

河合はいった。

「いいだろう」

沼沢が答えた。

3

「ブライトン」をでてタクシーを拾うと、沼沢は運転手に、

「池袋へいってくれ」

と告げた。タクシーが走りだすと、河合はいった。

「今どこだ？　あいかわらず麻布か？」

「ひと月前に移った。本社だ」

「本社のどこだ」

沼沢は答えなかった。苦笑のような笑みを浮かべただけだ。それきり黙っていたが、やがていった。

「この一年、どこにいた？」

「あちこちだ。外国が多かった」

「逃げ回っていたのか」

「何から逃げるんだ？」

河合は訊き返した。

「さあな。逃げてるって噂を聞いた」

「どこから聞いた？」

沼沢は首を回し、河合を見た。

「街の連中さ。だが、特に追っかけているって奴がいるとも聞かなかった」

「ガセさ。誰からも逃げちゃいない。街の連中というのは、山上の筋か」

沼沢は答えなかった。河合はいった。

「無口だな。俺とばったり会って迷惑だったか？」

「迷惑？　とんでもない。これでも喜んでる。昔の知り合いに会うってのはいいものだ」

河合は笑った。

「そうは見えない」

「本当さ」

車が池袋に入った。正面に池袋駅の東口が見えてくると、沼沢がいった。

「ここでいい」

タクシーは止まった。

「ここで降りるのか。池袋二丁目は西口のほうだろう」

河合はいった。まだ線路をはさんだ反対側だ。

「勘ちがいしていた。東池袋の二丁目だった」

沼沢は答えた。タクシーの料金を払い、二人はサンシャインシティに近い雑踏の中に立った。沼沢は先に立って歩き始めた。路地を縫い、一軒の雑居ビルの地下に降りる階段を下った。

「四階といってなかったか」

「それも勘ちがいだ」

ふり返りもせず答えた。階段を降りた先に、明りの消えた看板があった。「スナックフォンティーヌ」と記されている。木製の扉のかたわらにインターホンがあり、そのボタンを沼沢は押した。インターホンはひと言も発さず、扉の向こうで錠を解く音がした。

沼沢は扉を押した。だが先には入らず、開いた扉をおさえ、河合をうながした。

照明をいっぱいに上げたスナックの店内に河合は入った。テーブルとソファが壁ぎわに押しやられ、空間が作られている。そこに目かくしをされ、上半身裸のドミトリィが正座していた。

白く細い裸身に無数のアザや煙草の火を押しつけられたと覚しい火傷の跡があった。ドミトリィはうしろ手に縛られ、アイマスクをかぶせられている。小刻みに体が震えていた。

ソファに四人の男がかけていた。河合は男たちを見た。記憶にある顔がひとつ。落合組の山崎という男だった。闇金融の取り立てをシノギにしていた筈だ。

河合の背後で沼沢が扉を閉めた。カチリと音をたて、錠をかける。ドミトリィの体がびくりとした。

河合は沼沢をふりかえった。

「どういうことだ」

「こういうことさ」

山崎が立ちあがった。相撲取り崩れの大男で、でっぷり太った体にスポーツウエアを着けている。床に転がっている金属バットを拾いあげた。その音にまたドミトリィが反応した。

「叩かないで下さい」

泣き声でいった。

「お前じゃねえよ」

山崎がいって、河合の前に立った。両足を広げ、眠たげな目で河合を見おろす。

「いろいろ嗅ぎ回ってんだって？」

河合は無言で山崎を見返した。罠にはめられたと気づいた。ドミトリィがエサで、自分が獲物だ。沼沢は河合を釣るために「ブライトン」に現われたのだ。

「返事しろ、こら！」

山崎が怒鳴った。残りの三人はソファにすわり、煙草を吹かしたり、ペットボトルの飲みものをあおっている。

「悪いのか」

河合はいった。

「何だと」

「本を書いてるんだよ。ネタがなけりゃ書けねえ」

「ふざけんなっ」

山崎がバットをふりおろした。安物の合板のテーブルが割れ、破片が飛んだ。

「デカを辞めた野郎が偉そうにしてんじゃねえぞ。お前なんか消えてなくなったって誰も気にしねえ」

「じゃ、消してみろよ」

河合はいった。ここは強気でいくしかない、と決めていた。弱みを見せたが最後、ドミトリィのように徹底的にいたぶられるだろう。

「おう、上等だな」

山崎はバットをふりあげた。

「やめろ」

沼沢が短くいった。山崎の手が止まった。

「やけに強気じゃないか。何かウラがあるのか、え？」

沼沢は山崎を押しやり、河合の前に立った。山崎は無言で沼沢に場を譲った。

「あんたこそ妙だな」

河合はいった。

「こいつらに金で飼われてるのかと思ったら、そうじゃないのか」

沼沢は胸を反らした。

「お前の話をしてるんだ。俺の話じゃない。警察を依願退職して一年もたつ野郎が、なんでそんな強気でいられる」

「俺のことを調べたのは、あんたか。光井が青山に問いあわせ、青山があんたに調べさせた」

沼沢は鼻を鳴らして笑った。首をふる。

「いってるじゃねえか。俺の話じゃねえ、お前の話だってよ!」

いきなりストレートを河合の鳩尾(みぞおち)に打ちこんだ。息が詰まり、河合はよろめいた。

「貸せ」

沼沢が山崎の手から金属バットをひったくった。河合の顎(あご)に金属バットの先をあてがった。

「お前、なめてるのか。現役の俺が、お前をこんなところに連れてきて、話だけしてお帰り下さいとでもいうと思ってるのか。どう転んだって、お前は歩いてここをでられねえ」

「そういうことか」

河合は苦しさをこらえていった。

「何がそういうことなんだ」

「セルゲイの後釜(あとがま)だ」

沼沢の顔色がかわった。バットを河合めがけてふった。河合は尻(しり)もちをついてそれをかわした。

「まさか現役の刑事がロシアマフィアの後釜とはな。いつから飼われていたんだ」

「やかましい」

河合は立ちあがった。沼沢がバットをふりかぶり一歩踏みだし、凍りついた。河合が腰にさしこんでいたS&WのM10を引き抜いたからだった。

「おおっ」

山崎が叫び、ソファにいた男たちが立ちあがった。

「手前……」

沼沢がつぶやいた。

「オモチャじゃないぞ」

河合はいった。ゆっくり移動し、壁を背にする。五人がいっせいに動いたら、拳銃一挺ではたちうちできない。全員を視野におさめ、尚かつ背後をとられない場所に立つ必要があった。

「セルゲイ殺ったのも手前か」

沼沢が目をみひらき、いった。

「聞いてないのか、仲間割れだったと。中国人と殺し合ったんだよ」

沼沢は首をふった。いきなりバットを投げ捨てた。

「参ったな。辞めデカがチャカもって、現役がバットじゃ、こりゃ話にならねえ。忘れてくれや」

片手で拝むそぶりをした。

「な、頼むぜ」

作り笑いを浮かべている。あきれるほどのかわり身の早さだ。

「忘れてもいいが、条件がある。ドミトリィを連れていく」

沼沢の笑みが消えた。

「連れてってどうしようってんだ、あんた」

「ここにおいていけば殺されるのは見えてる。俺だけでていくわけにはいかない」

「自分のことを心配したほうがいいのじゃないのか」

「心配してるからこそ、ドミトリィが必要なんだよ」

沼沢は目を細めた。

「あんたいったい何者だ。ただの辞めデカじゃねえな」

「ただの辞めデカさ」

「銃刀法違反でパクったっていいんだぜ」

「そうかい。で、これは何と説明する。デカが極道と組んでロシア人を拷問か？」

「こんなカスみてえな野郎がひとり消えたところで誰も気にしやしねえ。あんたこそ何がしてえんだ」

「いろいろ、だ。手錠と目隠しを外してやれ」

河合はドミトリィに顎をしゃくった。山崎が沼沢の表情をうかがった。

「このままじゃすまねえぞ」

沼沢はいって、ポケットからとりだした鍵(かぎ)でドミトリィの手錠を外した。アイマスクを乱暴にむしりとる。

まぶしさに目をしばたたかせながらドミトリィがあたりを見回した。河合に気づき、手で頭をおおった。

「撃たないで」

「お前を助けにきたんだ。立てるか」

ドミトリィは半信半疑の顔で河合を見ていたが、やがてよろよろと立ちあがった。

「俺より先に外にでろ」

河合は命じた。ありがとう、ありがとう、とくりかえしながらドミトリィは店をでていった。

沼沢は煙草をとりだし、火をつけた。煙を吹きあげ、火口で河合をさした。

「次会ったら、この借りは返すぞ」

「いいのか。俺を殺ったらガルキンににらまれる」

沼沢は無言だった。

「セルゲイの穴を埋めたのが現役のデカだったとはな。最低の話だ」

河合は吐き捨てた。

「そういう手前は人殺しだろう」

「殺したのは俺じゃない。だが今なら人殺しになってもかまわないと思ってる」

沼沢の目を見つめていった。沼沢の顔が青ざめた。

「消えろや」

「いわれなくとも消えるさ」

河合はいってあとじさり、スナックの扉をくぐった。

タクシーを拾い、半裸のドミトリィを押しこめるように乗せて、河合はチヒの携帯を呼びだした。

「どこにいる?!」

つながると同時に、河合とチヒは同じ言葉を口にしていた。

「タクシーの中だ。アレックの店に向かう。そっちは?」

「カドワキビルの前だ。いわれた四階には誰もいないし、タダシの携帯はつながらなかった」

「別の場所で、しかも地下だった。アレックの店で会おう」

「了解」

ドミトリィは両膝の間に手をはさみ、小刻みに震えていた。河合は上着を脱ぎ、ドミトリィに着せてやった。

「ありがとう、ありがとう」

目でタクシーの運転手を示し、何もいうなと河合は首をふった。ドミトリィは瞬きしながら頷いた。

アレックに電話をする。

「いろいろとやっかいなことになった。店を抜けられるか。こっちはドミトリィがいっしょだ」

「店のビルの三階に私のオフィスがあります。そこにきて下さい」

アレックはあれこれ訊かず、いった。

「三階のオフィスだな。わかった」

4

アレックのオフィスは、六畳ほどの大きさしかなく、パソコンののったデスクとソファが部屋の大半を占めていた。デスクにすわっていたアレックは、河合が連れてきたドミトリィを見るなり、目をみひらきロシア語をまくしたてた。ドミトリィがそれに答える。しばらくやりとりをしたあと、

「殺されるところだった、といっています」

アレックは河合に目を向けた。

「ああ。あんたの店にきた男は刑事だが、ロシアマフィアと日本の暴力団の間に立っている。ドミトリィからあんたや俺のことを聞きだし、俺たちを殺す気だ」

アレックは首をふった。

「そんな。ロシアじゃないのだから……」

「あそこまでひどい汚職警官はめったにいない。あんたにも迷惑をかけた」

オフィスのドアが押し開かれた。チヒだった。場所を教えておいたのだ。

チヒはドミトリィを無言で見た。

「ドミトリィだ。つかまって拷問されていた」

「あの刑事か」

河合は頷いた。

「青山やガルキンがセルゲイの後任を俺に会わせなかった理由だ。デカのくせに、ロシアマフィアとやくざの橋渡しをしていたんだ」

「本当に？」

チヒは眉をひそめた。

「本当です」

ドミトリィが震え声でいった。

「セルゲイがいなくなったあと、沼沢が女たちを引きとりにきていました。逆らったら捕まると思って、いうことを聞くしかなかった」

「だがなぜ刑事が」

「山上連合と沼沢はもともとつきあいがあった。買収して情報を得ていたんだ。一年前の一件があってから、セルゲイともつながりのあった沼沢が存在感を強めたのだろう。やくざに飼われているだけじゃ飽き足らなくなり、ロシア人とのビジネスに首をつっこんだ。コワリョフの後任のガルキンは山上連合とは距離をおいている。山上連合にとっては沼沢が今の位置にいることが望ましい」

河合はいった。

「ガルキンもそれを受け入れたのか」

「ガルキンは山上連合が嫌いです。でもボスの命令でビジネスをしなければならない。だったら沼沢のほうがいい、といっていました」

ドミトリィがいった。

「なぜ山上連合が嫌いなんだ？」

「いばっているから。北海道で、山上連合は、ガルキンの友だちのやくざをいじめました。だから嫌いになった」

「ガルキンから聞いたのか」

ドミトリィは首をふった。

「ガルキンに会ったことはないです。沼沢がいっていました。前に私が、『なぜあなたがロシア人の仕事をするのですか』と訊いたら、そう答えました」

「ガルキンは山上連合と距離をおくために、沼沢をセルゲイの後任として受け入れたということか」

チヒがつぶやいた。アレックが咳払い（せきばらい）した。

「こちらの女性は、河合さんのパートナーですか」

チヒは気がついたようにアレックを見た。

「そうだ。一年前、俺は彼女に命を助けられた」

河合が答えると、アレックは手をさしだした。

「お礼をいわせて下さい。河合さんは私の大切な友人です。それを助けて下さった」

チヒはとまどったような表情を浮かべた。

「わたしは……任務を果たしただけだ」

「任務？　あなたは警察官なのですか」

「ちがう。アレック、今は話せないんだ。それより、あんたとこのドミトリィを避難させる必要がある」

河合はいった。

「さっきの男がそんなに危険だというのですか」

アレックは信じられないようにいった。

「ああ。必要ならあの男は警官の権力を使える。それでいて山上連合の兵隊も動員することができる。あんたやドミトリィのように日本にいる外国人にとっては厄介な相手だ」

アレックは考えこむそぶりを見せた。チヒが河合を見た。

「沼沢がセルゲイの後任だとすると、情報を奴から得るのは難しいか」

「Xのことか」

チヒは頷いた。河合は腕を組んだ。

「難しいだろうな。たとえ沼沢を汚職容疑で逮捕させるのに成功したとしても、ロシア人の組織についてぺらぺら喋(しゃべ)るとは思えない」

「あなたたちは何を調べているのですか」

　アレックが訊(たず)ねた。

「さしつかえなければ、私にも教えて下さい」

　河合とチヒは目を見合わせた。チヒは首をふった。だが河合は口を開いた。自分はアレックを通してドミトリィを知り、情報をとった。そのことがこのふたりのロシア人の命を危険にさらしているのだ。教えないでいるのはアンフェアだ。

「きっかけはタイで起こった殺人だ。コワリョフと右腕のドルガチが俺の目の前で撃たれて死んだ。このふたりは、日本を舞台に新しいビジネスをおこなおうとして、その準備のためにタイにきていた。ビジネスの相手は山上連合だ。そのビジネスの正体を俺たちはつきとめたい」

「コワリョフを殺したのは誰です？」

「タイ人の殺し屋だが、そいつは金で雇われていた。雇ったのが誰かはわかっていない」

「ガルキンなら知っているのではありませんか」

　河合は首をふった。

「ガルキンと俺は会った。ガルキンも知りたがっている」

「山上連合ではないのですか」

「可能性はゼロではないが、俺は低いと思っている。その時点でコワリョフと山上連合のビジネスはまだ軌道にのるところまではいっていない。それと、このビジネスに関して、コワリョフを殺してしまったら、むしろビジネスに支障をきたす。それと、コワリョフにはパトロンがついていたが、それがボスのユーリー・マレフスキーではないかもしれないんだ。そのパトロンの正体をつきとめれば、コワリョフを殺させたのが何者なのかもわかるだろう」

「コワリョフには私も何度か会ったことがあります。ユーリーに忠誠を誓っていると思いました」

「あるいはユーリーの命令でそのパトロンと組んだのかもしれないが、いずれにしても我々の知らない人物がビジネスにかかわっているのは確かなんだ」

「それはロシア人ですか、日本人ですか」

河合は首をふった。

「わからない」

「山上連合の人は知っているのですね」

「青山という、コワリョフとつながっていた男は知っている」

「その沼沢という刑事は？」

「わからない。訊けば教えてくれる相手でもない。ただ青山と沼沢は、あんたとドミトリィを危険だと見なして、消しにかかるだろう」

「河合さんは安全なのですか」

「俺も狙われる。だが俺にはまだ戦う方法がある」

「私がロシアにいきましょう」

アレックがいった。

「ロシアに？」

「ハバロフスクです。ユーリーの兄、アントンのことを知っている友人がいます。その友人に頼んで河合さんの話を調べてみます」

「待てよ。そんなことをして――」

「日本にいても私は危ない。ちがいますか」

その通りだ。

「だったらあなたのいうパトロンについて調べ、コワリョフと山上連合のしようとしていたビジネスが何であるのかをつきとめます。それがわかれば、私とドミトリィは安全になるかもしれない」

「保証はできない。たとえつきとめても、青山や沼沢が逮捕されるとは限らないんだ。俺はもう警官じゃない。だから――」

「つきとめてくれたらふたりを排除する」

チヒがいった。河合は驚いてチヒを見た。

アレックは首を傾げた。

「排除というのはどういう意味です？」

「無力化だ。あなたに危害を加えられない状態にする」

「それは、つまり……」

アレックの顔がこわばった。しかたなく河合はいった。

「彼女は、そういう仕事の専門家なんだ」

アレックは信じられないようにチヒを見た。

「あなたが、ですか」

チヒは無表情にアレックを見返した。アレックは河合に目を移した。

「じゃあ一年前に河合さんを助けたというのは――」

「セルゲイを排除した」

チヒは短くいった。アレックは手を広げ首をふった。

「こんな、小柄で、かわいらしい女性が」

「青山と沼沢の排除では、交換条件として問題があるのか」

チヒが訊ねた。河合はいった。

「チヒ、彼に危害が及ばないようにすることと排除は必ずしもイコールじゃない。それは最後の手段だ」

「私が好んでその手段を選んでいると思っているのか」

チヒは鼻白んだようにいった。

「そうじゃない。そうじゃないが、アレックにその判断を委ねるのは酷だ」

アレックは頷いた。

「河合さんのいう通りです。私が誰かの死を望んで、そうなるというのは……」

「難易度の問題だ。あなたに危害が及ばないよう護衛をする期限がいつまでで、どのていどの警備が必要なのかを判断するのは難しい。だがあなたに危害を及ぼす可能性のある人物がわずか二名なら、その排除の実行のほうがはるかにたやすい」

チヒがいった。アレックは目をむいた。

「私はギャングではありません。誰かを殺せば自分が安全になるとか、そういう考え方はできない」

チヒはアレックを見ていたが、視線をそらした。

「わたしの提案は却下されたようだ」

「とにかくコワリョフのパトロンが何者だったのか、それがわかってからにしないか」

河合はいった。チヒは無言だった。

ドミトリィがロシア語を喋った。アレックがそちらを見やり、たしなめるような口調で返した。そしていった。

「自分は誰が守ってくれるのか、心配なようです」

「とりあえず東京を離れることだ。沼沢にとって、お前は危険な存在だ。訴えれば、奴は警察をクビになる」

ドミトリィは首をふった。

「訴えるなんてしません。殺されます」

河合は息を吐いた。権力の腐敗が常態化している国では、それに楯突いたり、告発するのは自殺行為だと思われている。ドミトリィにとって、日本の警察もロシアの警察も大差ないのだろう。それをちがう、と説得できる信念が自分にあったら、警察を辞めなかった。

「とりあえず東京を離れろ。できればアレックといっしょにロシアにいくほうがいい」

ドミトリィはアレックを見た。アレックは頷いた。

「ひとりよりふたりのほうが心強い」

「善は急げだ。明日にでもハバロフスクに飛ぶんだ」

河合はいった。

5

翌朝、河合とチヒはふたりを成田空港まで送った。「排除」に関するやりとりのあと、チヒは口数が少なくなっていた。その空気をやわらげようと、帰りの車の中で河合はいった。

「あんたから借りているM10のおかげで、きのうは殺されずにすんだ。あれがなかったら、俺もドミトリィも危なかった」

「沼沢か」

「落合組のやくざもいた」

「わたしは――」

いいかけ、チヒは黙った。無言で車を走らせている。

「わたしは？」

「タダシにとって大切な人間に危害を加える人間を排除することに躊躇はしない。アレックは、よい友人なのだろう」

チヒの顔が赤らんでいた。河合は返答に詰まった。

「もういい。忘れてくれ」

チヒはぶっきらぼうにいった。

「それより、アレックとドミトリィがハバロフスクに向かったことをバラノフスキたちに伝えなくてよいのか」

河合は考えこんだ。バラノフスキが信用できないわけではない。が、アレックとバラノフスキを引き合わせたら、バラノフスキは情報を得るための強引な手段をアレックに強要しそうな気がしていた。その結果アレックの身辺に危険が及んだとしても、バラノフスキは一顧だにしないだろう。

「バラノフスキは、犠牲を恐れないタイプだ。アレックをその立場にしたくない」

河合はいった。チヒはわかったようだ。

「タダシの気持は理解できる。だがチェンバーに秘密をもつのは賢いやりかたとはいえない」

河合は息を吐いた。

「危険だと？」

「裏切りは常に秘密から始まる」

「確かにそうだ」

河合は目をフロントグラスの彼方に向けた。

「だが友人とチェンバーへの忠誠心を秤にかけることはできない」

チヒが笑った。

「何がおかしい」

「タダシのいいかただ。チェンバーへの忠誠心」

「そんなに変か」

「チェンバーは忠誠心など求めてはいない。必要なのは結果だ。それさえだせるなら、チェンバーをどう考えようと非難されることはない」

「だがチヒはチェンバーに対して秘密をもつべきじゃないといった」

「チェンバーに対して批判的な思想をもつことと裏切りは別の問題だ。チェンバーを裏切るのは、たいていの場合、個人の利益を求めた結果だ。それはチェンバーが摘発しようとする犯罪に加担したのと同じだとみなされる。犯罪の摘発と犯罪者の排除、犯罪資金の没収がチェンバーの目的だ。この三つの目的に反して自己の利益のみをメンバーが追求すれば、それは排除の対象となる」

「俺は自分の利益を得ようなどとは思っていない。友人を犠牲にしたくないだけだ」

「わかっている。だからわたしもタダシと秘密を共有する」

「ありがとう」

河合はいった。一瞬の間をおいて、

「どういたしまして」

チヒが答えた。

6

二日後、北平が帰国した。会議が招集され、その席上で、泉が咲坂の監視報告をおこなった。

液晶モニターにスーツ姿の咲坂の写真が映しだされた。同じようなスーツ姿の男三人と話している。

「この写真は、昨日の午後一時に赤坂のトライデントホテルロビーで撮影したものです」

泉が説明した。

「いっしょにいるのはヤクザシンジケートのメンバーか」

　バラノフスキが訊ねた。

「ちがいます。近くに本社がある、『ワークコーポレーション』という商社の社員です。ワークは、今から七年前に設立された医薬品専門の商社で、抗ガン剤や抗生物質などの輸入を扱い、薬品会社や提携する病院にそれらの薬を卸しています」

「薬品専門商社」

　河合は写真を見つめた。

「創業者で社長のワクイトシオは、大手総合商社の薬品部門に十八年勤務したのち、退社してワークを立ちあげました。業績は順調で、暴力団やフロント企業からの資金援助をうけているという情報もありません」

「会談の内容は？」

　北平が訊ねた。最後に会ったときより日焼けしている。

「急だったこともあって盗聴はできませんでした。この後四人は、ホテル内の料理店の個室で食事をとり、約二時間後に解散しています」

「ビジネスランチですか」

　スラットがいった。

「おそらくは。サキサカがワークの人間に自分を何と紹介しているのかは不明ですが、ワーク側は、ビジネスマンとしてサキサカを扱っているようです」

「つまりワークとサキサカのあいだで取引がおこなわれる可能性があると？」

「はい」

「ワークの人間に接触する必要があるな」

北平がつぶやいた。

「その取引の対象が、コワリョフが開発していた〝商品〟かもしれない」

「フィリピンで、それに関する情報は得られなかったのですか」

河合は訊ねた。北平は首をふった。

「ミツイは囮だったようだ。コワリョフが殺害された現場に居あわせたことで、ミツイの存在を我々は重要視した。が、実際はマニラに移動してからのミツイの周辺では目ぼしい情報を得られなかった」

「囮というからには、目をそらせたい相手を敵側が想定していることになる。それはいったい誰なんだ。タイの警察か、それとも日本の警察か？」

バラノフスキがいった。

「ありうるとすれば日本の警察だが、現段階で日本側の捜査を想定して囮を立てるというのは筋が通らない」

「だったら囮ではないのだろう。何らかの事故なり、手ちがいがあってミツイのする仕事が遅れているのじゃないのか」

「もしそうなら私がフィリピンを離れたのは失敗だったわけだ」

「監視は解いたのですか、それともまだ？」

泉が訊ねた。

「何人かの地元のエージェントに続行は依頼してある。だから――」

いったはものの、北平の歯切れは悪かった。現地のエージェントにそれほど高い信頼性を期待できないという意味なのだろう。

「いずれにしてもミツイに動きがない限り、新しい情報は期待できない」

河合はいった。

「いいのですか、そんなにあっさりあきらめて。苦労して彼の信頼を得たのに」

スラットが河合を見た。

「そのミツイがヤマガミレンゴウを通して俺の身許を照会した警官の正体が判明した」

河合はいって、泉に頷いてみせた。泉がモニターの画像を操作した。

「ヌマザワトシキ。警視庁組対四課、麻布署刑事課を経て、現在、警視庁総務部の留置管理課にいます。階級は警部補で七年前からかわっていません」

泉が入手した沼沢の写真がアップになった。制服姿で、殊勝な顔をしている。

「ヤマガミレンゴウに買収されているのか」

バラノフスキの言葉に河合はいった。

「それだけじゃない。一年前に欠けたセルゲイの穴をこの男が埋めて、コワリョフらが送りこんだ女たちの東京でのひきうけ手になった。つまり警官でありながら、アルガニザーツィヤとヤクザシンジケートの橋渡しをおこなっているんだ。前回、俺がガルキンと接触したときに、アオヤマまでその場に現われたのにこの男がこなかった理由は、俺に正体を知られたくなかったからだ。俺とこの男は面識があった。だから会えば一発で、この男の正体を見破られる。さらに、その後、ヌマザワはガルキンの情報を俺に提供したロシア人のボーイを拉致し、俺ともども殺害しようとした。俺に正体を見抜かれたと悟ったからだ。この男に関しては、警察官というより、悪質な犯罪者だという認識をもって対処したほうがいい」

「どうして助かった？」

北平が河合を見て訊ねた。

「すきを見て銃を奪い、ボーイを連れて脱出した。チヒに応援を要請しようとしたのだが、地下にいて電話がつながらなかった」

河合はチヒから銃を預かっていたことは告げずに説明した。

「その場にいたのは、この男だけか」

北平がさらに訊ねた。

「いや、ヤマガミレンゴウ傘下のオチアイグミの人間もいた。ヌマザワは明らかに彼らより格が上のふるまいだった」

北平は息を吐いた。

「汚職警官が死んだロシアマフィアの後釜におさまったというのか。小遣いだけでは飽き足りずに」

「調べたところ、コワリョフがキャビアを卸していた西麻布のワインバーの実質的な経営者がこのヌマザワでした」

泉が告げた。北平の顔に怒りが浮かんだ。

「許せんな。これではヤクザが警官をしているようなものだ」

「ヌマザワには組対にいた時代から悪い噂がつきまとっていた。それで麻布署にトバされたのだが、そこでの地位をちゃっかり利用して、バーの経営にも手をだしたのだと思う」

「ひとつ教えてくれ」

バラノフスキがいった。

「あんたに助けられたというロシア人のボーイはどうした？」

チヒが身じろぎした。

「逃亡中だ。ひどく怯えていて、これ以上情報をひきだせそうになかったので、やむなくその場で解放した」

「解放しただと？」

バラノフスキが眉を吊り上げた。

「なぜそんな中途半端なことをするんだ。消されるか、ヤマガミレンゴウに寝返るだけだ」

北平が手をあげ、バラノフスキの言葉を制した。

「そのボーイの名は？」

「ドミトリィ。『ミリオンダラー』というロシアパブで働いていた」

「チェンバーのことをその男に話したのか」

「まさか。本を書くための取材だといった。なのに保護してやると申してでたら、かえって怪しまれる」

「わたしの印象では、ヤマガミレンゴウとヌマザワは、タダシを狙ってくる」

チヒがいった。

「ヌマザワもアオヤマもタダシに敵意を抱いている。ガルキンがタダシに、コワリョフの殺害者に関する情報の提供を依頼していることも敵意の理由だ。ヌマザワの排除を提案する」

「かわいい坊やをつけ狙う悪者は許さん、てわけか」

バラノフスキがからかうようにいった。チヒはバラノフスキを見すえた。

「タダシに敵対する人間をすべて排除するなら、あなたもその対象だな」

「チヒ」

北平がたしなめた。

「冗談です。彼に合わせただけだ」

「ヌマザワの排除は却下する。悪徳警官だとしても、警官は警官だ。もし我々が手を下せば、チェンバーに対する警察の風当たりが強くなる」

「警視庁の幹部に伝えて、彼の身辺を捜査させてはどうですか」

泉がいった。

「そのドミトリィが被害届をだすのなら話は別だろうが、そうでない限り、警視庁は臭いものに蓋をする方向で動くだろう。またどこかの所轄にトバし、知らん顔をする」

「ドミトリィの告発はありえない」

河合はいった。

「当然だ。ロシア人だからな。国家権力に逆らったらどんな目にあうかはわかっている」

バラノフスキがつぶやいた。

「アオヤマ、ヌマザワ、ガルキンというラインがこれではっきり見えたわけだが、今後の作戦は?」

北平が河合を見た。

「アオヤマ、ヌマザワまでは一本だが、その上はふたまたに分かれている。片方がガルキンで、もう片方は、我々が未知の人物なり組織だ。コワリョフはそちら側に資金や情報の提供をうけて動いていた公算が高い」

北平は他のメンバーの顔を見渡した。誰もが無言だった。バラノフスキは肩をすくめた。

「何だ」

河合はバラノフスキを見つめた。

「新米の捜査員は、必ず自分がぶちあたった事件の裏に大物の犯罪者が潜んでいるといいたがる。医者の卵が病気に詳しくなると、自分は重病にかかっていると思いこむのといっしょで」

「俺は新米じゃない」

「だったらお人好しだ。ガルキンは頭がいい。お前は奴の芝居にだまされたのさ」

河合はいらだつ気持をおさえてバラノフスキを見つめた。バラノフスキの思いこみを否定するには、新たな証拠が必要だ。アレックが無事ハバロフスクから情報をもち帰ってくれることを願わずにはいられなかった。

「ガルキンやコマサキとの接触をつづけます。コワリョフの資金源が誰であったとしても、今後の調査に彼らの情報が必要だ」

「妙な情報ばかり吹きこまれてこないことを願うぞ」

バラノフスキが嘲笑うようにいった。さすがに北平がたしなめた。

「バラノフスキ、君の発言は、カワイのプライドをわざと傷つけようとしているとしかうけとれない」

バラノフスキの顔が赤くなった。

「俺はなぜここにいる？　アルガニザーツィヤの専門家だからだ。その俺のいっていることをカワイは信用しない。だから挑発的ないいかたしかできないんだ」

「重要なのは、どっちが正しいとかまちがっているかとかじゃない。真実は何かをつきとめることだ。そのために我々は活動している。バラノフスキもカワイも、プライドの問題は分けて考えるべきだ」

バラノフスキは不愉快そうに顔をそむけた。

「日本人は日本人の味方をするさ」

「そういう発言は好ましくないな。ここにいるのは日本人とロシア人だけではないんだ」

北平の口調が厳しくなった。

「我々は国境を越えた調査をするのが仕事なのだ」

「だったら俺も、カワイのような捜査方法をとらせてもらう」

ひらきなおったようにバラノフスキはいった。泉が首を傾げた。

「あなたがこの日本でそれをするのですか」

「そうさ。日本にも俺の知っている奴らはいる。そいつらと接触して情報をとる。かまわないだろ」

北平は深々と息を吸いこんだ。

「いいだろう。許可する。ただしカワイと君とが同じ側にいるとロシア人には決して思われないように」

バラノフスキは頷いた。

「任せておけ。それじゃ失礼する」

立ちあがり、ブリーフィングルームをでていった。ドアが閉まると、泉が首をふった。

「なぜ彼は河合さんにあんな敵意を抱くのだろう」

「敵意ではないと思います。たぶん、同じ警官出身のチェンバーとして負けたくないという意識が働いているんです。ただそれが過剰なだけで」

河合はいった。バラノフスキが優秀な捜査官であることに疑いは感じていない。バラノフスキの指摘は、それなりに理屈が通っている。問題はその対象がことごとく自分である点だ。自分以外のメンバー、北平や泉、スラットの発言に対しては、バラノフスキは頭ごなしに否定しない。

チヒだけは別だ。河合に味方するチヒをバラノフスキは揶揄することが多い。

そう考え、河合は気づいた。チヒを見つめる。

「バラノフスキと仕事をするのは初めてか」

「過去の任務について、それに加わっていないメンバーと会話を交すのは禁止されている」

チヒは無表情に答えた。バラノフスキの前で味方をしたのが嘘のような冷たさだ。

「俺が知りたいのは、今回の調査の前に、彼と会ったことがあるかどうかだけだ」

「私が答えよう。ある。それが何だというんだ？」

北平がいった。やはり、と河合は思った。バラノフスキはチヒに好意を抱いていた。それが河合のお守り役を買ってでているのが気にいらないのだ。

河合が黙っているので、北平は怪訝そうに眉を寄せた。

「どうした」

チヒも不思議そうに河合を見ている。

「何でもない。俺の思いすごしだった」

河合はいった。ここでそうした話をすれば、むしろチヒを傷つける結果になりかねない、と思ったからだった。

7

「北平の指示があった。青山や沼沢の襲撃に備え、タダシのボディガードをする」

ハンドルを握ったチヒがいった。

「ありがとう」

河合の言葉に、チヒはそっけなく頷いた。

「バラノフスキはどうするつもりなのだろう。知っているロシアマフィアをかたはしから締めあげる気なのか」

「そんな真似をすれば、日本のロシア人社会に噂が流れる。それにバラノフスキはもう現役の警官ではない。反感を買ったら襲われる危険がある」

「そうだな。奴には、チヒがいない」

チヒは無言で車を発進させた。しばらく考えていた河合はいった。

「やはり鍵は咲坂だ。奴が〝商品〟の情報を握っている」

「だがワークへの接触は、我々の任務ではない」

チヒが河合をふりむき、答えた。それを誰がするかという点に関し、北平は何も発言しなかった。つまり、チェンバーの別の人間がその任務にあたるのだ。いったい誰があたるのか。泉だろうか、北平本人か。それとも河合も知らない別のメンバーか。

今、咲坂に接触すれば、ワークへの調査を台無しにしてしまう危険があった。河合に可能なのは、駒崎、ガルキンとの接触だけだ。だがそれをするには、コワリョフらを殺させた人物に関しての情報が必要だ。

河合の携帯電話が鳴った。番号を見て河合は驚いた。光井からだ。

「河合だ」

「俺だ、光井だ。あんた今、どこにいる」

「東京だ。そっちはまだバンコクか」

「いや、俺も……東京だ」

光井は歯切れの悪い口調でいった。

「戻ってこられたのか」

「それが……勝手に戻ってきちまった。どうも妙なことになってな」

バンコクにいるのかと訊いたのは、フィリピンに移ったのを知らないと思わせるためだ。

「妙なこと？」

「もしかすると、俺はハメられたのかもしれねえ」

光井の声には怯えがまじっていた。

「誰にだ」

光井は答えなかった。

「今、東京のどこにいる」

「渋谷のビジネスホテルだ。池袋はヤバくて近づけないからな」

池袋は光井の古巣の落合組の縄張りだ。そこが「ヤバい」というのは、落合組から身を隠したがっていることを表わしている。

「そっちへいくか？」

河合は訊ねた。光井はほっとしたような声で答えた。

「ああ。いいのか、あんたは」

「たった今、打ち合わせが終わったところで空いている」

「打ち合わせ？　仕事か」

「会ったら話す」

「わかった」

光井は今いるというビジネスホテルの名と所在地を口にした。渋谷の道玄坂だった。

「これから向かう」

通話を切った河合は、北平の携帯電話を呼びだした。

「光井から連絡がありました。何か怯えているようすで、日本に帰ってきたといっています」

「怯えている？」

「自分はハメられたかもしれない、と。落合組のいる池袋を避けて、渋谷のビジネスホテルにいるそうです。これから接触します」

河合はビジネスホテルの名を告げた。

「応援は必要か」

「チヒがいるので大丈夫です」

「青山らが君を狙っている状況で光井と接触するのは、襲撃される危険を高める結果につながる。慎重に行動してくれ」

「了解です」

電話を切るとチヒが口を開いた。

「ビジネスホテルは、客室への来客を許可しない。光井を呼びだすか」

「外で会うのは危ない。俺たちがカップルを装ってチェックインし、館内で接触する」

「わたしも同席していいのか」

「いや。第三者がいれば光井は警戒するだろう。部屋にいてくれ」

河合はいって、「１０４」で光井の泊まるビジネスホテルの番号を調べ、部屋の予約をした。幸いにツインルームが空いている。三十分後には到着すると告げ、時計を見た。午後四時を回った時刻だ。少なくとも明るいうちは、光井と戸外を歩き回らないほうがよいだろう。

チヒが近くの駐車場に車を止めるのを待って、河合はビジネスホテルの玄関をくぐった。チヒはトランクから例の巨大なショルダーバッグを降ろした。

フロントにいき、告げていた偽名を口にして宿泊料を現金で支払った。部屋は、偶然に光井のいる部屋と同じ六階だった。

エレベータで六階にあがり、あてがわれた部屋に入ると、河合は光井の電話を呼びだした。

「河合だ。今、同じホテルにいる。そっちの部屋に向かう」

「わかった」

チヒがカーテンを閉め、ショルダーバッグのファスナーを開いた。防弾ベストを着け、サブマシンガンＭＰ５の弾倉をチェックする。光井の部屋は、ふたりがいる部屋の斜め向かいだ。チヒが準備を整え頷(うなず)くのを確認して、河合は扉を開けた。今日はM10をもってきていない。まったくの丸腰だ。何かあったらチヒの応援を頼む他なかった。

光井の部屋の扉をノックした。廊下は無人だった。

「河合だ」

チェーンをかけた扉が細く開かれた。日焼けした光井の顔がのぞく。光井は河合の背後を確認するとドアを一度閉め、チェーンを外した。

河合は部屋に入った。河合たちの部屋と同じツインルームだ。

「鍵をかけてくれ」

光井がベッドに腰をおろし、いった。河合は言葉通りロックし、もう片方のベッドにすわった。

光井は疲れた表情で顔をこすった。河合は無言で光井を見つめた。ワイシャツにスラックス姿だが、スラックスは夏物のようだ。

「フィリピンにいたんだ」

「フィリピン？　そういえばマニラに飛ぶといっていたな。咲坂と会ったのか」

思いだしたように河合はいった。光井は首をふった。

「いや。会ったのは咲坂さんの部下だ。そいつらにマニラの外れに連れていかれた。プール付きの別荘みたいな家にずっといた」

「ハメられたというのはどういうことだ。殺されかけたのか」

「そうじゃねえ。待遇は悪くなかった。飯も酒も女もあてがわれて、ゴルフにも何回かいった」

「じゃあ何が――」

光井は大きな息を吐き、河合を見つめた。

「正直、俺はマニラで荷受けの仕事を任されると思っていたんだ。消される前にコワリョフが発注したブツだ。それが何だかはわからねえが、マニラに到着したら、そいつを日本に送る手配をする、そう考えていた」

「ちがったのか」

「咲坂さんの部下の話じゃ、マニラに着く荷はメキシコからくるということだった」

コワリョフがメキシコを訪れていたというインターネットの情報を河合は思いだした。

「メキシコからブツを運んでくるんだな」

「そうだ。だが何日かいるうちにそれが怪しくなった。俺のところに中国人の仲介業者からも連絡があったんだが話がかみあわねえんだ。ブツは浙江省の温州からカナダに送るっていいやがる。メキシコのメの字もねえ。じゃ何のために俺はマニラくんだりまででかけたってことになるだろう」

「マニラに飛べと指示したのは誰なんだ」

「あんたの推測通りの男さ」

青山だ。

「日本にそれを確認しなかったのか」

「したさ。だがなかなか連絡がとれなくて、やっとつかまったと思ったら、荷はちゃんとメキシコからくる筈だという」

「中国人の仲介業者の話はどうなんだ」

「それは別件で、まちがって俺に連絡をしてきたというんだ。だからしかたなく俺はまた待つことにした。そうしたらどうだ。いきなり一昨日になって、ブツはやはり中国の温州からカナダにいくことになった。ただワンクッションをおきたいんで、インドネシアに飛んでくれといってきた」

「インドネシア」

「妙だろう。中国からカナダにもっていく途中にインドネシアを経由させるってんだ。しかもマニラの真南にある聞いたこともねえ島に寄ってく。別に俺がいこうがいくまいが、どうでもいいようなところなんだ」

「何という島だ」

「何ていったっけ」

光井は顔をしかめた。

「ス、ス、スラベシとかいう島だ」

河合は首を傾げた。インドネシアと聞いてすぐ頭に浮かぶのは、首都ジャカルタか、リゾートのバリ島だ。スラベシ島というのは聞いたことがない。

「もちろん直行便はねえ。ジャカルタ経由で飛んでくれという。それでさすがに変だと思ったんで、俺がいかなきゃいけないところなのかと訊いた」

「青山は何と答えた」

「『あんたがキィマンだ。あんたが動いてくれなけりゃ取引が始まらない』。だからいった。『ブツは何だ。そいつを知らなけりゃ動けねえ』。すると、『スラベシ島にいけばわかる』。で、俺はキレた。『荷物じゃねえんだ。理由もなしに、あっちいけ、こっちいけじゃやってられねえ』とな。すると、しぶしぶ、青山は教えてくれた。『ブツは大麻だ』」

「大麻？」

光井はがしがしと頭をかいた。

「そうさ。だがそんなわけはねえ。たとえハシシにしたところで、中国の温州からはるばるインドネシア経由でカナダに運び、それから日本にもちこんだんじゃ、まるで割にあわない。それにベトナム人をかませる理由がまったくないだろう」

「ベトナム人はパッケージの製作をするのじゃなかったのか」

「大麻になんでパッケージがいる？　わざわざ菓子みたいな包装をしたって、調べられたら一発だ。運賃をかけた上にさらにパッケージ料をのせるなんて、素人が考えたってありえねえ商売だ。そうすると、青山はすべて嘘をいってるってことになる。インドネシアにいかせるのも、俺を消すためかもしれん、とな」

河合は深々と息を吸いこんだ。商品が大麻だという話は、確かに信じられない。だが光井を消すためにわざわざインドネシアの島に送りこむのも妙だった。やはり囮(おとり)として使われているのだろうか。

「インドネシアに飛んだらヤバい、と思った。だからマニラで成田いきのチケットを手に入れて帰ってきちまった。これで俺が戻れる目はなくなった」

「いつ、インドネシアに飛ぶことになっていたんだ」

「きのうさ。ジャカルタで俺をピックアップするエージェントからは、とっくに青山に連絡がいっているだろう。だから俺は、あんたに連絡をとったとき以外、携帯の電源も切ってる」

「なあ」

河合は身をのりだした。

「今の話を聞いていて思ったのだが、あんた誰かに見張られていないか」

「見張られている？」

「そうだ。マニラにいかせたり、今度はインドネシアの島だなどというのは、誰かの目をくらますための囮にされているのじゃないかと思うんだが」

光井は怪訝(けげん)そうに河合を見つめた。

「囮って、サツの目をくらますとかそういうことか」

「警察というのは考えにくい。あんたが俺も知らないような大きなヤマをどこかで踏んでいるのじゃない限り、タイも日本も、警察はあんたを追わないだろう。むしろ俺が考えるのは、コワリョフを消した奴らのことだ」

光井の顔がこわばった。

「俺も消されるってのか」

「いや、消す気だったら、あのときバンコクのホテルのバーでやられている。それにあんたはコワリョフが扱おうとしていたブツの正体も知らない。消される理由なんかどこにもない筈だ。コワリョフを消した奴は、そのブツと何かしら関係があって、あんたが動き回るのを見張ることで、そのブツを横どりしようとか、そう考えているのかもしれん。青山がそれを警戒して、あんたをあちこちに動かしている、という可能性もある」

話しながら、光井をガルキンに会わせたらどうだろうか、と河合は考えていた。光井とガルキンを組ますことができれば、青山の知る〝ブツ〟の正体を明かさせる圧力に使える。

そのことが不測の事態を呼ぶかもしれない、とは思う。だが今の状況で、光井、ガルキン、青山らとそれぞれ異なる接触をつづけていても新たな情報が得られるのがいつになるかまったく不明なのだ。

自分がまだ警官であったなら、〝待つ〟ことはそれほど苦にはならなかったろう。警官は同時に複数の事案を抱える。監視対象の動きが止まり、捜査の進展がしばらくは望めないと考えれば、別の事件の捜査によって時間経過を待つだけだ。

動きが止まった、情報が得られないからといって、事件関係者を〝揺さぶる〟のは、賢明な手段ではない。そうした捜査法は短絡的だし、悪い結果を呼ぶと、警察では忌避されている。

悪い結果、たとえば暴力事件や関係者の自殺などが生じたときの責任の問題もある。警察は公的な機関であり、マスコミや人権派と呼ばれる弁護士などからの批判を、特に上層部は嫌うからだ。

チェンバーは公的機関ではない。また、動きを待つあいだ、手がける別の事案が河合にあるわけでもない。

危険は百も承知だ。ガルキン、光井双方から、自分の正体を疑われるのは避けられない。

しかしこのまま事態を見守るだけでは、突破口は見つかりそうになかった。

「青山は確かに何か俺に隠してることがある。それは、俺とあいつじゃ、立場もちがう。けど、だからって俺が何も知らされねえで駒にされるのは、ちがうだろう」

「あんたが日本に帰ってきたと知ったら、青山がどうでるか。そこに青山の真意がある」

河合がいうと、光井は落ちつかなげに視線をさまよわせた。

「さっき、打ち合わせって電話でいっていたのは何なんだ」

「出版社の人間との打ち合わせだ。結局いい仕事が見つからず、どうしようか迷っていたら、本をださないかと勧められた」

「本？」

「警察や犯罪の話を書く。元刑事って肩書きは、それなりに商売になるらしい」

「あんたが、本を……」

信じられないように光井はいった。

「俺もできるかどうかわからない。それに過去の話ばかり書いてもつまらないんで、ヤバくない範囲で、今の連中にも取材しているんだ」

「俺も本はずいぶん読んだぜ。特にタイにいってからはやることがないんで、小説だの何だの、日本人向けの古本屋でかたっぱしから買ってきた」

駒崎もいっていたが、やくざには意外に読書家が多い。その最大の理由は服役だ。刑務所にいる間、退屈をもてあまし、本に手をだす。出所後もその習慣がつづく者は少ないが、服役期間中は、小説からノンフィクション、難解な哲学書までをむさぼり読んだという話を、何人ものやくざから河合は聞いたことがある。

「俺のことも書くのか」

光井は訊ねた。

「今のこの状況じゃ難しい。ナマ過ぎるだろう」

「そうだな」

ふてくされたように光井はつぶやいた。

「日本に帰ってきてからこっち、その本の取材も兼ねて、いろんな人間と会った。その中に、ロシア人もいた。コワリョフの後釜になったって奴もいたよ」

河合はなにげなくいった。光井が顔を上げた。

「何て奴だ」

「ガルキン。北海道を縄張りにしていたんだが、コワリョフが死んだのでこちらにでてきた。コワリョフが殺られたとき、俺が近くにいたといったら驚いていた。あんたもいたとは話していない。あくまで偶然ということにした」

「日本語が話せるのか」

「流暢なものだ。それに北海道の元やくざで駒崎という右腕がいる。ふたりは青山とはあまりうまくいっていないようだ」

「そいつらなら何か知ってるのじゃないか」

「俺もそう思ったのだが、嘘か本当か、コワリョフが消された理由に心あたりがないそうだ。俺にそれを調べられないか、とまでいってきた」

光井は考える表情になった。光井から会いたい、というのを河合は待つつもりだった。

「そんな真似をしたら青山が黙っていないだろう」

「実はもう、俺と青山のあいだはこじれてる。奴と組んでる現役の刑事がいて、そいつともめたんだ」

「麻布署の奴か」

「知ってるのか」

「名前までは聞いてない。あんたのことを問い合わせたとき、麻布に知り合いがいるんで調べさせてみる、と青山がいった」

「その男だ。今は麻布から動いているが、やくざが警官をやっているような奴だ。青山はそいつとのパイプがあるんで、ガルキンにも強気で接している」

「そのガルキンてのに会えないか」

光井はいった。

「会ってどうする？　下手をすればコワリョフを殺ったのはあんたの指し金だと疑われかねないぞ」

「たとえ疑われたってかまやしねえ。逃げ回ってばかりじゃ八方塞がりだ。どのみちこのままじゃ、俺は青山にもにらまれる。もしあんたがいうように、コワリョフとは別の勢力がいるのなら、そっちと組むって手もあるだろう」

光井はどうやらガルキンをその勢力だと考えたようだ。

「ガルキンを保険に使うつもりならやめたほうがいい。そんななまやさしい相手じゃない」

河合はいった。

「青山だってやさしくはねえ。いうことを聞かないとなったら、俺を潰すのにこれっぽっちも迷わねえだろうさ」

河合は考えこむふりをした。

「だが俺に妙な腹があると疑われるかもしれない」

「あるじゃねえか」

光井がいったので、河合はどきりとした。

「どんな？」

「本を書くって腹だよ。俺とガルキンの話をつきあわせたら、極道の国際進出ってテーマで書けるだろうが」

河合は苦笑した。

「わかった。駒崎に連絡をとろう。だが、ガルキンをあんたに会わせることは、青山には秘密だぞ。保険だとしても今は使うな」

「あたりまえだ。契約もしてねえのに保険をかけたなんていったら、それこそ即消されちまう」

光井は答えた。

8

光井の部屋をでた河合は、チヒと合流し、北平に連絡をとった。

「光井をガルキンに会わせます。そのことで状況が進展するかもしれません」

「性急だな」

案の定、北平はいった。

「光井は孤独感を強めています。返り咲きをエサに青山に利用されたのだと気づいたようです。だから生きのびるには保険が必要だと考えた」

「ガルキンの話は、君がふったのか」

「そうです」

北平は沈黙した。やがていった。

「思いきった手だな」

「刑事だったらやれない」

「わかった。青山と沼沢の動きに注意して、ガルキンに接触しろ。一歩まちがえれば、光井は殺される」

「了解です。ところでワークとの接触は、誰がおこなうことになったのです？」

「泉だ。向こうがまっとうな企業である以上、泉の議員秘書という肩書きが有効だ」

「ではそちらが進展するまで、咲坂にはさわれませんね」

「光井が咲坂に連絡をとる可能性があると？」

「いえ。光井はマニラで咲坂の部下の世話にはなりましたが、青山からインドネシアに向かえといわれて不安を感じ、日本に強引に戻ったようです。そういう意味では、咲坂のメンツを潰しています。咲坂に連絡をとるとは思えません」

「光井が不安を感じたのはインドネシアにいけ、といわれたからなのか」

「詳しい報告はメールで送りますが、荷受けの話が二転三転し、ブツの内容を教えろと青山に迫ったところ、大麻だといわれ、明らかに嘘だと気づいたのが一番の理由です」

「インドネシアのどこへ向から予定だったんだ?」

「スラベシという島だそうです」

「調べてみよう。あるいは大麻の話は本当かもしれない」

「大麻の運搬やパッケージにそんな金をかける理由がありません」

「すべての可能性を検討してから、排除を決定するのが私のやりかただ」

「ワークと咲坂が接触している状況を考えると、大麻が商品であるとは考えられません。ワークの取引先にインドネシアの企業があるかを調べて下さい」

「やってみる」

北平は短く答え、電話を切った。

河合とチヒは神谷町に戻った。部屋に入ると、河合はソファに腰をおろし、黙りこんだ。

「どうした」

チヒが訊ねた。

「難しい顔をしている」

北平の態度が気になっていた。光井の話をあまり重要視していないように感じる。さらにいえば、光井とガルキンを会わせるという河合の作戦にも疑問を抱いているようだ。

とはいえ、実行に反対しているわけではない。

「どう思う」

河合は向かいにすわるチヒの浅黒い顔を見つめた。

「北平は、俺のやりかたが気に入らないようだ」

「なぜ断言できる？」

チヒは冷静な顔で訊き返した。

「勘だ。確かに光井とガルキンを会わせるというのは荒っぽい方法かもしれない。青山の反発を招き、山上連合とアルガニザーツィヤとの間の亀裂を広げる可能性はある。北平はそれを嫌がっているのだろうか」

自問自答のように河合はつぶやいた。

「北平が嫌がる理由は？」

チヒが訊ねた。白目が光っている。近くで見るのが初めてではないのに、河合はチヒの目がきれいだと改めて思った。質問に答えるのも忘れ、チヒの目を見つめた。

「何だ」

チヒがとまどったようにいった。

「いや、何でもない。北平が嫌がる理由は……。たぶん、ガルキンと青山の仲をこれ以上こじれさせたくないからだと思う。チェンバーが利益を得るためには、新ビジネスがあるていど軌道にのるのを待つ必要がある。ふたりの関係が決定的に壊れてしまったら、それは難しい」

「だがガルキンは、これまでのところその新ビジネスが何なのかを知らないような態度をとっている。タダシにコワリョフ殺しの犯人について調べろといったのも、新ビジネスの情報を得たいと考えているからではないのか」

「俺もそう思ってきた。今の段階でビジネスの正体を知っている可能性があるのは、青山と咲坂、それに沼沢だ。咲坂にはさわることができない。ガルキンを焚きつけて青山の口を割らせよう、というのが俺の作戦なのだが、北平はそれにあまり賛成じゃないようだ。それどころか、青山が光井を丸めこもうといいだした大麻という話に惹かれている節すらある。少しでも考えれば、大麻なんてありえないとわかるのに」

チヒの表情はかわらなかった。

「光井の話をもう一度聞かせてくれ」

「当初、光井はマニラで荷受けの仕事を任されると考えていて、それは我々の予想とも一致していた。品物は、ベトナムなり中国からマニラに運ばれ、そこから日本に送られると思われた。ところが光井の世話をした、マニラ在住の咲坂の部下の話によれば、荷はメキシコからマニラに届くことになっていた」

「ベトナムや中国は？」

河合は首をふった。

「さらに光井のところに中国人の仲介業者から連絡があり、荷は中国浙江省の温州からカナダに送られることになったといわれ、光井はあぜんとした。マニラ経由の話がどこにもないからだ。それで青山に連絡をとったところ、メキシコからマニラに着くといわれ、それが一転して、温州からインドネシア経由でカナダいきになった、ついてはインドネシアのスラベシ島にいってもらいたい、といわれたのだそうだ」

チヒは顔をしかめた。

「話を聞いていると、荷物の動きには二つのルートがあるように聞こえる。メキシコ発マニラ経由日本いきと、中国発インドネシア経由カナダいきだ。カナダいきの荷は、それが最終目的地ならば、日本のやくざが関係する理由がない」

「そうだ。ましてやワークが関係する余地もない。光井が信じられないと考え、インドネシアいきを拒否したのも当然だ」

河合はいった。

「ならばどうして青山は光井にインドネシアにいけ、といったのだ？」

「わからない。消すためだとしても手間をかけすぎだ。俺は誰かの目をくらますための囮(おとり)じゃないかと思っている。警察ではなく、対立する組織だとか」

「しかし光井を監視するような存在があれば、マニラの協力者が気づいてよい筈(はず)だ」

「インドネシアの、それもあまり聞いたことのないような島にいけ、といったのには理由がある。それが何かだ」

「やはりその島に何らかの理由があったのではないか。国際的な違法取引の運搬ルートをカムフラージュするとしても、無名の土地を経由したのではかえって税関の注意を惹くだろう」

「それがカナダいきの荷ならば、むしろ注意を惹かない、と考えたのか。わからないがたとえばスラベシ島からカナダに定期的に運びこまれる農産物があるとか」

チヒは黙りこんだ。が、やがて首をふった。

「やはり荷の最終目的地は、カナダではなく日本だとわたしは思う」

「世界中をぐるぐる回しすぎじゃないのか。それでは運賃や保管費用がかさんで、どんな品であれ、採算をとるのが難しくなる」

大麻、あるいはヘロイン、覚せい剤といった違法薬物であっても、販売価格には必ず相場というものがある。摘発を逃れるためとはいえ、運搬や保管に費用をかけすぎれば、それは当然価格にはねかえってくる。あまりに相場をこえた値では、最終的に末端の〝消費者〟にそっぽを向かれる。流通や卸し売りを手がける組織にそれがわからない筈はなく、大麻でそこまでの手間暇はありえないと河合は考えたのだった。

それにたとえ荷が大麻であるとしても、あがっているふたつのルートではちがいが大きすぎる。

メキシコ発マニラ経由日本いきと中国発インドネシア経由カナダいきというのでは、東向きと西向きで方向がまるで逆だ。

「どちらかがダミーのルートなのかもしれない」

河合はいった。

「そうならば、メキシコ発がダミーだ」

チヒが断言した。

「なぜそう思う?」

「コワリョフが接触したベトナム人の存在だ。偽のパッケージの製作がおこなわれている以上、それがルートのどこかに組みこまれなければならない。荷がマニラを通るなら、そこでパッケージングされると我々は考えた。が、実際はマニラを通らなかった可能性が高い。ならば、ベトナム人に依頼されたパッケージは中国で製品と組みあわされ、インドネシア経由でカナダに運ばれると考えるほうが妥当だ」

「カナダが最終目的地なのか。もしそうならワークのかかわる理由は?　日本製品と偽ってのカナダ輸出か」

「あるいはその逆か。カナダで一度荷を保管し、カナダ製品として日本へ輸出するつもりなのだ」

「カナダ製品」

河合はつぶやいた。国際的な違法取引で荷が世界中の港や空港を転々とするには、大別してふたつの理由がある。

ひとつは元の製造地をカムフラージュするためで、麻薬や武器などがこれにあたる。

もうひとつはコピー商品の偽装だ。早い話、スイス製の高級腕時計が中国から大量に運ばれてくれば、誰しもその素性を疑う。だがヨーロッパから空輸されてきたという書類があれば、話がかわってくる。

だが麻薬の類を一度太平洋を横断させた上で日本にもちこむというのは、費用の点から考えても現実的ではない。武器はもちろんありえない。大量の武器をこうして移動させるのは武器商人の手口であり、輸入国は紛争地に限られる。

するとやはりコピー商品なのか。カナダ製品として日本に輸入され、しかも高価な品であるか、大量に購入されるもののどちらか、ということになる。

「カナダ製の医薬品で日本に大量に入っているものか」

河合はつぶやいた。ワークの関与が医薬品という推理につながった。

「調べてみよう」

チヒが河合の部屋にあるパソコンを立ちあげた。数分後、

「タダシ」

と河合を呼んだ。画面には、カナダから日本に輸入されている医薬品のリストが並んでいた。

チヒのかたわらにすわり、リストに目を向けた河合は息を呑んだ。リストのトップに、「リザフル」という名があった。

チヒが「リザフル」をクリックした。「リザフル」の情報が表示された。カナダの製薬会社「アルバン」社が製造する経口型抗インフルエンザウイルス剤、とある。製品写

真は、河合が咲坂の部屋で見つけたカプセルと同じものだ。

さらに「リザフル」の項目には、新型インフルエンザの流行に備え、厚生労働省が二千万人分の備蓄をおこなっているが、世界的大流行（パンデミック）となれば、とうていその量では不足する、と記されていた。

「これは咲坂の部屋で見つけたのと同じ薬じゃないのか」

チヒの問いに河合は無言で頷いた。目は画面に表示された、

「パンデミックとなった場合、この備蓄量では間にあわず、奪いあいとなることが予想される」

という文章に釘づけとなっていた。

「どうやら答が見つかったようだ」

チヒがつぶやいた。

「ああ。だが、流行が起きなければ、そんな大金になるとは思えない」

チヒがさらにキィボードを叩いた。画面は、「リザフル」から「新型インフルエンザ」を検索するページに移った。

いわゆる「新型インフルエンザ」とは、強毒性の鳥インフルエンザの変異種をさしている。本来、鳥の病気である鳥インフルエンザは、飼育や調理等で、濃密に鳥と接触する人間にしか感染しないといわれている。ところが、インフルエンザの病原体であるインフルエンザウイルスは、人間の体内で変異すると、人から人への感染力の高い「ヒト

型インフルエンザウィルス」に変化することが予測されている。「新型インフルエンザ」とはこれをさす。「新型インフルエンザ」の出現は時間の問題だと見られていて、発生地における封じこめに失敗すれば、数カ月、場合によっては数週間でパンデミックにつながる、と記されていた。

「新型インフルエンザ」の母体と想定されるのは、「H5N1型鳥インフルエンザウィルス」で、二〇〇三年、中国南部の鳥のあいだで本格的流行が始まり、二〇〇七年には世界中の三億羽以上の鳥に感染したといわれている。

人への感染例で見ると、二〇〇八年三月の時点で三百七十三の症例に対し、死者は二百三十六、六十パーセントを超える致死率に達する。

それを国別で分類すると、一位がインドネシアの百二十九例、二位がベトナムの百六例、三位がエジプトの四十七例となっていた。

「インドネシアが一番多いのか」

河合がつぶやくと同時に、チヒがキィボードを叩いた。英文の記事が表示された。インドネシアの保健当局による発表で、二〇〇八年十一月十三日、同国内 Sulawesi 島南部で十七名の住民がH5N1型ウィルスによるインフルエンザに感染し、入院したという情報だ。

「光井がいけといわれた島は、何というところだった?」

「スラベシ島だ。この表記だとスラウェシ島だが、耳で聞いた場合、スラベシと聞こえるかもしれん」

チヒの問いに答え、河合はコンピュータの画面を見つめた。

青山に光井がいけ、といわれたのがこのスラウェシ島であったとすると、その狙いは何だったのか。

恐しい可能性が心に浮かんだ。光井にH5N1型ウイルスによるインフルエンザを感染させ、日本国内にもちこむ。

情報の伝わるのが早い日本では、このインフルエンザ患者の出現はあっというまに広まる。感染を恐れる人々が病院に殺到し、「リザフル」の処方を求めるのは想像に難くない。

実際、「リザフル」の項目には、パンデミックになってからでは医療機関に感染の疑いのある患者が殺到することが想定される。病院は感染の危険性が高まっている場合があるので、可能なら流行以前に多めに薬を処方してもらって備蓄しておくとよい、などと書かれていた。

「日本人は病気を恐がる。H5N1型のインフルエンザ患者が東京で発見されたら、『リザフル』を欲しがる人間が病院や薬局に殺到するだろう」

チヒがつぶやいた。

「俺も今、同じことを考えていた。もし俺たちの見つけた答が事実なら、これはもう偽造とか密輸のレベルをはるかに超えた犯罪だ」

河合はいった。携帯電話をとりだす。

「北平に連絡する」

チヒが首をめぐらせ、河合を見た。何ともいえない表情をしている。

「待て」

河合はチヒの目を見つめた。

「どうして」

「まだ推測の段階でしかない。それに光井がインドネシアにいかなかったのだから、ウイルスはまだ日本にもちこまれていない」

「別の人間に感染させているかもしれない。これが本当になったら、とてつもない被害がでる」

「だがまだ『新型インフルエンザ』が発生しているわけではない。H5N1型ウイルスの感染者を日本に連れてきても、それが人にうつるとは限らない。人から人にうつって初めて、『新型インフルエンザ』なのだから」

チヒは感情のこもらない声でいった。

「何をいっているんだ。そうなってからでは遅いんだぞ。大がかりなテロ、いやそれ以上の犠牲者がでるかもしれない」

チェンバーがただちにしなければならないことは何か。話しながらも河合は考えていた。まずは空港や港での検疫を強化することだ。インフルエンザに感染していると疑わしい人物の〝意図的な〟入国をくいとめなければならない。なぜならその人物は、ウィルスの運び屋であり、入国させたら最後、公共交通機関や多くの人が集まる店舗、劇場などでウイルスをまき散らそうとするにちがいないからだ。

東京はインドネシアの島とはちがう。いったん人から人への感染が起こったら、それはあっという間に広がる可能性がある。同時に「リザフル」の需要ははねあがり、感染を恐れたり、一刻も早い回復を願う人の中に闇で「リザフル」を手に入れようと金を惜しまない者が現われるにちがいなかった。インターネット上や怪しげな売人による偽の「リザフル」販売が横行する。

それが空想では終わらないという確信が河合にはあった。男性機能の回復で注目された、アメリカ製新薬の偽ものが、ある時期大量にでまわった記憶はまだ新しい。まして命にかかわる、抗インフルエンザウイルス薬となれば、ブラックマーケットは一瞬にして拡大するだろう。

「今はだめだ」

チヒがいい、河合は我にかえった。

「なぜだ」

「この犯罪はまだ利益を生んではいない」

「馬鹿なことをいうな。利益を生んでからでは遅いんだ。銃を取締るのに、誰かを撃ってからつかまえよう、といっているのと同じじゃないか。被害がでてからでは遅い」

河合はいった。

「チェンバーの目的を忘れたのか。犯罪による利益を収奪するのが我々の仕事だ」

「それはそうだが、この犯罪は見すごすわけにはいかない」

「落ちつけ、タダシ。わたしはタダシの考え方がまちがっているといっているのではない。ただチェンバーの目的に一致しない、といっているだけだ」

「それは、つまり、北平に知らせても、チェンバーは収奪する利益を山上連合があげるまでは何もしない、ということか」

信じられない思いで河合はいった。もしそうならば、チェンバーは共犯者と同じだ。多くの人命を危うくする犯罪の発生を知っていて見逃すのと何らかわりがない。

「その可能性は非常に高い。もしタダシがそれに反する行動をとるなら、排除の対象となるだろう」

「馬鹿な……」

河合は喘いだ。だが〝排除〟のプロであるチヒの言葉には重みがあった。と同時に、ひっかかっていた北平の態度に関する疑問の答が浮かんだ。

それは恐しいものだった。

「まさか、北平は気づいていたのか」

チヒは無言だった。

「チヒも知っていたのか?!」

思わず河合の語気は荒くなった。チヒは首をふった。

「わたしは今日、タダシといっしょに知った。が、北平が前もってこの可能性を考えていなかったと断言はできない。咲坂の部屋からタダシが『リザフル』を発見した時点で、想定は可能だからだ」

「そんな――」

河合は首をふった。だったらなぜ、カプセルの正体が「リザフル」だと分析結果を泉は公表したのだ。不明にしておけば、河合がこの犯罪に気づくことはなかった。「リザフル」が、すべての鍵になる。

河合ははっとした。自分はあのとき咲坂の金庫から二錠ぶんのカプセルを盗んだ。分析用に一錠を渡し、もう一錠は今も手もとにある。それに北平や泉が気づいていれば、分析結果を偽ることはかえって危険だと判断したかもしれない。

ブリーフィングルームで映された映像を河合は思いだした。土川のキャップにとりつけられたカメラが、咲坂の室内を捜索するようすを撮影していた。その中に、河合がカプセルを二錠奪う映像が入っていたら。自分用の一錠を、河合が独自に分析にだす、という可能性を考えれば、カプセルの正体を偽ることは賢明ではないと北平や泉が考えても不思議ではなかった。

河合が二錠を奪ったのは偶然だ。カプセルを包んだアルミシートの切り口が一錠ぶんでは不自然だと感じたからにすぎない。実際、分析にださなかった一錠は、まだ河合の部屋にある。

黙りこんだ河合を、チヒは無言で見つめていた。

河合は宙をにらんだ。足もとの地面が大きくたわむような動揺に襲われていた。

「俺は、どうすればいいんだ……」

「チェンバーの目的に反する行動を今、とるべきではない。だが、この犯罪を成功させてもならない、とわたしは考える」

「つまり、チェンバーに気づいたことを知らせず、調査を続行しろ、と？」

「今できるのはそれだ。偽の『リザフル』が大量に日本に輸入されれば、ワークや山上連合の動きなどで感知できる。まだその段階ではない。とすれば、H5N1型のウイルス感染者も入国していない、と考えるのが妥当だ」

河合は大きく息を吸いこんだ。論理的な判断だ。ウイルス感染が拡大するまでに、偽薬の販売ルートをあるていど充実させておく必要がある。

咲坂がワークの人間と接触しているのは、通常ルートでの「リザフル」販路を確保するためだろう。ワーク側全体が、咲坂のもちこむ「リザフル」を偽薬だと知っているとは考えにくい。偽薬を販売したことが発覚すれば企業としてのワークの信用は失われる。が、ワーク側に〝共犯〟がひとりもいない状況で偽薬の大量購入は成立しない。おそらくは咲坂との窓口になっている人間は、もちこまれる「リザフル」が偽薬であることを知っている筈だ。その人物はワークが支払う代金の一部をリベートとして受けとり、場合によってはワークを退社する。単に金めあてだけでなく、ワークに対する不満や恨みが〝共犯〟に走らせたと想像できる。

一方で、陸揚げされた偽「リザフル」は、多くが闇ルートにも流される。闇ルートが成立するのは、「リザフル」への需要が急速に高まり、しかも偽薬が出回っているという情報が広まる前でなくてはならない。十倍、百倍の値段を払ってでも「リザフル」を入手したいと考える人間は、山上連合のカモになる。闇ルートを使った薬の販売は、暴力団にとってお家芸だ。しゃぶやMDMAなどの違法薬物で培ったノウハウがあり、それを応用すれば全国規模での展開が可能だ。

偽「リザフル」の陸揚げからウイルス感染者の入国までの時間が、それらの販売ルート確立までの〝準備期間〟だろう。河合はこれまでの経験から、「リザフル」の闇販売ルートの確立に要する時間は、一、二カ月と踏んだ。それ以上かければ、政府による正規ルートの「リザフル」流通が活発化して偽薬の商品価値が損われる危険がある。そうなれば、費用と時間をかけて作った偽「リザフル」が無駄になる。

「陸揚げが確認されてから一、二ヵ月が勝負だ」

河合はいった。

「闇の販売ルートが確立されると同時に、山上連合は感染者を日本に入れようとする」

「感染者はひとりいれば充分なのか」

「充分とはいえない。数がいればいるほど、流行を早く拡大できるのじゃないか」

答えながら、この犯罪計画をたてたのがいったい誰なのか、河合は考えずにはいられなかった。

たとえば新型インフルエンザの流行があってから偽「リザフル」を売ろうとするのが、従来の犯罪者の考え方だ。病気への恐怖につけこんだ卑劣な商売ではあるが、過去にこうした犯罪は例がないわけではない。しかし、病気そのものを蔓延させ偽薬の商品価値を高めようとまで計画した組織暴力は過去なかった。

その悪辣さもさることながら、自らにも新型インフルエンザが襲いかかる危険があるのを恐れなかったのだろうか。

「感染者にはどんな人間を使う？　まさかインドネシアの病院から患者を移送するわけにはいかない筈だ」

チヒが河合を見つめた。

「借金で追いつめられ、クスリの運び屋や内臓の切り売りでもしない限り、生きのびられないような連中を使うのだろうな。光井もある意味では追いつめられた人間だ。新型インフルエンザに感染したからといって確実に死亡するわけじゃない。感染を拡大する活動をしたあとは、本物の『リザフル』を投与してやるといって丸めこむんだ」

「だがそういう運び屋を確保できたとしても、どうやって感染させる？」

チヒは眉をひそめた。

「病院の関係者を買収すればいい。患者の体から採取したウィルスを運び屋の体に植えつければすむことだ」

H5N1型のインフルエンザ患者の発生が確認されている国の多くは発展途上にある。役人や医療機関の人間を買収してウイルスを買いつけるのはそれほど難しくはないだろう。

「ただし、この計画は、山上連合の内部でもトップシークレットの筈だ。いくら金になるとしても、組員にも危険が及ぶ。いや、組員の家族も同じだ」

使い捨ての運び屋はともかく、その連中を管理する組員も感染の危険にさらされるのだ。新型インフルエンザに予防ワクチンはない。従来のインフルエンザの予防ワクチンを接種しても効果はない、といわれている。

「やはりコワリョフなのか」

河合はつぶやいた。日本国内でどれほど新型インフルエンザが流行しても、ロシアにいれば感染の危険をあるていどは避けられる。コワリョフはそれを考え、山上連合と結託したのだろうか。

だがパンデミックになれば、感染は全世界に広がる。

「コワリョフなら、人間の考えることじゃない」

チヒがいった。

「新型インフルエンザのパンデミックは、世界中で千万単位の死者をだす、といわれている。偽の薬を売って儲(もう)けるために、それだけの死者をだしてもかまわないと思っていたのか」

パソコンのモニターを見つめている。そこには一九一八年に「スペイン風邪」と呼ばれた新型インフルエンザの大流行がおこり、当時十八億人だった世界人口のうち、四千万人以上が死亡したと記されていた。日本での死亡者数は四十五万人で、日本の人口は現在の半分以下だ。

もちろん医療技術は現在とは比べるべくもないだろうが、人口の密集度や移動手段の発達などを考えあわせれば、現代の被害がそれを下回るとは断言できない。

「コワリョフを殺した人物は、それを知っていて食い止めようとしたのではないか」

チヒがいったので、河合はチヒを見つめた。

「もしそうなら、その人物の目的は果たされていないことになる。中国で作られカナダ経由で日本に運びこまれるルートが設定されている以上、コワリョフの死後も、山上連合や咲坂の手で計画が進められていると判断できる」

「インドネシアは入らないのか」

「おそらく光井を感染者に仕立てあげるためだけの嘘だ。偽の『リザフル』は中国で作られ、ベトナムからもちこまれた偽造パッケージに包装された上でカナダに運ばれる。そしてカナダにある本物のメーカーであるアルバン社の製品だと偽装するためだ。そしてカナダから日本へと輸送し、ワークや山上連合の販路にのる」

「コワリョフを殺した人間がそれを知れば、また何らかの手を打つかもしれない」

「たとえば？」

「中国からカナダ、あるいはカナダから日本へ向かう途中の偽『リザフル』を廃棄する」

「そこまで大がかりな妨害工作をするくらいなら、日本に陸揚げされた時点で、税関に密告すればすむことだ」

いってから河合は気づいた。

「そうか。その手がある」

何月何日にどの港で陸揚げされるということさえわかれば、偽『リザフル』の販売をくい止めることはできる。それに成功さえすれば、感染者の入国も阻める。商品を失った山上連合に、危険をおかす理由がなくなるからだ。

そう考えると、河合は少し気が楽になった。密告は、チェンバーに対する背信行為かもしれないが、人類に対する裏切りよりは、はるかにましだ。河合による密告だとばれなければ、〝排除〟も避けられる。

だがそれを成功させるためには、商品が偽「リザフル」だと河合とチヒが気づいたことを秘密にしておかなければならない。

「もうひとりの〝救世主〟のことは、ひとまず忘れよう」

河合はいった。

「その人物なり組織が何を目的にしているにせよ、俺たちは俺たちでやるべきことをやる。それが結果、チェンバーに対する裏切りにつながるとしても。それでいいか、チヒ」

　チヒの目を見つめた。チヒが一瞬目をそらし、河合は不安になった。

「わたしは、わたしが望んで身につけたわけではない専門技術を買われてチェンバーのメンバーにリクルートされた。チェンバーの存在理由が何であろうと、わたしの仕事の内容に変化があったわけではなく、その点で任務に情熱をもつことはなかった。だが、タダシがメンバーに加わり、それがかわった。わたしの仕事は誰かを排除することではなく、タダシを守ることになった。これはわたしにとって望ましい変化だった。そして今、タダシは、わたしが仕事に情熱を抱くことが可能になる目的を与えてくれた。感謝する。わたしは、タダシと同じ目的を共有する」

　河合は苦笑した。チヒらしかった。手をのばした。

　チヒは瞬きし、おずおずと河合の手をとった。その手を河合は握りしめた。

9

　駒崎に連絡をとった河合は、ガルキンに依頼された調査に関連して、会わせたい男がいる、と告げた。

「誰です」

「光井という男です。六本木でも名前がでましたが私と同じ時期、バンコクにいた。以前は極道だったが、ごたごたがあって組にいられなくなり、バンコクに流れたのです」

「ごたごた？」

「上に弓を引いたんです。今は組長がかわっています。青山です」

駒崎は一瞬黙りこんだ。

「この光井という男は、コワリョフのバンコクでのガイド役でした。ただ、コワリョフが実際に何を扱おうとしていたかは知りません。復帰をエサに青山に利用されたんです。あなたとガルキンさんにならし、知っていることを話す用意がある、といっています」

「それは青山を裏切ってもよい、ということですか」

「そうです。光井は、本来ならまだ日本に足を踏み入れられない立場にある上に青山の指示に背いて、帰国しています。非常に不安定な状況にあるわけで、あなたやガルキンさんと会うことで少しでもそれを改善しようと考えています」

「我々にメリットはありますか」

「正直なところ、何ともいえません。光井と会ったとわかれば、あなたがたと青山の関係はさらに悪化するかもしれない。ただ、あなたがたが本気で、コワリョフと山上連合が進めていたビジネスに興味をもっているということは伝わる」

「確かに青山は、少しガルキンをなめているようです。見かけがああなので、ロシアの田舎やくざだと思っているのでしょう」

「青山には、沼沢という現役の警視庁刑事がついています。調べたところ、行方不明になっているセルゲイの穴を埋めている」

「現役の刑事が、ですか」

さすがに驚いたように駒崎が訊き返した。

「ええ。この男が青山の隠し札です。おそらく沼沢も、例のビジネスに関する知識をあるていどもっていると思われます」

駒崎はしばらく考えていたがいった。

「ガルキンと話してみます。従来のビジネスに関していえば、ガルキンは山上連合との関係を特にかえたいと考えてはいません。ただ河合さんから聞いたコワリョフがらみの件については別です。青山はこちらに何も教える気はないようだ」

そしてさりげなくつけ加えた。

「そういえば、銀座のあなたの友だちだが、このところ店にでていないようですな」

アレックのことだ。

「そうですか。私も最近、連絡をとっていないので」

「セルゲイの穴を埋めた刑事の話は、その人からでも聞いたのかと思って」

河合は背筋が冷たくなるのを感じた。アレックのルートでドミトリィを知り、そこから沼沢のかかわりをつきとめた流れをまるで読んでいるかのようだ。

「彼はまっとうにやっている。この件には何のかかわりもありませんよ」

河合はさりげなくいった。

「それはどうですか。ロシア人というのは、ああ見えて、意外に腹黒いところがありますからね。とにかく時間をいただきたい」

「けっこうです。連絡をお待ちしています」

河合は告げて、電話を切った。

その晩、日付がかわろうという時刻に、河合の電話が鳴った。光柳会の稲垣だった。駒崎から何か連絡がいったのだろうかと思いながら、河合は応答した。

「その節は世話になった」

「それどころじゃねえよ」

稲垣の声には怒気が含まれていた。

「あんた、何をしてくれたんだ」

「何の話だ」

「サツがうちのことを嗅ぎ回ってる」

「知らないな」

「とぼけるな、この野郎。お前のチクリじゃなかったら、なんで俺が目をつけられなけりゃならない。本当は手前、山上に飼われてるのだろうが」

「冗談でもそんな話は聞きたくない。いったい何があった」

「だから本庁のデカが、うちの卸しの件をつついてるんだよ」

「卸というのは、駒崎と進めてる北海道からの荷か」

「決まってるじゃねえか」

「俺じゃない。おい、その刑事には気をつけろ！」

河合は思わずいった。

「何が気をつけろだ。手前が密告しといて」

「そうじゃない。刑事の名は何ていうんだ」

「知らねえ。直接俺のところにはこないで、卸す予定の問屋とかを回ってるんだ。おかげでそいつらがびびって荷を入れられねえっていってきた」

「たぶん沼沢という筈だ。沼沢は青山とつるんでる。しかもただの悪徳刑事じゃない。必要なら自分の手をよごすこともためらわない」

「手をよごすって、どんな真似をするんだ」

「どんな真似でもだ。人殺しも奴は平気だ」

「そんな奴が警察手帳をもってるのか」

「だから気をつけろといったんだ。青山が、あんたとガルキンとこのビジネスに気づいたら、沼沢を使ってどんなきたない潰しかたをしてくるか予想がつかないぞ」

「冗談じゃねえ。腐れデカにやられてたまるかっていうんだ。こっちが先に潰してやる」

稲垣は息まいた。取引先に嫌がらせをされ、かなり腹を立てているようだ。

「気持はわかるが、下手に挑発すると、表のやりかたであんたにしかける口実を与えることになる」

河合は忠告した。悪徳刑事がその気になれば、でっちあげの罪で相手を逮捕することも可能だ。カタギならともかく、稲垣のような極道なら、拳銃一挺、覚せい剤一パケを仕込んでおくだけで、徹底的に叩く口実になる。

「そんな野郎がなんで俺に目をつけた。お前しか考えられねえだろうが」

ちがう、といいかけ、気づいた。ドミトリィだ。ドミトリィを締めあげ、沼沢は稲垣と駒崎のつながりに気づいたのだ。

河合は息を吐いた。

「いいか、沼沢は毒蛇のような奴だ。下手に触ると咬みつかれる」

「じゃあ叩き殺しちまえばいい」

「毒蛇でも現役は現役だ。警官に手をだしたら、とことんやられるぞ」

「もうこっちはやられているんだ。このままじゃ、せっかく北海道からもってきた荷の引きとり手がいなくなっちまう」

「とにかく短気は起こすな。何かできることはないか、考えてみる」

電話を切り、河合は宙をにらんだ。〝排除〟という言葉が頭に浮かび、それをふりはらった。メールを打つ。泉あてで、警視庁への圧力で、沼沢の行動を制限できないかという要請だった。情報提供者が危機感をつのらせている、と理由を書いた。

間をおかず、返事が戻ってきた。沼沢に関しては監察が内偵中なので下手な圧力はかけられない、という内容だった。異動だけでは足りないと見て、明らかな犯罪の証拠をつかもう、というのだろう。

沼沢が犯罪に手を染めているという証拠を監察がつかめば、それは警察を退職させる圧力に使われる。マスコミに洩れる前なら、犯罪そのものはもみ消せるからだ。退職に応じなかったり、マスコミに洩れて初めて、逮捕されることになるだろう。

逮捕を避けるのは、沼沢をかばってのことではない。上司らの経歴に傷をつけないためだ。警察官も役人である。経歴に傷がつくことを、上の立場の者ほど恐れる。

沼沢のような悪徳警官は、幹部のそういった官僚的弱点を知りつくしている。そこにつけこみ、さらに犯罪をおかすのだ。

夜が明け、駒崎から連絡があった。

「まずは私が光井に会います。それでいかがですか」

「けっこうです」

河合は答えた。駒崎をピックアップし、渋谷のビジネスホテルへと連れていく約束をする。チヒには側面援護してもらう他ない。

午後四時に、渋谷の駅前で駒崎と待ちあわせた。移動にはタクシーを使う。チヒは先にビジネスホテルにチェックインし、警戒にあたることになった。

駒崎と光井を会わせるという報告を、河合はメールで北平に送った。理由は、あくまでコワリョフの進めていたビジネスの内容をつきとめるためだ、とした。

約束通りの時刻に、河合は駒崎と落ちあった。スーツを着け、ネクタイをしめた駒崎は裕福な中小企業の経営者といった雰囲気だ。

光井にはすでに訪ねることを知らせてあった。今日は大きめのツインルームをとり、光井のほうからこちらの部屋に出向くようにいってある。

駒崎と二人でチェックインの手続きをすませ、五階の部屋に入ると、河合は光井の携帯を呼びだした。

「――もしもし」

「河合だ。五〇二にいる」

「かけ直す。今、ちょっと人がきているんだ」

光井がいった。緊張した声だった。

「何だと、どういうことだ」

「あとで話す」

光井は一方的に告げ、電話を切った。嫌な予感がした。

光井が日本に戻っていることは誰にも知られていない筈だ。それが「人がきている」とは、どういうことだ。

女でも呼んだのか、と一瞬思った。が、こんな大事なときに女を連れこむとは考えにくい。

眉をひそめた河合に駒崎が訊ねた。

「どうしました」

「人がきている、というんです。妙だ。光井を訪ねてくる人間なんている筈ないのに」

「昔の仲間に連絡をとったとか」

「そんな真似をしたら自殺行為だ。青山にすぐ消される」

河合は首をふった。

「ようすを見てきます。ここで待っていて下さい」

河合はいって部屋をでようとした。

「待った」

駒崎が止めた。

「これは何かの罠なのか」

表情が険しくなっている。

「少なくとも俺はあんたを罠にかけようとは思っていない。あんたに会いたがったのは光井で、俺はその仲立ちをしただけだ。もし光井の身に何か起こったとしても、あんたに迷惑はかけない」

「その言葉がちがっていたら、後悔してもらうぞ」

すごみのこもった声で駒崎はいった。河合は無言で頷き、部屋をでた。

光井のいる部屋は、ひとつ上の六階にある。エレベータを使わず、非常階段にでた河合は、チヒの電話を呼びだした。

「どこにいる」

「六〇五、前回と同じ部屋だ」

「向かいにかわったようすは？」

「少し前、人が訪ねてきた。タダシかと思ったが、ちがうのか」

「俺じゃない。光井のようすがおかしい」

「チェックする。待て」

通話中のまま、チヒが動く気配があった。しばらくすると、チヒが電話に戻り、いった。

「光井の部屋には誰もいない」

「確かか」

「鍵を開けて中を見た」

「今、俺もいく」

河合は階段を駆けあがった。六階の廊下の中央にチヒが立っていた。大型のショルダーバッグをさげ、中に手を入れている。サブマシンガンをいつでも撃てる状態でもっているのだ。

チヒが目で合図した。

河合は指紋を残さないよう、ハンカチを手に巻いて、光井の部屋のドアノブをつかんだ。ロックはチヒが解いていて、押せば開く。

チヒの言葉通り、部屋は無人だった。だが煙草の匂いが残っていて、ついさっきまで人がいたとわかる。

河合は光井の携帯電話を呼びだした。応答はなかった。電源が切られているか、電波の届かないところにある、というメッセージが流れた。

「やられた」

電話をおろし、河合はつぶやいた。駒崎と会う直前になって、光井が自ら行方をくらますとは思えない。何者かに拉致されたのだ。

光井の声が緊張していたのは、銃をつきつけられるか、複数の人間にとり囲まれていたからではないのか。

チヒが電話を操作した。ホテルのフロントを呼びだし、訊ねた。

「六〇三号室に知り合いがいる筈なのですが、内線がつながらないんです」

返事を聞き、河合を見た。

「たった今、でていったそうだ」

「ひとりか」

「ひとりでしたか？」

チヒが訊ねた。

「男とふたりだったそうだ」

「でよう」

河合はいった。光井を連れ去った人物は、河合と駒崎がこのホテルを訪れることを知った可能性が高い。

光井の部屋をでた。

「別々に動こう。あとで連絡する」

河合はいって、非常階段を使い、五階に降りた。駒崎の待つ部屋の前まできて、足が止まった。部屋の扉が細めに開いていたからだ。

背筋に冷たいものが走った。あたりを見回した。廊下は無人だった。

腰にさしたM10を抜いた。右手で腰だめにし左手の拳で扉を押した。

ツインのベッドとベッドのすきまに駒崎が倒れていた。

扉を足で蹴って閉じた。

「駒崎さん」

返事はなかった。

最悪の結果を想定しながら歩みよった。焦げ跡のついた枕が片方のベッドの上にころがっている。駒崎の横を向いた顔の下にゆっくりと血の染みが広がっている。

頸動脈に指をあてがった。死亡していた。右のこめかみに銃弾の射入口があった。枕をあてがい、拳銃を接射したのだ。

河合は息を吐き、立ちつくした。光井がさらわれ、駒崎は殺された。

罠にはめられたのは河合だった。

第五章　正義と強欲

1

ひとりでビジネスホテルをでると、河合は北平を電話で呼びだした。

「接触はどうなった？」

電話にでるなり、北平は訊ねた。

「光井は行方不明。駒崎は殺されました」

「何？」

歩きながら小声で説明した。

「チヒは？」

「先に現場を離脱していますが、駒崎の死亡は知りません」

「死体は部屋にあるのか」

「あります。頭部を撃たれていて、即死したようです」

「君がチヒと光井の部屋を訪ねている間に殺された、そういうことなのだな」

「そうです」

「街なかのホテルだ。チェンバーでも、秘密裡に死体を搬出するのは困難だ。容疑者にされるのは避けられないぞ」

「同感です」

いっしょにチェックインしたふたりのうちのひとりが殺され、ひとりが外出したとなれば、被疑者は河合をおいて、ない。死体が発見されたら早晩、河合は追われることになる。

「出頭しますか」

話しても信じられるかどうかはわからないが、このまま逃げ回るよりは、警察の心証は悪くない筈だ。

「待て。こちらで君を救えないか検討する。待機していてくれ」

河合は渋谷駅に向かった。途中、本屋で紙袋を入手すると、公衆便所で指紋をふきとったM10をしまい、コインロッカーに預けた。

殺人の嫌疑をかけられた上に拳銃を所持していたなどということになれば、どんないいわけも通用しない。

光井をさらい、駒崎を殺したのは何者なのか。山上連合、ひいては青山、沼沢ら以外考えられない。

光井と駒崎を会わせれば、不利な情報をガルキン側に与えることになると考えたのだろう。

問題は、どこから光井の居どころが洩れたのかだった。光井本人が帰国を知らせた人間が裏切ったという可能性が最も高い。追いつめられ、ヤケになった光井がひらきなおって青山を威したとも考えられる。その過程で、ガルキンの側につくようなことをほのめかしたのかもしれない。

だが光井は、「契約もしてねえのに保険をかけた」とは決していわない、と河合に語っていた。タイで苦労した男が、それほど軽弾みなことをするだろうか。

河合は混乱していた。今の状況は最悪だった。渋谷駅からJRに乗り、新宿で降りる。タクシーを使わなかったのは、運転手に顔を覚えられないためだ。

新宿駅のビル内にあるコーヒーショップに入った。夕刻のコーヒーショップは混雑していた。窓ぎわのカウンター席にようやく空きを見つけ、腰をおろした。

熱いコーヒーをすすり、考えをまとめようと努力した。

光井をさらった人間と駒崎を殺した犯人は同じグループの筈だ。つまりあのビジネスホテルには河合たちが到着する前から、犯人グループが待ちうけていた。

光井をさらうだけなら、たまたま同じ時間帯にやってきた、ということもあるだろう。だが駒崎が偶然に殺されたとは考えられず、犯人グループはホテルに先回りし、河合と駒崎が到着するのを待っていたのだ。

もし河合と駒崎がいっしょに五階の部屋をでていたら、駒崎は殺されずにすんだだろうか。

いや、それはない。そのときは、河合と駒崎の両方が殺されていた。

コーヒーの入った紙コップを握りつぶしそうになり、河合は我にかえった。

犯人は、河合がひとりで部屋をでていくのをどこからか見届け、駒崎を殺した。河合に容疑がかけられると予測していたにちがいない。

携帯電話が鳴った。チヒだった。河合は耳にあてた。

「北平から状況を聞いた。今、どこにいる」

「新宿だ」

「新宿のどこだ。合流する」

「駄目だ。俺といっしょにいたら追われる」

言葉少なに河合はいった。前回とちがい、チヒは河合とは別々にチェックインしている。フロント係が顔を覚えていない限り、容疑者の河合とは別だと思われている筈だ。いっしょに行動をすれば、チヒまで警察のマークをうけかねない。

「タダシ、わたしの任務を忘れるな」

「いくらチヒでも警察からは俺を守れない」

河合はいって、立ちあがった。これ以上コーヒーショップで会話をするのは危険だ。

「どうするつもりだ。逃げるのか」

「光井を見つける」

「どうやって？」

「青山か沼沢だ」

「ひとりでやるつもりか」

「今はそれしかない」

ドミトリィが連れこまれていたスナックを調べてみようと河合は考えていた。そこに光井が監禁されていたら、警察に通報する。丸腰の今、自分が乗りこんで光井を救うのは難しい。

この状況で河合が光井の救出に動くとは、青山たちも考えてはいないだろう。自分の身にふりかかった火の粉をはらうのにけんめいだと思っている筈だ。それだけに、安易だが、ドミトリィを監禁した東池袋の「フォンティーヌ」が再び使われている可能性がある。

「池袋だな」

チヒがいったので河合は驚いた。

「ドミトリィがつかまっていた場所を調べようとしているのだろう」

「そうだ」

「わたしもいく。警察はまだタダシを追い始めてはいない。それまでに光井を救えば、警察に証言させることが可能だ」

光井を助けだせても、駒崎を殺したのが河合ではないという証拠は得られない。唯一、自分の無実を証明できるのは、駒崎殺害の実行犯を捕えることだ。

「光井を助けても俺の疑いは晴れない」

「じゃあなぜ、光井を捜す？」

「光井を今の状況に追いこんだのは、俺の責任だからだ」

光井が生かされているという保証はない。もし生かされているとすれば、タイで起きたことについて洗いざらい喋(しゃべ)らせるためだ。それがすんだら消される。

「池袋のどこだ」

河合は迷った。が、教えることにした。

「東池袋二丁目の『フォンティーヌ』というスナックだ。が、俺がいいというまでは手をださないでくれ」

「了解した」

河合はタクシーに乗りこんだ。池袋と行先を告げ、シートによりかかると携帯電話が鳴った。北平だった。

「渋谷に人を送った。まだ死体は発見されていない。明朝まではもつかもしれないが、搬出は難しい」

「わかりました」

「今どこにいる」

「移動中です」

「警察関係者に連絡をとったか」

「いいえ」

「チヒとは話したか」

「話しました」

「君との合流を命じた。保護が目的だ」

「必要ありません」

北平は、河合が警察へ出頭するのをチヒを使って防ごうとしているのではないか、ふと疑問がわいた。

「そちらから何か働きかけはしているのですか」

「死体が発見されるまでは何もしない」

それを聞いて、やはりと思った。河合が容疑者にされても、チェンバーは動かない。

「君もじっとしていてくれ。死体が発見されたら働きかけを始める」

どんな、とは訊かなかった。電話で話せるような内容ではないし、そもそも北平がそうするというのを河合は信じられなかった。

「安全な場所を捜します」

「神谷町へは戻らないのか」

「安全だという確信がもてません」

北平は一瞬黙った。その沈黙は何なのか。河合は問い質したいのをこらえた。河合がチェンバーそのものに疑いを抱き始めているのを、北平は気づいているのではないだろうか。

「わかった。連絡を緊密に保ってくれ」

北平は告げて、電話を切った。

東池袋でタクシーを降りた。「フォンティーヌ」の入っている雑居ビルは、通りをはさんで反対側だ。

歩道に立ち、ようすをうかがっていると、目の前で車が止まった。運転席にチヒがいた。

「乗れ」

ぶっきらぼうな口調でいった。河合は言葉にしたがった。

チヒの顔は険しかった。河合を見ることなく、バックミラーをにらみ、車を発進させた。移動し、より「フォンティーヌ」のあるビルを監視しやすい、同じ通り沿いに止める。

「北平と話した。駒崎の死体を運びだすのは不可能だといわれた」

チヒは大きく息を吸いこんだ。

「北平に『リザフル』の話をしたか」

「そんな余裕はなかった」

チヒは小さく頷いた。目はフロントグラスを通して外を見つめている。いつも以上に表情がない。

河合は携帯電話をとりだした。ガルキンと連絡をつける方法がないかを考えていた。駒崎を殺したのが自分だとガルキンにまで思われたら、河合の身だけでなく、アレックにも危険が及ぶ。

稲垣ならガルキンの連絡先を知っているかもしれないが、状況を話さずには訊けない。話せば、動揺するにちがいなかった。

河合は首をふった。

アレックはまだハバロフスクにいるのだろうか。彼らを空港に送ってから五日間が過ぎている。

試しにアレックの携帯電話の番号を押した。

呼びだしは鳴らなかった。留守番電話サービスにつながっただけだ。

「河合だ。聞いたらなるべく早く連絡をくれ」

告げて、切った。

「誰にかけた」

チヒが訊ねた。

「アレックだ。ガルキンが俺を疑ったら、アレックが危険になる。それを知らせたかった」

　チヒは無言で頷いた。

「伏せろ」

　河合はいった。雑居ビルの前で二台の車が停止した。レクサスとメルセデスだ。スモークシールを貼った極道仕様だった。

　ふたりは体を低くした。車のドアが開閉する音が聞こえた。

　そっとうかがうと、あたりを警戒するボディガードに囲まれて、青山が「フォンティーヌ」のビルの階段を降りていく姿が見えた。

　見張りがふたり残っている。

「やはりあの店だ」

　河合はつぶやいた。青山がきたのは、光井と話すためだろう。

「見張りが邪魔だな」

　チヒがつぶやいた。

「殺さずに排除できるか」

「やってみよう」

　カチャリという音とともに、チヒが運転席のドアを細めに開いた。ルームランプはつかない。這うように車の外へでると、歩道にうずくまった。

「反対側から近づく。わたしが携帯を鳴らしたら注意をそらしてくれ」

　小声でチヒはいった。

「わかった」

ふたりの見張りは、ビルの入口をはさむようにして歩道に立っていた。近いほうは、百メートルほどの位置だ。

河合は車を降りることなく、運転席へと移った。ルームミラーで、走る車を縫って車道を渡るチヒの姿を確認した。通りの反対側を使って、見張りの背後に近づくつもりのようだ。

数分後、河合の携帯電話が振動した。耳にあてると、チヒが短くいった。

「今だ」

河合は車のイグニションキィを回し、ライトをつけた。アッパーにすると、見張りふたりが驚いたようにふりかえった。遠いほうの見張りの背後にチヒが忍びよるのが見えた。

河合はライトを消した。消える直前、見張りの男が膝を折って崩れた。

河合は車を降りた。残っている見張りは、仲間に起こったことに気づいていなかった。河合のほうを怪訝そうににらんでいる。そのうしろにチヒが立った。

何をしたのかは見えなかった。チヒの背が縮んでのびたように、河合の目には映った。声もなく男は倒れこんだ。

河合は走った。目撃者はいないが、歩道に男ふたりが倒れていれば、騒ぎになる。

チヒが手前の見張りの体の両わきに手を入れ、

「あっちを」

と小さく叫んだ。河合は頷き、もうひとりの見張りの体を抱え起こした。

路上駐車しているメルセデスの後部席にふたりを押しこんだ。

チヒが自分の車にとってかえすと、ショルダーバッグを肩からかけた。

「どうやったんだ」

「これだ」

ヒップポケットから、黒い革製の筒のようなものをとりだして見せた。河合は初めて見る。

「ブラックジャックを知らないのか」

チヒは驚いたようにいった。

「知らない」

「スタンガンは火花が散って人目を惹く。こちらのほうが静かだ」

棍棒の一種のようだ。

「売っているのか」

「自分で作った。中にパチンコの玉が入っている」

手にすると、ずっしり重い。

「いこう」

ふたりは階段を下った。地下の店は看板の灯がすべて消えていた。

チヒがショルダーバッグからMP5をだし、かまえた。目だし帽をかぶった。

「わたしが先だ」

「フォンティーヌ」の扉の前まで静かに進んだ。時間の余裕はそうない。殴られて人が失神している時間は、映画ほど長くはないからだ。

チヒが「フォンティーヌ」の扉の前に立った。MP5をおろし、ドアノブをそっとつかむ。無言で首をふった。鍵がかかっているようだ。

チヒは手ぶりで河合に退れ、と命じた。MP5を肩から外し、スリングで吊るしたまま、バッグから別の銃をとりだした。銃身を切り詰めた散弾銃だった。

河合をふりかえり、指で耳をさした。河合は両耳を掌で塞いだ。

チヒが散弾銃を扉のノブ部分に向けてかまえた。

轟音が塞いだ耳に届いた。地下通路なので、とびあがるほどの銃声だった。さらにもう一発、ドアノブに撃ちこみ、チヒはドアを蹴った。散弾銃を捨て、MP5にもちかえる。

呆然と立ちすくんでいる男たちの姿があった。青山も沼沢もいる。中心に光井がいた。

光井の顔は血まみれだった。木刀をもったチンピラがかたわらにいた。

「何だあっ」

そのチンピラが叫んだ。

木刀をふりかぶった瞬間、チヒのMP5がくぐもった連射音をたて、その木刀が砕け散った。

「全員動くな！」

河合は叫んで、チヒの火線をさえぎらないように移動し、光井のかたわらにひざまずいた。瞼が半ば降り、息がない。頸動脈を捜した。死んでいた。

青山をにらみつけた。

「むごい真似をするな」

青山は蒼白だった。

河合は光井を抱えおこした。苦いものがこみあげた。光井を死に追いやったのは自分だ。

「手前、いったい何者だ」

ささやくような声で青山がいった。そのとき沼沢が動いた。手に銃を握っていた。チヒが連射し、沼沢の体ははねとんだ。

「デコスケ撃ちやがって！　お前も終わりだ」

青山が叫んだ。

「ここにいる全員を殺してもいいんだ」

河合はいった。青山がうっと息を詰まらせた。

「やっぱり一年前に菅谷を殺ったのはお前か」

河合は答えず、光井の体を床におろした。立ちあがり、青山と向かいあった。

「コワリョフに資金提供をしたのは、山上連合だな」

「何をいってやがる⁈」

「答えろ！　コワリョフに金を渡し、偽の『リザフル』を作らせたのは、お前らだろうがっ」

「リザフル」の名を聞いた瞬間、青山の目がみひらかれた。

チヒが首を動かした。ゆっくり話してる暇はない、という合図だった。

「こいっ」

河合は青山の襟をつかんだ。

「何しやがる」

「いいからこいっ」

「オヤジ！」

その場にいた手下が動いた。チヒが足もとにMP5の弾丸を叩きこんだ。

「騒ぐな」

河合はいって、青山の背をつきとばした。目出し帽の奥でチヒの目がみひらかれていた。青山を拉致することなど想定外だといいたいのだろう。

だが光井が死んだ今、山上連合の情報は、青山の口からしか得られない。それに駒崎を殺した犯人を吐かせる必要もあった。

「誰がお前といくかっ」

青山が叫んだ。

「殺せや！」

河合はチヒから預かっていたブラックジャックを抜き、青山の首すじに叩きつけた。

青山は呻き声をたて、膝を折った。

「手前、一生、山上連合の的にかけられる覚悟はできているんだろうな」

目を吊り上げ、にらみつけた。

「いいからこい！」

河合は青山の襟をつかみ、ひきずった。

「ついてくるなよ。きたら、青山の命はない」

河合は手下たちにいった。チヒが青山の背にMP5の銃口を押しつけ、歩かせた。

「こんな真似して、ただですむと思ってんのか」

木刀を砕かれた男が吠えた。河合は答えなかった。身をひるがえし、チヒと青山のあとを追った。

2

後部席にチヒと青山を乗せ、河合は車を発進させた。走りだしてすぐ、ガツッという鈍い音と青山の呻き声が聞こえた。河合はルームミラーを見た。

青山が前のめりになって、助手席のヘッドレストに顔を押しつけている。チヒがバッグから手錠をとりだし、青山の手をうしろで固定した。目出し帽をひっくりかえし、すっぽりと青山の頭にかぶせる。

「どこへいく」

チヒが言葉を発した。

「こいつをゆっくり訊問（じんもん）できるところがいい」

「チェンバーのセーフハウスは使えないぞ」

「わかってる。すまなかった」

河合はミラーごしにチヒの目を見て告げた。

「何をあやまる」

「巻き添えにした。こいつをさらうことまでは計算していなかったろう」

「この男の情報は必要だ。ただ素直に吐くとは思えないが」

「何としても吐かせる」

河合はいった。ミラーに追ってくる車は映っていない。といってこのまま闇雲に走り回るわけにもいかなかった。

チヒが携帯電話をとりだした。ボタンを押し、相手がでると、

「アンニョハセヨ」

といった。早口で喋（しゃべ）る。母国語だ。やがてカムサハムニダと告げて、電話をおろすと

いった。

「三河島の駅に向かえ」

「三河島？」

荒川区にある常磐線の駅だ。

「昔のよしみで協力してくれる人間がいる。道を教える」

それはつまり、北朝鮮の工作員ということか、という問いを河合は呑みこんだ。警察からもやくざからも追われる今、頼れるのは、そういう種類の人間だけだ。

チヒの指示通り、車を走らせた。尾竹橋通りを折れ、くねくねと曲がる細い一方通行路を走って、

「ここで止めろ」

といわれたのは、クリーニング店の前だった。一階がシャッターの閉じたガレージだ。

そのシャッターが開いた。ハイネックのセーターにジーンズを着けた男が立ち、手で入れ、と指示をした。狭い路地で車を切りかえし、ガレージの中に止めると、男がシャッターを降ろした。

コンクリートがむきだしで、裸電球がひとつぶらさがっているだけだった。隅に、ドラム缶が二本おかれている。

チヒが銃を手に車から青山をひきずりだしても、男は表情ひとつかえなかった。むしろ運転席から降り立った河合に鋭い目を向けてくる。

河合にはわからない言葉でチヒに何ごとかを訊ねた。四十代のどこかだろう。ずんぐりとしているが、切れ長の細い目に冷ややかな光があった。

チヒが答えた。

男は頷き、ガレージの右手にある木の扉を開いた。階段があった。日本語でいった。

「二階にトイレと台所もある。一日十万だ。払えるか」

河合は頷いた。

「今すぐでなければ」

男は嫌な顔をした。チヒがいった。

「大丈夫だ」

着ていたジャケットから封筒をだし、男に投げた。

「五十万入っている。食料を届けてくれ」

男は受けとり、中を確かめた。

「血でよごすな。よごすときは部屋の隅においてある古新聞を使え」

「わかった」

チヒは青山を階段へと押しやった。

「聞こえたろう。上に登れ」

「女のくせに命令するんじゃねえ！」

青山がうしろ前にかぶされた目出し帽の顔をふって、くぐもった声で叫んだ。

「女だが、お前よりはるかにたくさん人を殺している」

チヒが銃口を後頭部にあてがった。

「よく聞け。わたしはこの男とちがって警官だったわけでもないし、日本人でもない。だからお前が何者だろうと、殺しても何も感じない。わたしが嫌なのは面倒をかける人間だ。お前が面倒をかけたら右の膝を撃つ。それでもまだいうことを聞かなかったら左の膝だ。痛いだろうが薬はやらない。死にはしないからな。ただ、歩いてここをでてはいけない。助かっても、一生、歩けない」

青山は黙った。

「そうだ。そうやって面倒をかけなければ、早くここをでていけるかもしれない」

チヒは青山の背を押し、二階へ登っていった。

残った男が河合を見つめた。

「本当に元警官なのか」

「ああ」

「所属は」

「本庁の組対だった」

男の目に何ともいえない、嫌悪の色が浮かんだ。

「この場所のことを昔の仲間に知らせたら、チヒもお前も殺す」

「大丈夫だ。警察に俺の味方はいない」

いってから、河合はひしひしと孤独を感じた。今や味方といえるのは、チヒひとりになってしまった。

二階にあがると、Tシャツにスラックスだけの青山が床にすわらされていた。

部屋は板ばりと畳じきが半々になった八畳間だった。下にいた男の言葉通り、水道とガス台を備えた小さなキッチンがあり、トイレもついている。

窓はまったくない。クリーニング店の看板を掲げてはいたが、営業しているとはとても思えなかった。

チヒが青山の背広の中身を畳の上に並べていた。携帯電話、財布、キィホルダー、煙草、ライター、ハンカチなどだ。手帳の類はない。

河合は携帯電話をとりあげた。操作しようとするとロックされている。電池を外し、床に戻した。

財布をとった。現金が五十万円ほど入っていて、クレジットカードはない。何かの会員証らしいプラスチックカードが十枚ほどあった。

河合はチヒを見た。チヒはまったくの無表情だ。こうしたことに慣れているのか、不安げなようすはない。

拉致と拷問に慣れる人間などいるのだろうか。

河合は不安だった。光井を殺した青山への怒りはある。が、そのことと拷問は結びつかない。殴りつけ痛みを感じさせる行為を、河合は平然とおこなえる自信はなかった。

だが自分にある迷いやためらいが少しでも青山に伝われば、青山は口を割らない。

「わたしの意見をいっていいか」

チヒが河合をふりかえった。河合は無言で頷いた。

「先に状況を確認しておこう。現在この男がここにいることを知る者はいない。また、どれだけこの男を痛めつけても、通報する者はなく、もし恨みがあるなら、まずそれを先に晴らすことから始めてもいい。殺しさえしなければ、両手両足の指を潰し、質問はそのあと、でもかまわないわけだ。いずれにしても時間はたっぷりある」

それが青山に聞かせるための言葉だと河合はわかった。

目出し帽をうしろ前にかぶせられた青山は身動きしなかった。広域暴力団の幹部とはいえ、苦痛に対する恐怖がない筈はない。悪あがきをしないのは立派だが、どうすれば助かるか、けんめいに考えているにちがいない。

「いずれにしても、直接苦痛を与える作業は、慣れない人間には難しい。それを快感にできるような変態でない限りは、自己嫌悪の感情がまさってしまうからだ。こうした作業は、機械的におこなうのが一番だ。わかるか」

「わかる」

河合は答えた。早くも口が渇いていた。

「それならいい。先に新聞紙をしこう。この男の血や排せつ物で部屋をよごしたら、我々も不快になる」

ハイネックの男がいった通り、古新聞の束があった。

河合とチヒは新聞を四畳ぶんほどしきつめた。そのバサバサという音は青山の耳にも届いている。

目出し帽の下の首すじがうっすらと汗で光っていた。新聞をしきつめると、チヒがいった。

「道具を調達してくる」

河合と青山をふたりきりにして、階段を降りていった。

河合は煙草に火をつけた。

「何なんだ、あの女」

かすれ声で青山がいった。

「お前には関係ない」

河合はいった。

「沼沢を撃ち殺しやがって。お前もあの女も、死んだも同然だ」

「それをいうなら、お前もそうだ」

「助かりたくねえのか。俺を殺したら、世界中どこにも逃げ場はないぞ。山上連合の力は、お前が一番よくわかってるだろうが。俺を逃がしたら、沼沢殺しもなかったことにしてやる」

「余裕だな。この状況で取引をもちかけるのか」

「この場は、お前らのほうが有利かもしれん。だが一歩外へでたら、圧倒的にこっちのほうが強い。お前が今でもデコスケならそうじゃねえだろう。だがちがう筈だ。そっちにどんなバックがいようと、こっちには勝てねえ。わかるだろう」

青山は饒舌だった。それが恐怖によるものだと河合にはわかった。チヒはわざと青山とふたりきりにしたのだ。青山に〝折れる〟スキを与えてやっている。

「勝ちとか負けじゃない」

「じゃあ何だ。何が欲しいんだ。金か」

河合は黙った。青山がじれた。

「何だよ、はっきりいえや」

「六本木の『ヘルスゲート』で会ったときの話を覚えてるか」

「忘れるわけねえだろう」

「あのとき俺が知りたかったのは、コワリョフに知恵と金を貸したのが何者なのか、だ」

「決まってるだろう。うちだ」

「ちがうな。もし山上連合のアイデアなら、コワリョフがからむ必要などなかった。山上連合ですべてやれた筈だ」

「お前、わかってねえな。あの計画は、とんでもない銭にもなるが、もし表沙汰になったらどれだけ世間の憎まれ者になると思う。弾よけを用意しておかなけりゃ、とうてい実行には移せねえ。コワリョフは、そのつもりで俺たちがひっぱりこんだのよ。万一、偽『リザフル』の密売が問題になっても、絵図を描いたのはロシア人で、山上は、売るのを手伝っただけだ、と見せかけるためにだ」

その言葉には説得力があった。

「じゃあ訊くが、コワリョフを消したのも山上連合か。おかしいだろう。コワリョフに〝主犯〟を押しつける予定なら、殺すのが早すぎる」

青山は黙った。

「答えろよ」

「知らねえ。誰がコワリョフを殺したかなんて、俺にわかるわけがない」

「じゃあ、その質問はあと回しだ」

「あと回しって、どういうことだ」

「俺の相棒が帰ってきたら、彼女に任せる」

「おい！　お前らを助けてやるっていってるのがわかんねえのか。俺に指一本触れやがったら、お前ら、本当に終わりだぞ」

青山の声に恐怖がこもった。

「質問をかえる。偽『リザフル』で儲けをだそうって絵図を思いついたのは、山上連合の人間なんだな」

青山は頭を上下させた。

「誰だ？」

「知らねえ。最高幹部会から降りてきた。俺に親しいロシア人がいるってんで、そいつを隠れミノにしろといわれた」

「ほう」

「資金も用意してやる。ロシア人を使って話を動かせ。あくまでもうちは販売だけをうけおった、そうもっていくよう、いわれた」

「上に全部責任を押しつけるわけか」

「本当の話だ」

「駒崎を殺したのも上の命令か？」

「あれは……」

いって青山は口をつぐんだ。やがて、

「沼沢だ。あの野郎がやったって聞いた。光井もそうだ」

「なぜだ」

「なぜだ、だと？　お前に決まっているだろう。沼沢はお前が気に入らなかったんだよ。サツを辞めたくせに、あちこちをクンクン嗅ぎ回りやがって。光井に近づいたり、ガルキンにとりいったりしやがった。だが狙いがわからねえ。金なのか、それともまだデカ気取りなのか。そこで罠にハメることにしたといってた。お前が駒崎をハジいたように見せかけて、どう動くかみてやる、そういってた」

「あのホテルのことをどうやって知った?」

「ホテル?」

「光井が泊まっていたホテルだ」

「そんなこと俺が知るわけねえだろう」

階段に足音がして、チヒが戻ってきた。手に紙袋をさげている。青山を無視していった。

「大型のペンチが手に入った。足の指でも簡単に捩じ切れる」

「何なんだ、手前は?!」

青山が目出し帽をかぶせられた顔を左右にふって叫んだ。

「おい女、ふざけたことをいってやがると、生まれてこなけりゃよかったって目にあうぞ。手前だけじゃねえ、どこにいようと手前の身内もだ」

チヒは答えずに大判のガムテープを袋からだした。背後から青山に近づき、背中を蹴って転がした。すかさず、両足首をガムテープで固定する。さらに目出し帽が脱げないよう、上からぐるぐる巻きにした。

あっというまの手際だった。青山は体をぐるぐると転がして抵抗したが、ものともしない。そして青山の足からソックスをはぎとった。

「少しうるさいな。足の指を一本切りとる」

膝を踏みつけ、動かないようにしておいてペンチで青山の右足の小指をはさんだ。目出し帽の下で青山がくぐもった叫び声をあげた。

「待て」

河合はいった。チヒは手を止め、河合を見た。青山の胸が大きく上下している。

「まだ質問はたくさんある。今から指を落としていたのじゃ数が足りなくなる」

「大丈夫だ。両手両足のあとは、両目と耳、鼻もある」

河合は首をふった。チヒは蔑(さげす)んだような表情で河合を見つめ、ペンチを外した。

河合は青山のかたわらにしゃがんだ。

「俺の目的が何であろうと、お前には関係ない。だがこっちの質問にきちんと答えなけりゃ、今聞いていたようなことになる」

「やれよ。やれるもんならやってみろ」

青山が答えた。声が震えている。

「やるときは、俺はここをでていく。あとは彼女に任せるつもりだ」

「あの女は何だ、なぜお前にくっついている。デカじゃねえんだろうが」

「何だろうと、俺より容赦がないことはこれでわかった筈(はず)だ。もう一度質問をする。正直に答えていると俺が思わなかったら、彼女のやり方に任す。わかったな」

青山は答えなかった。

そのとき河合の懐ろで携帯電話が鳴った。画面に表示されているのは、アレックの番号だった。

河合はチヒに目で合図し、立ちあがった。二階の部屋をでて階段を降り、ガレージで通話ボタンを押した。

「アレック！」

「河合さんですか」

声がいったが、それはアレックのものではなかった。河合は息を呑み、訊ねた。

「誰だ」

「六本木で会いました」

訛のある声でわかった。

「ガルキンさん」

「私たちの共通の友だち、駒崎さんと連絡がとれません。何が起こったか、説明してもらえますか」

ガルキンは落ちついた口調で告げた。河合は息を吸いこんだ。アレックの携帯電話からかけてきたということは、アレックがガルキンの支配下にあるのを意味している。

「ガルキンさん、今、どこにいらっしゃるんです？」

「北海道です。サハリンから戻ってこられた、あなたのお友だちを迎えたところです」

「アレックは無事ですか」

「駒崎さんはどうなりました？」

「彼は……駒崎さんは殺されました」

ガルキンは沈黙した。

「誰に、です？」

やがて低い声で訊ねた。

「おそらく沼沢という刑事に」

「沼沢……。初めて聞く名前です。その人はあなたをつかまえようとしたのですか」

「ちがいます。沼沢は、私を罠にかけようとして、駒崎さんをその道具にしました」

「なぜそんなことがわかったのですか」

「青山がそういったのです」

「青山さんが……。そうですか。では私も青山さんに会わなければなりません。青山さんとあなたは、今いっしょなのですか」

「そうです」

「わかりました。明日、東京に戻ったら連絡を入れます。それまであなたのお友だちは、北海道の私の友人に預かってもらいます」

「ガルキンさん、アレックを傷つけないで下さい。彼は何も知らない」

ガルキンは間をおいた。

「駒崎さんは殺された、とあなたはいった。もしその責任があなたにあるなら、彼の無事を保証できない」

「青山と話せばわかります」

た。

「連絡をします」

電話は切れた。

二階の踊り場からチヒが見おろしていた。河合は合図した。チヒが降りてくるといった。

「アレックがガルキンにつかまっている。ここに奴を呼んでもいいか」

「ロシア人か」

チヒはつぶやいた。

「大丈夫だろう。日本人よりは信用されている」

河合は目で上を示した。

「奴は？」

「かなり恐怖を感じているが、まだ混乱をきたすほどではない。混乱させるには苦痛を与えるのが一番だ」

「そうかもしれないが――」

河合はいい淀んだ。

「タダシができないのならわたしがやる」

「待て。チヒはそれでいいのか」

チヒは眉根を寄せた。

「いい、とは？」

「つまり、青山を痛めつけるのが嫌じゃないのか。変な訊きかただが、俺がいいたいのは――」

「わたしがそれに快楽を感じるか、という質問か」

「そうだ」

チヒは河合を見つめ返した。

「快楽は感じない。ただ必要ならそれをする。自分がどんな気持になるかは考えない」

「つまりそれは嫌だということだろう」

「だから？」

珍しくいらだったような口調になっている。

「自分が嫌なことをチヒに押しつけたくない。今までだって充分、俺のために嫌な思いをさせている」

チヒは瞬きした。

「いっている意味がわからない」

「その通りの意味だ。いくら相手が人殺しの極道だろうと、指を切ったり鼻を削いだりするのが楽しいわけはないんだ。それを、俺が嫌だからといって、チヒに押しつけたくない」

「なぜだ」

「なぜ？　あんたに嫌な思いをさせたくないからだ」

チヒは黙った。やがて訊ねた。

「では、タダシがやるのか」

「やるときは。だからしばらく俺に任せてくれ。もちろんあいつを恐がらせるのは必要だが」

チヒは無表情に答えた。

「わかった」

「すまない、助けてもらっておいて勝手なことをいって」

「大丈夫だ」

いって、河合に背を向けた。

「ロシア人はいつくるのだ？」

「明日、といっていた」

「ここを管理している人間に伝えてくる。見張りを立てる。ロシア人が裏切ったときのことも考えなくてはならない」

「彼らにも迷惑をかけた」

「気にしなくていい。口では日本人を罵る(ののし)が、本当はビジネスだと割り切っている」

ガレージをでていった。

二階に戻ろうとしかけたとき、再び携帯電話が鳴った。北平だ。

「チヒと連絡がとれない」

河合が応じると、いきなり北平はいった。

「いっしょにいるのかね」

「今は別です」

「どこにいる？」

答えかけ、ためらった。チヒと連絡がとれないのは、わざと彼女がそうしているからではないのか。

「移動中です」

「車か」

「タクシーで」

「とすると、話は難しいな」

「ええ」

「落ちついたら連絡をくれ」

「了解しました」

電話は切れた。河合は自分の携帯電話を見つめた。

なぜチヒが北平との連絡を遮断したのかを考えた。チヒに、河合の状況を告げ合流を命じたのは北平だ。それなのにチヒは連絡を絶っている。

河合は背中が冷たくなった。携帯電話から電池をとりはずした。

何かひどくおぞましいものが、すぐそばでうごめいている、そんな不安感がこみあげた。

階段を登った。

青山が身をよじっていた。新聞紙に染みが広がっている。失禁したようだ。

青山の肩をつかみ、ひきずった。青山は怯えたように唸り声をたて、足をバタつかせようとした。

「騒ぐな」

河合は耳もとでいった。

「お前か」

青山がいった。どこかほっとしたような響きがある。チヒをひどく恐れているのだ。

「あの女はどうした」

「怒ってでていった。どうしてもお前の指をちょん切りたくてしかたがないらしい。俺がやめろといった。お前はせっかく話す気になっているのだから」

「何いってやがる。俺はケツを割らねえぞ」

「あの女にはそのほうが都合いい。お前をとことん痛めつける理由になる」

「よう、死んだ人間は死んだ人間だ。沼沢が消えて、うちにはアドバイザーが必要だ。そいつをやる気はねえか。黙ってても月に百万がとこ転がりこむ、おいしいシノギだ」

「悪くはないが、駒崎の一件をどうする？　このままじゃ俺が追われる」

「電話をかけさせてくれ。明日一番で、誰か若い者を出頭させる。極道どうしがもめたってことで、サツも簡単にケリをつけるさ」

「そう簡単にはいかないぞ。ガルキンにどう説明する気だ」

「大丈夫だ。ロシア人をコントロールする方法はある」

「どうやって」

「ガルキンより大物と話がついてるんだ」

「誰だ」

「お前には関係ねえ」

「アントン・マレフスキーのことか。ユーリー・マレフスキーの兄の」

「なんでいちいちそんなことを知りたがるんだ。誰でもいいだろうが」

　青山は声を荒らげた。

「いいか、コワリョフは俺の目の前で殺られたんだ。コワリョフも光井も、もとはといえば、お前らの仲間だろうが。それをあっさり殺すような奴の言葉を、どう信じろというんだ、え？」

　河合は青山の肩を突いた。

「わかった、話すよ、話してやる」

　青山は首をぐらつかせ、答えた。

「この一件には大物がからんでる。日本人じゃねえ、ロシア人だ」

「アントンじゃないのか」

「もっと上の奴だ。政治家で大金持で、日本の国会議員ともつながっているらしい。そいつがアントン・マレフスキーを動かした」

「ユーリーじゃなくて、アントンなんだな」

「ユーリーは頭が悪い。だからアントンはユーリーを通してコワリョフを使えば、自分は安全だと考えた。初めの計画じゃ、コワリョフがインドネシアに飛ぶ筈だった。だがそこでユーリーがこっちに話を振った」

「話？」

「クスリだ。偽の『リザフル』を作る。だから銭をだしてくれないか、と」

山上連合とユーリー・マレフスキーをつなげられるのはコワリョフしかいない。その点で、話のつじつまは合う。

「偽『リザフル』はアントンからでたアイデアじゃないのか」

「ちがう。ユーリーだ。ユーリーは馬鹿にされてた兄貴にひと泡吹かしてやる、とコワリョフにいったらしい。それでうちと組んで偽の『リザフル』を作ることにした。メキシコで作らせた偽薬とベトナムで印刷させたパッケージをフィリピンでひとまとめにしてカナダに送る。予定じゃ来月には完成品をのせた船がバンクーバーをでることになっていて、半月もしないうちに水揚げができる」

「偽『リザフル』はユーリーのアイデアでアントンのものじゃないとしたら、アントンやその上の大物はどうやって儲けるつもりだったんだ」

「株だ。アルバン社の株をしこたまそのロシア人は買っているんだ。新型インフルエンザがはやれば、アルバンの株価はウナギ登りになる」

株式投資は最も安全で確実なマネーロンダリングだ。オフショアと呼ばれる、非居住者向けに金融サービスをおこなう国や地域にペーパーカンパニーを設立し、匿名口座を使って世界中の証券取引所にブラックマネーを流しこむ。

オフショア銀行で有名なのはスイスだ。さらにモナコ、タイ、マレーシア、太平洋の小国ナウル、旧東欧圏にも存在する。そうした国や地域では、倫理上問題がある金融サービスが国家事業であり、その国や地域の経済を成立させている。FATFなどの国際機関がどれほど警告を与えようと、サービスをやめないのが現状だ。国際的に孤立しようと飢え死にするよりはましだというわけだ。

日本の暴力団も同じような海外投資をおこなっている。闇金融で得た巨額の利益が海外の匿名口座をいくつも経由してスイスの銀行に預けられていたのは記憶に新しい。

そのロシア人の〝大物〟が政治家で大金持だという青山の言葉を信じるなら、オフショア銀行を通してアルバン社の株を大量に買いつけ、新型インフルエンザの流行に伴う株価上昇益を狙っているのは充分ありうる話だ。

ロシアでは公権力と犯罪組織が癒着している。公共事業がマフィアの所有する企業に発注されるのはあたり前で、自治体の首長が企業の陰のオーナーだというのも日常茶飯事だ。

そうした事実を告発したジャーナリストが殺害される事件も頻発している。

「その大物の名前は?」

「知らねえ。聞いたって俺たち日本人にはわからないし、意味もない。俺らがつきあうのは、あくまでアントンやユーリーみたいな現役の極道だからな。コワリョフは、その大物に消されたんだ」

「なぜだ」

「なぜ? ちっと考えればわかるだろうが」

青山の声が大きくなった。

「大物の狙いは、アルバン社の株の利食いだ。もし『リザフル』の偽ものが大量にでまわったら、逆にアルバンの株は下落する。それじゃ困るだろう」

「だったらアントンなりユーリーに圧力をかければいいことだろう」

「やったさ。だがアントンのいうことをユーリーは聞かなかった。アルバン社の株で儲けるのは大物で、そのおこぼれはせいぜいアントンまでにしかいかない。コワリョフを使って新型インフルエンザを日本にもってきても、せいぜいユーリーに入るのは手間賃だ。これは俺の考えだが、偽『リザフル』の絵図を描いたのはコワリョフで、ユーリーはそのアイデアにとびついたんだ。ユーリーにそこまでの頭はない」

「なぜコワリョフはそんなことを考えた」

「なぜ? お前、まだわからないのか。お前だよ。お前が理由だ」

「俺？」

河合はつぶやいた。

「お前は、コワリョフが日本でやってる商売をことごとくマークして潰しやがった。コワリョフはそれが頭にきてお前を消そうとした。ところがあべこべにセルゲイやうちの菅谷が行方不明になり、日本でのシノギがきつくなった。奴は大勝負をかけることにした。それが偽『リザフル』だった」

「偽『リザフル』を作る資金はどこがだした？」

「ユーリーにそこまでの懐ろはない。となりゃ、あとはうちしかない。俺が本部にかけあってひっぱった。ことが公になったらえらい騒ぎになるってんで、本部は渋った。だがそれを万一のときはロシア人に全部かぶせられるからと説得したのさ」

河合は首をふった。新型インフルエンザを日本で流行させ、製薬会社の株価上昇で儲けようと企む人間も悪辣だが、それに乗じて偽薬を売りさばこうと考える者、さらに資金援助を投資のようにとらえ、いざとなったら罪をすべて外国人に押しつけようという組織も悪辣だ。

互いが互いを利用し、何かしら金儲けの材料につなげるという、油断も隙もない犯罪者の世界だった。右手で握手をし、左手で相手をだしぬく策を講じている。

「死んだコワリョフのかわりを光井にやらせるつもりだったのか」

「光井はうちに弓を引いた人間だ。何かあっても山上との関係を疑われる可能性は低い。

お前がよけいな知恵さえつけなけりゃうまく使えてた。あいつが死ぬ羽目になったのも、もとはといや、お前だ。いったい何が狙いなんだ。なんでお前は、タイから光井にかかわってやがった」

目出し帽でおおわれた顔をふって青山はいった。

河合は息を吐いた。光井が殺されたのは、確かに自分に原因があった。沼沢は河合への憎しみを光井にぶつけたのだ。

チヒが戻ってきたのはそれからしばらくしてからだった。階下のガレージに止めた車の中で、河合は青山から聞いた話をした。

「今までの中では最も説得力があると思う。もちろん奴を拷問したくないから無理に信じようというわけじゃないぞ」

「青山のいうロシア人の大物が実在するなら、だ」

チヒは冷静にいった。

「ガルキンがくれば明らかになる。ガルキンなら実際にそういう人物がいるかどうか判断できるだろう」

「もしガルキンに心あたりがなかったら、青山は嘘をついている、ということだな」

河合は頷(うなず)いた。

「そのときはガルキンに青山を任せればいい。ロシア人は容赦がない。青山は全部喋(しゃべ)らされた上で殺されるだろう」

チヒがつづけた。河合は息を吐いた。ガルキンに青山を預ければそうなる。だからガルキンがやってくるのを青山には話していなかった。

「北平から電話がかかってきた。あんたと連絡がとれないのをいぶかっていた」

「何といった？」

「いっしょにいないのでわからない、と」

チヒは小さく頷いた。

「北平は俺の居場所を知りたがっている。警察に引き渡すつもりなのだろうか」

「それはない」

答えて、チヒは河合を見つめた。

「わたしが合流しろと命じられたのは、タダシが警察に出頭するのを防ぐためだ」

「防ぐ？」

「どうしても出頭するという場合は、排除を検討することになっていた」

河合は目をみひらいた。

「俺を。なぜだ。チェンバーを守るためか」

「チェンバーの利益を、だ。チェンバーは、アルバン社の株を相当数、買っている。咲坂とワークの社員の接触が確認された時点で、北平は北米のメンバーに株の取得を指示した」

無表情にチヒがいった。河合は足もとが抜けるような絶望を感じた。予感はしていたが、やはりチェンバーは、犯罪の摘発より利益を優先したのだ。

「強欲と正義は、両立しない」

河合はつぶやいた。

「タダシの排除が検討された段階で、わたしは北平の指示にしたがわないと決めた。わたしは誰かを守るために人殺しはしても、組織の利益のために人殺しはしたくない」

「ありがとう」

チヒは横を向いた。そしてショルダーバッグから小型のパソコンをとりだした。携帯電話の回線を使ってインターネットにアクセスできる。

「蔵前を覚えているか。咲坂のマンションを捜索したときに同行した、犬の専門家だ」

「覚えている。ヒゲ面の男だろう」

チヒが液晶画面を開いた。

「メールだ。咲坂の犬を毒殺したといってきた」

「咲坂の犬を――」

河合は画面をのぞきこんだ。命令で「ジェシカ」を毒殺した、という文面だった。悔やんでいる。

「いつのことだ」

「昨夜だ。何のためだかわかるか」

「咲坂の排除、か」

チヒは頷いた。

「咲坂は行方不明になる。自宅からどこかに連行されて」

「なぜだ。偽『リザフル』の販売を止めるためにか」

「おそらく。新型インフルエンザの日本での流行は、チェンバーに利益をもたらすが偽薬はその反対だ」

「ロシア人の〝大物〟とチェンバーの考えることはかわらないな」

つぶやいてから気づいた。

「まさか」

「どうした？」

「チェンバーが初めからこの計画を知っていたとしたら――」

チヒは河合を見つめている。

「新型インフルエンザをはやらせれば、アルバン社の株をもつ人間は大儲けができる。ロシア人の計画をチェンバーが知り、便乗を考えていたとしよう。偽『リザフル』の流通で損をするのも、ロシア人とチェンバーは同じだ。それを食い止めるために俺をバンコクに派遣し、光井と接触させた。だが偽『リザフル』製造に関する情報を得られないうちに、ロシア人がコワリョフを消した。なのに、偽『リザフル』の製造は動きだしてしまった。コワリョフから山上連合が引き継いだからだ。青山の話では、偽『リザフル』は、来月には日本に向かうことになっている。山上連合はそれを待って、新型インフルエンザを日本にもちこむつもりだ」

「光井がする筈だった仕事だな」

河合は頷いた。

「俺は、偽『リザフル』の製造を阻止するためにチェンバーにスカウトされたんだ」

いって、河合はチヒを見つめた。

「知っていたのか」

チヒは首をふった。

「そこまでわたしに情報を与える者はいない。わたしはチェンバーにとって道具に過ぎない。チェンバーがアルバン社の株を買っていたと知らされたのも今日だ」

「北平は、コワリョフのタイでの目的が『リザフル』の偽造だと初めから知っていたにちがいない。が、それをタイ政府関係者に知らせれば、新型インフルエンザの日本への持ちこみが、国際的なテロとして浮上してくる可能性があった。だからあえて気づかないふりをして、調査を進めさせたんだ。新型インフルエンザの流行は必要だ。しかしアルバン社の株価を下げかねない偽『リザフル』は駆逐しなければならない」

河合は北平の狙いがようやく見えた思いだった。

「本当にチヒは知らなかったのか」

「わたしを疑うのか」

チヒは河合を見返した。目に冷ややかな怒りがあった。

目をそらしたのは河合のほうだった。

「すまない。何もかも信用できないような気がしてきて」

「おそらくすべての計画をたてたのは北平だ。北平とバラノフスキは長期間、ロシアマフィアの日本での活動を監視していた。ロシアから得たアルバン社への投資情報がもとになったのだと思う」

「バラノフスキも一枚かんでいるのか」

チヒは首をふった。

「わからない。いやみな男だが、犯罪者を憎む気持は強い。バラノフスキは利用されただけかもしれない」

「すると北平と泉の二人か」

「タイ国家警察は関係ないとみていいだろう。スラットはタダシと同じだ」

「なんてことだ」

河合は息を吐いた。

「やっていることだけを見たら、チェンバーはロシアマフィアと何ひとつちがわない。もとからこういう組織だったのか」

「それはちがう。チェンバーの過去の仕事は、常に犯罪の摘発を伴っていた。今回のような、はっきりと利益に走った活動はなかった」

「俺は北平を命の恩人だと思っていた。だがちがったのか」

「あの晩、わたしは命令にしたがってロシア人やアフリカ人を排除した。彼らの行動を北平が前もって知っていたかどうかを判断する情報はもたない」

「北平に会う。会ってはっきり問いつめればわかる」

「それは賢明とはいえない。北平が咲坂を排除した可能性を考えると、北平にはわたしとは別の排除の専門家がついている。その人物がタダシを排除する方向で動くだろう。それにチェンバーがアルバン社の株を所有しているという情報は、わたしによってタダシにもたらされたものだ。北平が否定すれば、タダシには問いつめる材料がない」

チヒは冷静にいった。

「するとガルキンか」

「ガルキンとの話し合いによって、現在のタダシの状況をかえる情報が得られる可能性は否定しない」

河合は苦笑した。こんなときでもチヒの堅苦しい喋りかたはかわらない。

「なぜ笑う？」

「チヒの喋りかたがおかしい」

「わたしの日本語の訓練は、銃や爆発物の訓練ほどは効果的ではなかった。日本に住んでからも順応しようと努力したが駄目だった」

静かにチヒはいった。

「なあ、チヒ。もし北平を裏切ったら、祖国にいる子供に仕送りができなくなるかもしれない。大丈夫なのか」

　チヒは目を落とした。

「大丈夫ではない。だがそれよりもっと危険な可能性が目前にある。新型インフルエンザのパンデミックが発生すれば、やがてわたしの祖国にも及ぶだろう。日常的に医薬品が不足し、子供たちの栄養状態もよいとはいえない国で新型インフルエンザが流行したら、その被害は日本以上になる。何よりもそれは防がなければならない」

　日本での大流行は、当然アジア全域を巻きこむことになる。チヒはそれを心配していたのだ。

　河合は深々と息を吸いこんだ。

「すまなかった。疑うようなことをいって」

「気にするな。今のタダシの立場では、誰も信用できないのはむしろ当然だ。わたしも子供のことがなければ、判断に苦しんだろう」

　チヒの言葉はやさしかった。河合は無言で頷（うなず）く他なかった。

「これからの行動計画を立ててくれ」

　チヒがいった。

「ガルキンの到着を待つ。ロシア人の正体がわかれば、新型インフルエンザの日本もちこみを阻止する材料になる」

　河合は答えた。

「北平が我々の裏切りに気づく前に、必要な情報を手に入れておかなければならない」

3

ふたりの足音だとわかったのだろう。青山はひどく汗をかいて、視界を奪われた顔をさかんに動かした。

「彼女にお前の話をした。信用できないと一蹴(いっしゅう)された」

役割は打ち合わせずみだ。悪役はチヒが演ずる。

「何をいってやがる。今さら俺が与太を吹かすとでも思うのか」

「すべてはお前の計画だ。コワリョフを殺したのもお前だ。責任を逃れるためにロシア人の大物の話をもちだした」

チヒがいった。

「何の責任だ。お前らいったい何者だ、何が狙いなんだ、いってみやがれ」

「俺たちは国際的な違法取引を撲滅するために設けられた超法規的な組織のメンバーだ。現行の法律では捜査や摘発に限界のある国際的犯罪に対して、思いきった手段をとることが目的で作られた」

もはやチェンバーの存在を隠す意味はない。今さら説明するのも虚(むな)しかったが、青山に圧力をかける材料になるのならと、河合は告げた。

「お前の想像通り、菅谷やセルゲイらは一年前、我々の組織によって処分された。死体は発見されないし、かりに発見されたとしても警察は動かない。俺はコワリョフを追及した腕を見こまれて、組織にスカウトされたんだ」

　青山は無言だった。やがて、

「何、わけのわからねえことといってやがる」

　とつぶやいた。

「お前には理解できないか」

　チヒがいった。

「理解できるとかできねえじゃない。そんな世の中の仕組を無視するような組織があってたまるかっていってんだよ」

　青山がチヒの立つ方向に顔を向けた。

「そんな組織が本当にあるのだったら、俺ら極道だって何をしたっていい。ちがうか。サツなんていたって無意味だ。お前らが超法規的な存在なら、こっちだって人殺しをしようが、かっぱらいをしようが、お前らに殺されるまでは何してもいい、そうじゃねえか。俺らは極道だが、それなりに世の中の仕組をわかってシノギをやってる。だがお前らはそうじゃない。世の中の仕組をまるで無視してやがる。そんな話があっていいのか。お前らは神か？　絶対にまちがわねえとか、自分の都合だけでは動かねえって断言できるのかよ」

チヒが何かいいかけるのを手で制し、河合は答えた。

「こんな組織はたぶんまちがっているのだろう。だがそうでもしなければ、食い止められない犯罪もある。早い話、山上連合が新型インフルエンザの患者を日本に連れてきて、大流行が発生してからじゃ遅い。何千、何万という人が病気にかかって死に、それが犯罪だとあとからわかったって、どうにもならない。だったら今ここでお前ひとりを殺して、その何千、何万が救えるなら、俺は躊躇しない」

青山は荒々しく息を吸いこんだ。

「お前はデカだったのだろうが。そのデカが法律を無視してもかまわねえってことか」

「デカでは限界があった。それを認めただけだ」

河合はいって、青山に歩みよった。襟首をつかんで揺すった。

「新型インフルエンザの患者は、この先どうやって日本に連れてこられるんだ」

「知るか、そんなこと」

「俺をナメてるのか」

「逆だ。どうせ殺すのだろうが。拷問でも何でもやりゃあいい」

青山は開きなおったようにいった。買収がきかないとわかって、かえって腹をすえたようだ。

「道具を」

「できないな」

河合はチヒをふりかえった。チヒは動かなかった。

「無駄だ。今どれだけこの男を痛めつけても意味がない。この男は死を覚悟している」

「ああ、そうさ。人間どうせ一度きりしか死なねえ。腹をくりゃ恐いものなんかねえ」

「こんな状態の人間を拷問しても、した側が自己嫌悪を起こす。それは無意味どころか有害だ」

チヒはいった。

「じゃあどうすればいい」

河合は小声で訊ねた。

「ロシア人に任せよう」

チヒの目は真剣だった。

4

翌朝、十時に河合はガルキンの携帯電話を呼びだした。

「ガルキンです」

「河合だ」

「どこにいけばいいですか」

「今どこにいる?」

「羽田です」

「迎えにいく。とりあえず銀座に向かってくれ」

告げて、河合は電話を切った。電池もとり外す。聞いていたチヒがいった。

「わたしが迎えにいく」

河合は首をふった。

「いや、俺がいかなければ、ガルキンは罠だと考える。駒崎を殺されているんだ。これは俺の役目だ。チヒは青山を見張っていてくれ」

車をだし、銀座に向かった。途中電話を入れ、銀座にあるホテルのロビーを指定した。

ロビーには、ガルキンと、河合の知らないロシア人ふたりが待っていた。ふたりとも大男で、冷ややかな顔つきをしている。

「彼らは私の友人です。駒崎さんにあったことを話したら、心配して東京までいっしょにきてくれました。ふたりを連れていってよいですか」

「かまわない。きてくれ」

三人を車に乗せ、河合は荒川区に向かった。途中でガルキンの携帯電話が鳴った。

「はい、ガルキンです」

日本語で応え、黙って聞いていたがやがて、

「そうですか。ありがとうございます。警察が何かいってきたら知らせます」

と答えて、電話を切った。

「河合さん、あなたのいう通りでした。今の電話は稲垣さん。駒崎さんが渋谷のホテルで死んでいるのが見つかったと教えてくれました。警察はいっしょにチェックインした男を捜しているそうです」

静かな口調でいった。

「いっしょにチェックインしたのは俺だ。そのホテルには光井が泊まっていて、駒崎さんと光井を会わせることになっていた。ところが光井は山上連合の落合組にさらわれた。落合組と行動をともにしている、沼沢という悪徳警官がいた。そいつが駒崎さんを殺した。俺に疑いがかかるのを計算して、やったんだ」

「あなたはそれを見たのですか」

「いや、見てはいない」

「沼沢はどこにいますか」

「死んだ。俺は光井を助けに、仲間と落合組のアジトに乗りこんだ。光井はすでに死んでいて、沼沢は俺を撃とうとした。俺の仲間が沼沢を撃った。俺たちはその場から青山をさらって監禁した」

「皆んな死んでしまったのですか。河合さん、死んだ人のせいにするのは簡単ですね」

ガルキンの声は冷ややかだった。

「青山は生きている。青山から話を聞けるだろう」

「河合さん、あなたは何者ですか。仲間というのは誰です」

河合は深々と息を吸いこんだ。

「それを話す前にひとつ訊きたい。アントン・マレフスキーがロシアの大金持と組んでカナダの製薬会社の株で大儲けしようとしている、という話を聞いたことはあるか。俺はそれを調査している」

ガルキンは無言だった。やがてロシア語で何ごとかをつぶやいた。後部席にすわる大男がロシア語で応じた。ガルキンがいった。

「河合さん、友人はあなたを殺すべきだ、といっています」

河合はミラーを見やり、ハザードを点して車を路肩に寄せた。三河島はすぐそこだ。

「あなたは捜査官なのですか」

「今はちがう。俺がしたいのは、新型インフルエンザを日本で大流行させる計画の阻止だ」

ガルキンがロシア語を喋った。大男が答え、ロシア語のやりとりがつづいた。河合は無言で待った。

ガルキンがいった。

「彼らは、アントンともユーリーとも関係がない、個人的な私のアドバイザーです。彼らの意見は、あなたは大変危険な人物だ、というものです。あなたとこうしているだけで、私たちは日本の警察につかまるかもしれない」

「あんたたちを警察に売ったら、アレックは危険な目にあうだろう。俺はアレックを助けたいんだ」

ガルキンが葉巻をとりだし、火をつけた。濃厚な煙が車内に漂った。

「つい十年くらい前まで、ロシアでは誰もが金持になるチャンスがありました。ただし、それには政治家や役人とのコネクションが必要でした。アントンにはあり、ユーリーにはなかった。ユーリーはいつもそのことで兄をうらやましいと思っていた。そのユーリーに、アントンがビジネスをもちかけました。ロシアでは誰もが知っている、極東の大金持、元国会議員のスタロボフという男がいます。スタロボフは、以前は政府とうまくやっていたのですが、あることがあって目をつけられ、極東でもっていた利権の大部分をとりあげられてしまいました。スタロボフは、何か大きなお金になるビジネスはないかと考え、インフルエンザの薬で儲ける方法を思いついた。ただしそれはとても悪い方法なので、アントンに協力を頼みました。私は反対しました。するとアントンは、弟にやらせる、といったのです。ユーリーはスタロボフを大物だと敬っている。そのスタロボフのビジネスだといえば、喜んでするにちがいない、と。私はずっとスタロボフが嫌いでした。だからそのビジネスにはかかわりたくない、といいました。アントンは、かまわない、といいました。ユーリーに任せる。ユーリーにはコワリョフがいる。コワリョフが日本のヤクザにやらせるだろう」

「ガルキンさんは知ってたのか」

「コワリョフを消せと命じたのは、アントンです」

河合は息を吸いこんだ。

「じゃあなぜ、俺に調べろ、といった」

「アントンにあのビジネスから手を引かせたかったからです。私たちはイリーガルだが、あのビジネスはただのイリーガルではない。神が決して許さないようなビジネスだ。まして ユーリーが考えたのは、さらにひどい仕事でした。偽の薬を作れば、たくさんの子供や老人が死ぬでしょう。しかも日本だけではなく、中国やロシアでも真似をする人間が現われる。あなたがそれを調べだせるようなら、私はアントンに日本の警察が気づいているから手を引くべきだと忠告するつもりでした。しかし、アントンもスタロボフと同じように、アルバン社の株に財産を注ぎこんでいます。スロバキアやポーランドのダミー会社を通してアルバン社の株を買っている」

ガルキンは首をふった。

「あなたが警察官だったらむしろよかった、と私は思います。アントンを説得することができた」

河合は力が抜けるのを感じた。青山は本当のことを喋っていたのだ。

「私はどうするべきか迷っています。アントンを裏切りたくはない。だが、神の子として許されないビジネスにスタロボフはアントンをひっぱりこんだ」

「今ならまだ間に合う。コワリョフが死んで、ビジネスは山上連合が引き継いだ。青山がその責任者だ。青山の口を開かせれば、新型インフルエンザの患者をどうやって日本に連れてこようとしているのかをつきとめられる」

「確かにその通りです。しかし河合さんはそれをして、何の得があるのですか」

「得は、ない」

「ない？」

　信じられないようにガルキンは河合を見つめた。

「俺はある国際的な捜査機関にスカウトされ、タイでのコワリョフの活動を監視していた。だがその機関の中にスタロボフのビジネスを真似した人間がいた。その男は、偽の薬が流通すれば、アルバン社の株で損をする。だから俺を使って、偽の薬の製造を阻止しようと考えたんだ。俺に望まれたのは、偽の薬の排除であって、新型インフルエンザの流行の阻止じゃなかった。だから俺はその男を裏切った」

　ガルキンは瞬きした。

「俺のいっていることは信じられないと思う。だが真実なんだ。今は、誰かをつかまえたいとか、そんなことよりも、新型インフルエンザが山上連合によって日本にもちこまれるのを食い止めたい」

「河合さん、あなたのいうことを信じます」

　ガルキンは微笑んだ。

「なぜか。答を教えましょう」

携帯電話をとりだし、ボタンを押した。河合にさしだす。

「話して下さい」

ガルキンはいった。河合はいわれるまま耳にあてた。コール音が鳴っている。やがて、

「アロー」

ロシア語が応えた。

「もしもし――」

「もしもし、河合さんですか」

「アレック！　アレックか」

河合は叫んだ。思わずガルキンを見た。

「はい。そうか、私の友だちとうまく会えたのですね」

アレックはいった。

「友だち？」

「そうです。この番号は、友だちのガルキンの電話です」

「だがアレック、アレックはガルキンさんを知っているとはひと言も――」

河合は息を詰まらせた。

「はい。ガルキンというのは、彼の世界でのあだ名です。私は、アントンを知っている友人がいる、といいました。その友人は本名を、イーゴリ・ボルソビッチといいます」

「ボルソビッチ……」

河合はガルキンを見た。ガルキンは頷(うなず)いた。

「私はハバロフスクでイーゴリに会おうと考えました。すると驚いたことにイーゴリは北海道にいて、しかもあなたに一度会ったことがある、といいました。以前、あなたが私を助けたとき、あなたの話を私はイーゴリにしたことがありました。イーゴリは、ガルキンとしてあなたに会ったので、私の話をしなかったのです。本当ならもっと早く、私はあなたにこの話をしなければいけませんでした。しかし、イーゴリに止められたのです。私とあなた、そしてイーゴリの関係は、とてもデリケートだ、とイーゴリはいいました。だからこのことをあなたに教えるのは、イーゴリに任せてほしい、と」

河合は首をふった。安堵(あんど)がこみあげた。

「よかったよ、アレック。俺はあんたのことを心配してた」

「ごめんなさい。イーゴリと私が友だちだともっと早くに話せていたらよかった。でも、私もイーゴリがガルキンだとは、北海道で会うまで知らなかった」

「いや。アレックが友だちでなかったら、俺もガルキンさんに信用してもらえなかったろう」

「イーゴリにかわってもらえますか」

河合は電話をガルキンに返した。ガルキンは受けとると、ロシア語でやりとりを始めた。

電話を切り、ジャケットにしまう。

「河合さん。私は古い考え方をする人間です。友だちの友だちは、友だち。だからあなたが嘘をつかない限り、あなたを信用する」

「俺は、初めて会ったとき、あんたに嘘をついた。本を書いている、と」

ガルキンは頷いた。

「それはしかたがありません。あの場には青山もいましたから。さあ、青山に会いにいきましょう」

5

青山と向かいあうと、ガルキンは連れているロシア人に合図をした。ひとりが青山の顔から目かくしをはぎとった。青山は驚いたように瞬きをし、ガルキンに気づくと目をみはった。

「ガルキンさん」

首をめぐらせ、河合とチヒを見た。ロシア人の大男ふたりは、青山のかたわらに立っている。

「どういうことだ、これは」

「駒崎さんが殺されたことの説明を、あなたから聞きにきました」

青山はすぐには答えなかった。もう一度その場を見回し、いった。

「説明ならいくらでもするが、この状況はないだろう。うちはあんたを、コワリョフの後釜としてうけいれたんだ。なのにあんたはサツとぐるってことか」

「私が知りたいのは、誰が駒崎さんを殺したのか、です。彼は私の友だちで、大切な部下でもありました。納得のいく説明ができないのなら、責任は青山さんにとってもらいます」

ガルキンは立ったまま冷ややかにいった。

青山は深々と息を吸いこんだ。

「あんなことになった一番の理由は、そこにいる河合だ。ゴキブリみてえにちょろちょろしたあげく、駒崎さんにくっついた。ゴキブリを叩きつぶそうとしたら、そいつがまちがって駒崎さんにあたっちまった。考えてみろや。駒崎さんを殺って、うちが得することなんか、何もない」

「では、事故だったと？」

「ああ、そうだ。その通り。事故だ。殺ったのはうちの人間じゃない。この野郎と同じ、サツの人間だ。サツの野郎なんて信用するな」

「その人に会わせて下さい」

青山はフン、と笑った。

「そこにいる女が殺しちまった。たぶん今頃は、誰にも見つからない場所に死体は埋められている。現役のデカだからな。射殺されたとわかったら、サツはあることないことひっくるめて、うちに押しつけてくるのが見えている」

チヒに目を向けた。

「おい、女、手前のツラは忘れねえぞ。山上連合が地獄の果てまで手前を追いつめるからな。覚えておけ」

チヒは無言だった。

「殺された人の名は何といいますか」

「沼沢だ」

「沼沢さんはなぜ、渋谷のホテルにいったのですか」

「決まってるだろう。この野郎と光井を叩き殺すためだ。光井はケツを割って、うちを裏切った」

「なぜ、渋谷のホテルにいる、とわかったのですか」

「さあな。沼沢が最初から知っていたんだ。光井が渋谷のホテルに隠れていることは」

「沼沢が？」

思わず河合はいった。ガルキンが目で制した。青山に会ったら、会話の主導権はガルキンに預けることを約束させられていたのだ。

「だから何だってんだ。それがそんなに大きな問題か。奴はデカだった。デカじゃなけりゃ引っぱれないネタもある。もちつもたれつだ」

「セルゲイのビジネスを沼沢に継がせたのもそのせいか」

河合は訊ねた。

「奴がやりたがったんだ。このままいきゃ、停年まではいられねえだろう。辞めたときのためにシノギが欲しい、といった。ガルキンさんは、セルゲイやコワリョフとちがって、あまりうちとの商売に熱心じゃなかったからな。それともこれで、考えかたをかえてくれましたかね」

ガルキンは無表情だった。

「なあ、大人になって考えて下さい。おたくとうちとは大切なつきあいだ。コワリョフさんはあんなことになっちまったが、それでご破算にしていいってものじゃないでしょうが」

「青山さん、あなたはユーリーのビジネスのことをいっている。だが私は、アントンの部下でもある」

青山はぎくりとしたように口をつぐんだ。ガルキンはつづけた。

「アントンは、ユーリーが山上連合と組んでやろうとしているビジネスに腹を立てています。あれがスタートしたら、アントンは大きな損をする」

「それは兄弟どうしで話しあってもらわなけりゃ。うちとは無関係な話だ」

青山はうそぶいた。

「うちはうちで、あれには資本を投下しているんです。ガルキンさん、わかるでしょう。コワリョフさんが亡くなったからって、止めるわけにはいかない。荷物はじき、こっちへ向かうんだ」

ガルキンは首をふった。

「あくまでも山上連合は、偽の薬を売る、というのですね」

「ユーリーさんはそれで納得している。もともとうちとつきあいがあったのは、ユーリーさんなんです。アントンさんが何を考えているかなんて、知りようがない」

「嘘だ。お前は、アントンのバックにロシアの大物がついていることまで知っていた」

河合はいった。

「そりゃあ取引相手の情報は集めるもんだ。だからって兄弟仲にまで気をつかうわけにはいかねえ」

ガルキンは肩をすくめた。

「青山さん、あなたのいっていることは正しい。山上連合に所属している人としては」

「でしょう」

勝ち誇ったように青山は笑った。

「わかってくれたのなら、俺を自由にして下さい」

河合とチヒに目を向け、青山はいった。

「このふたりのことは、うちで決着をつけます。ガルキンさんやアントンさん、ユーリーさん、ましてやその大物の方に迷惑が及ぶような方向にはもっていきませんから」

チヒが一歩動いた。青山のかたわらにいるロシア人が警告するように右手をかざした。

チヒをにらみ、首をふる。

チヒは大きく息を吸い、河合を見た。ガルキンに敵意を抱いているととられないために、チヒは銃をバッグの中にしまっている。もしこの大男ふたりとガルキンが青山についたら、河合とチヒは圧倒的に不利だった。

「ところで」

ガルキンは青山の願いには答えず、いった。

「新型インフルエンザをどうやって日本で流行させる計画なのですか」

「そいつをここでペラペラ喋(しゃべ)るわけにはいきません。早く俺を自由にして下さい」

ガルキンは青山を見つめた。

「断わる」

「何だと？」

「お前を自由にする気はない。お前は、アントン・マレフスキーの一家にとって敵である山上連合のメンバーだ。私に協力して生きのびるか、今ここで死ぬか、どちらかを選ぶがいい」

青山は口をぽかんと開いた。

「何いってやがる……」

ガルキンはロシア人の大男に軽く頷(うなず)いてみせた。ひとりがジャケットから革のヒモのようなものをとりだしてぴんとのばし、両手に端をくるくると巻きつけた。そして余った部分を青山の背後から喉に回した。

「よせ、何しやが――」

シュッという音をたてて革ヒモが締まり、青山の声が途切れた。みひらいた目が今にもとびだしそうだ。

ガルキンが青山に歩みよった。

「今ここで死ぬか」

青山がもがいた。けんめいに首をふる。

ガルキンが合図をすると革ヒモがゆるめられた。青山は激しく咳きこんだ。

「こ、こんなことをして、山上連合が――」

「敵に回るだろう。だが山上連合にどれほど力があっても、今のお前は助けられない」

「待て、待ってくれ。考えさせてくれ」

「十分、お前にやろう。残りの人生を十分で終えてサムライになるか、それともあと何年か生きるか、お前の判断だ」

ガルキンはいって、河合を見やった。河合は頷き、チヒとともに階下へと向かった。

ガレージに立ったガルキンは葉巻をくわえた。

「あの男は喋ります。サムライになるには頭がよすぎる。生きのびて、我々に復讐する道を選ぶでしょう」

シャッターのかたわらにある扉がノックされた。チヒの顔が険しくなった。

「誰？」

「パクだ」

声が応えた。チヒが扉を細めに開いた。この家を貸した、切れ長の目の男が立っている。早口でチヒに話しかけた。河合にはわからない言葉だ。

チヒがふりかえった。

「タダシ、ここにくるまで誰かに尾行されたか」

河合は首をふった。

「いや。極力気をつけていた」

「やくざがおおぜい集まっている。二十人はいるそうだ」

河合はチヒを見つめた。

「そんな馬鹿な」

「タダシが尾行されたのでなければ、この家の情報を山上連合に与えた人間がいる」

「だがここのことは誰も知らない筈じゃないのか」

チヒは男に礼を告げ、扉を閉じた。

「わたしの過去を知っている者なら、ここをつきとめる方法はある」

河合は息を呑んだ。それはつまり、警察の公安部門から情報を得た、ということだ。

「警察か。いや、それはありえないだろう。警察にはチヒを追う理由がない。それに警察がつきとめたのなら、やってくるのは警官で、やくざじゃない筈だ」

「警察から得た情報を山上連合に密告したのだ」

「誰がそんなことを――」

いいかけ、河合は口を閉じた。チヒの暗い目の中に答があった。

「――北平か……」

「どうしたのですか」

ガルキンが訊ねた。河合は向き直った。

「この家に青山がつかまっていることを山上連合に密告した人間がいる」

「あなたたちの仲間だった人ですか」

「残念ながらそうらしい。北平というのがその男の名だが、山上連合を使って俺たちを殺す気のようだ」

「あなたがたを殺す理由は何です」

「北平にはスタロボフと同じ目的がある。俺たちが青山を拉致（らち）したのを知って、このままでは新型インフルエンザの日本もちこみを邪魔される、と考えたんだ」

ガルキンは無言で首をふった。

「どうする？」

河合はチヒを見た。山上連合のやくざが殴りこみをかけてくるのは時間の問題だ。銃撃戦になる。

「タダシは脱出しろ。山上連合はわたしが食い止める」

チヒは答えた。

「馬鹿なことをいうな。逃げるならいっしょに逃げよう」

チヒは首をふった。

「この町には、わたしを知っている人間が何人もいる。もしわたしが逃げれば、山上連合は、パクを始め、そういう者たちを拷問する」

「だったら俺も戦う」

「冷静になれ。いくらこの町が特別な場所だとしても、撃ち合いになったら警察がくる。やくざはいなくなるが警察に拘束されたら何にもならない」

チヒはいった。

「それに、これはわたしの専門分野だ。タダシがいてはかえって邪魔になる」

ガレージの隅においたバッグにチヒは歩みよった。ファスナーを開き、中からサブマシンガンや防弾ベストをとりだして身に着ける。ふりかえると、いった。

「山上連合は、暗くなるまでは攻撃をしてこないだろう。パクに脱出用の車を用意させる。タダシと青山はそれで逃げろ」

「ガルキンさんはどうするんだ」

「私のことなら心配はいりません。友人たちもいますし、山上連合は私には手をださない」

ガルキンが答えた。

河合は唇をかんだ。その間にもてきぱきとチヒは戦闘準備を整えていた。初めて会った晩と同じ、兵士の姿になったチヒは河合に歩みよった。ヘルメットのバイザーをあげ、告げた。

「インフルエンザのもちこみを阻止してくれ。わたしの子供のためにも」

河合ははっとした。そうなのだ。今、自分がここで死んだら、新型インフルエンザを流行させる計画を止められる人間はいなくなる。

「わかった。だが、チヒ、頼むから死ぬな」

チヒの唇から白い歯がこぼれた。

「わたしは排除のプロフェッショナルだ。相手が何人いようと、やくざなどには負けない。彼らは後悔する」

河合は頷き、ガルキンをふりかえった。

「ガルキンさん、ここにある車で先に脱出してくれ。まずあなたたちが先だ」

「河合さん、あなたひとりで青山を連れて逃げるのですか」

「他に方法がない」

「青山は、私たちが連れていきます。もし、私を信用してくれるのなら。あなたひとりであの男を扱うのは大変だ」

ガルキンが寝返れば、唯一の情報源である青山は山上連合に引き渡される。だが、河合ひとりで青山を連れて脱出するのは確かに困難だ。

銃でもあればともかく、河合は借りたM10を渋谷のコインロッカーに預けたままだ。河合は決断した。

「わかりました。青山はあなたに預ける。だが決して逃がさないでくれ。どうやって新型インフルエンザを日本にもちこむのか、その方法は奴の頭の中にある」

「わかっています。逃がすくらいなら、彼の命を奪う」

ガルキンはいった。河合は頷き、チヒを見た。チヒが携帯電話に電池をはめこみ、どこかにかけると、母国語でやりとりを始めた。

それを見つめるうち、河合は気づいた。

渋谷のビジネスホテルに光井がいると沼沢が知ったのは、河合の情報が伝わったからだ。

それをできるのはチェンバーの人間、北平か泉しかいない。

チェンバーによる河合切り捨ては、河合が池袋で青山を拉致する前から決まっていたことだった。

偽「リザフル」の排除だけを目的としていた北平にとって、光井とガルキンの接触は、新型インフルエンザの流行そのものを危うくする可能性があった。ガルキンがこの計画に乗り気でないことを、ロシアからの情報で北平は知っていたにちがいない。新型インフルエンザのもちこみも偽「リザフル」の販売も、山上連合によってコントロールされる。偽「リザフル」の排除は陸揚げ直前まで可能だ。とすれば、まずは山上連合に計画を進めさせる方針を北平は選択したのだ。

それには、河合の存在が邪魔だった。河合と光井がガルキンと組めば、ロシアの情報と併せて、警察やマスコミに警告を発する可能性もでてくる。河合が北平の動きに不審を感じていることを、北平も気づいていたのだ。

考えてみれば当然だった。咲坂の部屋の金庫で発見した「リザフル」を河合が一錠隠しもったときから、北平は河合を危険視し始めていたにちがいない。

チヒがメールで得た、咲坂殺害の情報が正しければ、北平はいよいよ本気で偽「リザフル」の排除に動きだしたのだ。それはとりもなおさず、新型インフルエンザの日本での流行を北平が願っていることの証明だ。

——強欲と正義は決して両立しない

河合は苦い思いを抱いた。かつてのブラックチェンバーはどうか知らない。今のブラックチェンバーは、強欲を優先し正義を退ける、犯罪者集団と何らかわりがない。

まして河合を最初からそのためにスカウトしたのだとすれば、許しがたい。

この怒りを北平にぶつけずにはおかない。

河合は誓った。

ガルキンが二階にあがった。やがて大男ふたりにひきたてられ、青山が降りてきた。目隠しとサルグツワをかまされている。青山は車のトランクに押しこめられた。

車に乗りこみ、ガルキンはいった。

「もし私と連絡がとれなくなることがあれば、アレックに電話をして下さい。必ず彼には私の居場所を知らせておきます」

河合は頷いた。ガルキンは頷き返し、車のドアを閉めた。

チヒがシャッターを上げた。ロシア人の運転する車はでていった。すぐにシャッターを降ろす。

直後にチヒの携帯電話が鳴った。チヒが応え、通話を終えるといった。

「外に軽トラックが止まっている。それがタダシを脱出させる」

「チヒ――」

「いけ」

チヒはヘルメットのバイザーをおろしていた。声はくぐもり、表情は読みとれない。

「わかった」

河合は頷く他なかった。そしてつけ加えた。

「必ず連絡をくれ。約束だ」

チヒは、いけというように手をふった。それが返事だった。

家の外にでると、荷台にブルーシートを巻きつけた箱をのせた軽トラックが止まっていた。

軽トラックには運転席と助手席のふたつしかない。乗っている人間の顔は丸見えだ。河合がとまどっていると、運転席のドアを開け、若い男が降りてきた。白いツナギを着て、髪を金髪に染めている。

無言で河合を荷台に手招きし、ブルーシートをめくりあげた。

人ひとりが入るのがやっとの段ボール箱だった。蓋を開け、あたりを見回すと中を示した。

河合は合点した。車内が丸見えの軽トラックだからこそ、注意を惹かないというわけだ。

段ボール箱の中にうずくまった。ブルーシートがかけられ、ロープで固定された。エンジンの振動が伝わってくる。

チヒ、殺されないでくれ。暗闇の中で目を閉じ、河合は祈った。

体がぐいと動かされた。軽トラックが発進したのだった。

6

約一時間、河合は段ボール箱の闇の中に閉じこめられていた。

エンジンが止まり、ブルーシートを外す音がして、段ボールの蓋が開けられた。屋外だった。日は暮れ、あたりは暗い。

金髪の男が降りろ、と合図をした。いっさい口をきく気はないようだ。

河合は箱をでて、荷台から降りた。若者はブルーシートを畳み、段ボール箱の中に押しこむと、それをロープで固定した。そして何も告げず、軽トラックの運転席に乗りこんで走り去った。排気ガスが濃く漂う。

ここはどこだ。

あとにひとり残された河合はあたりを見回した。雑草が生い茂った、むきだしの地面が広がっている。

鉄橋が遠くに見えた。それに向かって歩きだすと、ほどなく道が下り坂になった。その先に大きな川の流れが見える。

河川敷が河にそって広がっていた。どこかの河べりに連れてこられたのだとわかった。

荒川か隅田川か。

ちがう。

「多摩川」という文字が電柱の看板にあった。

ここは多摩川の河べりなのだ。東京側か神奈川側かはわからないが、軽トラックは東京の西の外れまで、河合を運んできたのだ。

河合は鉄橋をめざして河川敷ぞいの道を歩きつづけた。

鉄橋を渡る、銀色の電車が見えた。東急電鉄の車輛だ。カタンカタンという音が川面を伝わってくる。

線路の位置がわかると、今度はそれにそって歩いた。

やがて「多摩川」という名の駅にでた。東急東横線の、多摩川の東京側にある駅だった。

自動券売機で渋谷までの切符を買い、河合はホームのベンチにすわった。上りの列車を利用する客は少ないようだ。ホームには人影がない。

河合は携帯電話をとりだすと電池をはめこんだ。

チヒは無事だろうか。チヒの携帯電話を呼びだした。

電源が切られているか、電波の届かない場所にある、というメッセージが返ってきた。

河合は深呼吸した。ひどく心細い気持だった。裏切られ、唯一の味方であるチヒとも連絡がとれない。

山上連合との戦闘で、チヒの身に何かが起きたのではないだろうか。

不安がこみあげる。だがその不安を、北平への怒りが押しやった。

今はまず、反撃の足がかりを得ることだ。それには情報が圧倒的に不足している。

ホームに渋谷いきの電車がすべりこんできて、河合は立ちあがった。車内で携帯電話の電池を外す。

渋谷までの各駅停車だった。終点が近づくにつれ、乗客が増えてくる。

渋谷駅で降りた河合は、M10を預けたコインロッカーをめざした。拳銃（けんじゅう）を回収すると、わずかだが不安が薄まった。

次に公衆電話ボックスに入った。記憶にある携帯電話の番号を押した。数度の呼びだしのあと、

「はい」

と、男のぶっきらぼうな声が応えた。

「河合だ」

息を呑む気配があった。

「今、話せるか」

「話せるが、あんたどこにいる？　公衆電話てのは、どういうわけだ」

「いろいろ事情がある。ひとつ教えてくれ。俺は手配されているか」

「いや。だが、昨夜、課長が捜一に呼ばれて、いろいろ事情を訊かれたようだ。いったい何をしたんだ」

電話の相手は、組対時代の同僚で、梅木という巡査部長だった。

「話すと長くなる。今、どこにいる」

「カイシャをでたところだ」

「機捜時代によくいった店を覚えているか」

「覚えている。まだあるらしい」

「そこで会えないか」

「わかった。一時間くれ」

「了解」

河合は電話を切った。

河合と梅木は、警視庁組対二課にひっぱられる前、ともに機動捜査隊に属していた。その頃、よく飲みにいった店が四谷にあった。

梅木は体育大の柔道部出身だが酒に弱く、体つきに似合わないと、先輩にからかわれることが多かった。

四谷の店で飲むときは、バーテンダーがこしらえる薄い水割りをなめるようにしていた。

河合が警官を辞める決心をしたとき、唯一止めたのが梅木だった。妥協のない、尖った捜査をする河合は、課内でも孤立していた。梅木だけが河合の友人、といえる存在だった。

梅木はよく、河合に、周囲にあわせることも必要だと説教をした。

警察の仕事はチームワークだ。お前のやりかたは、内にも外にも敵を作るだけだ、と。

四谷のバーに、JRを乗り継いだ河合が到着したのは、午後九時過ぎだった。駅に近い雑居ビルの地下にあって、客が混むのはたいてい終電まぎわの十二時近い時間帯という、かわった店だ。無口のバーテンダーがひとりいるだけで、六人がけのカウンターのみという、味もそっけもない、小さな店だ。常連は、近くのテレビ局で働く、下請けプロダクションの人間が多い。

河合が扉を押すと、バーテンダーはわずかに目をみひらいた。ほぼ四年ぶりだが、久しぶりですねともいわない。

客はいなかった。

「水割りですか」

「頼む」

一杯目を飲み干したとき、扉が開き、梅木が入ってきた。坊主頭で豆タンクのような体つきをしている。それでもいかつく見えないのは、垂れ目のせいだ。

「待たせたか」

「大丈夫だ」

河合の隣に腰をおろすと、梅木はなつかしそうに店内を見回した。ふたりがここにきていたのは、四谷の機捜分駐所に配属されていた頃だ。

「監察が動いてる」

小声で梅木がいった。

「場所をかえよう」

河合はいって、立ちあがった。待ち合わせには便利だが、密談には向かない。話の内容がバーテンダーに丸聞こえだ。

バーをでて、近くのカラオケボックスにふたりは入った。小さな個室に案内されると、河合はチヒの携帯電話を呼びだした。つながらないのは、さっきと同じだ。

「俺がなぜ捜一ににらまれているか、知っているか」

無言でそれを見守っていた梅木に河合は訊ねた。

「渋谷のビジネスホテルで見つかった、北海道のマル暴の件だろう。部屋からあんたの指紋がでた」

「はめられたんだ」

河合はいって、この一年間のできごとを梅木に話した。

梅木は運ばれてきた薄いレモンサワーをなめながら無言で耳を傾けていたが、河合が話を終えると、首をふり、ため息を吐いた。

「あんたじゃなけりゃ、とても信じられない話だ」

「わかっている。だがすべて本当に起こったことなんだ」

梅木は河合を見つめた。

「で、俺に何をしてほしい」

「三河島の情報をとってくれ。チヒが無事かどうかを確かめたい」

「今夜、マル暴がらみの撃ち合いがあったという情報はあがっていない。付近の住民の通報がなければ、それまでだ。あるいはあがっていても、ハムがおさえているのかもしれないが」

ハムというのは、公安部のことだ。チヒの前歴を考えると、公安部が動いている可能性はあった。北平らに情報を洩らした時点で、そしらぬ顔で一帯を監視下においた可能性はある。公安部にしてみれば、銃をもった山上連合の組員を逮捕することより、その地域に潜む工作員の所在を把握するほうが収穫となる。

「機捜が動いていたらわかるだろう。あるいは所轄に問いあわせるとか」

梅木は河合から目をそらした。しばらく宙を見つめていたが、携帯電話をとりだした。

「柔道部の後輩が、あっちの方面本部にいる。問い合わせてみよう」

「すまない」

河合は頭を下げた。ひとつまちがえば、梅木のクビを危うくすることはわかっていた。

しかしチヒの安否を確かめるには、他に方法がない。

何本か電話をかけると、梅木の表情は険しくなった。

「荒川署に、十八時二十分、銃声らしい音がしたという通報があったそうだ。当該地区にPC（パトカー）が急行したが、血痕と空薬莢を発見した時点で、公安部外事二課の要請で情報統制がしかれた。その後、死傷者の有無などはいっさい判明していない」

「やはりそうか」

「それと捜一は、あんたの重参扱いを決定したそうだ。出頭するならついていくぞ」

河合は首をふった。

「断わる」

「だが今出頭すれば、新型インフルエンザをはやらせるという、山上の計画を阻止できる」

梅木は真剣な顔でいった。

「いや、そいつは無理だ。青山は国外で人間を動かしている。国外での奴らの活動に対して、警察は何もできない。せいぜい入管で水際作戦をとるだけだ」

「じゃあどうする」

「青山を締めあげて、方法を吐かせる」

「ガルキンとかいうロシアマフィアと組むのか」

「他に方法はない」

「一歩まちがうと命取りだがいいのか」

「わかっている。俺はブラックチェンバーにひっぱられたときから、はめられていたんだ」

梅木は息を吐いた。

「あんたから聞いた話を組対部長にもっていっても、相手にされる可能性は低いだろうな。そんな秘密組織の存在など、頭から信じてはもらえない」

「可能性があるとすれば、泉だ。おそらく偽名だろうが、警察筋に強い国会議員の秘書だというのはまちがいない」

梅木は首をふった。

「俺の力じゃ限界がある。たとえその泉の正体をつきとめられたとしても、おそらく触れない。相手が国会議員（バッジ）じゃ、地検でも動かさない限り、無理だ」

「気にするな。ハムが動いていると調べてくれただけでも収穫だ」

チヒは生きのびていたとしても、公安に身柄を拘束されている公算が高い。北平と泉に力があれば、そこからチェンバーに身柄を移される。そして口を封じられてしまう。

河合は唇をかんだ。チヒを救わなければならない。

だがどうすればいいのだ。

北平だ。北平と話をつける他はない。

「俺と会ったことは忘れてくれ。俺から聞いた話も。さもないとそっちに迷惑がかかる」

河合はいって、立ちあがった。梅木は驚いたように河合を見上げた。

「いったい何をする気だ」

「チヒを助ける」

「ハムを敵に回す気か」

「別に桜田門に殴りこもうってわけじゃない」

河合は笑った。

「北平にどれだけの力があるのかを試してみる」

梅木は理解できないようだった。眉(まゆ)をひそめ、不安げに河合を見つめている。

「俺は何をすればいい?」

「何もしなくていい。あんたのためだ」

梅木は首をふった。

「そいつはできない。限界はあるだろうが、何かさせてくれ。昔の仲間がはめられているのに知らん顔をしろというのか」

「じゃあ、咲坂と沼沢の行方に気をつけていてくれ。ふたりとも死んでいるだろうが、死体の処分は山上連合がする。それをつきとめれば、奴らの計画は苦しくなるし、俺への容疑を晴らす助けにもなる」

だがその結果、チヒは殺人罪に問われることになる。河合は歯をくいしばった。

チヒを救いだすのがまず先だ。

「あんたから聞いた千葉の産廃処理場を足がかりにやってみる。山上連合が何人か中国人を埋めた、という噂のある山も知っている」

梅木の言葉に河合は頷いた。同時に、無力感にも襲われていた。現役の刑事ですら、知っていて暴けない犯罪に自分は直面している。

生きのびることと法を守ることは必ずしも一致しない。チヒはそれを知っていた。

7

カラオケボックスをでて梅木と別れると、河合は携帯電話に電池をはめこんだ。北平の番号を呼びだした。北平はすぐに応えた。わずかだが焦燥を河合はそこに感じた。

「どこにいる?」

「四谷です」

「四谷？」

「これから情報提供者に会うことになっています。いくつか新事実もつきとめました」

北平は沈黙した。

「チヒとはまだ連絡がとれません。そちらに何かいってきましたか」

わざと河合はいった。

「いや、何もない。君とチヒは、昨夜来、ずっと別行動をとっていたのか」

「ええ。いくつか不安な材料があったので」

「不安な材料？」

「会って話します。泉さんもできれば同席していただきたいのですが」

こみあがる感情をおさえ、河合はいった。

「連絡はしてみる」

「それとバラノフスキから情報は入ってきていませんか」

「彼は今日の深夜、戻ることになっているが、何だ」

わずかに不安を感じたように北平は訊き返した。

「ガルキンの筋から入手した情報をバラノフスキとつきあわせてみたいのです」

「情報？」

北平の問いには答えず、河合はいった。

「バラノフスキのピックアップは誰がするのです」

「チヒの役目だが、連絡がつかない」

北平の声が平板になった。

「だったら俺がいきます。何時の便ですか」

北平は答えた。ほっとしたような声だった。河合がチェンバーに疑いを抱いているかもしれないと思っていたとしても、この申し出で、それはないと納得したようだ。

着陸予定時刻まであと二時間近くある。タクシーを飛ばせば間にあうだろう。

「車はどうする」

「情報提供者のものを借ります」

河合はいった。

「わかった。バラノフスキを拾ったら、平河町にきてくれ」

「了解しました。チヒはいったいどうしたんです？」

「わからない。考えたくないが、チェンバーを離脱したのかもしれない」

「なぜです？」

「不明だ」

「理由のない行動をとる人間ではないと思いますが？」

問い詰める喜びをわずかに感じた。

「古巣に戻った可能性がある」

「古巣？」

「北朝鮮の工作部だ」

「今になって、ですか」

「家族が本国にいる。人質にとられたら、選択の余地はない」

河合は奥歯をかみしめた。あんたのきたないやり方が許せなくなったのじゃないか、という言葉を叩きつけたい。

「そうですか。残念です」

「とにかく平河町に集合だ。今後の対策を練りたい」

北平はいって、電話を切った。河合は息を吐き、タクシーを拾った。

「成田空港まで」

告げて、シートに背を預ける。拳銃を携行しているが、成田空港の保安ゲートでは、身体検査まではされない筈だ。

タクシーが首都高速道に入ると、河合は安堵と疲れで瞼が重くなるのを感じた。こちらからでむくとわかった以上、北平は今夜は仕掛けてこないだろう。やくざをさし向けるには、成田空港は警備関係者が多すぎる。

携帯電話をとりだした。ガルキンを呼びだす。つながらず、アレックの携帯にかけた。

「河合さん、心配していました」

電話にでたアレックはいった。

「大丈夫だ。ガルキンと話したい」

「わかりました。ガルキンにあなたに電話をさせます」

「頼む。そっちは、大丈夫なのか」

「私は安全です。イーゴリの仲間が守っています。明日はお店にでます」

「わかった。時間があったら飲みにいく」

とうてい不可能だとは思いながらも、河合はいった。

数分後、携帯電話が鳴った。見知らぬ番号だったが、応えると、ガルキンだった。

「河合さん、無事でしたか」

「俺は大丈夫だ。友だちはどうしているかわからない」

「あのあと撃ち合いがあったそうです。それから警察がきて、どうなったのかはわかりません」

「青山はどうなった?」

「私の友人といっしょにいます。私と交渉をしたがっていますが、彼を信頼できる人間だと、私は思いません。今、彼より高いクラスの人間と交渉をするため、アントンからの連絡を待っています」

「高いクラス?」

「山上連合の本部の人です。アントンは、偽の薬の販売をやめさせたい。もしうまくいかないなら、私たちのグループと山上連合のビジネスは今後中断されるでしょう。山上連合がどちらを選ぶかです」

「なるほど」

「青山に喋らせるのは、その結果がでてから、と私は考えています。もちろん、私が青山といっしょにいることを、山上連合は知りません」

「本部との交渉の結果は、いつわかる？」

「明日か明後日まではかかると思います。河合さんは今どこですか」

「移動中だ。バラノフスキという男を迎えにいく」

「バラノフスキ。警官だったバラノフスキですか」

「知り合いか」

ガルキンは笑い声をたてた。

「私を友だちだといったら、あなたの首を絞めるでしょう。バラノフスキは私たちのような人間が大嫌いです。私は、彼がそれほど嫌いではありません。正直な人間だから」

つまり汚職警官ではない、ということだ。

「ひと言、忠告します。彼に私の名はいわないほうがいい」

「もちろんいわない」

答えながら、河合は今自分が、法の側に立っているのか、犯罪者の側に立っているのかがわからなくなっていると思った。

だがいずれそうなる運命だったのだ。限界があるとはいえ、警察に属しているときにはこんな迷いはなかった。

国家権力こそが法であり、正義だ。それが真実であるかどうかは別として、所属しているあいだは信じる他なかった。

今は、自分しか信じるものはない。

成田空港に到着すると、河合は運転手に待っているよう告げて、到着ロビーに入った。思わぬ長距離客に運転手は上機嫌だった。

バラノフスキの乗った機は、定刻よりわずかに早く到着した。

ゲートをくぐって現われたバラノフスキは、キャリアつきのスーツケースひとつという身軽ないでたちだ。

あたりを見渡すバラノフスキの目をとらえ、河合は小さく頷(うなず)いてみせた。

河合を認めると、バラノフスキはわずかだが目をみひらいた。河合が迎えに現われたのが意外だったようだ。

「子守り(ベビーシッター)はどこだ。車か?」

歩みよってくると、皮肉のこもった口調で訊(たず)ねた。河合は首をふった。

「行方不明だ。キタヒラは脱走したといっているが、俺はそうは思わない」

「脱走」

バラノフスキは足を止めた。

「裏切ったという意味か」

「キタヒラはそう思いたいようだ」

バラノフスキは河合の顔を見つめた。

「おかしなことをいうな。いったい何があった」

「車で話そう。タクシーを待たせてある」

そのときバラノフスキの上着の内側で携帯電話が鳴った。バラノフスキはとりだすと耳にあてた。

「イエス」

と返事をして、英語でつづけた。

「今、到着したところだ。カワイに会った。これからトウキョウに向かう」

電話を切った。どうやら北平からかかってきたようだ。バラノフスキがよけいなことをいわずに切ったので、河合はほっとした。

ふたりを乗せたタクシーが発進すると、河合はバラノフスキに告げた。

「これから話すのは、俺の調査で判明したことだ。ただしその中には、キタヒラに報告していないものも含まれる。俺が今ここであんたに話すのは、あんたがまっとうな人間で、金よりも正義を今でも重んじていると信じているからだ。もしちがうと思うなら、そういってくれ」

バラノフスキはじろりと河合を見た。

「チェンバーの目的は、正義の執行と利益の確保だ」

「そのふたつが矛盾したら、あんたはどっちを選ぶ。正義か、利益か」

「そんなことはおこらない、チェンバーでは」

「答えろ。どっちだ」

バラノフスキはいらいらしたように煙草をとりだし、禁煙であることを思いだしたのか舌打ちした。

「正義だ。金が欲しけりゃ、俺はアルガニザーツィヤのメンバーになってる」

河合は深々と息を吸いこんだ。

「いいだろう。ロシア人の大金持でスタロボフという人物を知っているか」

バラノフスキは目をみひらいた。

「誰からその名前を聞いた」

「知っているのだな」

「スタロボフがユーリー・マレフスキーを使っているという情報を俺はつきとめた」

「ユーリーは、兄のアントンにそそのかされたんだ。スタロボフとアントンは、カナダの製薬会社アルバン社の株を大量に買っている。それで大儲けするために、ある作戦をユーリーに命じ、ユーリーはコワリョフとヤマガミレンゴウに実行を命じた」

「どんな作戦だ」

「あんたはそれをロシアでつきとめなかったのか」

「アルバン社のことまではつきとめた。アルバンというのは、お前がサキサカの部屋で見つけた風邪薬のメーカーだろう」

「風邪薬じゃない。インフルエンザウイルスの症状をおさえる特効薬だ。東南アジアで発生した新型インフルエンザが爆発的に流行すれば、あっという間に品薄になり、アルバン社の株は大上昇する」

「新型インフルエンザは狼少年のようなものだ。毎年くるくるといって、決してこない」

「だがそれを確実にこさせようとしたのが、コワリョフとヤマガミレンゴウだ」

　バラノフスキは河合を見つめた。

「どうやって？」

「インドネシアの患者を日本に連れてきて、トウキョウの人混みの中で放す。もともとは鳥インフルエンザの病源だったウイルスは、日本で人から人への感染を可能にする、新型インフルエンザウイルスに変異する。日本でそれが起これば、全世界での流行につながる。インドネシアと日本では、人の出入りがまるでちがうからだ」

「ではなぜコワリョフは殺された。WHO（世界保健機関）が殺し屋を雇ったのか」

「コワリョフを消させたのは、アントンだ」

　バラノフスキの顔が険しくなった。

「お前、どうやってそれをつきとめた」

「アントンに、インフルエンザ患者を日本に連れこむよう命じられたユーリーは利益が少ないことに不満をもった。アルバン社の株で儲けるのはアントンとスタロボフで、自分には手間賃しか入らない。そこでコワリョフが偽の『リザフル』を作って売ることを考え、ヤマガミレンゴウに計画をもちかけた。それを知ったアントンとスタロボフは危機感を抱いた。偽の『リザフル』が流通すれば、アルバン社の株価に影響する。大金をアルバン社の株につぎこんだスタロボフは、コワリョフを消せ、とアントンに命じた。アントンがタイの殺し屋を雇い、コワリョフは消された。だが計画はすでに進行していて、作られた偽の『リザフル』はカナダを出港し、日本に向かっている」

「キタヒラからそこまでの報告はうけていない」

「キタヒラが食い止めたいのは、偽の『リザフル』の流通だけだ。新型インフルエンザの流行は、キタヒラに利益をもたらす」

バラノフスキの理解は早かった。

「つまり、チェンバーもアルバン社の株を買っているというのか」

「チェンバーかキタヒラか」

「どちらでも同じだ。ブラックチェンバーを設立したのはキタヒラだ。キタヒラは、日本の警察からICPO(国際刑事警察機構)のリヨン本部に出向しているときに、ブラックチェンバーの土台を作りあげた。キタヒラの意志に賛同した各国の警察官たちが、人材やコネクションを提供したんだ」

「キタヒラは俺をスカウトしたとき、こういった。『強欲と正義は両立すると思うか』。両立する、というのがキタヒラの考えだった。だが新型インフルエンザの世界的流行を見すごすのは正義じゃない。ただの強欲だ。しかもキタヒラは、アントンの計画を初めから知っていながら、それを告げずに我々をタイに派遣した。理由は、偽『リザフル』の排除だけが、奴の目的だったからだ」

「俺もそれを妙だと思っていた。ヤマガミレンゴウの新ビジネスばかりにキタヒラは注目させようとした。その背景にあるものには、あえて目を向けていない、と感じた。だからロシアに飛ぶことにしたんだ」

バラノフスキはいった。そして訊ねた。

「お前はどうやってそこまでつきとめたんだ？」

「ヤマガミレンゴウのアオヤマを誘拐して訊問した」

「ヤクザがよくそこまで喋ったな」

「俺に協力した人間がいた」

「誰だ」

「ガルキンだ」

バラノフスキの顔から表情が消えた。

「どういうことだ。お前はアントンに買収されたのか」

「ちがう。信じられないかもしれないが、ガルキンは、ボスであるアントンのこの計画に反対している。金儲けのために新型インフルエンザの流行などさせてはならないと思っているんだ。アオヤマは手下の汚職刑事を使い、ガルキンの部下のコマサキを殺した。

ガルキンはそのことで、アオヤマと対立する立場を選んだ」

「だからお前に協力した、そういうのか」

河合は頷いた。

バラノフスキは無言になった。そして不意に笑いだした。

「そうか、そういうことか」

河合は不安になった。

「何がそういうことなんだ」

「アントン・マレフスキーは新興成金で国会議員のスタロボフと組み、極東で一番のアルガニザーツィヤのボスになった。だがスタロボフはモスクワににらまれ、かつての権力や富を失いつつあり、アントンはそれにひきずられている。今度の計画が失敗すれば、全財産をアルバン社の株にぶちこんだスタロボフとアントンは終わりだ。アルガニザーツィヤでの地位も失う。そうなったら、誰が次のボスになる?」

河合は深々と息を吸いこんだ。

「ガルキンか」

「その通りだ。切れ者で通ったアントンも無一文になれば、ついてくる者はいない。ガルキンは利口な男だ。アントンとユーリーの兄弟にはさまれ、寝たフリをしながら極東を支配下におく機会をうかがっていたんだ。そのチャンスをお前が作ってやったというわけだ」

否定する理由はなかった。アレックと友人だという理由だけで、ガルキンがここまで河合の味方をする必然性に、河合も疑問を感じていなかったわけではない。

ガルキンが初めから山上連合と距離をおこうとした理由もそれで納得がいく。アントンにかわってアルガニザーツィヤを手中におさめれば、日本のどの暴力団と組むのもガルキンの自由だ。稲垣の所属する光柳会と新たに仕切り直しをする可能性もある。

もちろんそうなったらなったで、山上連合と光柳会とのあいだに火種が生まれることになるのだが、北海道で日本の暴力団と取引をおこなってきたガルキンは、山上連合のような大組織と組むことの危険性を知っているのだろう。

「ガルキンはヤマガミレンゴウとの取引をいずれ打ち切ろうと考えていた。コマサキを殺されたのは、ガルキンにとっての口実になる」

河合はいった。バラノフスキは河合の顔をのぞきこんだ。

「なぜヤマガミレンゴウとの取引を打ち切るんだ？」

「大きな組織と組むことの恐さを知っているからだろう」

「恐さ？」

「ガルキンの右腕だったコマサキは、ホッカイドウで所属していた組がヤマガミレンゴウに吸収されたのをきっかけに組を抜けた。きっかけは、ヤマガミレンゴウとその組織との取引だった。大組織のヤマガミレンゴウはビジネスを進める上で、扱う品のすべてを回させる独占的な取引を要求する。密漁や密輪でロシアから仕入れた海産物をどれだけ回しても、すべて買いとってやるから、よそには売るな、ともちかけるんだ」

「魅力的な話じゃないか。いくらもっていっても買いとってくれるなら、大儲けだ」

　バラノフスキがいった。

「それが罠なんだ。言葉にのって、品物をすべて回せば、これまで取引のあったところは干上がって、潰れるか、ビジネスからの撤退を余儀なくされる。そうなったら今度は、ヤマガミレンゴウしか取引相手がいなくなり、いうことをすべて聞く他なくなってしまう。いくら値を叩かれても、品物を買ってくれるのはヤマガミレンゴウだけだ。当然、経済的にはひっ迫してくる。それを見はからって、ヤマガミレンゴウは援助をもちかける。見返りは、ロシアとのパイプの確保だったり、直接、国外の業者から品物を買いつける権利だ。結果、ホッカイドウの組は稼ぐための手段をヤマガミレンゴウに乗っとられ、残るのは、昔からの細々とした地元からの収入のみになる。当然組は立ちいかなくなって、崩壊する」

　バラノフスキは唸った。

「マフィアというより、企業の乗っとりのような話だ」

「日本の巨大暴力団はどこも似たような手口で地方の小暴力団を乗っとり、巨大化してきた。銃弾を撃ちこむより、資金源をおさえこむほうが、はるかに効率よく縄張りを広げられるからだ。アントンやユーリーは、ロシアにいて、そうした状況を知らずにいた。だがガルキンは、日本でそれを見ているから、ヤマガミレンゴウを信用できないと考えたのだろう。ヤマガミレンゴウと取引をしていれば、いずれはビジネス全体を乗っとられる危険がある。たとえばの話、一年前に排除されたセルゲイは、コワリョフの手下で、アルガニザーツィヤのトウキョウにおける責任者だったが、そのポジションを継いだのはロシア人ではなく、日本人で汚職刑事のヌマザワという男だ。ヌマザワはコマサキやミツイを殺した犯人で、刑事でありながらヤマガミレンゴウの構成員といってもいい存在だった」

「その男はどうしている」

「チヒが排除した。ヌマザワは俺を憎んでいて、コマサキを殺し、容疑を俺になすりつけようとしたんだ」

バラノフスキは唸った。

「だがそうなれば、ヤマガミレンゴウは、お前とチヒを狙ってくるぞ」

「もう狙われている」

河合は、拉致(らち)した青山を監禁していた三河島のアジトに山上連合の襲撃があったことをバラノフスキに話した。

「それ以降、俺はチヒと連絡がとれなくなっているのだが、問題は、なぜヤマガミレンゴウが、我々の居場所をつきとめたのか、だ」

「情報が洩(も)れている、というのか」

バラノフスキの顔が険しくなった。

「そう考えるのが論理的だ。チヒに連れていかれたアジトに関して情報を前もってもつ者がいるとすれば、日本の警察しか考えられない。チヒの経歴を知っていて、警察から情報を引きだせる人間だけが、ヤマガミレンゴウに密告することができる」

バラノフスキは無表情になった。沈黙し、タクシーの窓から暗い外を見つめた。

「コワリョフが死んだ今、新型インフルエンザを日本にもちこむ計画を実行できるのはアオヤマしかいない。アオヤマの奪回は、アルバン社の株価高騰に不可欠だ」

「だがアオヤマは一方で、偽の『リザフル』の流通を計画しているのだろう。それをどう食い止めるんだ？」

「サキサカの排除をキタヒラが指示した、という情報がある。サキサカがいなくなれば、偽『リザフル』の日本での流通は後退する」

「誰からの情報だ」

「最初にサキサカの部屋の捜索をおこなったときに同行した、犬の専門家だ。犬の毒殺を命じられたと、チヒにメールがあった。単なる捜索が目的なら、犬の毒殺は必要ない。ちがうか」

バラノフスキは大きくため息を吐いた。

「お前の考えがあたっているようだ。チェンバーは、正義よりも強欲を選んだ」

8

平河町の支部では、北平と泉が待っていた。深夜にもかかわらず、ふたりはスーツにネクタイをしめている。

「帰国早々に呼びたててすまない。状況にいくつか変化が生じた」

北平がバラノフスキに告げた。河合へのねぎらいの言葉はなかった。

「変化？」

「サキサカが姿を消した。何らかの取引をおこなうためだと考えられる。さらにアオヤマの行方も不明だ」

北平は河合の目を見た。

「それについてはカワイに情報がある、と私は考えているが」

「ミツイが潜伏していたシブヤのホテルに私はコマサキを連れていきました。しかしそこにはヌマザワが先回りしていて、ミツイを拉致され、コマサキは、私が目を離しているすきに殺害されてしまいました。私はミツイを奪還するために、チヒとイケブクロにあるオチアイグミのアジトを襲撃しました」

「そこで何があった？」

北平の目は厳しかった。

「アオヤマやヌマザワを含む、オチアイグミ、つまりヤマガミレンゴウの構成員の抵抗にあい、複数の死傷者がでました。ヌマザワは死亡、ミツイも我々が踏みこんだときには死亡していました」

「アオヤマはどうした」

「逃亡しました」

「何者かに拉致されたという情報がある」

「ガルキンではないでしょうか。右腕であったコマサキの死の責任がアオヤマにある、と考えた」

「コマサキの死の責任は君にある、と多くの人間が考えている。警察も含め」

「チェンバーも同じ考えなのですか」

鋭い口調で河合はいった。泉が割って入った。

「カワイさんにはコマサキを殺害する動機がない。ただしアオヤマの拉致に関しては動機があります」

「どんな動機です?」

河合は泉に向きなおった。

「ヤマガミレンゴウの新しいビジネスの正体をつきとめることです」

「それはもうつきとめています。偽の抗インフルエンザウイルス薬の販売です。サキサカの部屋の金庫で見つかった『リザフル』だ」

北平も泉も驚いたようすは見せなかった。

「我々も同じ結論に達していました」

「俺の容疑を晴らすための働きかけはおこなったのですか」

河合は北平を見つめた。

「難しい状況だ。イケブクロでの銃撃戦との関連性を警察は疑っている。君の言葉を信じるなら、実行犯のヌマザワが死亡している以上、アオヤマの身柄を警察に提供する他はないぞ」

「ヌマザワの死亡を警察は確認しているのですか」

河合が訊ねると、北平は一瞬、虚をつかれたような表情になった。

「それは――、まだ不明だ」

「ヌマザワとの関係をヤマガミレンゴウは警察に知られたくない。とすれば、死体をイケブクロではなく別の場所で発見されるように仕向ける筈です」

「であるとすれば尚さら、君への嫌疑を晴らすのは難しい状況だ」

「それでは私にどうしろ、と？　警察に出頭し、すべてを話せばよいのですか」

北平は首をふった。

「アオヤマだ。アオヤマが君の無実を証明できる」

「アオヤマが証言を拒否したらどうなるのです？　それにヌマザワを排除したのは、チエンバーのメンバーです。それについての対処法は？」

北平は無言だった。バラノフスキが口を開いた。

「いったい何がどうなってる？　ナリタから着いたばかりの俺を呼びつけて、内輪もめか」

「すみませんでした。まずあなたの報告からうかがうべきでした」

泉がいった。バラノフスキは北平と河合を見比べ、皮肉のこもった口調でいった。

「日本支部は、メンバーのコントロールに苦労しているように見えるぜ。ヤクザや警察からメンバーを守れないとなれば、それも当然かもしれんが」

「君には関係のないことだ。報告を」

北平がいらだった口調でいった。バラノフスキは怒るようすは見せず、肩をすくめた。

「事件の背景にいるのは、アントン・マレフスキーだ」

「どうやってそれをつきとめた」

「スタロボフという新興成金の身辺調査だ。アントンはスタロボフと組んで、株でひと儲（もう）けすることを考えた。さっきから名前のでている『リザフル』の製薬会社、アルバン社だ。そのためには新型インフルエンザが大流行する必要がある。そこでユーリーにその仕事を押しつけ、ユーリーの命令をうけたコワリョフがヤマガミレンゴウを巻きこんだ」

「知っていた筈です」

河合は北平に告げた。

「アルバン社の株をチェンバーも買っている、とあなたはチヒに話した」

北平は目だけを動かした。

「何をいっている」

「利益の確保か？」

バラノフスキが訊ねた。

泉が北平を見た。やがて北平が答えた。

「はっきりいえば、そういうことだ。今回の犯罪で我々がどこから利益を得るかは難しい問題だった。主な犯罪はふたつ。新型インフルエンザの大流行の演出による株価操作と偽『リザフル』の販売だ」

「待った。俺は、アントンが偽『リザフル』の販売をするとはいってない」

「わかっている。それはヤマガミレンゴウのビジネスだ。コワリョフから情報を得たヤマガミレンゴウは、株でなく偽薬の販売を考えたのだ」

「その情報をどこから得たのです？」

河合は訊ねた。

「状況を見れば判断がつく」

「ではコワリョフが誰に殺されたのかも、あなたは知っていたことになる」

「なぜそんな結論になるのだ」

「偽薬の製造販売は、アントンではなく弟のユーリーとコワリョフのアイデアだった。

そのためにコワリョフはベトナム人と会い、パッケージの偽造を依頼した。資金提供はヤマガミレンゴウがおこなった。ミツイはそのためのガイドと、さらにインドネシアから新型インフルエンザの患者を連れ帰る任務を負わされることになっていた。あなたはそれらの事実を知らないフリをしていたが、偽『リザフル』がアントンの計画ではない、とわかっていた以上、知らなかったという嘘をついていたことになる」

「それとコワリョフ殺害がどうつながるのだ」

「簡単なことだ。コワリョフを消させたのはアントンだ。理由は、偽『リザフル』が流通すれば、アルバン社の株価に悪影響を与えるからだ。同様に、あなたも偽『リザフル』の流通を食い止めたかった。〝利益の確保〟が難しくなる」

「それは当然の話だ。利益の確保は、アルバン社の株か偽『リザフル』の売り上げのどちらかをおさえる、という手段だ。アルバン社の株による利益確保を選んだ以上、偽『リザフル』の流通は防がなければならない」

「あなたはその話を俺にはまったくしなかった」

「俺も聞いていないね」

バラノフスキがいった。河合はつづけた。

「そして何より、新型インフルエンザを大流行させるという、人類に対しての犯罪を黙認しようとした」

北平と泉は沈黙した。

「あなたは強欲と正義は両立する、と考え、『ブラックチェンバー』を作った。だが今回に限っていえば、強欲を優先した。それは犯罪に加担するのと何らかわりがない」

「待って下さい」

　泉がいった。

「チェンバーがアルバン社の株を買ったのは事実です。しかし新型インフルエンザを日本で流行させる計画を支援した事実はありません」

「そうかな。アオヤマの行方を捜しているのは、何のためだ。俺の無実を警察に証言させるのが目的だとはとうてい思えないのだが」

　北平は無言で河合を見た。泉がいった。

「冷静に状況を判断しましょう。新型インフルエンザのパンデミックは、遠くない将来、避けられない。ヤマガミレンゴウが演出してもしなくても、起こることなんです」

「だからそれを見すごすと？　結果、何万人という人間が死ぬかもしれないのに？」

「殺人をおこなうのはウィルスであって、犯罪組織ではありません」

「じゃあ、これはどうだ」

　河合はM10を引き抜いた。

「俺は引き金をひくだけだ。あんたを殺すのは、俺ではなく銃弾だ」

「カワイさん！」

　泉が息を呑んだ。河合は北平の目を見つめ、告げた。

「本当のことを教えてもらおうか」

「本当のこと？」

北平の目が動いた。銃口を前にしても動揺するようすはない。

「俺をチェンバーに引き入れた理由だ。あんたはアルバン社の株で儲けを得るつもりだった。そこへヤマガミレンゴウによる偽薬販売の情報が入り、それを阻止するために、ヤマガミレンゴウの犯罪に詳しい俺をひっぱりこんだのではないか」

「馬鹿なことを。君をチェンバーに引っぱったのは一年も前の話だ」

北平は表情をかえることなくいった。

「インフルエンザウイルスをばらまくためには、空気の乾燥する冬が適している。新型インフルエンザの大流行を演出するためには冬を待たなければならない」

バラノフスキがいった。北平の目が動いた。

「バラノフスキ、君までこの男の妄想につきあうのか」

「俺にはあながち妄想とは思えないがね」

「だがアントンとスタロボフの計画をどうやって私が知る？　ロシアマフィアの専門家である君ですら知らなかったのに」

バラノフスキが言葉に詰まった。

「カワイは誤った妄想にとらわれているのだ。アルバン社の株を買っていたのは事実だが、それは彼らの計画を知るずっと前のことだ。チェンバーは活動資金の確保のために、世界中で投資をおこなっている。だからといって犯罪に加担したというのはおおげさだ」

「わたしが説明する」

声がミーティングルームの入口でした。チヒだった。頬に血のにじんだすり傷があり、肩で息をして壁によりかかっている。

「チヒ！　無事だったのか」

河合が叫ぶと、北平がいった。

「意外だな。君はとうにチェンバーを離脱したと思っていた」

チヒはけだるげに首をふった。

「カワイ、キタヒラは警視庁のトップエリートだったとき、外務省に出向し、領事としてウラジオストクに赴任していたことがある。そのときスタロボフと関係を作った」

「なぜそんなことをお前が知っている？」

バラノフスキが訊(たず)ねた。

「そうだ。チヒとカワイは共謀して私を犯罪者にしたてあげようとしている」

チヒは苦しげな笑みを浮かべた。

「なぜ知っているのか。それはわたしも同じ時期にウラジオストクにいたからだ。六年前のことだ。わたしは祖国から派遣され、ロシアと祖国の通商の阻害となるビジネスマンを排除した。スタロボフもそのときの標的のひとりだった。どうしてか」

チヒはバラノフスキに目を向けた。

「アントン・マレフスキーと手を組んでいたからだ。祖国との通商を仕切っていたのはカレイスキー系のマフィアで、スタロボフはカレイスキーを嫌っていた」

「カレイスキーを？」

河合は訊き返した。バラノフスキが答えた。

「極東には朝鮮族が多く住んでいる。北朝鮮との貿易にはカレイスキー系のマフィアがからむことが多い」

そしてチヒを見つめた。

「なぜスタロボフを殺さなかった」

「祖国の指示だ。スタロボフは殺すまでもなく失権する。モスクワににらまれる材料を祖国の大使館が提供した」

一同の目が北平に注がれた。

「そうなると、カワイとチヒの主張を信じざるをえなくなるな」

バラノフスキがいった。

「あんたはチヒの元の仲間の情報を警視庁の公安部からひきだし、ヤマガミレンゴウに流した。ちがうか」

河合はつめよった。

「目的は、俺とチヒの排除、それにアオヤマの奪還だ。アオヤマを救うことで偽『リザフル』の収益のいくらかも吸い上げられると考えた。サキサカの失踪も、あんたの指示による排除だ。さらにいえば、ミツイがシブヤのビジネスホテルにいるとヤマガミレンゴウに知らせたのもあんただ。いったいいつからヤマガミレンゴウと手を組んでいたんだ？」

北平は首をふった。

「君の話はすべて推測で具体的な証拠に欠ける。元警官として、いささかお粗末ではないか」

「ではアオヤマに訊いてみることにしよう」

河合はいって、左手で携帯電話をとりだした。北平の表情が動いた。

「アオヤマはまだ生きているのか。てっきり君とチヒが殺害したと思っていたが」

「元警官としては、悲しいことにそういう真似ができないんだ」

ガルキンの番号を呼びだした。

「頼みがある。アオヤマを連れて、俺が今いる場所にきてくれないか」

「あなたは人づかいが荒い。そこにいって私に何かメリットはありますか」

「古い友人に会える。バラノフスキだ」

ガルキンは笑い声をたてた。

「他には？」

「俺を裏切り、ヤマガミレンゴウに売ったボスがいる」

「それはおもしろい。協力しましょう」

河合は電話を切った。北平がいった。

「こんなことをして、自分をより苦しい立場に追いやるだけだ」

「もう俺はとことん追いつめられている。警察は重要参考人として俺を捜している。この上俺に失うものなどない」

「命がある」

河合は笑った。

「それは、あんたが俺を排除しようとしたのを認める言葉だ」

「タダシ、油断するな。その男は危険だぞ」

チヒがいった。ようすが変だった。壁にもたれたきり、一歩も動こうとしない。

「チヒ、怪我をしているのか」

チヒは無言だった。河合はバラノフスキにM10を渡した。

「キタヒラとイズミを見張っていてくれ」

チヒに歩みよった。不意にチヒの目が裏返った。崩れるように倒れかかってくる。立っていた床に血だまりができていた。

「チヒ！」

河合は抱きとめた。背中に大きな血の染みがあった。

チヒが薄目を開いた。

「山上連合に撃たれたのか」

河合は日本語で訊ねた。チヒは小さく首をふった。

「わたしを撃ったのは日本の警察だ。わたしとやくざとの争いを隠れて見ていた。わたしがやくざを排除するのを待って逮捕しようとした。わたしはつかまるわけにはいかなかった。すべきことがまだあったからだ」

「わかった。喋るな。今、病院に連れていく」

「必要ない。わたしはすべきことをした」

「すべきこと？」

「北平とスタロボフの関係を伝えなければと思っていた。それが最後の、タダシを守る任務だ」

チヒは微笑んだ。そして震える手をのばし、指先で河合の頰に触れた。

「やっと、自分を誇れる」

チヒの体から力が抜け、急に重くなった。

「チヒ！」

河合は目を閉じた。チヒの体を抱えあげ、ミーティングルームのテーブルの上に横たえた。

怒りに燃えて北平をにらみつけた。

「何が正義だ。あんたの強欲がチヒを殺したんだ」

「君はわかっていない。正義の執行は、理想だけでは不可能だということが。権力か、さもなければ経済力が不可欠なのだ。チェンバーが存続し、今後も正義を貫いていくためには莫大な資金が必要になる。これらの設備や情報の確保にいったいどれだけの資金がかかっていると思う。我々は親方日の丸の役人ではない。君に施した訓練や与えた環境は決して税金から捻出されたのではないとわかっている筈だ」

「そのためには仲間を殺してもいい、というのか」

「彼女の死は不幸だが、私の指示にしたがわなかったのが最大の原因だ」

「チヒが指示にしたがっていれば、死ぬのは俺ひとりですんだからな。あんたの中で俺は最初から〝捨て駒〟だった。山上連合の偽『リザフル』を阻止するためにスカウトをし、途中、山上連合と手を組んでからは邪魔になったというわけだ」

　河合は泉を見た。

「咲坂を殺した理由が今、わかったよ」

「な、何です？」

「偽『リザフル』の流通に、咲坂にかかわってかもうとした、ちがうか」

　泉の顔色がかわった。どうやら図星だったようだ。

「河合さん、あなたの怒りはわかります。ですがここは大局的な判断をすべきです。感情に任せて事態を処理したら、全員にとって不幸な結果が待っています。あなたにかけられた嫌疑を晴らすのが先決だ」

「よくいうぜ。俺を容疑者に仕立てる情報を警察に流したのはそっちだろう」

「それは誤解です。しかし警察とのパイプを、あなたにとって有利なように使うことはできます。たとえあなたが今出頭し、ここでした話をすべて供述したとしても、あなたの願うような結果はでない」

「俺の願う結果？」

河合は笑った。

「俺は復讐など考えてはいない。俺が求めているのはひとつだけだ。新型インフルエンザの流行を阻止する」

目が自然にチヒを見た。

「約束したからな」

「――わかった」

重々しく北平がいった。英語でつづけた。

「新型インフルエンザを日本にもちこむというヤマガミレンゴウの計画を阻止する。そのためにアオヤマの訊問をおこない、インドネシアにおけるヤマガミレンゴウの協力者を排除する。これなら君は満足か」

「チェンバーがあんたの言葉通りに動けばな」

北平は息を吐いた。

「それはアオヤマがここに連れられてくれば、はっきりする」

「北平さん」

泉が日本語でいった。

「いいのですか。もしアルバン社の株が急騰しなければ、チェンバーは活動資金の大半を失うことになります」

「しかたがない。今ここで我々が撃たれたら、チェンバーの活動を続行するのは不可能になる」

泉は黙りこんだ。

「何を話していたんだ」

バラノフスキが訊ねた。河合は答えた。

「どうやらこのふたりはチェンバーの資産をすべてアルバン社の株につぎこんでいたらしい」

「すべてではありません」

抗議するように泉が日本語でいった。

「ただ、我々の他にもアルバン社の株に投資した人間がいるので――」

「黙れ」

北平がいった。泉は口をつぐんだ。河合は泉に向き直った。

「誰が投資したんだ」

「チェンバーとは直接関係のない人です」

泉は早口で答えた。

「直接関係のない人間が、なぜチェンバーの情報を材料に株式投資をおこなえる？」

泉は床に目を落とした。

「答えてもらおうか。その人間とは何者だ」

「藤井(ふじい)先生です」

低い声でいった。

「藤井？　衆議院議員の藤井恒生(つねお)か」

泉は頷(うなず)いた。元警察官僚で内閣官房副長官を務めた人物だった。警察庁長官争いのレースに敗れ、与党から立候補して政治家に転じた。

「なるほど。あんたたちのパイプの背景は藤井か」

河合はつぶやいた。

警察官僚出身の政治家は、必要に応じて公安部門の情報を使えるといわれていた。ただのOBなら、情報を要求してきても与えられることはない。しかし政治家に転身したOBに便宜をはかれば、省庁としての警察機構に見返りがもたらされる。

警察といえど、そこには役所と役人の〝計算〟がある。

北平は藤井を通じて警察のもつ情報を入手し、チェンバーの活動に役立てた。そのかわり藤井は、チェンバーの情報から金儲(もう)けの手段を得た、というわけだ。

警察官僚のエリートは例外なく、公安部門を出世街道として通る。北平も藤井も、公安部門にいたことは想像に難くない。

「あんたのボス、というわけだな」

河合は泉にいった。泉は否定しなかった。

河合の携帯電話が鳴った。ガルキンだ。

「到着したか」

「すぐ近くまではきている。ただし、君が今いるビルに入るのは困難を伴う」

「なぜだ」

「多くの警察官とヤクザがそのビルに出入りする者を見張っている」

「警官とヤクザが？」

「そうだ。彼らは互いを牽制しあっているようだが、もし私がアオヤマを連れていけば、その均衡が崩れるだろう」

「ヤマガミレンゴウか」

「所属を訊いたわけではないが、おそらく」

「待ってくれ」

河合は北平を見つめた。

「俺を罠にかけたつもりか」

「何の話だ」

「いったい何をもめている」

バラノフスキがいらいらしたようにいった。

「このビルを警官とヤクザがとり囲んでいるそうだ。キタヒラの要請で出動した警官とヤマガミレンゴウだ」

「警官がやってきたのは、君とチヒを確保するのが目的だと思うがね」

河合はミーティングルームをでて、廊下の窓に歩みよった。下をのぞく。

何台もの車が路上に止まっている。刑事を乗せた覆面パトカーがざっと五台、明らかにやくざが乗りこんでいる高級車が四台だ。おそらくそれ以外にも応援の部隊を双方とも近くで待機させているにちがいなかった。

「今はどこだ」

河合はガルキンに訊ねた。

「うかつに近づくわけにはいかないし、車を止めれば警察の訊問にあうので、ドライブをしている」

河合は深々と息を吸いこんだ。北平の目的は、河合の抹殺と青山の救出だ。抹殺は山上連合に、救出は警察におこなわせるつもりなのだ。河合が山上連合に応戦すれば、かけられた容疑を裏付ける結果になる。その場合、警察も河合を撃つのをためらわないだろう。

「そのまま待っていてくれ」

河合は電話を切った。

事態は絶望的だった。青山を殺せ、とガルキンに頼むことはできるが、そうなれば河合の無実を証明する者はいなくなる。

だがそんなことより、新型インフルエンザの流行を阻止するという、チヒとの約束を優先させるべきかもしれない。

青山が死ねば、たとえ自分が殺されても、約束は果たされる。ただ北平と泉は生きのび、青山にかわる山上連合の人間が、新型インフルエンザの流行を企(たくら)む可能性が残ることになる。

今ここで、北平と泉を射殺したら、それは避けられるだろう。が、その結果、河合は本物の殺人者になる。

携帯電話が鳴った。梅木だった。

「河合だ」

「たった今、千葉県警の一課にいる知り合いから連絡があった。例の産廃処理場で、複数の男性の死体を発見したそうだ。あんたのいっていた、咲坂や沼沢の死体かもしれん。産廃処理場には、落合組の構成員が数名いて、うち一名を確保したが黙秘しているそうだ。出頭する気にならないか」

「包囲しておいて、いっているのか」

「何の話だ」

「平河町だ。面パトとやくざが、俺の今いるビルをとり囲んでいる」

「そんな話は聞いていない。本当のことか」

「ああ、本当だ」

「動いているとすりゃ、ハムだ。一課も組対も一切、連絡をうけていない」

梅木は切迫した声でいった。チヒを撃った公安の部隊がここまでやってきたのだ。

河合は、眼下の道路を見おろした。並んでいる覆面パトカーは、上から見ただけでは
それが公安部門のものか刑事部門のものかは判別できない。

「ハムが動いているとすりゃ尚さらだ。ハムを集めたのは、あんたのいうブラックチェンバーとやらの幹部だろう。もしハムに確保されたら、奴らのいいようにされるぞ」

「わかっている」

かすれた声で河合は答えた。深呼吸し、痺れたように動かない頭をけんめいに働かせた。

「ここまでこられるか」

「ハムが囲んでいる場所にか。無理だ。部長クラスの同行でもなけりゃ、追い返されちまう」

梅木はいった。

「いるのはハムだけじゃない。山上連合の殺し屋部隊も詰めかけている」

「山上が？」

「三河島で起きた撃ち合いで、山上連合はチヒに痛めつけられた。その場で見ていなが

ら、ハムは手をださなかった。チヒがそこから脱出しようとしたとき、初めて撃った。つまりハムと山上連合はぐるだってことだ。ハムは、チヒの古巣の情報欲しさに、山上連合の襲撃を見て見ぬフリした」

「チヒという工作員も、今そこにいるのか。いるなら証人にできる」

「チヒは――」

いって、河合は黙った。胸が詰まったからだった。ようやく言葉を押しだした。

「死んだ。殺したのは、ハムだ」

梅木が息を呑む気配があった。

「何てことだ。撃ったのか、本当に」

公安刑事が発砲することはめったにない。

梅木はしばらく黙っていたが、訊ねた。

「そこに山上連合は何人くらいいる？」

「車四台が見える。十人はいるだろう。たぶん近くにもっと待機させている」

「だったら俺たちが動ける」

梅木がいったので、河合ははっとした。暴力団組員が多数集まっているという情報は、確かに警視庁組対部を動かす材料になる。いいかえれば、公安も簡単には梅木らを追い返せない、ということだ。

「どれくらいかかる？」

「三十分くれ。ありったけかき集める」

「三十分だな。わかった」

答えて河合は電話を切った。三十分というのは、ぎりぎりの時間だろう。公安も山上連合も、河合がでてくるのをいつまでも待ちつづけはしない。青山の姿が見えた時点で、行動をおこすにちがいなかった。

河合はミーティングルームに戻った。

北平が英語でいった。

「アオヤマを引き渡せ。そうすれば、事態を穏やかに解決することができる」

「そして俺をヤマガミレンゴウに殺させるのか」

「下に警察がきているといったのは君だ。刑事の見ている前で殺人を犯す者などいない」

「下にいる刑事は、チヒを殺した奴らだ。俺がヤマガミレンゴウにハチの巣にされたところで指一本動かさないだろう」

北平は泉を見た。

「どうしても我々と和解する気がないようだ」

泉がいった。日本語だった。

「河合さん、状況をよく考えて下さい。いくら私の雇い主や北平さんが警察に強いコネをもつといっても、山上連合には山上連合の意地がある。青山を返してやらなければ、血の雨が降ります。ここを穏便に切り抜けるには、青山を引き渡す他ありません」

「本音がでたな。青山を山上連合に返す。それがあんたらの狙いというわけだ」

「君は一時的には拘束されるだろうが、法的な責任の大半は、彼女が問われるべき筋のものだ」

北平がいって、チヒを見た。

「彼女が戦闘のプロフェショナルであったことは、警察の資料にもある」

「チヒに全部押しつけろ、というのか」

「それが事実に近い。ちがうかね」

「カワイ」

バラノフスキがいった。

「何だ」

「状況はお前にとって不利だ。こいつらはヤクザも警察も味方につけている。取引をしたほうがいい」

「あんたまでそんなことをいうのか」

「殺されたら金儲けもできないが、犯罪者どもを叩き潰すこともできない。いいか、アオヤマが最後の犯罪者というわけじゃないんだ。たとえアオヤマを殺し、ここにいるふたりを殺したとしても、犯罪が永遠に消えてなくなることはありえない。お前も警官だったのならわかるだろう」

バラノフスキの言葉に、河合は唇をかんだ。

犯罪も犯罪者も、決してこの世からは消えてなくならない。

警官の仕事とは、終わりのない戦いだ。ひとつの戦いに勝利しても、次の戦いでは敗れることがある。しかしそこで立ち止まり再戦を挑む暇はない。

犯罪は次から次に発生し、新たな戦いに駆りだされるのだ。

バラノフスキはいった。

「兵隊なら、戦争が終われば武器をおく。だが警官の戦いは、戦争とはちがう。終わりがないんだ。兵隊にとっての負けは死だが、警官は負けても殺されはしない。負けても負けても、次を戦わなきゃならん。このふたりはたぶん、それを嫌というほどわかっていて、今回は金儲けを選んだんだ」

「あんたもそっちを選ぶのか」

「俺が選ぶのは、負けても殺されず、次の戦いで勝つ可能性を求める、という側だ」

バラノフスキが手にしたM10を河合に向けた。

「アオヤマをここに呼べ」

ほっと泉が息を吐いた。

「バラノフスキさん、あなたの選択に感謝します」

「まちがえるな。俺は金が欲しいわけじゃない。戦いつづけたいのさ。そのために、今回はお前たちの側に立つ。本心は、カワイと同じようにアオヤマの計画を叩き潰してやりたい。ガルキンに連絡するんだ、カワイ」

河合は携帯電話をとりだした。わからなくなっていた。あるいはバラノフスキのいう通りかもしれない。

北平や泉とバラノフスキはちがう。強欲を優先させているわけではない。戦いをやめないために、妥協を選択肢としたのだ。

「ガルキンだ」

「河合だ。下に降りていく。青山を引き渡してくれ」

「私たちはどうなる」

「山上連合と警察の目的は、青山と俺だ。あんたには手をださせない」

「信用できない」

「待ってくれ」

河合はバラノフスキに電話をさしだした。

「アオヤマを受けとるには、ガルキンに安全を保証する必要がある」

バラノフスキの顔が赤くなった。

「俺にガルキンを説得しろというのか」

「それがあんたの選択肢だ」

バラノフスキは荒々しく息を吐き、携帯電話をひったくった。

ロシア語のやりとりがつづいた。

「現実的な選択だ。君が殺人者としての訴追をうけることがないよう、水面下で協力する」

北平が低い声でいった。

「河合さん、チェンバーはこれでまた新たな戦いをつづけるための資金を得ます。あなたさえよければ、我々のメンバーとして今後も活動をつづけて下さい」

泉もつづいた。

「吐きけがするぜ」

河合はいった。そしてミーティングルームをでていった。

9

エレベータを降りた。一階まで河合を追ってくる者はなかった。

警備員もいなくなり、ビルのロビーはがらんとしている。ガラス壁の向こうに、止まっている何台もの車が見えた。

ガラス扉を河合はくぐった。冷たい夜気に包まれ、歩道に立った。

しばらく誰も動かなかった。

最初に行動をおこしたのは、山上連合のやくざだった。メルセデスやレクサスの扉が開き、スーツを着た男たちが降りたった。

覆面パトカーからは何の反応もない。

まっすぐ河合に向かって歩いてくる男に、見覚えがあった。山上連合の戦闘部隊といわれている、引出組の幹部、筑村だ。短く刈った頭の中央から額にかけて、日本刀で切られた古傷がある。

「久しぶりだな、河合さん」

筑村は二メートルほど手前で立ち止まり、いった。

「お前がきたってことは、山上連合は本気で俺を消しにかかってるってわけか」

河合は答えた。

「詳しいことは知らねえ。けどあんたは、こればっかりは表沙汰にされちゃ困るシノギをつついたらしいじゃねえか。それに、あんたの連れの女に、痛い目にあわされた連中がいる。女はどこだ」

「死んだよ」

河合は煙草をとりだし、火をつけた。懐ろに手を入れても、筑村はぴくりとも動かなかった。河合が丸腰だというのを、北平から知らされているにちがいない。

「都合がいい話だな。うちには、あの女をハジいたのはいねえ。ハジけた、といってもいいが。恐しくすばしこくて、腕がいい。どこであんなのを見つけたんだ?」

「北朝鮮だ。名前はチヒ、という。チヒをハジいたのは、あの連中だ」

河合は覆面パトカーを示した。

「俺たちには興味がねえってツラをしているのは、だからか。あんた、よっぽどお偉いさんを怒らせたらしいな」

河合は覆面パトカーを見やった。暗い車内でうごめく人影があった。顔までは見分けがつかない。

「知ったことじゃないな」

筑村は乾いた笑い声をたてた。

「おかしいね。デコスケどうしの仲間割れかよ。おっと、あんたは元がつくのか。まあいい。落合のところの組長を渡してもらおうか。あんたとその女がさらったって聞いた」

河合は夜空に煙を吹きあげた。

「青山か。どうしてそんなに奴が必要なんだ。かわりはいくらでもいるだろうが」

「俺の知ったことじゃねえ。青山さんを渡すのか渡さねえのか、どっちだ」

「青山は今、ここに向かっている」

筑村は眉（まゆ）をひそめた。

「中にいるのじゃないのか」

「いいや。知り合いに預かってもらっている」

「あんた、状況がわかっているんだろうな。いくらサツがそこにいたって、ことと次第じゃ、ぶち殺すぜ」

「嘘はついてない。青山はここに向かっている」

叔父貴(おじき)、という声がレクサスのかたわらに立つ男から発せられた。ライトを消した車が一台、ゆっくりと近づいてくる。

「あれがそうだ」

河合はいった。

「中には他に誰がいる。デコスケか」

河合は答えなかった。近づいてくる車の助手席にガルキンの姿があった。河合は右手を掲げた。

車が止まった。車内には三人の白人の姿があった。青山はいない。

男たちが身構えた。

助手席の扉を開け、ガルキンが降りたった。それをやくざがとり囲んだ。

河合は覆面パトカーの隊列をふりかえった。人の動きはあるが、ひとりとして降りてくる気配はない。青山が引き渡されるまで静観するかまえのようだ。

「河合さん」

ガルキンが声をかけた。

「あなたのいう通り、きました。私の古い知り合いも、私たちの安全を保証する、といったので」

「ガルキン!」

声がした。河合の背後、ビルの玄関からバラノフスキが姿を現わした。バラノフスキは険しい顔でガルキンを見つめ、ロシア語を喋(しゃべ)った。ガルキンは無表情で、それに返事をした。

「どうなってる」

筑村が訊(たず)ねた。

「あの男が青山を連れている。無事に返して欲しいのなら、手をださないことだ」

「あいつは何者だ」

「ロシアの大物だ。なりゆきしだいで、おたくの本部と取引をするかどうかが決まる」

「ロシアだと？　なんでそんなのがでてくるんだ」

筑村は混乱したようにいった。

ガルキンがバラノフスキを呼んだ。バラノフスキが進みでた。

河合のほうを見ようとはせず、バラノフスキはガルキンの乗ってきた車に歩みよった。ふたりのボディガードも車を降り、やくざたちとにらみあっている。

「何だ、手前」

やくざのひとりが唸(うな)った。

「おい、その白人にはちょっかいだすな」

筑村が止めた。

ガルキンが車のトランクを開けた。バラノフスキがかがみ、ぐったりとした男の体をひっぱりあげた。青山だった。

青山は死んではいないが、立っているのがやっとの状態だ。

「カワイ」

バラノフスキがいい、河合が筑村に頷くと、やくざふたりが走り寄って、青山の体を両側から支えた。

「連れてこい」

筑村が命じた。青山は肩を借りて、ようやく河合と筑村のかたわらにきた。

「大丈夫ですか、青山さん」

「ああ」

ぐったりと若いやくざの肩にもたれたまま、青山は答えた。

「すぐにお連れします」

筑村は腰をかがめた。

「殺せ」

青山がいった。薄目を開け、河合を見た。河合も青山を見返した。

「何です？」

「この野郎を今、殺せっつってんだよ！」

青山は叫んだ。そして若い衆の肩をつきとばした。

「チャカ貸せ、こらっ」

「青山さん――」

「うるせえ！　今、この野郎を叩き殺さなけりゃ、俺の気がすまねえんだよっ」

河合はガルキンを見た。

「あんたはいってくれ」

「河合さん――」

「あんたが巻きこまれることじゃない。それにこの青山も、あんたとはことをかまえたくない筈だ。いくなら今しかない」

青山はガルキンをふりかえりもしなかった。怒りをガルキンには向けないだけの分別は残っているようだ。

「わかりました」

ガルキンはバラノフスキに話しかけた。バラノフスキは険しい表情で答えたが、ガルキンを止めるそぶりは見せなかった。

ロシア人三人が車に乗りこんだ。走りだす。

「あの女はどこだ」

青山が訊ねた。

「あの女もいっしょにぶち殺さなけりゃ気がすまねえ」

「彼女は死んだ」

「誰が殺った」

青山は筑村を見た。

「サツだそうです。確かに三河島にいたサツは、俺らには手をだしませんでした」

「死体はどこだ」

「上にいる」

河合は青山に告げた。青山は筑村に命じた。

「見てこい」

「しかし――」

「いいから見てこい！　あの女が生きてるんじゃ、この野郎を八ツ裂きにしたって、俺の腹のムシはおさまらねえんだ」

青山は肩で息をしている。筑村が動こうとすると、

「おい」

といって、手をさしだした。

「青山さん」

「うるせえ！」

青山は筑村の頰を張りとばした。

「俺に意見するんじゃねえ、よこせ！」

「バラノフスキ」

河合は呼んだ。

「何だ」

　バラノフスキは緊張したようすでやりとりを見ている。河合は英語でいった。

「この男を上まで連れていって、チヒの死体を見せてくれ」

　筑村がしぶしぶ、上着の下から拳銃(けんじゅう)をとりだし、青山に渡した。

「カワイ――」

「かまわない」

　青山は受けとった銃の重さを確かめるように、何度も握り直している。

「筑村、この白人が彼女の死体を見せる」

　河合がいうと、筑村はあきれたように河合と青山の顔を見比べた。

「そういってんだ。いってこい」

　少し落ちつきをとり戻した声で青山はいった。

　筑村は合図をした。若いやくざがふたり、筑村のもとに走り寄った。

「罠(わな)かもしれねえからな。こいつらを連れていく」

「好きにしろ」

　河合は答えた。見つめているバラノフスキに頷いた。バラノフスキは筑村に首を傾けて見せ、ビルの中に入っていった。

「さて、と。お仲間はひとりもいなくなった。いうことは何かあるか」

　青山は介添えのやくざにもたれかかり、いった。握りしめた銃は、河合の胸を向いている。

「新型インフルエンザの患者を連れてくる手配はお前がいなけりゃできないことなのか」

　青山はあきれたようにいった。

「お前、どこまでデコスケ根性が抜けねえんだ。もうくたばるってときにまでそんなことを知りたいのかよ」

「意外にお前が人気者なので驚いたんだ。皆、お前に帰ってきてほしがっている」

「そりゃそうだ。俺がいなけりゃカナダからの荷を受けとれない。大枚はたいて作らせた薬がパーだ」

「新型インフルエンザの患者はどうなんだ」

　青山は笑って首をふった。

「あんなものは、いつだって連れてこられる」

「お前じゃなくともか」

　青山は声をたてて笑いだした。

「馬鹿じゃねえのか。どこまで真にうけてやがる」

　そのとき介添えのやくざの携帯電話が鳴った。液晶を見て、

「組長(オヤジ)、筑村さんです」

　とさしだす。受けとった青山は耳にあてた。

「俺だ。わかった」

電話を返した。

「くそったれが。こっちが殺る前にくたばりやがって。お前だけだ」

河合をにらんだ。そして手下に命じた。

「この野郎を車に乗せろ。今度こそ埋めてやる」

「インフルエンザの話を聞かせろ！」

河合は声が高くなるのを抑えられなかった。

肩を支えられ、レクサスのかたわらまでいった青山がふりかえった。

「インフルエンザはほっておいたっていずれ日本に入ってくる。光井がケツを割った時点で、俺は計画を流した。患者なんざいつだって金で買える。あとはどう日本に連れこむかだけだろうが。検疫をくぐるぐらい、クスリをもちこむ手間に比べりゃ何てことはない。何をそんなに騒いでやがる」

河合は息を吐いた。

「つまりはそれを実行する腹をすえているかどうかってわけか」

「その通りだよ。俺がやらなけりゃ、そこまでやれる奴はなかなかいない。それだけ腹をすえたシノギってわけだ。計画なんて誰でも考えつく。要は実行できるかだ。やれるのが俺しかいねえんで、大事にされているってだけだ」

青山が顎をしゃくり、やくざふたりが河合のかたわらに走りよった。わき腹に拳銃がくいこんだ。

「乗れや」

河合は動かなかった。

「ここで撃て」

「何？」

体を半分レクサスにすべりこませた青山がふりかえった。

「撃つのならここで撃て。殺人を見すごしたって悔いをあいつらの胸に一生残してやる」

「ふざけるな、おい、こいつを乗せろ」

肩にかかった腕を河合はふりはらった。

「手前、撃つぞっ」

「撃てっ、撃てよ！」

やくざの顔色がかわった。右手をまっすぐのばし、銃口を河合の顔に向けた。

パン、という銃声がして、そのやくざがひっくりかえった。

バラノフスキだった。ビルの玄関に立ち、腰をおとして両手でM10をかまえている。

怒号があがった。あとからビルをでてきた筑村たちが銃を抜き、バラノフスキに向けた。

河合は倒れたやくざが落とした銃にとびついた。

河合が銃をつかんだ瞬間、

「野郎！」

青山が叫び、撃った。河合は左肩に衝撃をうけ、転がった。息が止まり、身動きできない。銃声がビルの玄関の方角からも聞こえた。

路上であおむけになった河合に青山が歩み寄った。右手に銃をだらりとさげている。

「望み通り、くたばらせてやる」

河合の顔に銃口を向けた。河合は死を覚悟した。

銃声が轟き、青山がよろめいた。その姿がまぶしいほどの光に照らしだされている。急停止する車のブレーキ音と怒号が交錯し、さらに銃声がつづいた。

「警視庁組対部だ。抵抗するかっ」

叫び声に聞き覚えがあった。梅木だった。

たたらを踏んだ青山が、憤怒を露わにして怒鳴った。

「やかましい、手をだすなっ」

いきなりその胸から血しぶきがあがった。二発、三発と銃弾を浴び、青山は驚愕の表情のまま崩れた。

あたりが静かになった。

「銃を捨てろ！」

梅木の声が聞こえ、河合は我にかえった。右手を地面につき、苦痛をこらえて体を起こす。

コツコツという足音が聞こえた。ビルの正面に駆けつけた何台ものパトカーのライトを浴びて、銃を手にした男が歩みよってくる。

北平だった。

「捨てんと撃つぞっ」

パトカーを楯にした梅木が叫び、ようやく北平は足を止めた。まぶしげに目を細め、梅木ら組対部の刑事たちをすかし見た。

「組対部がなぜここにいる」

つぶやくようにいった。

「俺が、呼んだんだ」

河合はようやく立ちあがると答えた。北平はいぶかしげに河合を見た。

「君が？」

バタバタとドアの開く音がして、覆面パトカーから男たちが降りた。今まで事態を黙視していた公安部の刑事だ。

「北平さん、銃をお預かりします」

先頭の男がいった。その顔に河合は見覚えがあった。公安機動捜査隊の刑事だ。

「これか」

北平は手にしているオートマチックを見おろした。

「心配はいらん。部下を助けるために使っただけだ」

「誰があんたの部下だと」

河合は吐きだした。

北平はゆっくり首をめぐらせ、河合を見つめた。

「もちろん君だ。河合直史元警部補」

「冗談じゃない。あんたは俺を利用しただけだろうが」

梅木が合図し、組対の刑事がやくざに走りよった。

「離せ、この野郎」

「抵抗するな。凶器準備集合罪の現行犯逮捕だ」

「やかましい！」

あたりが再び騒がしくなった。

「ここは我々に預けてもらいたい。この方は我々の先輩で、元警視長の北平さんだ」

公安部の男が梅木に走りよって告げた。

「いつからハムが極道を取締るようになったんだ」

河合はいった。男がふりむき、不快そうにいった。

「部外者は口をだすな。これは北朝鮮工作員ネットワークの内偵捜査なんだ」

梅木が河合を見た。河合は左腕を見おろした。肘から下に感覚がなく、指先からぽたぽたと血が滴っている。

「そのためなら殺人もおかすのか」

「何の話だ」

「あんたらの撃ったチヒは、そこの北平の部下だった」

男の顔色がかわった。

「彼女は北平の命令で俺のボディガードをしていた。俺の命をとりにきた山上連合の襲撃部隊と戦った。見ていた筈だ」

「本当なのか」

梅木が訊ねた。男は答えない。

「どうやら誤解があるようだ。北朝鮮工作員うんぬんの話は、私には何のことだかわからない。私たちは山上連合のマネーロンダリング事業の調査をおこなっていて、この青山が中心人物だった。河合君が山上連合に詳しいというので、退職後、こちらにきてもらったのだ。ところがふたりの間には、以前から敵対関係があり、それが今夜爆発したというわけだ。この拳銃の所持は違法だが、調査の主旨が主旨なので、やむをえない自衛手段だった。説明する時間さえあれば、理解してもらえると信じている」

「じゃあ上にあるチヒの死体はどう説明するんだ」

河合はいったが、北平は無視をした。

「おい、筑村」

河合は筑村を見た。筑村らは組対部の刑事に拘束されていた。バラノフスキも同じようにおさえこまれている。その姿を見て、河合はほっとした。どうやら怪我はしていないようだ。

「お前は、このビルで何をしていた？」

「手前の知ったことじゃねえ」

筑村は荒々しく吐きだした。

「女の死体を確認しろ、と命じられたのだろうが」

筑村は身をよじり、

「早く連れていけや」

と吐きだした。梅木がいった。

「いきがるなよ。だいたいここにお前らは何しにきた？」

「だから！」

公安部の男が声を荒くした。

「それはあんたら組対とは関係ない」

妙だった。河合は公安機動捜査隊の男を見つめた。いくらチヒが北朝鮮の元工作員でそのネットワークを内偵していたのだとしても、ここまで組対部の干渉を嫌うのはただごとではない。

同時に、公安の刑事がチヒを狙撃（そげき）した理由も不明瞭（ふめいりょう）だった。逃亡を阻止するのが目的だったとは思えない。

「あんたの名は？」

河合は訊ねた。左肩の痛みはどんどん広がっていて、上半身全体に及んでいる。立っているのがやっとだ。だがここで痛みに負けて状況を見すごせば、何か大きな獲物を逃してしまう、と刑事の勘が告げていた。

「笹本だ」

短く男は答えた。河合は筑村を見た。

「おい、お前は利用されているぞ」

「何？」

「青山とこの連中とのあいだには何か約束があった。だからお前らは駆りだされた。なのに青山が死んで、逮捕されたお前らは長期刑をくらいかねない状況になっている」

「青山さんをハジいたのはそっちだろうが」

「口を塞がれたんだ。青山が死ねば、お前らはチャカをもって暴れにきた、ただの極道という扱いをうける」

「冗談じゃねえぞ。俺らはさらわれた青山さんをとり返しにいけ、といわれただけだ」

「さっきいっていたな。こればかりは表沙汰にされちゃ困るシノギを俺がつついたと。インフルエンザの偽薬のことだと俺は思っていたが、ちがうのだろ」

「インフルエンザの薬だ？　そりゃいったい何の話だ」

笹本が梅木を向いた。

「パクる気があるのか、本当に。いつまでここでぐだぐだ喋らせている。パクる気がないのなら、この男はこっちが重参で預からせてもらう」

「この男に連れていかれたら、お前も青山と同じ目にあう」

「下らんことをいうな、河合。捜査妨害で逮捕するぞ」

「しろや。裁判ですべてぶちまけてやる」

わざと北平に聞かせるようにいった。笹本の目が北平を見た。北平は無表情だ。

「シノギってのは何のことだ」

梅木が筑村に訊ねた。筑村は答えない。河合はいった。

「完全黙秘で損をするのはお前だけじゃない。山上連合もあることないことを背負わされる。こちらの公安の旦那はな、そういう工作が得意中の得意なんだ」

「ふざけるな、この――」

笹本がつかみかかろうとした。間に体を割りこませたのは梅木だった。

「おいおい。何をハムの旦那がかりかりきている」

「やかましい。このお前のところの落ちこぼれを黙らせろ。だいたい殺しの重参だろうが、こいつは」

梅木がゆっくり笹本をふりかえった。

「なぜそれを知っている？」

「はあ？」

笹本は自分が口にした言葉の意味に気づかないのか、訊き返した。

「河合が重参扱いになっているのを知っているのは、組対と一課の一部だけだ。それをなぜおたくらハムが知ってるんだ」

「そんな情報はいくらでも流れてくる」

「どこから？」

笹本は言葉に詰まり、肩をそびやかした。

「強気なわけさ。北平のうしろには国会議員がついている」

河合はいった。梅木は深々と息を吸った。

「なるほど、そういうことか。ハムの旦那衆は先生がたと仲がいいからな」

河合は筑村に歩みよった。その目をのぞきこみ、ひと言ひと言を刻みこむように告げた。

「チャンスは今しかない。シノギのことをいわなければ、山上もお前らも、とことんヤクネタを背負わされる。極道は、結局利用され、反社会的集団のレッテルを貼られて葬られる運命なんだ」

「それがサツのやりくちか」

「ああ。サツはサツでも、お前らがふだんつきあっているサツとは別のグループのな」

筑村の目が激しく動いた。倒れている青山から河合に、河合から梅木に、そして北平と笹本を見て、再び河合に戻った。

「いえねえ」

低い声でつぶやいた。

「たとえそうだとしても、ここで俺がケツを割ったら、俺の男が落ちる」

河合は息を吐いた。足もとが揺らぐような絶望感とともに、苦痛がよみがえり、気が遠くなる。

「カワイ！」

バラノフスキの声が聞こえた。

「いったい何を話している、どうなっているんだ」

英語で叫んだ。それを刑事がおさえこんだ。

河合ははっとした。ロシアだ。北平は外務省出向時、ロシアにいた。公安部との密約があるとすれば、それはロシアがらみ以外考えられない。

「その男を離してくれ」

おさえこんでいる刑事にいった。

「銃を所持していたんだぞ」

「俺が渡したんだ。ロシアからきた元刑事で、俺を助けるために発砲した」

「認めるんだな、渡したことを」

笹本が詰めよった。

「ああ、認めるとも。元は北平から渡された銃だ。お前らハムは、ロシアの政府筋と取引をした。おそらく北平からもちこまれた、ロシアの議員パイプを通じた取引だろう。だがそのパイプはもう腐っている。それがスタロボフなら、な。奴は破産寸前で、モスクワからもにらまれている。生きのびるためなら、どんな情報でも流すといってきたのじゃないか」

「何の話だ」

梅木がいった。

「何の話でもない、妄想だ」

笹本はかぶせるようにいった。無視して河合はいった。

「新型インフルエンザが世界的に流行すれば、特効薬を作っている製薬会社の株で大儲（おおもう）けできると考えた人間が、ロシアと日本にいた。世界的に流行すれば、の話だ。資金力のある者は、いずれは起きる流行を待てばいい。だが全財産をぶちこんだ、ロシアの元国会議員は早急に結果が必要だった。そこで影響力の及ぶロシアマフィアを使い、山上連合と結託して、新型インフルエンザの患者を日本に密入国させ、大流行をひきおこす計画をたてた。それに乗ったのが、この北平だ。北平も早急に結果を必要としていたので、患者の密入国を山上連合が仕組む絵図をあと押しした。問題は、ここにハムもかかわったことだ。なぜか。このロシアの国会議員は、北朝鮮工作部の謀略にあって失脚した。つまり、北朝鮮工作部に恨みをもっている。そのため、北朝鮮に関するロシア側の情報をどこかに売ることで恨みを晴らそうと考えた。売り先はロシア国内にはいない。

となると、日本だ」

ロシア側の情報をスタロボフが売る、といったのは、いちかばちかの賭けだった。が、笹本の表情が一変したことで、図星だと気づいた。

笹本が梅木に身を寄せた。

「梅木さん、国益の問題なんだ。ここは譲ってくれ」

梅木はじろりと笹本を見返した。

「その結果、何万人という人間が新型インフルエンザで死ぬかもしれんのに、か」

河合は北平を見つめた。

「あんたは自分の古巣を、金儲けがうまくいかなかったときの保険にしようと考えた。が、青山が組対につかまったら、自分とスタロボフの関係が筒抜けになるんで、口を封じたってわけだ。あんたこそ強欲のかたまりだ」

北平が自分に銃を向けるのを待った。そうすれば、自分の指摘が正しかったと証明される。

が、北平はそうしなかった。憐れむように首をふり、吐き捨てた。

「妄想だな、すべて。公安部や政治家が陰謀をめぐらせるなどというのは、デキの悪い刑事部出身の元警官がおちいりやすい被害妄想だ」

その場が静かになった。

北平は梅木を見た。

「君らも現役なら、そんな取引を公安部がする筈のないことくらいわかるだろう。いくら北朝鮮関連の情報が欲しいからといって、指定暴力団と手を組む筈がない」

「チヒはそのことに気づいていた。もし自分の過去を清算して、裁判で明らかにしたら、公安の立場はなくなる。それで狙撃したんだ。お前らは、初めからチヒの口を塞ぐつもりだった」

　全身が震えるほどの怒りがこみあげた。急に意識がはっきりとして、河合はしゃんと立てるようになった。

　チヒが力を貸してくれている。チヒの子供たちを救うために、体力をよみがえらせてくれた。

　河合は感じた。

「チヒはな、チヒは、裏切るつもりなんかなかった。ただ新型インフルエンザが及べば、日本よりはるかに医療態勢の悪い北朝鮮で多くの人が死ぬ。その中に、彼女の子供も含まれるかもしれない。それを何より恐れたんだ。そんな事態を防ぐために、彼女は自分を投げうって俺を逃がした。なのにお前らは、背中から彼女を撃った。あのビルの中には、チヒの遺体がある。その体から弾丸をとりだせば、狙撃に使われた銃が誰のものかわかる筈だ！」

「愚かな。たとえそれができたとしても、アシがつくような銃を誰が使う」

　北平が独り言のようにいった。

「死体があることを認めるんですね。元北朝鮮工作員の――」

梅木が北平を見つめた。

「我々の証拠だ」

笹本がいった。

「チヒはものじゃない！　人間だっ」

河合は怒鳴った。涙がいつのまにか溢れだしていた。

笹本は深々と息を吸いこんだ。

「とにかく、山上連合は、君ら組対に任せる。北平さんと死亡した工作員は、我々が預かる。それと、あのロシア人も」

バラノフスキをさした。

「それでいいな？」

梅木が河合を見た。どうする、と目で訊ねていた。北平を公安部が連行すれば、真実は決して陽の目を見ないだろう。

やはり負けるのか。

「ロシアだ」

そのとき誰かがいった。河合ははっと顔を上げた。

筑村だった。筑村が喋ったのだ。

「俺らの絵図があたれば、ロシア極東地域からの海産物輸入の権利が、地元政府から与えられる、と青山さんはいっていた。これまでみたいな密漁品の裏モノじゃない。正規の輸入権を一手に預けられる、そういう話だった。そのためには、スタロボフって元議員をあと押ししろってことだった」

「お前、何いってるんだ」

笹本が目をみひらいた。蒼白だった。

「青山さんがさらわれて、どこにいるかわからねえってときに、三河島だって知らせがあった。なんで三河島なんだって訊いたら、サツの情報だという。現場にサツはいるが、手をだしてこない。思う存分やっていいって話だった。俺らは半信半疑だったが、実際その通りだった。あんたもその場にいたよな。さっきみたいに、じっと見ていただけで」

笹本を見つめ、いった。

「事実なのか」

梅木は笹本を見た。

「何をいっている。こんな極道のいうことを信じるのか」

「馬鹿にするなよ」

筑村は吐きだした。

「俺らはお前らの出世や金儲けのために極道張ってるんじゃねえんだ。何でもかんでも、手前らの思い通りにいくと思ったら大まちがいだ」

「情報を山上連合に流したんだな」

梅木が笹本にいった。

「気は確かか。こいつを信じて、同じ警官を信じないのか」

「じゃあ、そこにいるあんたらの先輩の身柄も預からせてもらう。それに、そのビルの中で死んでいる、北朝鮮の工作員だという、女の遺体もだ。じっくり取調べれば、どっちの言葉が正しいかわかるだろう。万一、この筑村のいうことが正しかったら、大ごとになるだろうが」

笹本は目を伏せた。

「駄目だ、絶対に」

いったが力のない声だった。河合はいった。

「ビルには遺体の他に、泉という男がいる。藤井恒生議員の秘書だ」

梅木の顔がひきしまった。

「なるほど、そういうことか」

「キタヒラ！」

バラノフスキの叫びに河合は我にかえった。

北平が手にした銃を顎(あご)の下にあてがっていた。微笑みを浮かべ、河合を見た。

「残念だな。この計画がうまくいったら、チェンバーは、潤沢な活動資金を得て、当分のあいだ多くの国際犯罪を食い止めることができただろうに」

「北平さん！」

笹本が叫んだ。

「捨てろ、あんた」

梅木が泡をくったようにいった。北平は首をふった。

「私は、私の古巣をこれ以上汚すことはできない。河合——」

河合は北平を見つめた。

「君は勝ったと思っているか」

「勝ったなんて思っちゃいない。だがあんたは負けた。犯罪にじゃない、自分の強欲に負けたんだ」

「誓っていおう。私利私欲ではなかった。動くなっ」

最後の叫びはとびつこうとした刑事に発せられたものだった。

「犯罪を取締るシステムの限界。それを打ち破れる唯一の組織がブラックチェンバーだった。それを君は崩壊させた。その罪は重い。たとえ何万人という人間を、きたるべき新型インフルエンザの流行からわずかの間、救ったとしてもだ」

銃声が轟いた。自分の顎を下から撃ち抜いた北平が路上に崩れた。

河合はただ、それを見つめていた。

後記

執筆にあたって以下の本を参考にさせていただいた。記してお礼を申しあげる。
『H5N1型ウイルス襲来　新型インフルエンザから家族を守れ！』岡田晴恵著、角川SSC新書
『犯罪商社．com　ネットと金融システムを駆使する、新しい〝密売業者〟』モイセス・ナイム著、河野純治訳、光文社

ありがとうございました。

大沢在昌

解説

リアルな国際情勢を舞台に横溢する構想力

春名幹男（早稲田大学大学院客員教授）

「ブラックチェンバー」は、インテリジェンスの世界では、日本の外交暗号を解読する歴史的な勲功を挙げた米国の機関として、よく知られている。アメリカ政府の秘密の暗号解読機関の名前でもあったのだ。

日本のインテリジェンス専門家なら、本書のタイトルを見て、まっ先にアメリカのブラックチェンバーのことを思い浮かべるに違いない。

日本では、「黒の部屋」とか「暗黒室」といった訳語があてられ、今では普通名詞として使われてもいる。

大沢在昌（おおさわありまさ）さんの『ブラックチェンバー』は、アメリカの暗号解読機関とは全く違うテーマを野心的に描いている。

大沢さんと言えば、映画にもテレビドラマにもなり、そのうち一作が直木賞を受賞した、鮫島（さめじま）警部を主人公とする「新宿鮫シリーズ」があまりにも印象深い。

しかし、『ブラックチェンバー』は一連のシリーズとは傾向がすこし違う。この作品は、ハードボイルド系のクライムサスペンスとでも呼ぶのだろうか。グローバル化した世界を反映して、スケールも大きい。さらに優れているのは、本書が現在の国際情勢を正確に取り込んでいることだ。

あるコピー商品を大量に日本に持ち込んで販売し、暴利をむさぼろうとするヤクザ組織とロシアマフィア、そしてその上前をはねようとする第三セクター的な国際組織「ブラックチェンバー」。

現代のアクターたちがうごめくそんな危険な構図に、作者ならではのダイナミックな躍動感が溢（あふ）れており、読みごたえのある仕上がりとなっている。

また、暴力団対策法が一九九二年の施行以後も段階的に強化され、暴力団の行動が厳しく制限される中で、グローバル化の波にもまれながら新たなビジネスモデルを模索する暴力団の動きもうまく捉（とら）えている。

しかし、もし本書の主人公、河合直史（かわいただし）元警部補の正義感が少しでも欠けていたら、と考えると、空恐ろしい。日本政府機関の体制にも腐敗がかいま見られ、暴力団組織が作・演出・プロデュースした、人類の存在すら脅かすような犯罪を日本は防げるのか、と危うい状況を感じ取ってしまった。

長年国際ジャーナリズムに携わってきた人間としては、フィクションの作品を読むときでさえ、どうしても国際関係のディテールにこだわってしまう。

例えば、東南アジアで新型インフルエンザの患者が出たことは広く報道されていて、共通の情報になっているから、そうしたことに関連する記述は、最初からまったく気にならない。

しかし、ロシアマフィアの幹部が殺された現場がなぜバンコクだったのか。偽薬のメーカーがなぜカナダで、パッケージの調達先がなぜベトナムなのか。ロシアマフィアになぜナイジェリア人が絡んでくるのか――。

本書では、そんな些細なこともすべて、現実の世界と違和感がないストーリーの中で展開されている。現実離れした舞台仕立てだったりすると、興ざめし、そこで立ち止まってしまうかもしれない。

その点で、安心してストーリーの展開を楽しむことができた。

例えば、タイの首都バンコク。

二〇〇九年十二月、バンコクのドンムアン空港に給油のため着陸した貨物機から、対空ミサイルなど北朝鮮製兵器計三十五トンが発見された。拘束された乗員五人のうち四人はカザフスタン人、一人はベラルーシ人だった。全員がなぜか、「グルジア軍特殊部隊員」との情報もあった。貨物機は北朝鮮から、バンコク経由で最終的にイランに向かう予定だったことがその後確認された。

また二〇〇八年には、第三世界への違法な武器輸出に絡み、国際刑事警察機構（ICPO）を通じて指名手配されていた「死の商人」ビクトル・バウトがバンコクで逮捕され、二年後に米国に護送。懲役二十五年の刑を言い渡される事件もあった。

本書で描かれているように、バンコクは犯罪者たちが行き交う東南アジアのポイント的な大都市なのである。各国の死の商人やマフィアが、北朝鮮製ミサイルの取引のためにだって集まる。米国政府はこの地で捕まった大物犯罪人の早期引き渡しをタイ政府に要請する体制を常時敷いているようだ。

このようにして本書は、バンコクなどが現実に凄惨な国際的事件が起きうるような都市であることを、あらためて読者に注意喚起してくれた。

さらに、それにとどまらず、読者が想像をたくましくすれば、本書をベースに、現実に起きたファクトをフィクションに変えて展開し、プロットを作って遊んでみるチャンスも与えてくれたといえる。

アメリカの「ブラックチェンバー」も、二〇一三年表面化した元米中央情報局（CIA）職員エドワード・スノーデン氏の米最高機密暴露劇も、違う世界での出来事とは思えない。想像力をかき立てながら、日本を舞台にしたストーリーにする好奇心を本書は誘発してくれたような感じがする。

ここで、参考のために、アメリカのブラックチェンバーのことに触れておきたい。かの国のブラックチェンバーは、暗号解読技術を独学で磨いた天才肌のハーバート・ヤードレーという男が作った。

彼は第一次世界大戦前に電信技師として国務省職員に採用された。単純な技術職に飽きたらず、余暇に米外交暗号の解読に没頭して技術を習得、陸軍情報部の傘下に設置された暗号部門MI8のトップに就いた。MI8は、その機関の公式名で、ブラックチェンバーは別名である。陸軍・国務両省が合同で予算を充てるという異例の組織形態をとっていた。

最大のチャレンジの場は、第一次世界大戦後の一九二一年十一月から翌年二月まで首都ワシントンで開かれた主要国海軍戦力の軍縮と太平洋諸島問題の平和解決を目指した「ワシントン会議」だった。

数年前から列強に伍して海軍力を増強しつつあった日本の勢いを抑える目的もあって、時の米大統領ハーディングはこの会議の開催を提唱したのである。

日本からは、加藤友三郎海軍相、後に首相となる幣原喜重郎大使、徳川家達貴族院議長の三人が全権として出席した。

会議で米国は、列強の主要艦保有比率について、米国10・日本6を主張、これに対して日本は米国10に対して、日本は7以下にできない、と譲らず、交渉は暗礁に乗り上げたかに見えた。

しかし、ブラックチェンバーが解読した電報で、東京の日本政府は「10対7の獲得に向けて努力を倍加せよ」と全権に指示しながらも、「不可避的に必要な場合には」10対6・5でもよし、と譲歩を許可した。さらに、「英米、特に米国との対立回避が必要」だとして、10対6も受け入れ可能、と訓令していた。

これを受けて、米国代表団は日本が10対6を受諾するまで強硬な態度を貫き、アメリカにとってはベスト、日本にとっては最悪の結果を得た、というわけだ。

ヤードレーは栄誉ある勲章「殊勲章」を受章、高く評価されたが、これ以後事態は暗転した。その後の国際情勢を反映してか、予算は大幅に削減され、一九二九年には「ブラックチェンバー閉鎖」の憂き目に遭った。

当時のヘンリー・スティムソン国務長官の名言「紳士たる者他人の信書読むべからず」で、一刀両断にされてしまったのである。

暗号解読の英雄ヤードレーは失職し、一九三一年に出版した回想録『ブラック・チェンバ』は米国だけでなく、日本でもベストセラーになった。

スティムソンは後世に残る見得を切ったのだが、実はこの本が出るまで、日本の暗号を解読したブラックチェンバーの勲功についてまったく知らなかったという。

米国にとっては後の祭りだった。

もちろん日本政府は、ヤードレーの暴露に激怒し、暗号システムを根本的に改め、解読阻止に努めた。

しかし、これ以後も日米間の暗号をめぐる争いは続き、日本は何度も煮え湯を飲まされる結果になった。

ブラックチェンバーの資料と暗号解読の任務は、米陸軍信号情報部（SIS）に引き継がれた。

SISの暗号責任者ウィリアム・フリードマンは一九四〇年、難しいとされた日本の外交暗号「パープル」の解読に成功した。真珠湾攻撃前の日米交渉では、日本政府の本音は筒抜けになっていた。しかし、日本帝国海軍の暗号解読は遅れていたので、アメリカは真珠湾攻撃を予測できなかったとされている。

SISは、戦後一九五二年に発足した、世界最大の盗聴機関、国家安全保障局（NSA）に引き継がれ、今に至っている。

元CIA職員、エドワード・スノーデン氏は、NSAによる個人情報の過剰な収集だけでなく、アメリカ政府が攻撃用のサイバー戦略を発動させていることも暴露した。

オバマ米政権は、中国人民解放軍のサイバースパイによって最新兵器情報や知的財産を奪取されている、とアメリカ側が受けた「被害」を繰り返し強調してきた。

しかし、現実はアメリカ側からも、何度もサイバー攻撃を繰り返してきた事実が明らかにされたのである。

今は、世界の情報総量の九十八％以上がデジタル化されたインターネットの時代。単純な比較はできないが、スノーデン氏は、ヤードレーが八十二年前に『ブラック・チェンバ』の出版で暴露した以上の衝撃を世界に与えたと言っても過言ではない。

ヤードレーやフリードマンが活躍した時代のレトロな雰囲気のフィクションも面白いかもしれない。他方、「ビッグデータの時代」と呼ばれる現代、NSAなどに存在するとも想像される未知のビッグチェンバーを舞台に、スノーデン氏のような人物も登場するフィクションも可能ではあるだろう。実は、スノーデン氏は約三年間、東京首都圏で極秘の「サイバー戦略」の仕事をしていた。

彼の日本での生活と「国家反逆」とも非難される機密漏洩の行為には何か関係があったのか、なかったのか。大沢在昌さんの構想力を借りて現代アメリカ版フィクションの『ブラックチェンバー』を妄想してみたい。

本書は二〇一二年五月にカドカワ・エンタテインメントより
刊行された作品を文庫化したものです。
本作品はフィクションです。実在のいかなる組織、個人とも、
一切関わりのないことを付記します。（編集部）

ブラックチェンバー

大沢在昌（おおさわありまさ）

平成25年 9月25日　初版発行
平成27年 9月10日　再版発行

発行者●郡司 聡

発行●株式会社KADOKAWA
〒102-8177　東京都千代田区富士見2-13-3
電話 03-3238-8521（カスタマーサポート）
http://www.kadokawa.co.jp/

角川文庫 18138

印刷所●株式会社暁印刷　製本所●株式会社ビルディング・ブックセンター

表紙画●和田三造

ISBN978-4-04-100828-7　C0193

角川文庫発刊に際して

角 川 源 義

第二次世界大戦の敗北は、軍事力の敗北であった以上に、私たちの若い文化力の敗退であった。私たちの文化が戦争に対して如何に無力であり、単なるあだ花に過ぎなかったかを、私たちは身を以て体験し痛感した。西洋近代文化の摂取にとって、明治以後八十年の歳月は決して短かすぎたとは言えない。にもかかわらず、近代文化の伝統を確立し、自由な批判と柔軟な良識に富む文化層として自らを形成することに私たちは失敗して来た。そしてこれは、各層への文化の普及滲透を任務とする出版人の責任でもあった。

一九四五年以来、私たちは再び振出しに戻り、第一歩から踏み出すことを余儀なくされた。これは大きな不幸ではあるが、反面、これまでの混沌・未熟・歪曲の中にあった我が国の文化に秩序と確たる基礎を齎らすためには絶好の機会でもある。角川書店は、このような祖国の文化的危機にあたり、微力をも顧みず再建の礎石たるべき抱負と決意とをもって出発したが、ここに創立以来の念願を果すべく角川文庫を発刊する。これまで刊行されたあらゆる全集叢書文庫類の長所と短所とを検討し、古今東西の不朽の典籍を、良心的編集のもとに、廉価に、そして書架にふさわしい美本として、多くのひとびとに提供しようとする。しかし私たちは徒らに百科全書的な知識のジレッタントを作ることを目的とせず、あくまで祖国の文化に秩序と再建への道を示し、この文庫を角川書店の栄ある事業として、今後永久に継続発展せしめ、学芸と教養との殿堂として大成せんことを期したい。多くの読書子の愛情ある忠言と支持とによって、この希望と抱負とを完遂せしめられんことを願う。

一九四九年五月三日

角川文庫ベストセラー

アルバイト・アイ
命で払え　大沢在昌

冴木隆は適度な不良高校生。父親の涼介はずぼらで女好きの私立探偵で凄腕らしい。そんな父に頼まれて隆はアルバイト探偵として軍事機密を狙う美人局事件や戦後最大の強請屋の遺産を巡る誘拐事件に挑む！

魔物（上）（下）　大沢在昌

麻薬取締官・大塚はロシアマフィアと地元やくざとの麻薬取引の現場を押さえるが、運び屋のロシア人は重傷を負いながらも警官数名を素手で殺害し逃走。その超人的な力にはどんな秘密が隠されているのか？

ウォームハート　コールドボディ　大沢在昌

ひき逃げに遭った長生太郎は死の淵から帰還した。実験台として全身の血液を新薬に置き換えられ「生きている死体」として蘇ったのだ。それでもなお、愛する女性を思う気持ちが太郎をさらなる危険に向かわせる。

天使の爪（上）（下）　大沢在昌

麻薬密売組織「クライン」のボス、君国の愛人の体に脳を移植された女刑事・アスカ。かつて刑事として活躍した過去を捨て、麻薬取締官として活躍するアスカの前に、もう一人の脳移植者が敵として立ちはだかる。

秋に墓標を（上）（下）　大沢在昌

都会のしがらみから離れ、海辺の街で愛犬と静かな生活を送っていた松原龍。ある日、龍は浜辺で一人の見知らぬ女と出会う。しかしこの出会いが、龍の静かな生活を激変させた……！

角川文庫ベストセラー

らんぼう　大沢在昌

事件をすべて腕力で解決する、とんでもない凸凹刑事コンビがいた！　柔道部出身の巨漢「ウラ」と、小柄だが空手の達人「イケ」。〝最も狂暴なコンビ〟が巻き起こす、爆笑あり、感涙ありの痛快連作小説！

未来形J　大沢在昌

その日、四人の人間がメッセージを受け取った。四人はイタズラかもしれないと思いながらも、指定された公園に集まった。そこでまた新たなメッセージが……差出人「J」とはいったい何者なのか？

B・D・T［掟の街］　大沢在昌

不法滞在外国人問題が深刻化する近未来東京、急増する身寄りのない混血児「ホープレス・チャイルド」が犯罪者となり無法地帯となった街で、失跡人を捜す私立探偵ヨヨギ・ケンの前に巨大な敵が立ちはだかる！

眠たい奴ら　大沢在昌

その街で二人は出会った。組織に莫大な借金を負わせ逃げるヤクザの高見、そして刑事の月岡。互いに一匹狼の二人は奇妙な友情で結ばれ、暗躍する悪に立ち向かう。大沢ハードボイルドの傑作！

冬の保安官　大沢在昌

シーズンオフの別荘地に拳銃を片手に迷い込んだ娘と、別荘地の保安管理人として働きながら己の生き方を頑なに貫く男の交流を綴った表題作の他、大沢ファン必読の「再会の街角」を含む短編小説集。